L'ASSASSIN ROYAL **2**

l'assassin du roi

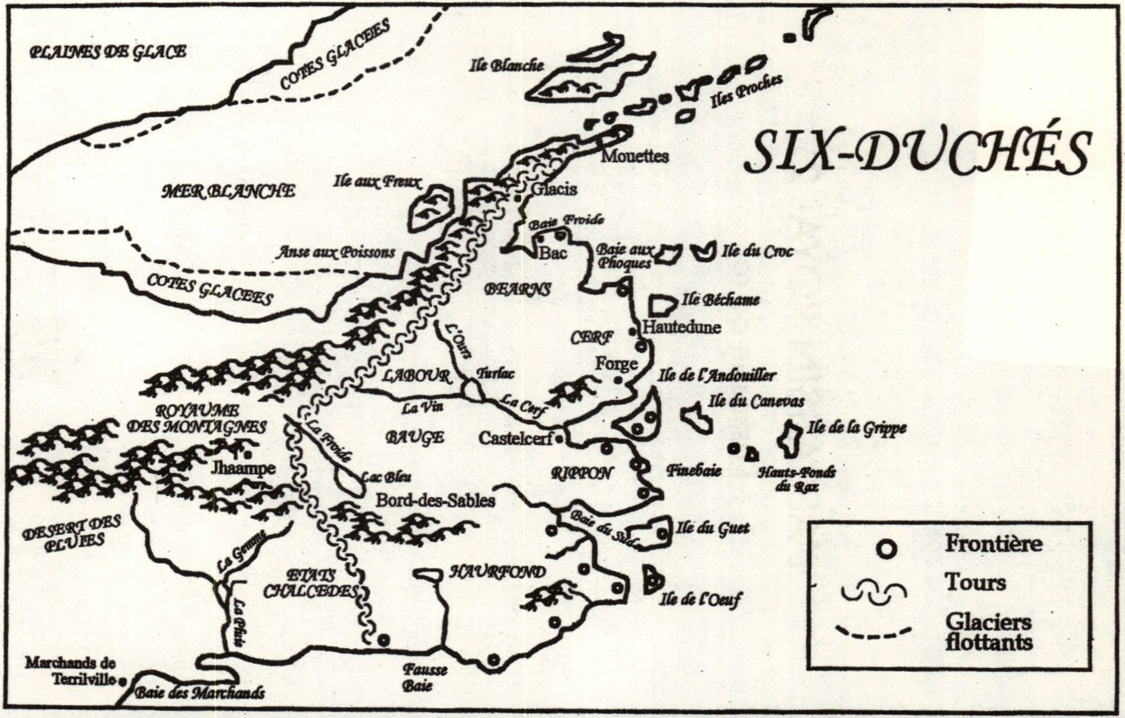
SIX-DUCHÉS
PLAINES DE GLACE
COTES GLACEES
MER BLANCHE
Ile aux Freux
Anse aux Poissons
COTES GLACEES
Ile Blanche
Iles Proches
Mouettes
Glacis
Baie Froide
Bac
Baie aux Phoques
Ile du Croc
BEARNS
Ile Béchame
Hautedune
CERF
L'Ours
Forge
Ile de l'Andouiller
LABOUR
Turlac
La Cerf
Ile du Canevas
Ile de la Grippe
La Vin
ROYAUME DES MONTAGNES
La Froide
BAUGE
Castelcerf
Jhaampe
Lac Bleu
RIPPON
Finebaie
Hauts-Fonds du Raz
Bord-des-Sables
DESERT DES PLUIES
Baie du Sud
Ile du Guet
La Gemme
ETATS CHALCEDES
HAURFOND
Ile de l'Oeuf
La Pluie
Marchands de Terrilville
Baie des Marchands
Fausse Baie
Frontière
Tours
Glaciers flottants

ROBIN HOBB

L'ASSASSIN ROYAL 2

L'assassin du roi

Traduit de l'anglais
par A. Mousnier-Lompré

J'AI LU

Du même auteur
aux Éditions J'ai lu

L'assassin royal :
1 – L'apprenti assassin, *J'ai lu* 5632
2 – L'assassin du roi, *J'ai lu* 6036
3 – La nef du crépuscule, *J'ai lu* 6117
4 – Le poison de la vengeance, *J'ai lu* 6268
5 – La voie magique, *J'ai lu* 6363
6 – La reine solitaire, *J'ai lu* 6489
7 – Le prophète blanc, *J'ai lu* 7361
8 – La secte maudite, *J'ai lu* 7513
9 – Les secrets de Castelcerf, *J'ai lu* 7629
10 – Serments et deuils, *J'ai lu* 7875
11 – Le dragon des glaces, *J'ai lu 8173*
12 – L'homme noir, *J'ai lu 8397*

Les aventuriers de la mer :
1 – Le vaisseau magique, *J'ai lu* 6736
2 – Le navire aux esclaves, *J'ai lu* 6863
3 – La conquête de la liberté, *J'ai lu* 6975
4 – Brumes et tempêtes, *J'ai lu* 7749
5 – Prisons d'eau et de bois, *J'ai lu* 8090
6 – L'éveil des eaux dormantes, *J'ai lu* 8334

Ki et Vandien :
1 – Le vol des harpies, *J'ai lu* 8203
2 – Les ventchanteuses, *J'ai lu* 8445

Titre original :
ROYAL ASSASSIN

1

VASEBAIE

Être roi-servant ou reine-servante, c'est savoir parfaitement faire la part de la responsabilité et de l'autorité. Cette position aurait, dit-on, été créée pour satisfaire la soif de pouvoir d'un héritier au trône tout en lui apprenant à exercer l'autorité. L'aîné de la famille royale accède à ce statut à son seizième anniversaire et, de ce jour, le roi-servant (ou la reine-servante) endosse une pleine part de responsabilité dans le gouvernement des Six-Duchés. En règle générale, il se voit confier les devoirs dont le monarque régnant s'occupe le moins et qui peuvent grandement varier d'un souverain à l'autre.

Sous le roi Subtil, Chevalerie fut le premier roi-servant ; son père lui délégua tout ce qui touchait aux frontières : à lui les guerres, les négociations, la diplomatie, l'inconfort des longs voyages et la vie pénible des campagnes militaires. Quand Chevalerie se désista et que Vérité devint roi-servant, il hérita de toutes les incertitudes de la guerre contre les Outrîliens et des tensions que cette situation créait entre les duchés de l'Intérieur et ceux des Côtes ; et, pour corser sa tâche déjà difficile, le roi pouvait à tout moment annuler ses décisions pour les remplacer par les siennes propres : il dut ainsi souvent résoudre des situations qui n'étaient pas de son fait avec des armes qu'il n'avait pas choisies.

Encore moins confortable, peut-être, était la position de la reine-servante Kettricken. Ses manières de Montagnarde la désignaient comme étrangère à la cour des Six-Duchés; en des temps moins troublés, peut-être eût-elle été accueillie avec davantage de tolérance, mais l'agitation générale du royaume mettait la cour de Castelcerf en effervescence. Les Navires rouges venus des îles d'Outre-Mer dévastaient nos côtes comme jamais depuis des générations et détruisaient plus qu'ils ne pillaient; le premier hiver de Kettricken en tant que reine-servante vit aussi la première attaque hivernale que nous eussions connue. La menace constante des raids et le tourment lancinant de la présence des forgisés ébranlaient les Six-Duchés jusqu'aux fondations, la confiance du peuple dans la monarchie était au plus bas et Kettricken occupait la position peu enviable d'être la reine étrangère d'un roi-servant que nul n'admirait.

La cour était divisée par le trouble qui régnait dans le royaume : les duchés de l'Intérieur exprimaient leur rancœur de devoir payer des impôts afin de protéger des côtes qui ne se situaient pas sur leurs territoires; ceux des côtes réclamaient à cor et à cri des navires de combat, des soldats et des moyens efficaces pour lutter contre des Pirates qui frappaient toujours aux points les plus faibles; le prince Royal, de l'Intérieur par sa mère, s'efforçait d'acquérir un pouvoir et une influence personnels en courtisant les ducs de l'Intérieur à l'aide de présents et de flatteries; le prince Vérité, convaincu que son Art ne suffisait plus à maintenir les Pirates à distance, s'occupait de faire construire des navires de guerre destinés à garder les duchés côtiers et ne consacrait guère de temps à sa reine. Et, au-dessus de tout cela, le roi Subtil, telle une grande araignée, essayait de répartir le pouvoir entre lui-même et ses fils afin de préserver l'équilibre interne des Six-Duchés.

*

* *

Je m'éveillai en sentant qu'on me touchait le front. Je détournai la tête avec un grognement agacé. Je me débattis pour m'extirper de mes couvertures dans lesquelles je m'étais emmêlé, puis me redressai pour voir qui avait osé me déranger. L'air inquiet, le fou du roi Subtil était assis sur une chaise près de mon lit. Je le dévisageai, ahuri, et il s'écarta de moi. Un sentiment de malaise m'envahit.

Le fou aurait dû se trouver à Castelcerf, avec le roi, à de nombreux milles et à bien des jours de voyage de moi. Jamais je ne l'avais vu s'éloigner du roi plus de quelques heures, sinon pour dormir. Sa présence ne présageait rien de bon. C'était mon ami, autant que sa nature singulière lui permît de se lier ; mais il ne venait jamais à moi sans raison, et ses raisons étaient rarement futiles ou agréables. Il avait un air fatigué comme je ne lui en avais jamais connu. Il portait une livrée verte et rouge, nouvelle pour moi, et tenait à la main un sceptre de bouffon surmonté d'une tête de rat. Sa tenue gaiement colorée contrastait durement avec sa peau dépourvue de pigmentation : on aurait dit une bougie translucide décorée de houx ; ses vêtements paraissaient plus substantiels que lui. Les fins cheveux décolorés qui sortaient de sa coiffe flottaient comme ceux d'un noyé dans l'océan et les flammes dansantes de la cheminée se reflétaient dans ses prunelles. J'avais l'impression d'avoir du sable dans les yeux ; je les frottai, puis m'écartai les cheveux du visage : ils étaient trempés ; j'avais transpiré pendant mon sommeil.

« Bonjour, dis-je, et j'articulais difficilement. Je ne pensais pas te trouver ici. » J'avais la bouche sèche, amère et la langue épaisse. J'avais été malade, je m'en souvenais, mais les détails m'échappaient.

« Et où, sinon ? » Il me lança un regard affligé. « Plus vous dormez, moins vous semblez reposé. Rallongez-vous, mon seigneur. Je vais vous installer plus confortablement. » Il se mit à tirer sur mes oreillers d'un air empressé, mais je le repoussai d'un geste de la main. Quelque chose n'allait pas : jamais il ne m'avait parlé avec tant de courtoisie ; certes, nous étions amis, mais quand il s'adressait à moi, c'était avec des phrases lapidaires et aussi acides qu'un fruit vert. Si cette amabilité était une manifestation de pitié, je n'en voulais pas.

Je baissai les yeux sur ma chemise de nuit brodée, puis sur la somptueuse courtepointe. Je leur trouvais un aspect bizarre, mais j'étais trop faible et trop fatigué pour me creuser la cervelle. « Que fais-tu ici ? » demandai-je.

Il soupira. « Je m'occupe de vous, je garde votre chevet pendant que vous dormez. Vous trouvez cela ridicule, je le sais, mais je suis le fou, par conséquent je dois me montrer ridicule. Cependant, vous me posez la même question à chacun de vos réveils ; lors, permettez-moi de vous offrir un conseil avisé : je vous en supplie, mon seigneur, laissez-moi envoyer chercher un autre guérisseur. »

Je me radossai aux oreillers. Ils étaient trempés de sueur et sentaient l'aigre. J'aurais pu demander au fou de me les changer et il se serait exécuté, mais c'était inutile : je n'aurais fait qu'y transpirer de plus belle. J'agrippai mes couvertures de mes doigts noueux. « Que fais-tu ici ? » fis-je d'un ton bourru.

Il me prit la main et la tapota. « Mon seigneur, votre soudaine faiblesse ne m'inspire pas confiance. Vous ne paraissez guère tirer de profit des soins de ce guérisseur. Je crains que son savoir ne soit bien moindre que l'opinion qu'il s'en fait.

— Burrich ? m'exclamai-je, incrédule.

— Burrich ? J'aimerais qu'il soit parmi nous, mon seigneur ! Ce n'est peut-être que le maître des écuries, mais je vous certifie qu'il est davantage guérisseur que ce Murfès qui vous drogue et vous fait partir en eau !

— Murfès ? Burrich n'est pas là ? »

Le fou prit un air grave. « Non, mon roi. Il est resté au royaume des Montagnes, vous le savez bien.

— Ton roi ! répétai-je et j'essayai de rire. Quelle dérision !

— Jamais, mon seigneur, répondit-il avec douceur. Jamais. »

Sa tendresse me laissa perplexe. Ce n'était pas là le fou que je connaissais, qui n'avait à la bouche que discours contournés, énigmes, jeux de mots, piques sournoises et insultes ingénieuses. J'eus soudain l'impression d'être étiré, de devenir aussi fin qu'une corde et aussi effiloché ; je m'efforçai néanmoins de comprendre la situation. « Je suis donc à Castelcerf ? »

Il hocha lentement la tête. « Naturellement. » Sa bouche avait un pli inquiet.

Je demeurai silencieux pour sonder intérieurement la profondeur de la trahison dont j'avais été victime : j'avais, j'ignorais comment, et contre ma volonté, été ramené à Castelcerf ! Et Burrich n'avait même pas jugé utile de m'accompagner !

« Permettez-moi de vous donner à manger, dit le fou d'un ton suppliant. Vous vous sentez toujours mieux après. » Il se leva. « J'ai apporté ceci il y a des heures, mais je l'ai tenu au chaud près de la cheminée. »

Je le suivis d'un regard las. Près du grand âtre, il s'accroupit pour éloigner du feu une soupière couverte, en souleva le couvercle et un somptueux parfum de ragoût de bœuf me frappa bientôt les narines. Avec une louche, il se mit à en remplir un bol. Je n'avais plus mangé de bœuf depuis des mois : dans les Montagnes, ce n'était que venaison, mouton et chèvre. Je fis le tour de la chambre d'un œil éteint : ces lourdes tapisseries, ces sièges massifs en bois, cette cheminée en grosse pierre, ces tentures de lit richement ouvragées... Je connaissais cette pièce : c'était la chambre du roi à Castelcerf. Mais que faisais-je donc là, dans le propre lit du roi ? Je voulus interroger le fou, mais un autre prit la parole par mes lèvres. « Je sais trop de choses, fou. Je ne puis plus m'empêcher de les savoir. Parfois j'ai l'impression qu'un autre que moi domine ma volonté et pousse mon esprit dans des directions que je refuse. Mes murailles sont rompues ; tout se déverse en moi comme un mascaret. » J'inspirai profondément, mais ne pus éviter le raz de marée ; ce fut d'abord un picotement froid, puis j'eus la sensation d'être immergé dans un rapide courant d'eau glacée. « Une marée qui monte, hoquetai-je. Elle porte des navires... Des navires à la quille rouge... »

Le fou écarquilla les yeux, effrayé. « En cette saison, votre majesté ? Allons donc ! Pas en hiver ! »

Mon souffle était comprimé au fond de ma poitrine. Je fis un effort pour parler. « L'hiver est arrivé avec trop de douceur ; il nous a épargné ses tempêtes et nous prive de sa protection. Regarde ! Regarde là-bas, sur la mer ! Tu les vois ? Ils viennent ! Ils sortent du brouillard ! »

Je tendis le doigt et le fou se précipita auprès de moi ; il s'accroupit pour regarder dans la direction que j'indiquais, mais je savais qu'il ne pouvait rien apercevoir. Néanmoins, loyal, il posa une main hésitante sur ma frêle épaule et suivit mon index des yeux comme si, par un acte de volonté, il pouvait faire disparaître les murs et les milles de distance qui le séparaient de ma vision. Regrettant de n'être pas aussi aveugle que lui, je serrai les longs doigts pâles qui reposaient sur mon épaule. Un instant, je contemplai ma main flétrie, la bague au cachet royal qui entourait un doigt osseux derrière une phalange enflée; puis, malgré moi, mon regard remonta et ma vision s'éloigna.

Mon index tendu désignait le port tranquille. Je m'efforçai de me redresser dans mon lit pour y voir plus loin. La ville plongée dans la pénombre s'étendait devant moi comme une marqueterie de maisons et de rues. Des bancs de brouillard stagnaient dans les creux et occultaient la baie. Le temps va changer, me dis-je. Un mouvement dans l'air glaça la vieille transpiration qui me couvrait la peau et me fit frissonner. Malgré la noirceur de la nuit et le brouillard épais, je voyais tout avec une netteté parfaite. C'est l'acuité de l'Art, pensai-je, puis je m'étonnai : j'étais incapable d'artiser, du moins de façon prévisible et utile!

Mais à cet instant deux navires émergèrent de la brume et entrèrent dans le port endormi; j'oubliai aussitôt ce que je pouvais ou ne pouvais pas faire. Élégants et fins, ils paraissaient noirs à la lumière de la lune, mais je savais que leur quille était rouge : des Pirates rouges des îles d'Outre-Mer. Tels des couteaux, les bateaux tranchaient dans les vaguelettes, taillaient dans le brouillard, s'enfonçaient dans les eaux protégées du port comme de fines lames dans le ventre d'une truie. Leurs avirons se mouvaient sans bruit, avec un ensemble parfait, dans les tolets garnis de chiffons pour étouffer les sons. Ils se rangèrent le long des quais avec l'assurance d'honnêtes marchands venus commercer. D'un bond léger, un matelot descendit du premier pour fixer une amarre à un pilier; à l'aide d'une rame, un homme maintint le bâtiment à distance du quai en attendant que l'amarre de poupe fût attachée à son tour. Tout se passait dans le plus grand calme, sans le moindre mystère. Le second navire exécuta les mêmes opérations que le premier. Les Pirates rouges tant redoutés étaient arrivés, hardis comme des mouettes, et s'étaient amarrés au propre quai de leurs victimes.

Aucune sentinelle ne lança l'alerte, nul guetteur ne sonna de la trompe ni ne jeta de torche sur un tas de rameaux résineux pour allumer un feu d'alarme. Je cherchai ces hommes et les trouvai sur-le-champ. Le menton sur la poitrine, ils dormaient à leur poste. De gris, leurs lainages épais étaient devenus rouges en buvant le sang de leur gorge tranchée. Leurs meurtriers étaient venus sans bruit, par la terre, parfaitement renseignés sur les postes de garde, pour réduire chacun d'eux au silence. Personne n'avertirait la ville endormie.

D'ailleurs, les sentinelles n'étaient pas nombreuses : la bourgade ne présentait guère d'intérêt, à peine de quoi lui valoir un point sur une carte, et elle comptait sur l'humilité de ses biens pour la préserver des attaques. On y faisait de la bonne laine, certes, qui donnait un fil fin ; on pêchait et on fumait le saumon qui remontait le fleuve, les pommes étaient petites mais savoureuses et l'on en tirait une bonne eau-de-vie, et il y avait une belle plage à palourdes à l'ouest de la ville. Telles étaient les richesses de Vasebaie et, si elles n'étaient pas grandes, elles suffisaient à rendre l'existence précieuse à ceux qui y vivaient. Mais elles ne valaient assurément pas qu'on s'y précipite la torche et l'épée à la main : quel pillard jugerait digne de lui un tonnelet d'alcool de pomme ou un portant de saumons fumés ?

Mais c'étaient les Pirates rouges et ils ne cherchaient ni biens ni trésors, ni bétail de concours, ni même des femmes à épouser ni des garçons à enchaîner aux bancs de nage de leurs galères ; non, ils allaient mutiler puis massacrer les moutons à l'épaisse toison, piétiner le saumon fumé, incendier les entrepôts de laine et de vin ; certes, ils allaient prendre des otages, mais seulement pour les forgiser, et la magie de la forgisation les laisserait moins qu'humains, dépouillés de la moindre émotion et de toute pensée, sauf les plus primitives. Et les Pirates, loin de conserver ces otages, les abandonneraient sur place afin qu'ils imposent leur angoisse débilitante à ceux qui les avaient aimés et sur tous leurs proches ; privés de sensibilité humaine, les forgisés écumeraient leur terre natale sans plus de remords que des fouines affamées. Lâcher sur nous ces forgisés qui avaient été nos frères était l'arme la plus cruelle des Outrîliens, cela, je le savais déjà pour avoir été témoin des conséquences d'autres attaques.

Je regardais la marée de mort monter pour engloutir la petite ville. Les pirates outrîliens sautèrent à bas de leurs vaisseaux et se déversèrent dans le village, ruisselèrent sans bruit dans les rues par groupes de deux ou trois, meurtriers comme le poison qui se mêle au vin. Quelques-uns prirent le temps de fouiller les autres navires amarrés au quai ; c'étaient pour la plupart de petits doris ouverts, mais il y avait aussi trois bateaux plus grands, deux de pêche et un marchand. Leurs équipages connurent une fin rapide ; leur résistance affolée rappelait les battements d'ailes et les criailleries pitoyables des volailles lorsque le furet s'introduit dans le poulailler. Ils m'appelèrent à l'aide d'une voix étouffée par leur sang ; le brouillard épais absorbait gloutonnement leurs hurlements et la mort d'un matelot ne semblait guère plus que le cri d'un oiseau de mer. Ensuite, les bâtiments furent incendiés, négligemment, sans égard pour leur valeur en tant que butin. Ces Pirates ne pillaient presque pas ; certes, ils pouvaient s'emparer d'une poignée de pièces d'argent si elles leur tombaient sous la main ou d'un collier pris sur une femme qu'ils venaient de violer puis de tuer, mais guère plus.

J'assistais à la scène, impuissant. Une quinte de toux me saisit, puis je retrouvai mon souffle : « Si seulement je pouvais les comprendre, dis-je au fou. Si seulement je savais ce qu'ils veulent. Ces Pirates rouges ne suivent aucune logique ; comment combattre des gens qui nous attaquent sans nous donner leurs raisons ? Mais si j'arrivais à les comprendre… »

Les lèvres pâles, le fou fit la moue et il réfléchit. « Ils partagent la folie de celui qui les commande et on ne peut les comprendre que si l'on prend part à cette folie. En ce qui me concerne, je n'en ai nulle envie. Les comprendre ne les arrêtera pas.

— Non. » J'aurais voulu ne plus voir le village : j'avais trop souvent assisté à ce cauchemar ; mais seul un homme sans cœur pouvait se détourner de cette scène comme s'il s'agissait d'un spectacle de marionnettes mal monté. Le moins que je puisse faire pour mes sujets était de les regarder mourir ; c'était aussi le plus que je puisse faire. J'étais un vieillard malade, invalide et très loin d'eux ; on ne pouvait pas en attendre davantage de moi. Alors, je regardais.

Je vis la petite ville s'éveiller d'un doux sommeil sous la rude poigne d'une main inconnue sur la gorge ou le sein, sous un poignard levé au-dessus d'un berceau ou au cri soudain d'un enfant arraché à son lit. Des lumières hésitantes naquirent dans tout le village, certaines provenant de bougies allumées parce qu'un voisin venait de donner l'alarme, d'autres de torches ou de maisons en flammes. Il y avait plus d'une année que les Pirates rouges terrorisaient les Six-Duchés mais, pour cette bourgade, ils prenaient cette nuit toute leur réalité ; ces gens s'étaient crus préparés, ils avaient entendu les histoires horribles qui se colportaient et avaient résolu de ne jamais faire partie des victimes, et pourtant les maisons brûlaient, les hurlements montaient dans le ciel nocturne comme portés par les tourbillons de fumée.

« Parle, fou, ordonnai-je d'une voix rauque. Rappelle-toi l'avenir pour moi. Que dit-on à propos de Vasebaie ? D'une attaque sur Vasebaie en hiver ? »

Il prit une inspiration hachée. « Ce n'est pas facile ; ce n'est pas clair, dit-il, hésitant. Tout fluctue, tout est encore en changement. Trop de choses sont en cours de transformation, votre majesté. À cet endroit, l'avenir se déverse dans toutes les directions.

— Décris-moi celles que tu vois, ordonnai-je.

— On a écrit une chanson sur cette ville », fit-il d'une voix caverneuse. Il m'agrippait toujours l'épaule ; à travers la chemise de nuit, le contact de ses longs doigts puissants était glacé. Un tremblement nous traversa tous deux et je sentis l'effort qu'il faisait pour rester debout près de moi. « Quand on la chante dans une taverne, avec les chopes de bière qui battent la mesure du refrain sur les tables, l'histoire ne paraît pas si terrible. On peut imaginer la courageuse résistance des habitants qui ont préféré la mort à la reddition ; pas un seul d'entre eux n'a été pris vivant pour se faire forgiser. Pas un seul. » Le fou s'interrompit. Une note hystérique s'était mêlée à la gravité de son ton. « Naturellement, lorsqu'on boit et qu'on chante, on ne voit pas le sang, on ne sent pas l'odeur de la chair brûlée, on n'entend pas les cris. Mais cela se comprend : avez-vous déjà essayé de trouver une rime à “enfant écartelé” ? Un jour, quelqu'un a proposé “au crâne martelé”, mais le vers ne passait toujours pas très bien. » Il n'y a aucune gaieté dans son ironie. Ses plaisanteries amères ne peuvent le protéger, pas plus que moi. Il retombe dans le silence, mon prisonnier condamné à partager son douloureux savoir avec moi.

Je regarde sans rien dire. Nul poème ne saurait raconter la mère qui enfonce une boulette de poison dans la bouche de son enfant pour le garder des Pirates ; personne ne pourrait chanter les cris des enfants saisis de crampes sous l'effet du poison violent ni les femmes violées pendant leur agonie ; aucune poésie, aucune mélodie ne supporterait de parler des archers dont les flèches les mieux ajustées tuent ceux de leur famille avant qu'on ne puisse les enlever. Je jetai un coup d'œil à l'intérieur d'une maison en feu ; à travers les flammes, je vis un garçon d'une dizaine d'années offrir sa gorge au couteau que tenait sa mère ; il avait dans les bras le cadavre de sa petite sœur, étranglée déjà car les Pirates rouges étaient là et un frère aimant ne pouvait l'abandonner ni aux pillards ni aux flammes voraces. Je vis les yeux de la mère lorsqu'elle prit les corps de ses enfants et s'enfonça dans le brasier avec eux. Ce sont là des scènes qu'il vaut mieux oublier, mais elles ne m'auront pas été épargnées. Mon devoir m'obligeait à y assister et à m'en souvenir.

Tous ne périrent pas : certains s'enfuirent dans les champs et les bois environnants ; je vis un jeune homme emmener quatre enfants et se cacher avec eux sous les quais, dans l'eau glacée, cramponné à un pilier encroûté de barnacles, en attendant le départ des Pirates. D'autres furent abattus alors qu'ils se sauvaient à toutes jambes. Je vis une femme en chemise de nuit se faufiler hors d'une maison ; des flammes couraient déjà le long de la façade ; elle portait un enfant dans ses bras et un autre la suivait, accroché à son vêtement. Malgré l'obscurité, la lumière des chaumières en feu mettait des reflets satinés à ses cheveux. Elle jetait des regards effrayés autour d'elle, mais le long couteau qu'elle tenait dans sa main libre était levé, prêt à servir ; j'aperçus une petite bouche au pli farouche et deux yeux étrécis mais ardents. Puis, l'espace d'un instant, son fier profil se dessina sur le fond des flammes. Un hoquet m'échappa. « Molly ! » m'exclamai-je. Je tendis une main griffue. La femme ouvrit une trappe et poussa les enfants dans une cave d'ensilage à l'arrière de la maison embrasée, puis elle referma le battant derrière elle. Étaient-ils tous en sécurité ?

Non. Deux silhouettes tournèrent le coin du bâtiment ; l'une d'elles portait une hache. Les deux Pirates marchaient à pas lents et assurés, en riant à pleine voix ; la suie qui maculait leur visage faisait ressortir leurs dents et le blanc de leurs yeux. L'un d'eux était une femme ; elle était très belle et riait en avançant à grandes enjambées. Elle paraissait sans peur. Un fil d'argent retenait ses cheveux tirés en arrière et nattés ; les flammes y allumaient des éclats rougeoyants. Les Pirates s'approchèrent de la trappe et l'homme à la hache balança son arme en un grand arc. La lame mordit profondément dans le bois et j'entendis le cri de terreur d'un enfant. « Molly ! » hurlai-je. Je sortis tant bien que mal de mon lit, puis, incapable de me tenir debout, je rampai dans sa direction.

La trappe céda et les Pirates éclatèrent de rire. L'homme à la hache mourut en riant : Molly avait bondi à travers le battant fracassé pour lui plonger son long couteau dans la gorge. Mais la belle femme au fil d'argent dans les cheveux avait une épée et, alors que Molly s'efforçait d'extirper son arme du moribond, cette épée tombait, tombait…

À cet instant, quelque chose lâcha dans la maison en feu avec un craquement sec. Le bâtiment vacilla, puis s'effondra dans un déluge d'étincelles et une explosion de flammes rugissantes. Un rideau flamboyant s'éleva entre moi et la cave ; j'étais incapable d'y voir dans cet enfer. La maison s'était-elle écroulée sur l'entrée de la cave et les Pirates qui l'attaquaient? Je ne distinguais plus rien. Je me jetai en avant pour attraper Molly.

Mais à cette même seconde tout disparut; plus de chaumière embrasée, plus de ville mise à sac, plus de port occupé par des intrus, plus de Pirates rouges; il n'y eut plus que moi, blotti par terre près de la cheminée. J'avais avancé la main dans le feu et refermé les doigts sur un charbon ardent. Avec un cri, le fou me saisit le poignet pour retirer ma main des braises. Je me libérai d'une secousse, puis contemplai ma paume couverte d'ampoules, l'esprit vide.

« Mon roi... » fit le fou d'un ton désolé. Il s'agenouilla près de moi, approcha délicatement la soupière. Il humecta une serviette dans le vin qu'il avait servi en prévision de mon repas et l'enroula autour de mes doigts. Je le laissai faire : la brûlure n'était rien à côté de la grande blessure qui béait en moi. Ses yeux inquiets étaient plongés dans les miens, mais c'est à peine si je le voyais. Il paraissait sans substance, avec le reflet des flammes mourantes dans ses iris décolorés : une ombre parmi toutes celles qui venaient me tourmenter.

Mes doigts brûlés m'élancèrent soudain; je les serrai dans mon autre main. Qu'avais-je fait, à quoi avais-je pensé? L'Art m'avait saisi comme une crise de convulsions et puis il s'en était allé en me laissant aussi sec qu'un verre vide. La fatigue se déversait en moi pour combler l'espace libéré et la douleur la chevauchait. Je m'efforçai de conserver en mémoire ce que j'avais vu. « Qui était cette femme? Est-elle importante?

— Ah! » Le fou paraissait plus épuisé encore que moi, mais il rassembla ses forces. « Une femme de Vasebaie? » Il se tut, l'air de se creuser laborieusement l'esprit. « Non... Je n'ai rien. Tout est confus, mon roi; c'est très difficile d'être sûr.

— Molly n'a pas d'enfant, lui dis-je. Ce ne pouvait être elle.

— Molly?

— Elle s'appelle Molly? » J'avais mal à la tête. La colère me prit tout à coup. « Pourquoi me tortures-tu ainsi?

— Mon seigneur, je ne connais pas de Molly. Allons, revenez vous coucher; je vais vous apporter à manger. »

Il m'aida à me relever et je supportai son contact. Ma voix me revint. Je me sentais flotter et mes yeux accommodaient par à-coups; je percevais la pression de sa main sur mon bras et la seconde d'après j'avais l'impression de rêver de la chambre et des deux hommes qui s'y parlaient. « Je dois savoir s'il s'agissait de Molly, dis-je péniblement; je dois savoir si elle est en train de mourir. Fou, il faut que je sache! »

Le fou poussa un profond soupir. « Je n'ai aucun pouvoir là-dessus, mon roi, vous le savez bien. À l'instar de vos visions, les miennes s'imposent à moi, non le contraire. Je ne puis choisir un fil de la tapisserie : je dois regarder ce vers quoi mes yeux sont tournés. L'avenir, mon roi, est comparable à un courant dans un canal; j'ignore où va telle ou telle goutte d'eau, mais je sais où le flot est le plus fort.

— Une femme à Vasebaie », insistai-je. Une partie de moi-même avait pitié de mon malheureux fou, mais une autre demeurait inflexible. « Je ne l'aurais pas vue si clairement si elle ne jouait pas un rôle essentiel. Essaye. Qui est-ce?

— Elle est importante?

— Oui, j'en suis sûr. Oh oui! »

Le fou s'assit par terre en tailleur. Il porta ses longs doigts minces à sa tête et les appuya sur les tempes comme s'il voulait ouvrir une porte. « Je ne sais pas. Je ne comprends pas... Tout est confus, tout se croise. Les pistes ont été piétinées, les odeurs altérées... » Il leva les yeux vers moi. Je ne me souvenais pas de m'être remis debout, mais il était à mes pieds, le regard levé vers moi. Ses yeux sans couleur paraissaient exorbités dans son visage crayeux. La tension qu'il s'imposait le faisait vaciller et il avait un sourire niais. Il regarda son sceptre à tête de rat, le plaça contre son nez. « Tu as entendu parler d'une Molly, toi, Raton ? Non ? C'est bien ce que je pensais. Il faudrait peut-être se renseigner auprès de gens plus à même de nous répondre. Les asticots, peut-être. » Il se mit à rire avec des gloussements d'idiot. Créature inutile, devin ridicule aux prophéties incompréhensibles ! Mais, bah, c'était sa nature et il n'y pouvait rien. Je m'écartai lentement de lui et retournai m'asseoir sur le bord de mon lit.

Je m'aperçus que je tremblais comme sous l'effet d'un accès de fièvre. Une crise qui se prépare, me dis-je ; je dois me calmer. Avais-je envie de me convulser et de hoqueter sous les yeux du fou ? À vrai dire, cela m'était égal. Rien n'avait d'importance, sauf de découvrir s'il s'agissait bien de ma Molly et si elle avait péri. Il fallait que je le sache, que je sache si elle était morte et, dans ce cas, comment. Jamais il ne m'avait paru plus crucial de savoir quelque chose.

Le fou se tenait accroupi sur le tapis comme un crapaud blafard. Il s'humecta les lèvres et me sourit. La douleur parfois peut arracher ce genre de sourire à un homme. « C'est une chanson de réjouissance que l'on chante sur Vasebaie, dit-il. Un chant de triomphe. Car les villageois ont gagné ; oh, ils n'ont pas conservé la vie, mais ils ont obtenu de mourir proprement. Enfin, de mourir, en tout cas. La mort plutôt que la forgisation. C'est un moindre mal, un moindre mal qui aura valu qu'on en tire une chanson à laquelle se raccrocher en ces jours sombres. C'est ainsi que ça se passe dans les Six-Duchés, aujourd'hui : nous tuons les nôtres pour prendre les

Pirates de court, et puis nous en faisons des chansons. Étonnantes, les consolations qu'on peut trouver quand il n'y a plus d'espoir. »

Ma vision s'estompa et je compris soudain que je rêvais. « Je ne suis pas ici, dis-je d'une voix faible. C'est un songe. Je rêve que je suis le roi Subtil. »

Le fou tendit la main devant les flammes et contempla les os qui se dessinaient clairement à travers la chair translucide. « Si vous le dites, mon suzerain, il doit en être ainsi. Dans ce cas, je rêve moi aussi que vous êtes le roi Subtil. Alors, si je vous pince, vais-je me réveiller? »

Je regardai mes propres mains. Elles étaient ridées et couturées de cicatrices. Je les refermai ; j'observai les veines et les tendons qui saillaient sous la peau parcheminée, je perçus la résistance de mes articulations enflées, comme si des grains de sable s'y étaient glissés. Je suis un vieillard, me dis-je. Voilà donc ce que c'est d'être vieux. Non pas malade, avec la possibilité de guérir un jour, mais vieux. Lorsque chaque jour ne peut être que plus difficile, que chaque mois ne fait que peser un peu plus sur le corps. Tout dérapait. Un instant, j'avais cru avoir quinze ans. Je sentis une odeur de chair carbonisée et de cheveux grillés. Non, un somptueux parfum de ragoût de bœuf. Non, l'encens vulnéraire de Jonqui. Les effluves mélangés me donnaient la nausée. Je ne savais plus qui j'étais, ni ce qui était important. J'essayai d'empoigner la logique instable de l'univers où je me trouvais, de la surmonter. Mais c'était perdu d'avance. « Je ne sais plus, murmurai-je. Je n'y comprends plus rien.

— Ah! fit le fou, c'est ce que je vous disais : on ne comprend une chose qu'en devenant cette chose.

— Est-ce cela, être le roi Subtil, alors? » demandai-je d'un ton angoissé. J'étais ébranlé jusqu'au plus profond de moi-même. Je ne l'avais jamais vu sous ce jour, tourmenté par les douleurs de la vieillesse et néanmoins toujours confronté aux douleurs de ses sujets. « Est-ce cela qu'il doit endurer tous les jours de sa vie ?

— Je le crains, mon suzerain, répondit le fou d'un ton apaisant. Allons, laissez-moi vous aider à regagner votre lit. Vous irez sûrement mieux demain.

— Non. Tu sais comme moi que je n'irai pas mieux demain. » Ce n'était pas moi mais le roi Subtil qui avait prononcé ces terribles paroles ; je les entendis et je sus que telle était l'épuisante vérité que le roi Subtil devait supporter quotidiennement. J'étais exténué, j'avais mal partout. J'ignorais que la chair pouvait se faire si lourde, que le simple fait de plier un doigt pouvait exiger un si grand effort. J'avais envie de me reposer, de me rendormir. Mais était-ce moi ou le roi Subtil ? La sagesse aurait voulu que je laisse le fou me remettre au lit, que je permette à mon roi de reprendre des forces, mais le fou tenait ce petit renseignement essentiel juste hors de portée de mes mâchoires claquantes. Il ne cessait d'escamoter l'unique parcelle de savoir qu'il me fallait pour me retrouver tout entier.

« Est-elle morte dans le village ? » demandai-je.

Il me lança un regard triste, puis, se baissant brusquement, il ramassa son sceptre à tête de rat. Une petite larme de nacre brillait sur la joue de Raton. Le fou se concentra sur elle et ses yeux se firent à nouveau lointains, perdus dans une toundra de détresse. Dans un murmure, il dit : « Une femme à Vasebaie... une goutte d'eau dans le flot de toutes les femmes de Vasebaie. Que peut-il lui être arrivé ? Est-elle morte ? Oui. Non. Gravement brûlée, mais vivante. Le bras amputé à l'épaule. Acculée, puis violée tandis qu'on tuait ses enfants, mais laissée en vie. Plus ou moins. » Les yeux du fou devinrent encore plus vides. On eût dit qu'il lisait un inventaire à voix haute, tant sa voix était monocorde. « Brûlée vive avec les enfants lorsque la maison s'est effondrée sur eux. A pris du poison dès que son mari l'a réveillée. Morte asphyxiée par la fumée. Et a succombé à l'infection causée par une blessure d'épée quelques jours plus tard. A péri d'un coup d'épée. Étouffée par son propre sang pendant qu'on la violait. S'est tranché la gorge après avoir tué les enfants tandis que des Pirates défonçaient la trappe à coups de hache. A survécu et a donné le jour au rejeton d'un Pirate l'été suivant. A été retrouvée errant dans la campagne plusieurs jours plus tard, gravement brûlée mais ne se souvenant de rien. A été défigurée par le feu et eu les mains tranchées, mais n'a survécu qu'un bref…

— Arrête ! criai-je. Cesse ! Je t'en supplie, cesse ! »

Il se tut et prit une inspiration. Ses yeux revinrent sur moi, leur vivacité retrouvée. « Que je cesse ? » Il soupira, se prit le visage entre les mains et dit d'une voix étouffée : « Que je cesse ? C'est aussi ce que hurlaient les femmes de Vasebaie. Mais c'est déjà passé, mon suzerain. Nous ne pouvons défaire ce qui est en cours. Une fois que cela s'est produit, il est trop tard. » Il releva le visage. Il paraissait exténué.

« Je t'en prie… Ne peux-tu rien me dire de cette femme que j'ai vue, d'elle seule ? » Son nom m'échappait soudain ; elle était très importante pour moi, voilà tout ce que je me rappelais.

Il secoua la tête et les clochettes d'argent de sa coiffe sonnèrent faiblement. « Le seul moyen serait de se rendre sur place. » Il me regarda. « Si vous me l'ordonnez, j'irai.

— Fais chercher Vérité. J'ai des instructions à lui donner.

— Nos soldats n'arriveront pas à temps pour empêcher l'attaque, observa-t-il ; ils ne pourront qu'aider à éteindre les incendies et prêter la main aux habitants pour récupérer ce qu'ils pourront des ruines.

— Dans ce cas, qu'ils le fassent, dis-je d'une voix éteinte.

— Laissez-moi d'abord vous remettre dans votre lit, mon roi, avant que vous ne preniez froid. Puis je vous apporterai à manger.

— Non, fou, répondis-je tristement. Puis-je manger bien au chaud alors que des corps d'enfants se raidissent dans la boue glacée ? Non, apporte-moi plutôt ma robe et mes chaussures, après quoi tu iras chercher Vérité. »

Le bouffon fit front bravement. « Croyez-vous que l'inconfort que vous vous infligerez donnera ne serait-ce qu'un souffle de plus à un enfant, mon suzerain ? Ce qui s'est passé à Vasebaie est terminé. Pourquoi souffrir ?

— Pourquoi souffrir ? » Je réussis à sourire. « Chaque habitant de Vasebaie a dû poser la même question au brouillard, cette nuit. Je souffre, mon fou, parce qu'ils ont souffert. Parce que je suis roi. Mais davantage encore, parce que je suis un homme et que j'ai vu ce qui leur est arrivé. Réfléchis, fou : imagine que chaque habitant des Six-Duchés se dise : "Ma foi, ce qui pouvait leur arriver de pire s'est déjà produit. Pourquoi renoncer à mon repas et à mon lit douillet pour m'en occuper ?" Fou, par le sang qui est en moi, ce sont mes sujets. Ma souffrance est-elle plus grande ce soir que la leur ? Que sont les élancements et les tremblements d'un seul homme à côté de ce qu'a subi Vasebaie ? Pourquoi m'abriterais-je alors que mon peuple se fait massacrer comme du bétail ?

— Il me suffit de dire deux mots au prince Vérité, fit le fou. "Pirates" et "Vasebaie", et il en saura autant qu'il est nécessaire. Laissez-moi vous aider à vous recoucher, mon seigneur, puis je me précipiterai auprès de lui avec ces deux mots.

— Non. » Une nouvelle nuée de douleur naquit à l'arrière de mon crâne et s'efforça de chasser tout sens de mes pensées, mais je tins bon. Je me forçai à m'approcher du fauteuil près de la cheminée et me débrouillai pour m'y asseoir. « J'ai passé ma jeunesse à définir les frontières des Six-Duchés à ceux qui les contestaient. Ma vie serait-elle trop précieuse pour la risquer aujourd'hui, alors qu'il n'en reste que des lambeaux perclus de souffrance ? Non, fou. Va me chercher mon fils à l'instant. Il artisera pour moi, car je n'en ai plus la force ce soir. Ensemble, nous réfléchirons à ce que nous verrons et prendrons des décisions sur ce qu'il convient de faire. À présent, va ! VA ! »

Le fou se sauva et le bruit de ses pas décrut sur le sol de pierre.

J'étais seul avec moi-même. Avec nous-mêmes. Je portai les mains à mes tempes, et je sentis un sourire douloureux creuser des rides sur mon visage lorsque je me trouvai. *Eh bien ! mon garçon, te voici donc.* Mon roi porta lentement son attention sur moi ; il était las, mais il tendit son Art vers moi pour toucher mon esprit avec autant de douceur que s'il soufflait sur une toile d'araignée ; maladroitement, j'essayai de consolider le lien d'Art et tout se détraqua. Notre contact se délita comme un tissu mûr, et le roi disparut.

J'étais accroupi, seul, sur le sol de ma chambre, dans le royaume des Montagnes et beaucoup trop près du feu. J'avais quinze ans et ma chemise de nuit était propre et confortable. Il ne restait presque que des braises dans le foyer. Mes doigts couverts d'ampoules m'élançaient violemment et les prémices d'une migraine d'Art commençaient à me battre les tempes.

Je me levai lentement, avec prudence. Comme un vieillard ? Non. Comme un jeune homme encore convalescent. La différence était désormais claire.

Mon lit propre et moelleux m'attirait comme une promesse de lendemain doux et limpide.

Je les refusai tous deux. Je m'installai dans le fauteuil près de la cheminée et me mis à réfléchir, les yeux dans les flammèches.

Quand Burrich vint me faire ses adieux au point du jour, j'étais prêt à l'accompagner.

2

LE RETOUR

La forteresse de Castelcerf domine le meilleur port en eau profonde des Six-Duchés. Au nord, le fleuve Cerf se jette dans la mer et son flot convoie la majorité des marchandises exportées par les duchés de l'Intérieur, Bauge et Labour. De noires et abruptes falaises servent de socle à la citadelle qui surplombe l'embouchure du fleuve, le port et les eaux du large. Bourg-de-Castelcerf, accroché de façon précaire à ces falaises, se situe à l'écart de la plaine inondable du grand cours d'eau et une bonne partie de la ville est bâtie sur des quais et des jetées. La forteresse d'origine était un édifice en bois construit par les premiers habitants de la région pour se défendre des attaques outrîliennes ; dans des temps reculés, un pirate du nom de Preneur s'en empara et s'y installa définitivement ; il remplaça les structures de bois par des murailles et des tours de pierre noire, extraite des falaises elles-mêmes, et enfonça les fondations de Castelcerf dans le roc. À chaque génération de Loinvoyant, les murs se fortifièrent et les tours s'élancèrent plus haut, toujours plus solides. Depuis Preneur, le fondateur de la lignée des Loinvoyant, Castelcerf n'est jamais tombée entre des mains ennemies.

*
* *

La neige me baisait le visage, le vent repoussait les cheveux de mon front. Je m'éveillais d'un rêve obscur pour sombrer dans un autre, plus ténébreux encore, dans une forêt en hiver. J'avais froid, sauf là où la chaleur qui montait de ma monture fatiguée me réchauffait. Sous moi, Suie avançait vaille que vaille, à pas lents, entre les congères édifiées par le vent. Il me semblait être en route depuis longtemps. Pognes, le palefrenier, me précédait ; il se retourna dans sa selle et me cria quelque chose.

Suie s'arrêta, sans brutalité, mais je ne m'y attendais pas et je faillis glisser à bas de ma selle. Je me rattrapai à la crinière de ma jument et me rétablis. Les flocons qui tombaient régulièrement voilaient la forêt tout autour de nous ; les branches des sapins ployaient sous le poids de la neige et les bouleaux dressaient de noires silhouettes sur le fond des nuages vaguement éclairés par la lune. Il n'y avait pas la moindre trace de piste dans ces bois épais. Pognes avait tiré les rênes de son hongre noir et Suie s'était arrêtée à sa suite ; derrière moi, Burrich se tenait sur sa jument rouanne avec l'aisance d'un cavalier éprouvé.

J'avais froid et je tremblais de faiblesse. Je parcourus les alentours d'un œil éteint en me demandant la raison de notre halte. Le vent qui soufflait par rafales faisait claquer mon manteau humide contre le flanc de Suie. Pognes tendit soudain l'index. « Là ! » Il se tourna vers Burrich et moi. « Vous avez vu, vous aussi ? »

Je me penchai en avant pour essayer de voir au travers de la dentelle voltigeante des flocons. « Il me semble, oui », dis-je d'une voix étouffée par le vent et la neige. L'espace d'un instant, j'avais entrevu de petits points de lumière, jaunes et immobiles à la différence des feux follets bleu pâle qui envahissaient encore de temps en temps mon champ de vision.

« Vous croyez que c'est Castelcerf ? cria Pognes pour dominer le vent qui forcissait.

— Oui, affirma Burrich, et sa voix grave portait sans difficulté. Je sais où nous sommes, maintenant. C'est ici que le prince Vérité a tué une grande biche, il y a six ou sept ans ; je m'en souviens parce qu'elle a fait un bond quand la flèche l'a touchée et elle a dégringolé au fond de la ravine, là-bas. Il nous a fallu tout le reste de la journée pour récupérer la viande. »

L'endroit qu'il indiquait n'apparaissait que comme une rangée de buissons à demi cachée par l'averse de flocons ; pourtant, je me repérai brusquement : la configuration du versant, les arbres qui y poussaient, la ravine là-bas... Castelcerf se trouvait donc dans cette direction ; encore une petite distance à couvrir et nous verrions clairement la forteresse accrochée à ses falaises au-dessus de Bourg-de-Castelcerf et de la baie. Pour la première fois depuis des jours, je sus avec une certitude absolue où nous nous trouvions. Jusque-là, le temps couvert nous empêchait de vérifier notre route à l'aide des étoiles et les chutes de neige inhabituellement abondantes modifiaient tellement les paysages que même Burrich ne paraissait plus très sûr de lui. Mais je savais à présent que nous arriverions bientôt à destination... si nous étions en été. Cependant, je rassemblai ce qui me restait de courage.

« Ce n'est plus très loin », dis-je à Burrich.

Pognes avait déjà remis sa monture en marche. Le hongre noir et trapu reprit bravement sa route au travers de la neige amoncelée. Je donnai doucement du talon à Suie et la grande jument repartit à contrecœur ; comme elle s'engageait dans la pente de la colline, je glissai de côté et tentai en vain de me raccrocher à ma selle.

Burrich vint se placer près de moi, me saisit par le col et me redressa. « Ce n'est plus très loin, dit-il, en écho à mes paroles. Tu vas y arriver. »

Je hochai vaguement la tête. Ce n'était que la deuxième fois depuis une heure qu'il était obligé de me remettre dans mes étriers : une de mes meilleures soirées. Je me rassis le dos droit, les épaules résolument carrées. On était presque à la maison.

Le voyage avait été long et ardu, le temps abominable, et ces épreuves incessantes n'avaient pas amélioré mon état. Pour la plus grande partie, je n'en gardais qu'un souvenir de mauvais rêve ; des journées à me faire cahoter dans ma selle, à peine conscient du chemin suivi, et des nuits passées entre Pognes et Burrich, sous notre petite tente, à trembler d'un épuisement tel qu'il m'empêchait de dormir. J'avais pensé que nous avancerions plus facilement à mesure que nous approcherions de Castelcerf ; mais c'était sans compter avec la prudence de Burrich.

À Turlac, nous avions fait halte dans une auberge pour la nuit ; je supposais que nous embarquerions à bord d'une péniche fluviale le lendemain car, si les berges de la Cerf étaient bordées de glace, son courant puissant maintenait tout l'hiver en son milieu un chenal dégagé. Je montai tout droit dans notre chambre, car j'étais exténué ; Burrich et Pognes savouraient d'avance les plats chauds et la compagnie de l'établissement, sans parler de sa bière, et je ne m'attendais pas à les voir venir se coucher très tôt. Mais deux heures à peine s'étaient écoulées lorsqu'ils apparurent et se préparèrent à se mettre au lit.

Burrich, muet comme la tombe, avait un air sinistre, et, après qu'il se fut allongé, Pognes m'expliqua à mi-voix qu'on ne disait guère de bien du roi dans la ville. « S'ils avaient su qu'on était de Castelcerf, je ne crois pas qu'ils auraient parlé aussi franchement. Mais vêtus comme on était de costumes des Montagnes, ils ont dû nous prendre pour des marchands. Dix fois, j'ai cru que Burrich allait provoquer l'un ou l'autre en duel ; je ne sais vraiment pas comment il a fait pour se retenir ! Tout le monde se plaint des impôts levés pour défendre les côtes ; ils ricanent, en disant qu'on a beau leur faire cracher taxe sur taxe, ça n'a pas empêché les Pirates de se pointer en automne là où on ne les attendait pas et d'incendier encore deux villes. »

Pognes se tut, puis ajouta, hésitant : « Mais c'est bizarre, ils disent le plus grand bien du prince Royal. Il est passé par ici en escortant Kettricken à Castelcerf ; un des hommes à notre table l'a traitée de grande poiscaille blanchâtre, bien digne du roi des Côtes. Un autre a renchéri en déclarant qu'au moins le prince Royal se portait bien malgré tout ce qu'il avait subi et qu'il avait l'attitude d'un vrai prince. Là-dessus, ils ont bu à sa santé en lui souhaitant longue vie. »

Un grand froid m'envahit. À voix basse, je demandai . « Ces deux villages forgisés… tu as entendu leurs noms ?

— Orquegoule, en Béarns, et Vasebaie, en Cerf même. »

L'obscurité se fit plus épaisse et j'y passai la nuit, les yeux grands ouverts.

Le lendemain matin, nous quittâmes Turlac, mais à dos de cheval et par la terre. Burrich ne voulut même pas suivre la route. Je protestai en vain ; il écouta mes plaintes, puis me prit à part et me demanda brutalement : « Tu as envie de mourir ? »

Je le regardai d'un œil éteint, et il eut l'air écœuré.

« Fitz, rien n'a changé : tu es toujours un bâtard de Loinvoyant et le prince Royal te considère toujours comme un obstacle. Il a déjà essayé de se débarrasser de toi, non pas une fois, mais trois ! Tu crois qu'il va t'accueillir à bras ouverts à Castelcerf ? Non ! Mieux vaudrait même pour lui que nous ne revenions jamais. Alors inutile de lui offrir de trop bonnes cibles : on passera par la terre. Si lui ou ses sbires veulent nous trouver, ils devront nous pourchasser à travers bois ; et Royal n'a jamais été bon chasseur.

— N'aurions-nous pas la protection de Vérité ? demandai-je d'une voix dolente.

— Tu es l'homme lige du roi, et Vérité n'est que roi-servant, répliqua Burrich. C'est toi qui protèges ton roi, Fitz, pas le contraire. D'accord, il t'aime bien et il ferait tout son possible pour te défendre, mais il a des sujets de préoccupation plus graves : les Pirates rouges, une nouvelle épouse et un frère cadet qui estime que la couronne lui irait mieux qu'à quiconque. Non : n'espère pas que le roi-servant s'occupe de toi. Débrouille-toi seul. »

Pour ma part, je ne voyais que les journées de voyage supplémentaires qui m'éloignaient de Molly. Mais ce n'est pas cet argument que j'avançai, car je n'avais pas parlé de mon rêve à Burrich. « Il faudrait que Royal soit fou pour essayer de nous tuer à nouveau : tout le monde saurait que c'est lui, l'assassin.

— Pas fou, Fitz, seulement impitoyable. C'est ça, Royal. Ne t'imagine jamais qu'il obéit aux mêmes règles que nous ou même qu'il pense comme nous. S'il voit l'occasion de nous éliminer, il la saisira. Du moment qu'on ne peut pas prouver sa culpabilité, il se foutra qu'on le soupçonne. Vérité est notre roi-servant, pas notre roi tout court, pas encore. Tant que le roi Subtil sera en vie et qu'il régnera, Royal saura le mettre dans sa poche et commettre pas mal de coups tordus en toute impunité. Même un meurtre. »

Là-dessus, Burrich, tirant les rênes de côté, avait fait quitter la route à son cheval pour le lancer à travers les congères sur la pente enneigée d'une colline, tout droit vers Castelcerf. Pognes m'avait regardé avec un visage défait, mais nous l'avions suivi. Et chaque nuit, entassés tous les trois dans une seule tente pour nous tenir chaud au lieu de profiter des lits d'une auberge douillette, j'avais songé à Royal ; à chacun de mes pas durant l'escalade laborieuse du versant de chaque butte, où nous devions bien souvent mener nos montures par la bride, puis dans la descente ultérieure, j'avais pensé au jeune prince. J'avais compté les heures qui s'accumulaient entre Molly et moi. Les seuls moments où je me sentais une vigueur retrouvée, c'était pendant mes rêveries où je me voyais réduire Royal en miettes. Je ne pouvais me jurer de me venger : la vengeance appartient à la couronne ; mais je pouvais lui interdire toute satisfaction en ce qui me concernait. Je reviendrais à Castelcerf, je me dresserais tout droit devant lui et, lorsque son œil noir tomberait sur moi, je ne broncherais pas. Il ne me verrait jamais trembler, ni me rattraper à un mur, ni me passer la main sur les yeux parce que ma vision se serait brusquement brouillée. Il ne saurait jamais à quel point il avait frôlé la victoire.

Et nous étions à présent en vue de Castelcerf ; nous n'arrivions pas par la route qui serpentait le long de la côte, mais par les collines boisées qui s'étendent derrière la Forteresse. La neige diminua puis cessa. Les vents de la nuit chassèrent les nuages et une magnifique lune alluma des reflets sur la Forteresse, noire comme le jais sur le fond de l'océan. Des lumières jetaient des éclats jaunes dans ses tourelles et près de la poterne. « On est chez nous », dit Burrich à mi-voix. Nous descendîmes une dernière pente et contournâmes la citadelle pour accéder à la porte principale de Castelcerf.

Un jeune soldat était de garde. Il abaissa sa pique et nous demanda nos noms.

Burrich rejeta son capuchon en arrière, mais le garçon ne bougea pas. « Je suis Burrich, le maître d'écurie ! s'exclama l'intéressé, incrédule. Je m'occupais des écuries bien avant ta naissance ! Ce serait plutôt à moi de te demander ce que tu fais ici, devant ma porte ! »

Le jeune homme, tout déconcerté, n'eut pas le temps de répondre : on entendit du remue-ménage, des bruits de pas et des soldats sortirent en trombe du corps de garde. « Mais oui, c'est bien Burrich ! » fit le sergent. Le maître d'écurie se retrouva aussitôt entouré d'une troupe d'hommes qui le saluaient à grands cris et parlaient tous en même temps, cependant que Pognes et moi restions sur nos montures fourbues, à l'écart de la cohue. Le sergent, un certain Lame, finit par ordonner le silence, surtout pour pouvoir faire ses propres commentaires dans le calme. « On ne t'attendait pas avant le printemps, camarade, dit le vieux soldat d'un ton brusque. Et même alors, on nous avait prévenus que tu risquais de ne plus être comme quand t'étais parti. Mais tu m'as l'air en bonne forme ; un peu gelé, avec des affûtiaux pas de chez nous et une ou deux cicatrices en plus, mais toujours le même à part ça. On disait que t'avais pris un mauvais coup et que le Bâtard était mort ou quasi. La maladie ou le poison, selon les rumeurs. »

Burrich éclata de rire et ouvrit largement les bras afin que tous puissent admirer sa tenue montagnarde. L'espace d'un instant, je le vis tel que ces hommes avaient dû le voir, avec son pantalon rembourré, son sarrau et ses chaussures jaunes et violets, et je ne m'étonnai plus qu'on nous ait interpellés à la porte. En revanche, je m'interrogeai sur les rumeurs.

« Qui prétend que le Bâtard est mourant ? demandai-je avec curiosité.

— Qui veut le savoir ? » répliqua Lame du tac au tac. Il parcourut mon costume des yeux, planta son regard dans le mien et ne me reconnut pas ; mais comme je me redressais sur ma selle, il tressaillit. Encore aujourd'hui, je suis sûr qu'il m'a identifié grâce à Suie. Il ne cacha pas son saisissement.

« Fitz ? Mais t'es plus que l'ombre de toi-même ! On dirait que t'as attrapé la Peste sanguine ! » C'était la première fois que j'avais une vague indication de l'aspect que j'offrais à mes proches.

Je répétai ma question sans hausser le ton.

« Qui dit que j'ai été empoisonné ou malade ? »

Lame sourcilla et jeta un coup d'œil par-dessus son épaule. « Oh, personne ; enfin, personne en particulier. Tu sais ce que c'est : en voyant que tu revenais pas avec les autres, ben, y en a qui ont commencé à imaginer ci et ça, et ensuite, c'était comme si c'était sûr et certain. Des rumeurs, des bavardages de salle de garde, des potins de soldats, quoi ! On se demandait pourquoi tu rentrais pas, c'est tout, et personne croyait ce qu'on racontait. On lançait trop d'histoires nous-mêmes pour gober les bruits qui couraient. On se demandait juste pourquoi vous reveniez pas, Burrich, Pognes et toi. »

Il finit par s'apercevoir qu'il se répétait et se tut devant le regard appuyé que je lui adressai. Je laissai le silence se prolonger assez pour bien lui faire comprendre que je n'entendais pas répondre à sa question, puis je haussai les épaules. « N'y pensons plus, Lame. Mais tu peux dire à tout le monde que le Bâtard n'est pas encore dans la tombe. Maladie ou poison, vous auriez dû savoir que Burrich me remettrait sur pied. Je suis bien vivant ; j'ai une tête de déterré, mais c'est tout.

— Fitz, mon garçon, c'est pas ce que je voulais dire. C'est seulement que…

— J'ai dit : N'y pensons plus, Lame. Tiens-t'en là.

— Très bien », répondit-il avec raideur.

Je hochai la tête, puis jetai un coup d'œil à Burrich : il me regardait d'un air bizarre. Lorsque je me retournai pour échanger un regard perplexe avec Pognes, je lus la même surprise sur son visage, et je n'en compris pas la raison.

« Eh bien, bonne nuit, sergent. Ne réprimande pas ton soldat à la pique. Il a bien fait d'arrêter des inconnus à la porte de Castelcerf.

— Très bien. Bonne nuit. » Lame me fit un salut maladroit ; les grands battants de bois s'ouvrirent largement et nous pénétrâmes dans la forteresse. Suie releva le museau et un peu de sa fatigue la quitta ; derrière moi, la monture de Pognes hennit doucement et celle de Burrich renifla. Jamais le chemin entre l'enceinte et les écuries ne m'avait paru si long. Comme Pognes mettait pied à terre, Burrich m'attrapa par la manche et me retint de l'imiter. Notre compagnon salua le palefrenier à moitié endormi qui se présenta pour éclairer notre route.

« On est restés un moment dans le royaume des Montagnes, Fitz, me dit Burrich à voix basse. Là-bas, tout le monde se fiche de savoir de quel côté des draps tu es né. Mais on est chez nous, maintenant ; et, ici, le fils de Chevalerie n'est pas prince, mais bâtard.

— Je sais ! » Sa brutale franchise m'avait piqué au vif. « Je le sais depuis toujours et je le vis depuis toujours.

— C'est vrai. » Une étrange expression passa sur ses traits, un sourire mi-incrédule, mi-fier. « Alors pourquoi est-ce que tu parles au sergent de ce ton de commandement et que tu lui donnes des conseils aussi sèchement que si tu étais Chevalerie lui-même ? J'ai cru rêver en t'entendant t'adresser à ces hommes et en les voyant s'aplatir devant toi ! Tu n'as même pas fait attention à leur réaction, tu ne t'es même pas rendu compte que tu m'avais piqué l'autorité. »

Je me sentis rougir. Tout le monde, dans les Montagnes, m'avait traité comme si j'étais prince de plein droit et non simple bâtard de prince. M'étais-je donc si vite habitué à cette position ?

Burrich émit un petit rire devant la tête que je faisais, mais il reprit aussitôt son sérieux. « Fitz, tu dois retrouver ta prudence. Garde les yeux baissés, ne redresse pas la tête comme un jeune étalon, sinon Royal le prendra comme un défi et nous ne sommes pas prêts à l'affronter. Pas encore, et peut-être jamais. »

J'acquiesçai sombrement et regardai la neige piétinée de la cour des écuries. Quand je me présenterais devant Umbre, le vieil assassin ne serait pas content de son apprenti et je devrais en répondre. Sans aucun doute, il serait au courant de l'incident de la porte avant même de me convoquer.

Burrich interrompit brusquement mes réflexions.

« Assez lambiné ; descends de cheval, petit. » Le ton qu'il avait employé me fit sursauter et je compris soudain que lui aussi devait se réaccommoder à nos positions respectives à Castelcerf. Depuis combien d'années étais-je son pupille et son palefrenier ? Mieux valait réendosser nos rôles le plus précisément possible ; cela éviterait les commérages de cuisine. Je mis pied à terre et, Suie à la bride, pénétrai dans les écuries à la suite de Burrich.

L'air y était chaud et lourd, et les murs épais maintenaient au-dehors les ténèbres et le froid de la nuit d'hiver. Je me sentais chez moi dans l'éclat jaune des lanternes, au milieu des respirations lentes et profondes des chevaux dans leurs boxes. Mais les écuries s'éveillèrent sur le passage de Burrich. Pas un cheval, pas un chien ne manqua de sentir son odeur et de se lever pour l'accueillir. Le maître d'écurie était de retour, salué chaleureusement par les créatures qui le connaissaient le mieux. Deux lads nous emboîtèrent bientôt le pas et se mirent ensemble à nous bombarder de nouvelles concernant tel et tel animal, faucon, mâtin ou cheval. Ici, Burrich avait l'autorité suprême, hochait la tête d'un air avisé, posait une question concise à l'un ou l'autre et ne laissait passer aucun détail. Il ne se départit de sa réserve que lorsque Renarde, sa vieille mâtine, vint l'accueillir de sa démarche raide ; alors, il se laissa tomber sur un genou pour la prendre dans ses bras et lui tapoter les flancs, tandis qu'elle frétillait comme un chiot et s'efforçait de lui lécher le visage. « Ça, c'est un vrai chien ! » dit-il en manière de salut. Puis il se redressa et reprit sa tournée. La chienne le suivit, dansant de la croupe au rythme de ses battements de queue.

La chaleur vidait mes membres de toute force et je me laissai peu à peu distancer. Un garçon m'apporta rapidement une lampe, puis repartit précipitamment faire sa cour à Burrich. Arrivé devant le box de Suie, je débarrai la porte et la jument entra avec un reniflement de plaisir. Je posai ma lanterne sur l'étagère et regardai autour de moi. J'étais chez moi. C'était ici, chez moi, davantage que ma chambre là-haut dans le château, davantage que partout ailleurs dans le monde : un box dans l'écurie de Burrich, sous sa protection, créature parmi toutes celles dont il avait la charge. Ah, si seulement je pouvais remonter le temps, m'enfouir dans la paille épaisse et tirer une couverture par-dessus ma tête…

Suie renifla de nouveau, cette fois avec reproche : elle m'avait porté des jours durant, par bien des chemins, et elle méritait bien tous les conforts que je pouvais lui fournir. Mais chaque boucle de sangle résistait à mes doigts gourds et fatigués ; quand je retirai la selle de son dos, je faillis la laisser tomber. Je mis un temps infini à dégrafer sa bride, dont le métal brillant dansait devant mes yeux ; pour finir, je fermai les paupières et laissai mes doigts opérer seuls. Lorsque je les rouvris, Pognes était à mes côtés ; je lui adressai un hochement de tête et la bride glissa de mes doigts sans vie. Il la regarda, mais ne dit rien. Il versa dans l'abreuvoir de Suie le seau d'eau qu'il avait apporté, fit tomber de l'avoine dans sa mangeoire et alla lui chercher une brassée de fourrage doux encore bien vert. Je venais de sortir les étrilles quand sa main passa sous mon nez et les ôta de mes doigts sans force. « Je m'en occupe, dit-il à mi-voix.

— Soigne d'abord ton cheval, dis-je.

— C'est déjà fait, Fitz. Tu ne feras rien de bon sur elle; laisse-moi la panser. Tu tiens à peine debout. Va te reposer. » Et il ajouta, presque tendrement : « Une autre fois, quand on sera sortis, tu te chargeras de Cœur-Vaillant à ma place.

— Burrich va m'écorcher vif si je laisse quelqu'un d'autre soigner mon cheval !

— Non. Il ne laisserait pas quelqu'un qui ne tient pas sur ses jambes s'occuper d'un animal », fit la voix de Burrich. Il était devant la porte du box. « Laisse Suie aux soins de Pognes, mon garçon ; il connaît son travail. Pognes, je te confie les écuries un moment. Quand tu auras fini avec Suie, va jeter un coup d'œil à la jument tachetée à l'angle sud ; je ne sais pas à qui elle est ni d'où elle vient, mais elle m'a l'air malade. Si ça se confirme, fais-la mettre à l'écart des autres chevaux et fais récurer le box au vinaigre. Je reviens dès que j'aurai accompagné FitzChevalerie à sa chambre. Je prendrai de quoi manger en passant et on cassera la graine chez moi. Ah, et fais préparer un feu dans ma cheminée. Il doit faire froid comme dans une caverne, là-dedans. »

Pognes acquiesça, déjà en train d'étriller ma jument. Suie avait le museau dans l'avoine. Burrich me prit par le bras. « Viens avec moi », me dit-il comme s'il s'adressait à un cheval. Bien malgré moi, je dus m'appuyer sur lui pour traverser la longue rangée de boxes ; à la porte, il décrocha une lanterne. Après la chaleur des écuries, la nuit me parut encore plus froide et obscure. Comme nous remontions le chemin verglacé qui menait aux cuisines, la neige reprit et mes pensées se mirent à tournoyer et à voltiger comme les flocons. Je ne savais plus où étaient mes pieds. « Tout a changé pour toujours », dis-je en m'adressant à la nuit. Mes paroles s'envolèrent en tourbillonnant au milieu des cristaux de neige.

« Qu'est-ce qui a changé ? » demanda Burrich. Son ton circonspect trahit son inquiétude : il craignait que la fièvre ne m'ait repris.

« Tout. Ta façon de me traiter quand tu ne fais pas attention. La façon dont Pognes me traite ; il y a deux ans, nous étions amis, deux garçons qui travaillaient aux écuries, tout simplement. Mais ce soir, il m'a traité comme un invalide... quelqu'un de tellement faible qu'on ne peut même plus l'en insulter. Comme s'il était normal qu'il fasse les choses à ma place. Et les soldats ne m'ont pas reconnu à la porte. Même toi, Burrich : il y a six mois ou un an, si j'étais tombé malade, tu m'aurais traîné dans ta chambre et soigné comme tu aurais soigné un chien ; et si je m'étais avisé de me plaindre, tu m'aurais envoyé sur les roses. Et aujourd'hui, tu m'accompagnes aux cuisines et... »

Burrich m'interrompit sans douceur.

« Arrête de gémir. Arrête de pleurnicher sur ton sort. Si Pognes avait la tête que tu as en ce moment, tu aurais agi de la même façon avec lui. » Presque involontairement, il ajouta : « Les choses changent parce que le temps passe. Pognes n'a pas cessé d'être ton ami ; mais tu n'es plus celui qui a quitté Castelcerf à l'époque des moissons. Ce Fitz-là était le garçon de courses de Vérité, il avait été mon garçon d'écurie, mais il n'était guère plus. Bâtard royal, oui, mais c'était sans grande importance pour personne sauf pour moi. Mais là-bas, à Jhaampe, dans le royaume des Montagnes, tu as montré que tu étais bien davantage. Peu importe que tu sois pâle comme un mort ou que tu puisses à peine marcher après une journée en selle : tu as l'allure que doit avoir le fils de Chevalerie. C'est ce qui transparaît dans ton attitude et c'est à ça que les gardes ont réagi. Et Pognes aussi. » Il reprit son souffle et poussa de l'épaule la lourde porte des cuisines. « Et moi aussi, Eda nous aide ! » ajouta-t-il dans sa barbe.

Mais alors, comme pour démentir ses propres paroles, il me conduisit manu militari dans la salle des gardes, à l'autre bout des cuisines, et me déposa sans cérémonie sur un banc devant la grande table en chêne couturée d'éraflures. L'odeur de la salle me fut un délice ; la porte en était toujours ouverte aux soldats, aussi crottés, trempés de neige ou ivres fussent-ils, pour un moment de détente et de réconfort ; Mijote gardait en permanence une marmite de ragoût à bouillonner au-dessus du feu, du pain et du fromage attendaient sur la table, ainsi qu'une motte de beurre d'été tiré du garde-manger d'en bas. Burrich remplit deux bols de ragoût épaissi d'orge et deux chopes de bière glacée pour accompagner le pain, le beurre et le fromage.

Je restai un moment les yeux fixés sur la nourriture fumante, incapable de soulever ma cuiller. Mais le fumet finit par m'inciter à une première bouchée, et il n'en fallut pas plus pour me déclencher. À mi-bol, je m'interrompis pour me débarrasser de mon sarrau rembourré et rompre un nouveau morceau de pain. Quand je levai les yeux de mon second bol de ragoût, je vis Burrich qui m'observait d'un air amusé. « Ça va mieux ? » demanda-t-il.

Je pris le temps de réfléchir. « Oui. » J'avais chaud, j'avais le ventre plein, et si j'étais certes fatigué, c'était d'une bonne fatigue, aisément soignée par une simple nuit de sommeil. Je contemplai ma main ; je sentais encore les tremblements qui l'agitaient, mais ils n'étaient plus perceptibles à l'œil. « Ça va beaucoup mieux. » Je me levai et mes jambes étaient fermes.

« Alors, tu es prêt à te présenter devant le roi. »

Je le dévisageai, ahuri. « Maintenant ? Cette nuit ? Mais le roi est couché depuis longtemps ! Le garde ne me laissera jamais passer sa porte !

— C'est bien possible, et tu devrais t'en réjouir. Mais tu dois au moins t'annoncer chez lui dès ce soir. Au roi de décider quand il te recevra ; s'il te renvoie, tu pourras aller te coucher. Mais je parie que Vérité, le roi-servant, voudra un rapport, lui. Et tout de suite, sans doute.

— Tu retournes aux écuries, toi ?

— Bien sûr. » Il eut un sourire carnassier. « Moi, je ne suis que le maître d'écurie, Fitz ; je n'ai de rapport à faire à personne. Et j'ai promis à Pognes de lui rapporter à manger. »

Sans rien dire, je le regardai remplir une assiette. Il coupa une longue tranche de pain, en recouvrit deux bols pleins de ragoût, puis ajouta sur le côté un coin de fromage et un gros bloc de beurre jaune.

« Qu'est-ce que tu penses de Pognes ? lui demandai-je.

— C'est un bon gars, répondit Burrich sans se compromettre.

— Il est plus que ça. C'est lui que tu as choisi pour rester avec nous au royaume des Montagnes et nous raccompagner ici, alors que tu avais renvoyé tous les autres avec la caravane.

— J'avais besoin de quelqu'un de solide ; à l'époque, tu étais… très mal. Et je ne valais guère mieux, je dois dire. » Il porta la main à la mèche blanche qui tranchait sur sa chevelure noire, témoin du coup qui avait failli le tuer.

« Qu'est-ce qui t'a amené à le choisir ?

— Je ne l'ai pas choisi, en réalité ; c'est lui qui est venu me trouver. Il avait découvert, je ne sais trop comment, où on logeait, toi et moi, et il avait convaincu Jonqui de le laisser entrer. J'étais couvert de pansements et j'avais encore la vue floue. Je lui ai demandé ce qu'il voulait et il m'a répondu que je devais désigner un responsable à l'écurie, parce qu'avec Cob mort et moi au fond de mon lit, le travail était de plus en plus mal fait.

— Et ça t'a impressionné.

— Il avait été droit au fait, sans poser de questions inutiles sur ce que je devenais, ni sur toi ni sur ce qui nous était arrivé. Il avait mis le doigt sur ce qu'il pouvait faire et il était venu me le dire. Ça, c'est une qualité qui me plaît : savoir ce qu'on peut faire, et le faire. Du coup, je lui ai confié les écuries, et il s'en est bien tiré. Je l'ai gardé près de nous quand les autres sont partis parce qu'un garçon aussi efficace pouvait m'être utile, et aussi pour voir par moi-même ce qu'il valait : était-ce un simple ambitieux, ou comprenait-il réellement ce qu'un homme doit à une bête quand il prétend en être le maître ? Voulait-il dominer ses inférieurs ou cherchait-il le bien-être de ses animaux ?

— Et que penses-tu de lui, aujourd'hui ?

— J'en pense que je ne suis plus tout jeune et qu'il y aura peut-être encore un bon maître d'écurie à Castelcerf quand je ne pourrai plus mater un étalon cabochard. Mais je ne compte pas passer la main tout de suite ; il lui reste beaucoup à apprendre et nous sommes encore assez jeunes tous les deux, lui pour se former, moi pour l'instruire. On peut trouver de la satisfaction là-dedans. »

Je hochai la tête. Autrefois, me dis-je, c'était à moi qu'il réservait cette position. Nous savions désormais l'un comme l'autre que cela ne serait pas.

Il s'approcha de la porte. « Burrich », fis-je à mi-voix. Il s'arrêta. « Personne ne pourra te remplacer. Merci. Merci pour tout ce que tu as fait ces derniers mois. Je te dois la vie ; tu ne m'as pas seulement sauvé de la mort, tu m'as donné ma vie, mon identité, depuis mes six ans.

Chevalerie était mon père, je sais, mais je ne l'ai jamais connu. C'est toi qui as été mon père, tous les jours, pendant toutes ces années. Je n'ai pas toujours estimé… »

Burrich émit un grognement dédaigneux et ouvrit la porte. « Garde ce genre de discours pour quand l'un de nous deux agonisera. Va te présenter au roi, puis va te coucher.

— Oui, messire », m'entendis-je répondre, et je sentis qu'il souriait. Il poussa la porte de l'épaule et descendit aux écuries apporter son dîner à Pognes. Là, il était chez lui.

Et cette salle, cette forteresse, c'était chez moi. Il était temps que j'agisse en conséquence. Je pris un moment pour remettre de l'ordre dans mes vêtements humides et me recoiffer avec les doigts. Je débarrassai la table, puis jetai mon sarrau mouillé sur mon bras.

En sortant dans le couloir, puis en traversant la Grand-Salle, ce que je vis me laissa perplexe : les tapisseries avaient-elles plus d'éclat qu'autrefois ? Les jonchées de roseaux avaient-elles toujours eu un parfum si doux, les chambranles sculptés lui d'un lustre aussi chaud ? Un moment, je mis ces impressions sur le compte de mon retour dans un environnement familier. Mais lorsque je m'arrêtai au bas du grand escalier pour me munir d'une bougie afin de m'éclairer en regagnant ma chambre, je remarquai l'absence de coulures de cire sur la table et, plus encore, le tissu brodé qui en ornait le plateau.

Kettricken !

Il y avait désormais une reine à Castelcerf. Je sentis un sourire imbécile m'étirer les lèvres. Ainsi, la puissante citadelle était passée à la toilette en mon absence. Vérité et ses gens s'étaient-ils activés avant l'arrivée de la reine, ou bien était-ce Kettricken elle-même qui avait ordonné ce grand débarbouillage ? J'étais curieux de le savoir.

En gravissant le grand escalier, je notai d'autres détails : disparues, les vieilles traces de suie au-dessus des flambeaux ; évanouie, la poussière, même dans les angles des marches ; sur les paliers à présent vivement illuminés, les candélabres étaient garnis de bougies et les râteliers arboraient le plein d'épées prêtes à la défense. C'était donc cela, la présence d'une reine... Mais, même avant la mort de celle du roi Subtil, je ne me rappelais pas que Castelcerf eût jamais eu un aspect si soigné, une odeur si propre ni des couloirs si bien éclairés.

L'homme qui gardait la porte du roi était un vétéran au visage fermé que je connaissais depuis mes six ans. Sans mot dire, il m'examina longuement, puis me reconnut. Il se permit un mince sourire en me demandant : « Une nouvelle urgente à annoncer, Fitz ?

— Seulement que je suis revenu », dis-je, et il hocha la tête d'un air avisé. Il était habitué à mes allées et venues dans cette partie du château, souvent à des heures indues, mais il n'était pas du genre à faire des suppositions ou à tirer des conclusions hâtives, ni à écouter ceux qui s'y adonnaient. Il pénétra sans bruit dans la chambre du roi pour avertir de ma présence. Peu après, il revint en déclarant que le roi me convoquerait à sa convenance, mais aussi qu'il était heureux de me savoir indemne. Je m'éloignai de la porte ; j'avais décelé dans le message de mon souverain des sous-entendus que je n'aurais même pas cherchés s'il était venu de quelqu'un d'autre. Subtil ne parlait jamais pour ne rien dire.

Plus loin dans le même couloir se trouvaient les appartements de Vérité. Là encore, on me reconnut, mais quand je priai le soldat de prévenir le prince que j'étais de retour et souhaitais lui faire mon rapport, il me fut seulement répondu que Vérité n'était pas dans sa chambre.

« Dans sa tour, alors ? » fis-je en me demandant ce qu'il pouvait bien guetter à cette époque de l'année : les tempêtes d'hiver gardaient nos côtes des Pirates, du moins pendant quelques mois.

Un petit sourire apparut lentement sur les traits du garde. Devant mon expression perplexe, il s'agrandit franchement. « Le prince Vérité n'est pas dans ses appartements pour le moment », répéta-t-il. Puis il ajouta : « Je lui transmettrai ton message dès son réveil demain matin. »

Je restai encore un moment planté là, comme un ahuri. Puis je fis demi-tour et m'en allai, un peu ébahi. C'était donc cela aussi, avoir une reine à Castelcerf !

Deux étages plus haut, j'enfilai le couloir qui menait à ma propre chambre. Glaciale et pleine de poussière, elle sentait le renfermé et il n'y avait pas de feu dans la cheminée. Aucune main féminine n'était passée par là. Elle me parut aussi nue et terne qu'une cellule. Mais elle était toujours plus accueillante qu'une tente dans la neige, et le lit de plume était aussi profond et moelleux que dans mon souvenir. Je m'en approchai en me débarrassant de mes vêtements imprégnés de la crasse du voyage, m'affalai dedans et m'endormis.

3

RETROUVAILLES

La plus ancienne référence connue concernant les Anciens se trouve dans un manuscrit en mauvais état de la bibliothèque de Castelcerf. Les vagues différences de couleur du vélin suggèrent qu'il provient d'un animal bigarré, dont aucun de nos chasseurs ne reconnaît le dessin de la robe. L'encre est un mélange de fluide d'encornet et d'extrait de racine de campagne ; elle a fort bien résisté au temps, beaucoup mieux que les encres teintées employées pour les illustrations et les enluminures du texte, qui ont non seulement pâli et bavé, mais également, en de nombreux endroits, attisé l'appétit de certaine mite ; à force de mâcher le parchemin souple, l'insecte l'a rendu rigide et certaines parties en sont désormais trop cassantes pour être déroulées.

Par malheur, les dommages se sont surtout portés sur les parties centrales du rouleau, où sont contés des épisodes de la quête du roi Sagesse, introuvables dans aucune autre archive. Ces restes lacunaires révèlent que, poussé par une grande urgence, il se mit à la recherche du pays des Anciens ; les difficultés qu'il affrontait nous sont connues : des Pirates harcelaient impitoyablement ses côtes. Des fragments indiquent qu'il serait parti en direction du royaume des Montagnes, mais nous ignorons ce qui pouvait l'inciter à penser qu'il atteindrait par là le pays des mythiques Anciens. Malheureusement, le texte décrivant les dernières étapes de son voyage et sa rencontre avec les Anciens dut être somptueusement enluminé, car, à cet endroit, le parchemin se réduit à une dentelle constellée de bribes de mots et de miettes de dessins qui aiguisent la curiosité sans l'apaiser. Nous ne savons rien de cette première rencontre et nous n'avons pas la moindre indication sur la façon dont le roi s'y prit pour s'allier les Anciens. De nombreuses chansons riches en métaphores racontent comment, telles des « tempêtes », des « lames de fond », des « vengeances dorées » ou des « incarnations du courroux dans une chair de granit », ils s'abattirent sur les Pirates et les chassèrent loin de nos côtes. Selon les légendes, ils jurèrent à Sagesse que si les Six-Duchés avaient encore besoin de leur aide, ils se porteraient à nouveau à notre secours. On peut s'interroger sur l'authenticité des faits ; beaucoup l'ont fait et la diversité des mythes autour de cette alliance en est la preuve. Mais la description de l'événement lui-même, faite par le scribe du roi Sagesse, a été détruite à jamais par la moisissure et les vers.

*

* *

Ma chambre ne possédait qu'une seule fenêtre, étroite et haute, qui donnait sur la mer. En hiver, un volet de bois la protégeait des vents de tempête et une tapisserie pendue par-devant donnait une illusion de chaleur douillette. Je m'éveillai donc dans l'obscurité et restai un moment immobile, à la recherche de moi-même. Peu à peu, les bruits étouffés de la forteresse me parvinrent. Des bruits matinaux ; très matinaux, même. Je suis chez moi, me dis-je soudain. C'est Castelcerf. Et tout de suite après : « Molly ! » fis-je tout haut, dans le noir. Je me sentais encore dolent et fatigué, mais pas épuisé. Je sortis lourdement de mon lit et affrontai le froid de la chambre.

La démarche incertaine, je m'approchai de l'âtre si longtemps inutilisé et y allumai un petit feu. Il ne faudrait pas que je tarde à refaire provision de bois. Les flammes éclairaient la pièce d'une lumière jaune et vacillante. Je sortis des vêtements du coffre au pied de mon lit et m'aperçus qu'ils ne m'allaient plus. Ma longue maladie avait fait fondre mes muscles, mais je m'étais néanmoins débrouillé pour grandir des bras et des jambes, et rien n'était à ma taille. Je voulus reprendre ma chemise de la veille, mais une nuit dans des draps propres m'avait affûté le nez : le fumet du tissu imprégné de la crasse du voyage m'était insupportable et je replongeai dans le coffre. Je dénichai enfin une chemise marron à l'étoffe moelleuse, autrefois trop longue des bras et qui aujourd'hui m'allait parfaitement. Je l'enfilai, ainsi que mon pantalon, vert et matelassé, et mes chaussures de Montagnard. Je ne doutais pas que dame Patience ou maîtresse Pressée, dussé-je rencontrer l'une ou l'autre, ne m'assaillît aussitôt pour remédier à la situation ; mais, j'en fis la prière, pas avant que j'aie pris un petit déjeuner et fait un tour à Bourg-de-Castelcerf. J'avais à l'esprit plusieurs endroits où je pourrais glaner des nouvelles de Molly.

Le château commençait à s'agiter mais n'était pas encore tout à fait réveillé. Je me restaurai dans les cuisines comme quand j'étais petit et, pour ne pas changer, j'eus l'impression que nulle part ailleurs le pain n'était plus frais ni le gruau plus savoureux. Mijote poussa de hauts cris en me voyant, s'émerveilla de ma taille et, sans transition, se lamenta de ma maigreur et de mon air fatigué. J'eus le pressentiment qu'avant la fin de la journée ce genre d'observations mettrait ma patience à rude épreuve. Les allées et venues augmentant dans les cuisines, je me sauvai, non sans emporter une épaisse tartine de pain abondamment beurrée et recouverte d'une couche de confiture de baie de rose. Puis je repris le chemin de ma chambre pour me munir d'un manteau d'hiver.

À chaque salle que je traversai, la présence de Kettricken m'apparut plus évidente. Une manière de tapisserie constituée d'herbes de diverses teintes entretissées, qui représentait un paysage de montagne, décorait désormais un des murs de la Petite Salle. Pas question de trouver des fleurs à cette époque de l'année ; je tombai pourtant en des endroits inattendus sur des récipients ventrus en terre cuite et remplis de cailloux d'où pointaient des branches nues mais gracieuses, des chardons séchés ou des roseaux. Ce n'étaient que des détails, mais bien révélateurs.

Parvenu dans une des parties les plus anciennes de Castelcerf, je gravis les marches poussiéreuses de la tour de guet de Vérité. Par les hautes fenêtres du sommet, on avait une vue imprenable sur nos côtes et Vérité y montait sa garde estivale, à l'affût des assaillants. C'est de là qu'il employait la magie de l'Art pour maintenir les Pirates à distance, ou tout au moins nous prévenir de leur arrivée. C'était parfois une bien mince ligne de défense et il aurait dû normalement disposer d'un clan d'assistants entraînés à l'Art pour le soutenir ; mais, malgré mon sang de bâtard, je n'avais jamais réussi à maîtriser la versatilité de mes talents d'artiseur, et Galen, notre maître d'Art, était mort avant d'avoir pu former plus qu'une poignée de disciples. Il n'y avait personne pour le remplacer et il manquait à ses anciens élèves une véritable communion d'esprit avec Vérité. Le prince artisait donc seul contre nos ennemis et cette tâche l'avait vieilli avant l'heure. Je craignais qu'il ne s'y épuise et ne succombe à la faiblesse intoxicante qui guette l'utilisateur excessif de l'Art.

En arrivant en haut de l'escalier en colimaçon, j'étais à bout de souffle et mes jambes me faisaient mal. Je poussai la porte et elle tourna sans heurt sur ses gonds huilés. Obéissant à une longue habitude, j'entrai sans faire de bruit ; je ne m'attendais pas vraiment à trouver le prince, ni personne d'autre : les tempêtes hivernales nous dispensaient de surveiller l'océan, car elles gardaient nos côtes des Pirates. La lumière grise de l'aube qui entrait à flots par les fenêtres aux volets grands ouverts me fit cligner les yeux. La silhouette sombre de Vérité se découpait sur le fond de ciel tourmenté. Il ne se retourna pas. « Ferme la porte, dit-il sans élever la voix. Avec le courant d'air de l'escalier, on se croirait dans un conduit de cheminée. »

Je m'exécutai, puis restai sans bouger, frissonnant de froid. Le vent m'apporta l'odeur de la mer et je la respirai comme si j'inhalais la vie même. « Je ne pensais pas vous trouver ici », dis-je.

Il ne détourna pas le regard des vagues. « Ah ? Pourquoi monter, alors ? » Il y avait de l'amusement dans sa voix.

La question me prit au dépourvu. « Je ne sais pas exactement. Je retournais dans ma chambre et... » Je me tus, incapable de me rappeler pourquoi j'étais venu dans la tour.

« Je t'ai artisé », dit-il avec simplicité.

Je réfléchis un instant. Puis : « Je n'ai rien senti.

— J'y comptais bien. Je te l'ai dit il y a bien longtemps : l'Art peut être un doux murmure à l'oreille ; ce n'est pas obligatoirement un cri de commandement. »

Il se tourna lentement vers moi et, lorsque mes yeux se furent accommodés à la lumière, mon cœur bondit de joie en voyant combien il avait changé. Quand j'avais quitté Castelcerf à la moisson, c'était un fantôme flétri, usé par le fardeau de ses devoirs et une vigilance de tous les instants. Certes, ses cheveux sombres étaient encore parsemés de gris, mais sa solide charpente s'était à nouveau étoffée et ses yeux noirs étincelaient de vitalité. Il avait tout d'un roi.

« Le mariage paraît vous réussir, mon prince », fis-je niaisement.

Il eut l'air déconcerté. « Par certains côtés, oui », reconnut-il en rougissant comme un adolescent. Il se retourna vivement vers la fenêtre. « Viens voir mes vaisseaux », m'ordonna-t-il.

Ce fut mon tour d'être démonté. Je m'approchai de l'ouverture, regardai le port, puis la mer. « Où cela ? » demandai-je, perplexe. Il me prit par les épaules et me fit pivoter dans la direction du chantier naval. Là, un long hangar en pin jaune se dressait désormais ; des hommes y entraient et en sortaient tandis que de la fumée s'échappait de ses cheminées de forge. Noirs sur la neige, je vis plusieurs immenses troncs d'arbres, les présents de mariage de Kettricken.

« Quelquefois, par certains matins d'hiver, je scrute la mer et je vois presque les Pirates rouges. Ils viendront, je le sais. Mais, d'autres fois, je vois aussi les navires dont nous disposerons pour les affronter ; ce printemps, ils tomberont sur des proies moins démunies, mon garçon. Et d'ici l'hiver prochain, je compte bien leur apprendre ce que c'est que se faire harceler. » Il parlait avec une féroce satisfaction qui m'eût effrayé si je ne l'avais partagée. Nos regards se croisèrent et mon sourire refléta le sien.

Soudain son regard changea. « Tu m'as l'air dans un triste état, me dit-il. Comme tes vêtements. Allons dans un coin où il fera meilleur et essayons de te dégoter du vin chaud et de quoi manger.

— J'ai déjà déjeuné, répondis-je. Et je suis en bien meilleur état qu'il y a quelques mois, merci.

— Ne monte pas sur tes grands chevaux, me morigéna-t-il. Et ne me raconte pas d'histoires : la montée des escaliers t'a épuisé et tu trembles comme une feuille. Ne me mens pas.

— Vous vous servez de l'Art sur moi, dis-je d'un ton accusateur, et il hocha la tête.

— J'ai senti quelques jours à l'avance que tu approchais de Castelcerf, et j'ai essayé plusieurs fois de t'artiser, mais je n'ai pas réussi à attirer ton attention. Je me suis inquiété lorsque tu as quitté la route, mais j'ai compris la tactique de Burrich. Je me réjouis qu'il se soit si bien occupé de toi, non seulement lors de ton retour ici, mais aussi pendant les événements de Jhaampe ; et je me demande bien comment le récompenser. Il faudrait quelque chose de subtil : étant donné les personnes impliquées, une reconnaissance publique est hors de question. As-tu des suggestions ?

— Il n'acceptera rien d'autre qu'un simple merci de votre part. Ne lui donnez pas l'impression de croire qu'il lui faut une autre rétribution : ça le blesserait profondément. Pour ma part, je pense qu'aucun cadeau ne peut égaler ce qu'il a fait pour moi. Si vous voulez lui faire plaisir, dites-lui de faire son choix parmi les deux-ans les plus prometteurs, car son cheval se fait vieux. Ça, il le comprendrait. » Je réfléchis soigneusement. « Oui. Ça, à la rigueur, vous pourriez le faire.

— Merci de la permission », fit Vérité d'un ton sec. L'amusement qui perçait dans sa voix avait pris un côté acide.

Ma hardiesse me stupéfia soudain. « Je me suis oublié, mon prince », dis-je humblement.

Un sourire détendit ses lèvres et sa main s'abattit lourdement, mais avec affection, sur mon épaule. « Je t'avais demandé ton avis, non ? L'espace d'un instant, j'aurais juré avoir en face de moi, au lieu de mon jeune neveu, mon vieux Chevalerie en train de m'apprendre à tenir mes hommes ! Ton voyage à Jhaampe t'a bien changé, mon garçon. Allons, viens ; j'étais sérieux en parlant de trouver un coin plus chaud et un verre de quelque chose. Kettricken voudra te voir plus tard dans la journée. Et Patience aussi, j'imagine. »

Mon cœur se serra en écoutant la liste de plus en plus longue des tâches qui m'attendaient. Bourg-de-Castelcerf m'attirait comme une pierre d'aimant. Mais c'était mon roi-servant qui s'adressait à moi. Je m'inclinai devant sa volonté.

Nous quittâmes la salle de guet et descendîmes l'escalier de la tour en devisant de choses et d'autres. Il me recommanda d'aviser maîtresse Pressée qu'il me fallait une nouvelle garde-robe ; je lui demandai des nouvelles de Léon, son chien de loup. Il arrêta un jeune garçon dans le couloir et lui ordonna d'apporter du vin et des friands dans son cabinet, puis je le suivis, non dans ses appartements, mais dans une pièce d'un étage inférieur qui m'était à la fois familière et inconnue. La dernière fois que j'y étais entré, Geairepu, le scribe, s'en servait pour trier et faire sécher des herbes, des coquillages et des racines nécessaires à la préparation de ses encres, mais toute trace de son occupation avait disparu. Un feu brasillait dans le petit âtre ; Vérité le réveilla du bout du tisonnier, puis y ajouta du bois tandis que je jetais un coup d'œil sur les aîtres. Je vis une grande table en chêne sculpté et deux autres plus petites, un assortiment de sièges, un portant à rouleaux de parchemin et une étagère, qui avait connu des jours meilleurs, couverte d'objets divers et variés. L'ébauche d'une carte des États chalcèdes était étendue sur la table, les coins maintenus par une dague et trois pierres. Des bouts de parchemin jonchaient le plateau de la table, couverts d'esquisses barrées par des notes de la main de Vérité. La sympathique pagaille qui régnait sur les deux petites tables et plusieurs fauteuils ne m'était pas inconnue et je finis par identifier dans les sédiments les objets qui autrefois parsemaient la chambre à coucher de Vérité. Ayant terminé de rallumer le feu, il se redressa et sourit tristement devant mon air étonné. « Ma reine-servante n'a guère de patience avec le désordre. “Comment, me demande-t-elle, pouvez-vous espérer tracer des lignes précises au milieu d'un tel bric-à-brac ?” Il faut dire que sa chambre a toute la rigueur d'un camp militaire ; alors je me réfugie ici, car je me suis vite rendu compte que j'étais incapable de travailler dans une chambre propre et rangée. Par ailleurs, je dispose ainsi d'un endroit pour mes conversations discrètes, où personne ne songe à me chercher. »

À peine s'était-il tu que la porte s'ouvrit et que Charim entra, un plateau à la main. De la tête, je saluai le serviteur de Vérité, qui non seulement ne sembla pas surpris de me voir, mais avait en outre ajouté à la commande de Vérité un certain type de pain aux épices que j'avais toujours particulièrement apprécié. Son apparition fut de courte durée ; mine de rien, il rangea deux ou trois objets tout en ôtant quelques livres et parchemins d'un fauteuil pour me faire de la place, puis il s'éclipsa. Vérité avait tant l'habitude de sa présence qu'il parut à peine le remarquer, sauf lorsqu'ils échangèrent un bref sourire à la sortie de Charim.

« Bien, dit-il dès que la porte se fut refermée. Fais-moi un rapport complet, depuis ton départ de Castelcerf. »

Je ne me contentai pas de raconter mon voyage et les événements qui l'avaient émaillé : Umbre m'avait formé au métier d'espion autant qu'à celui d'assassin et, depuis l'enfance, Burrich avait toujours exigé que je sois capable de lui fournir un compte rendu détaillé de tout ce qui se passait dans les écuries en son absence. Aussi, tandis que nous nous restaurions, relatai-je à Vérité tout ce que j'avais vu et fait depuis que j'avais quitté Castelcerf, après quoi je lui résumai les conclusions que j'avais tirées de mes expériences, puis mes soupçons fondés sur ce que j'avais appris. À ce point de mon exposé, Charim revint avec un nouveau repas et, pendant que nous faisions honneur à la nourriture, Vérité limita la conversation à ses navires de guerre. Il ne pouvait dissimuler l'enthousiasme qu'ils lui inspiraient. « Congremât est venu diriger la construction ; je suis allé en personne le chercher à Hautedunes. Il avait commencé par se prétendre trop vieux. "Le froid me raidirait les os ; je ne peux plus construire de bateaux en hiver" : tel était le message qu'il m'avait fait parvenir. Alors, j'ai mis les apprentis au travail et je suis allé le trouver moi-même : devant moi, il n'a pas pu dire non. Quand il est arrivé, je l'ai emmené aux chantiers et je lui ai montré le hangar chauffé, assez grand pour abriter un navire de guerre, que j'avais fait bâtir pour qu'il puisse travailler sans avoir froid. Mais ce n'est pas ça qui a emporté le morceau : c'est le chêne blanc qu'avait apporté Kettricken. Quand il a vu les troncs, la plane s'est mise à le démanger ; il faut dire que ce bois a un fil parfaitement droit et régulier partout. Le vaigrage est déjà bien avancé. Cela va faire de splendides vaisseaux, gracieux comme des cygnes, sinueux comme des serpents sur l'eau ! » Il irradiait la passion et je voyais déjà les rames monter et descendre, les voiles carrées se gonfler sous le vent.

Puis nous poussâmes de côté assiettes, couverts et reliefs du repas, et il entreprit de m'interroger sur les événements de Jhaampe, après quoi il me fit reconsidérer chaque incident sous tous les angles possibles. Quand il en eut terminé, j'avais revécu toute l'aventure et ma colère d'avoir été trahi s'était embrasée d'un feu nouveau.

Vérité s'en était rendu compte. Il se pencha en arrière dans son fauteuil pour saisir une bûche et la jeta dans le feu, déclenchant un geyser d'étincelles dans la cheminée. « Tu as des questions, fit-il. Cette fois, tu peux les poser. » Il se croisa les mains sur le ventre et se tut.

Je m'efforçai de maîtriser mes émotions. « Le prince Royal, votre frère, dis-je d'un ton circonspect, est coupable de la plus haute trahison. Il a fomenté l'assassinat du frère aîné de votre épouse, le prince Rurisk, et ourdi un complot qui devait entraîner votre mort ; il visait à la fois à usurper votre couronne et votre fiancée. Et, à titre d'amuse-gueule, il a essayé à deux reprises de me tuer. Ainsi que Burrich. » Je m'interrompis le temps de reprendre mon souffle et une voix moins tendue, et d'apaiser les battements de mon cœur.

« Nous savons toi et moi que ces déclarations sont exactes. Mais nous aurions du mal à les prouver, observa Vérité d'un ton posé.

— Et c'est là-dessus qu'il compte ! » m'exclamai-je. Je détournai le visage en attendant de recouvrer mon sang-froid. L'intensité de ma fureur m'effrayait, car je m'étais interdit de lui laisser libre cours jusqu'à cet instant ; des mois auparavant, alors que j'employais toute mon intelligence à survivre, je l'avais mise de côté pour conserver l'esprit clair ; ensuite avaient suivi des mois de convalescence où je m'étais étiolé à combattre les résultats de la tentative d'empoisonnement de Royal. Même à Burrich, je n'avais pas pu me livrer entièrement, car Vérité m'avait très clairement fait comprendre qu'il souhaitait voir le moins de personnes possibles au courant de la situation. À présent, j'étais face à mon prince et la force de ma colère me faisait trembler. Soudain, une série de spasmes violents me convulsa le visage ; j'en fus si effrayé que je parvins enfin à me contraindre au calme.

« C'est là-dessus que compte Royal », répétai-je d'un ton plus mesuré. Vérité n'avait pas bronché ni changé d'expression malgré mon éclat. Assis devant la table, l'air grave, les mains tranquillement croisées, il m'observait de son regard sombre. Je baissai les yeux et suivis du doigt les volutes sculptées dans le bois de la table. « Il n'a aucune admiration pour votre façon de respecter les lois du royaume ; pour lui, c'est une faiblesse ou un moyen d'échapper à la justice. Il essaiera peut-être de vous tuer à nouveau ; en tout cas, il tentera de se débarrasser de moi, c'est pratiquement sûr.

— Nous devons donc faire preuve de prudence, toi et moi », observa Vérité d'un ton égal.

Je levai les yeux et le regardai. « C'est tout ce que vous avez à me dire ? fis-je d'une voix tendue, en étouffant mon indignation.

— FitzChevalerie, je suis ton prince. Je suis ton roi-servant. Tu es mon homme lige autant que celui de mon père et, par voie de conséquence, de mon frère. » Vérité se leva soudain et se mit à arpenter la pièce. « La justice ! Nous l'appelons toujours de nos vœux et nous en sommes toujours privés. Non, nous devons nous contenter de la loi et c'est d'autant plus vrai que le rang est élevé. En toute justice, tu devrais occuper la première position dans la ligne de succession au trône, Fitz, puisque Chevalerie était mon frère aîné. Mais la loi dit que tu es né hors des liens du mariage et que tu ne peux donc pas prétendre à la couronne. Certains pourraient soutenir que j'ai volé le trône au fils de mon frère. Dois-je alors m'offusquer que mon frère cadet cherche à me l'enlever ? »

Jamais je n'avais entendu Vérité parler ainsi, d'une voix si unie mais si pleine d'émotion. Je gardai le silence.

« Tu penses que je devrais le punir. Je le pourrais. Je n'aurais pas besoin de prouver ses méfaits pour lui rendre l'existence pénible ; je pourrais inventer une mission, l'envoyer à Baie Froide et le maintenir là-bas, dans des conditions inconfortables et loin de la cour, ce qui reviendrait presque à l'exiler ; ou encore le garder ici, à Castelcerf, mais le surcharger à tel point de corvées détestables qu'il n'aurait plus de temps pour ses plaisirs personnels. Il comprendrait qu'il est sous le coup d'une punition, ainsi que tous les nobles à l'esprit un tant soit peu éveillé ; tous ses sympathisants voleraient à sa défense ; les duchés de l'Intérieur prétexteraient une urgence quelconque au pays natal de sa mère pour rapatrier son fils chez eux ; et, une fois là-bas, il renforcerait sa base de soutien. Il serait bien capable de déclencher l'agitation civile qu'il attend depuis longtemps et de fonder un royaume de l'Intérieur loyal à lui seul. Mais, même s'il n'y parvenait pas, il pourrait attiser un malaise suffisant pour réduire à néant l'unité dont j'ai besoin pour défendre le royaume. »

Il se tut et promena son regard sur la pièce. J'en fis autant : les murs étaient tapissés de cartes dessinées de sa main. Là, Béarns, plus loin, Haurfond, ici, Rippon ; en face, Cerf, Bauge et Labour. Toutes tracées d'une plume assurée, chaque cours d'eau à l'encre bleue, chaque ville désignée par son nom. C'étaient ses Six-Duchés. Il les connaissait comme jamais Royal ne les connaîtrait ; il avait circulé à cheval sur ces routes, aidé à placer les bornes des frontières ; à la suite de Chevalerie, il avait traité avec les peuples limitrophes ; il avait brandi l'épée pour défendre nos terres et su quand la ranger pour négocier la paix. Qui étais-je pour lui dire comment gouverner son pays ?

« Qu'allez-vous faire ? demandai-je calmement.

— Le garder. C'est mon frère. Et le fils de mon père. » Il se resservit du vin. « Son dernier fils, son préféré. Je suis allé trouver le roi pour lui suggérer que Royal se satisferait peut-être mieux de son sort si on lui confiait une part plus grande de la conduite du royaume. Le roi Subtil y a consenti. Je pense être fort occupé par la défense de notre terre contre les attaques des Pirates rouges ; à Royal reviendra donc la tâche de prélever les impôts dont nous aurons besoin et aussi de régler tous les troubles internes qui pourraient surgir. Avec un groupe de nobles pour l'assister, naturellement. Je lui laisse avec plaisir le soin d'aplanir leurs querelles et leurs dissensions.

— Et Royal est satisfait ? »

Vérité eut un mince sourire. « Il ne peut pas dire le contraire, s'il souhaite conserver l'image d'un jeune homme habile à gouverner et qui n'attend que l'occasion d'en faire la preuve. » Il prit son verre de vin et se perdit dans la contemplation des flammes. Pendant un moment, le seul bruit dans la pièce fut le crépitement du bois qui se consumait. Puis Vérité reprit : « Quand tu viendras me voir demain… »

Je l'interrompis. « Demain, il me faut ma journée. »

Il reposa son verre et se tourna vers moi. « Tiens donc », dit-il d'un ton étrange.

Je croisai son regard et ma gorge se serra. Je me levai. « Mon prince, fis-je avec solennité, je vous demande humblement la permission d'être relevé de mes devoirs pour demain, afin de… d'accomplir une mission personnelle. »

Il ne répondit rien pendant un moment, puis : « Ah, rassieds-toi, Fitz ! C'était mesquin de ma part. À force de penser à Royal, j'attrape son état d'esprit. Bien sûr que tu peux prendre ta journée, mon garçon ! Et si quelqu'un te pose des questions, tu diras que tu obéis à mes ordres. Puis-je te demander ce qu'est cette mission urgente ? »

Je regardai les flammes qui bondissaient dans l'âtre. « Je connaissais quelqu'un à Vasebaie. Je voudrais savoir si...

— Oh, Fitz ! » La compassion que je sentis dans la voix de Vérité me heurta de plein fouet.

La fatigue déferla soudain sur moi et je me rassis avec soulagement. Mes mains se remirent à trembler ; je les posai sur la table et les serrai l'une contre l'autre pour les calmer. Je sentais toujours les spasmes qui les agitaient, mais au moins ma faiblesse n'était plus visible.

Vérité s'éclaircit la gorge. « Retourne dans ta chambre et repose-toi, me dit-il avec sympathie. Veux-tu que quelqu'un t'accompagne à Vasebaie, demain ? »

Je fis non de la tête, pris d'une brusque et accablante certitude de ce que j'allais y découvrir ; j'en eus la nausée et une nouvelle convulsion me traversa. Je m'efforçai de respirer lentement afin de me calmer et d'éloigner la crise qui menaçait. L'idée de m'humilier ainsi devant Vérité m'était insupportable.

« Tu es très malade, fit le prince, et j'ai honte de l'avoir oublié. » Il s'était levé sans bruit. Il posa son verre de vin devant moi. « C'est à cause de moi que tu es dans cet état ; je suis épouvanté de ce qui t'a été infligé et que j'ai laissé faire. »

Non sans mal, je soutins son regard : il savait tout ce que j'essayais de dissimuler et il était rongé de culpabilité.

« Les crises sont rarement aussi dures », dis-je pour le rassurer.

Il sourit, mais son expression ne changea pas. « Tu mens très bien, Fitz ; ne crois pas que ta formation te fasse défaut. Mais tu ne peux mentir à quelqu'un qui, comme moi, a passé tant de temps en ta compagnie, pas seulement ces derniers jours, mais souvent aussi pendant ta maladie. Si un autre te dit : “Je sais ce que tu ressens”, tu peux n’y voir qu’une formule de politesse ; mais, de ma part, prends-le comme la vérité. Et je sais qu’il en est pour toi comme pour Burrich : je ne te proposerai donc pas de choisir un poulain d’ici quelques mois ; en revanche, je t’offre mon bras, si tu le souhaites, pour t’aider à regagner ta chambre.

— Je peux y arriver seul », répondis-je d’un ton guindé. Je n’ignorais pas l’honneur qu’il me faisait, mais il percevait ma faiblesse avec trop d’acuité. J’avais envie d’être seul, de me cacher.

Il hocha la tête, compréhensif. « Quel dommage que tu ne maîtrises pas l’Art ; je pourrais te donner ma force, comme je te l’ai trop souvent prise.

— Je ne pourrais pas l’accepter », marmonnai-je, incapable de dissimuler mon dégoût à l’idée de puiser dans l’énergie d’un autre pour remplacer la mienne. Je regrettai aussitôt la honte fugace que je vis dans les yeux de mon prince.

« Moi aussi, autrefois, je pouvais parler avec autant d’orgueil, dit-il à mi-voix. Va te reposer, mon garçon. » Il se détourna lentement de moi et se remit à ses encres et à ses vélins. Je sortis sans bruit.

Nous étions restés enfermés toute la journée. Il faisait nuit noire. Il régnait dans le château l’ambiance feutrée d’une soirée d’hiver. Les tables desservies, les habitants devaient être rassemblés autour des cheminées ; des ménestrels chantaient peut-être, ou bien un marionnettiste dévidait le fil d’une histoire au rythme des mouvements de ses personnages dégingandés ; certains regardaient le spectacle tout en taillant des flèches, d’autres en maniant l’aiguille, les enfants jouaient à la toupie, comparaient leurs résultats de jeu ou somnolaient contre les genoux ou les épaules de leurs parents. Tous étaient en sécurité. Dehors, les tempêtes d'hiver soufflaient, protectrices.

Avec la démarche prudente d'un ivrogne, j'évitai les salles communes où l'on se réunissait pour la soirée. Les bras croisés, le dos voûté comme si j'essayais de me réchauffer, je parvins à calmer mes tremblements. Je gravis un premier escalier d'un pas lent en faisant mine d'être perdu dans mes pensées. Sur le palier, je m'autorisai une halte, comptai jusqu'à dix, puis m'apprêtai à monter les marches suivantes.

Mais alors que je posais le pied sur la première, Brodette apparut au-dessus de moi dans l'escalier. Boulotte et d'une vingtaine d'années plus âgée que moi, elle descendait pourtant les degrés du pas bondissant d'une gamine. Arrivée en bas, elle me saisit le bras en s'écriant : « Le voilà ! » comme si j'étais une paire de ciseaux qu'elle avait égarée. Elle affermit sa prise et me fit pivoter vers le couloir. « J'ai bien dû grimper et descendre cet escalier dix fois dans la journée ! Mais comme vous avez grandi ! Dame Patience est dans tous ses états et c'est votre faute. Elle attend depuis ce matin que vous frappiez à sa porte : elle était aux anges de vous savoir enfin revenu ! » Elle se tut et leva vers moi ses yeux d'oiseau brillants. « C'était ce matin », fit-elle du ton de la confidence. Puis : « Mais c'est que vous êtes vraiment malade ! Quels cernes vous avez sous les yeux ! »

Sans me laisser le temps de répondre, elle poursuivit. « En début d'après-midi, comme vous n'arriviez pas, elle a commencé à se sentir insultée et à s'énerver. Au dîner, votre grossièreté l'avait mise dans une colère telle qu'elle n'a presque rien mangé. Depuis, elle a décidé de croire les rumeurs sur votre maladie ; elle est convaincue que vous êtes soit prostré dans un coin du château, soit aux écuries, où Burrich vous a obligé à rester pour les nettoyer malgré votre santé. Mais, maintenant que vous êtes là, entrez par ici. Je le tiens, ma dame. » Et elle me poussa dans les appartements de Patience.

Tout le temps de son monologue, j'avais senti un fond curieux dans ses paroles, comme si elle évitait un sujet particulier. J'entrai d'un pas hésitant en me demandant si Patience elle-même avait été malade ou s'il lui était arrivé quelque malheur. En tout cas, cela n'avait pas affecté ses habitudes : son antre était à peu près tel que je l'avais toujours connu. Les plantes avaient grandi, s'étaient accrochées un peu plus loin, avaient perdu des feuilles. Une strate d'éléments hétéroclites, résultat de ses nouvelles passions, recouvrait les sédiments des anciennes ; deux colombes étaient venues s'ajouter à la ménagerie et une dizaine de fers à cheval étaient éparpillés dans la pièce ; une grosse bougie à la baie de laurier brûlait sur la table en exhalant un agréable parfum, mais en dégoulinant aussi sur un plateau de fleurs et d'herbes séchées. Une botte de curieux bâtonnets sculptés était également menacée ; on aurait dit les baguettes à prédire l'avenir dont se servent les Chyurdas. À mon entrée, sa solide petite chienne terrier vint me saluer ; je me baissai pour la caresser, puis l'inquiétude me prit : allais-je arriver à me redresser ? Pour camoufler mon hésitation, je ramassai précautionneusement une tablette qui traînait par terre ; visiblement ancienne et sans doute rare, elle traitait de l'usage des baguettes prédictrices. Patience se détourna de son métier à tisser pour me saluer.

« Allons, relève-toi ! Tu es ridicule ! s'exclama-t-elle en voyant ma position. Se mettre un genou en terre ! Quelle bêtise ! À moins que tu n'espères me faire oublier ainsi ta grossièreté de n'être pas venu me rendre visite tout de suite ? Qu'est-ce donc que tu m'apportes là ? Oh, quelle gentille attention ! Comment savais-tu que j'étais justement en train de les étudier ? Tu sais, j'ai fouillé les bibliothèques du château de fond en comble et je n'ai pas trouvé grand-chose sur ces baguettes ! »

Elle me prit la tablette des mains et me remercia d'un sourire de mon prétendu cadeau. Dans son dos, Brodette me fit un clin d'œil, auquel je répondis par un haussement d'épaules imperceptible, puis je ramenai mon regard sur dame Patience qui déposait la plaque de bois sur une pile branlante d'autres semblables. Elle se retourna vers moi et me considéra un moment avec affection ; puis elle fit un effort pour prendre l'air sévère, ses sourcils se froncèrent au-dessus de ses yeux noisette, tandis que sa petite bouche se pinçait fermement. Malheureusement, l'effet général était un peu gâté par le fait qu'elle ne m'arrivait plus aujourd'hui qu'à l'épaule, sans parler des deux feuilles de lierre accrochées dans ses cheveux. « Excusez-moi », dis-je, et je les retirai audacieusement de ses boucles indisciplinées. Elle me les prit avec grand sérieux, comme si elles avaient beaucoup d'importance, et les posa sur les tablettes.

« Où étais-tu passé tous ce temps, alors qu'on avait besoin de toi ici ? demanda-t-elle d'un ton âpre. La fiancée de ton oncle est arrivée il y a des mois ; tu as manqué le mariage solennel, tu as manqué les banquets, les festivités et la réunion des nobles. Je me dépense sans compter pour qu'on te traite en fils de prince, et toi, tu te défiles devant toutes tes obligations sociales ! Et quand tu rentres enfin, au lieu de venir me voir, tu erres par tout le château, où tout le monde risque de te voir, vêtu de haillons comme un rétameur ! Et qu'est-ce qui t'a pris de te couper les cheveux ainsi ? » L'épouse de mon père, à l'origine horrifiée d'apprendre que son mari avait engendré un bâtard avant leur union, était passée envers moi de la détestation à la gâterie agressive, et c'était parfois plus difficile à supporter que si elle m'avait purement et simplement rejeté. Elle poursuivit sur le même ton : « N'as-tu pas songé que des devoirs t'attendaient peut-être ici, des devoirs plus importants que de courir par monts et par vaux avec Burrich pour admirer des chevaux ?

— Je vous demande pardon, ma dame. » L'expérience m'avait enseigné à ne jamais discuter avec Patience. Son excentricité ravissait le prince Chevalerie ; moi, elle m'étourdissait dans le meilleur des cas, et, ce soir, elle m'accablait. « J'ai été malade quelque temps ; je n'étais pas en état de voyager et, le temps que je me remette, le temps ne s'y prêtait plus. Je regrette d'avoir manqué le mariage.

— Et c'est tout ? C'est l'unique raison de ton retard ? » Elle parlait d'un ton sec, comme si elle soupçonnait quelque odieuse tromperie.

« En effet, répondis-je gravement. Néanmoins, j'ai pensé à vous ; j'ai quelque chose pour vous dans mes paquetages. Je ne les ai pas encore remontés des écuries, mais je le ferai demain.

— Qu'est-ce que c'est ? » demanda-t-elle vivement, curieuse comme une enfant.

J'inspirai profondément. J'éprouvais une atroce nostalgie de mon lit. « C'est une sorte d'herbier. Tout simple, car ce sont des objets délicats et les plus décorés n'auraient pas résisté au voyage. Les Chyurdas ne se servent pas comme nous de tablettes ni de parchemins pour enseigner les plantes : il s'agit d'un coffret de bois ; lorsque vous l'ouvrirez, vous y trouverez des miniatures en cire des herbes, teintées à leurs couleurs exactes et imprégnées de leur parfum respectif, de façon à les rendre plus faciles à identifier. Les descriptions sont en chyurda, naturellement, mais j'ai pensé que ce cadeau vous plairait tout de même.

— Cela m'a l'air très intéressant, dit-elle, les yeux brillants. J'ai hâte de le voir. »

Brodette se glissa dans la conversation. « Voulez-vous que je lui avance un siège, ma dame ? Il me semble encore fatigué.

— Oh, bien sûr, Brodette. Assieds-toi, mon garçon. Dis-moi, de quelle maladie as-tu souffert ?

— J'ai mangé une plante de là-bas et j'y ai réagi violemment. » Voilà ; je n'avais pas menti. Brodette m'apporta un petit tabouret et je m'y assis avec soulagement. Une vague de lassitude me traversa.

« Je vois. » Et le chapitre de ma maladie fut clos. Elle prit une inspiration, jeta un coup d'œil autour d'elle, puis me demanda à brûle-pourpoint : « Dis-moi : as-tu déjà songé au mariage ? »

Cette façon de passer du coq à l'âne était si typique de Patience que je ne pus m'empêcher de sourire ; j'essayai pourtant de réfléchir à la question. Un instant, j'eus la vision de Molly, les joues rougies par le vent qui jouait avec ses cheveux sombres. Molly... Demain, me promis-je. Vasebaie.

« Fitz ! Cesse ! J'ai horreur que tu me regardes ainsi, comme si je n'étais pas là ! M'entends-tu ? Te sens-tu bien ? »

Non sans mal, je revins à moi. « Pas vraiment, répondis-je franchement. La journée a été fatigante...

— Brodette, va lui chercher une coupe de vin de sureau. Il a l'air complètement épuisé. Ce n'est peut-être pas le moment idéal pour converser », ajouta dame Patience d'un ton hésitant. Pour la première fois de la soirée, elle m'observa réellement, et je vis une inquiétude non feinte apparaître dans ses yeux. Au bout d'un moment, elle conclut doucement : « Je ne connais peut-être pas non plus tous les tenants et aboutissants de tes aventures... »

Je baissai les yeux vers mes chaussures matelassées de Montagnard. L'envie de lui révéler la vérité voleta un instant dans mon esprit, puis elle retomba et se noya dans le danger que je lui ferais courir en lui avouant tout. « Un long voyage, de la nourriture de mauvaise qualité, des auberges crasseuses aux lits durs et aux tables collantes… Voilà qui les résume. Je ne pense pas que les détails vous intéressent. »

Il se produisit alors un curieux événement : nos regards se croisèrent et je sus qu'elle n'était pas dupe de mon mensonge. Elle hocha lentement la tête pour signifier qu'elle en acceptait la nécessité, puis elle détourna les yeux. Combien de fois mon père lui avait-il raconté de semblables mensonges ? me demandai-je. Et que lui en avait-il coûté d'y acquiescer ?

Brodette me plaça fermement une coupe de vin dans la main. Je la portai à mes lèvres et la douceur piquante de la première gorgée me ragaillardit ; je tins le récipient à deux mains et m'efforçai de sourire à Patience. « Dites-moi… fis-je d'une voix chevrotante comme celle d'un vieillard ; je m'éclaircis la gorge pour l'affermir. Comment allez-vous vous-même ? J'imagine qu'avec l'arrivée d'une reine à Castelcerf, vous êtes très occupée ? Parlez-moi de ce que j'ai manqué.

— Oh ! » dit-elle en tressaillant comme si elle s'était piquée. Elle détourna de nouveau les yeux. « Tu me connais, je suis une solitaire, et ma santé n'est pas toujours solide ; veiller tard, danser et bavarder, tout cela m'oblige ensuite à garder le lit pendant deux jours. Non, je me suis présentée à la reine et j'ai partagé sa table en une ou deux occasions ; mais elle est jeune, affairée et toute prise par sa nouvelle vie ; moi, je suis vieille, excentrique et j'ai mes propres passions…

— Kettricken a comme vous l'amour des plantes, dis-je. Elle serait sans doute très intéressée… » Un brusque tremblement m'ébranla jusqu'aux os et mes dents se mirent à claquer. « J'ai... j'ai un peu froid, c'est tout. » Je m'excusai et levai encore une fois ma coupe ; je m'en déversai la moitié dans la bouche au lieu de la petite gorgée que j'avais prévue, puis un spasme me secoua les mains et je m'éclaboussai le menton et la chemise. Je me levai d'un bond, consterné, et mes doigts perfides lâchèrent la coupe ; elle tomba sur le tapis et roula un peu plus loin en laissant une traînée de liquide sombre comme du sang. Je me rassis brutalement et serrai mes bras contre moi pour apaiser mes tremblements. « Je suis très fatigué », dis-je faiblement.

Brodette s'approcha, munie d'un tissu, et voulut me le passer sur le visage, mais je le lui pris des mains, m'essuyai le menton, puis épongeai le plus gros du vin qui imbibait ma chemise. Mais quand je m'accroupis pour nettoyer le tapis, c'est tout juste si je ne m'effondrai pas en avant.

« Non, Fitz, ne t'occupe pas des taches ; nous pouvons le faire nous-mêmes. Tu es épuisé et plus qu'à demi malade. Va te coucher ; reviens me voir lorsque tu seras reposé. J'ai un sujet grave dont je veux discuter avec toi, mais cela peut attendre encore une nuit. Allons, va-t'en, mon garçon. Va dormir. »

Je me relevai, soulagé de ce répit, et m'inclinai poliment mais avec prudence. Brodette me raccompagna à la porte, d'où elle me suivit d'un œil inquiet jusqu'à ce que je fusse au palier. Je m'efforçai pour ma part de marcher comme si le sol et les murs ne dansaient pas. Je m'arrêtai au bas des escaliers pour lui adresser un signe de la main, puis commençai à monter. Trois marches plus haut, hors de vue, je fis halte pour m'appuyer au mur et reprendre mon souffle. Je fis un écran de mes mains pour m'abriter de la vive lumière des chandelles. Des vagues de vertige me balayaient. Lorsque je rouvris les yeux, des brumes aux couleurs d'arc-en-ciel flottaient aux limites de ma vision ; je refermai les paupières et les pressai de mes paumes.

J'entendis des pas légers qui descendaient l'escalier ; ils s'arrêtèrent deux marches au-dessus de moi. « Vous allez bien, messire ? demanda une voix hésitante.

— J'ai un peu trop bu », mentis-je. De fait, le vin dont je m'étais éclaboussé me donnait l'odeur d'un ivrogne. « Ça ira mieux dans un petit moment.

— Laissez-moi vous aider à monter. Ça pourrait être grave si vous trébuchiez dans les escaliers. » Le ton était sec et réprobateur. J'ouvris les yeux et regardai entre mes doigts : une jupe bleue, de ce tissu sans apprêt que portaient toutes les servantes. Celle-ci avait sûrement déjà eu affaire à des buveurs éméchés.

Je refusai d'un signe de la tête, mais elle passa outre, comme je l'aurais fait à sa place. Je sentis une main ferme m'empoigner le coude, tandis qu'un bras m'encerclait la taille. « Allez, on va vous amener en haut », me dit-elle d'un ton encourageant. Je m'appuyai sur elle malgré moi et, le pas chancelant, je parvins au palier suivant.

« Merci », marmonnai-je. Je pensais qu'elle allait me laisser là, mais sa poigne ne se relâcha pas.

« Vous êtes sûr que c'est le bon étage ? Les quartiers des serviteurs sont au-dessus, vous savez. »

Je hochai la tête tant bien que mal. « La troisième porte. Si ça ne vous dérange pas. »

Elle ne dit rien pendant un long moment ; puis : « C'est la chambre du Bâtard. » Il y avait un défi glacé dans sa voix.

Je ne bronchai pas. Je ne relevai même pas la tête. « Oui. Vous pouvez vous en aller, maintenant. » J'avais pris un ton aussi froid que le sien pour la congédier.

Mais, loin de s'en aller, elle s'approcha au contraire. Elle m'empoigna les cheveux et me redressa la tête sans douceur. « Le Nouveau! s'exclama-t-elle avec fureur. Je devrais te laisser t'affaler là où tu es! »

Je me reculai convulsivement. Incapable d'accommoder correctement, je la reconnus néanmoins, à la forme de son visage, à ses cheveux qui tombaient sur ses épaules, à son parfum qui évoquait un après-midi d'été. Un violent soulagement déferla en moi. C'était Molly, ma Molly la chandelière! « Tu es vivante! » m'écriai-je. Mon cœur bondissait dans ma poitrine comme un poisson au bout d'une ligne. Je la serrai contre moi et l'embrassai.

Enfin, j'essayai, du moins, mais elle me tint à distance et dit d'un ton sec : « Jamais je n'embrasserai un ivrogne. C'est une promesse que je me suis faite et que je tiendrai toujours. Et je ne laisserai jamais un ivrogne m'embrasser.

— Je ne suis pas ivre, je suis... malade », protestai-je. La soudaine émotion que j'éprouvais me faisait plus que jamais tourner la tête et je chancelai. « Mais c'est sans importance. Tu es ici et tu es vivante! »

Elle me raffermit sur mes pieds, réflexe qu'elle avait appris en s'occupant de son père. « Oh, je vois : tu n'es pas ivre. » Le dégoût le disputait à l'ironie dans son ton. « Et tu n'es pas non plus l'apprenti du scribe, ni palefrenier. Tu commences toujours par mentir aux gens que tu rencontres? En tout cas, on dirait que tu termines toujours par là!

— Je n'ai pas menti », fis-je plaintivement, déconcerté par sa colère. J'aurais voulu voir clairement son expression. « Seulement, je ne t'ai pas dit toute... C'est trop compliqué. Molly, si tu savais comme je suis heureux de te voir en bonne forme! Et ici, à Castelcerf! Et moi qui croyais devoir te chercher... » Elle me tenait toujours droit. « Je ne suis pas ivre, je te le jure. C'est vrai, j'ai menti à l'instant, parce que j'avais honte d'avouer ma faiblesse.

— Et c'est pour ça que tu mens. » Sa voix mordait comme un fouet. « Tu devrais plutôt avoir honte de mentir, le Nouveau. À moins que le fils d'un prince en ait le droit ? »

Elle me lâcha et je m'écroulai contre un mur. Je m'efforçai de ressaisir mes pensées tourbillonnantes tout en restant debout. « Je ne suis pas fils de prince, fis-je enfin. Je suis un bâtard. Ce n'est pas la même chose. Et, ça aussi, j'avais trop honte pour l'avouer ; mais je n'ai jamais prétendu devant toi ne pas être le Bâtard ; quand j'étais avec toi, j'étais le Nouveau, c'est tout. C'était agréable d'avoir quelques amis qui voyaient en moi le Nouveau et non le Bâtard. »

Molly ne répondit pas, m'agrippa rudement par le devant de ma chemise et me traîna dans le couloir jusqu'à ma chambre. J'étais sidéré de la force que pouvait avoir une femme en colère. Elle donna un coup d'épaule à ma porte comme s'il s'agissait d'un ennemi personnel et me remorqua vers mon lit ; dès que j'en fus assez près, elle me lâcha et je m'effondrai contre le châssis. Je me redressai, puis parvins à m'asseoir. En serrant mes mains l'une contre l'autre entre mes genoux, j'arrivai à maîtriser mes tremblements. Dressée au-dessus de moi, Molly me foudroyait du regard. Je la voyais mal. Sa silhouette était floue, son visage indistinct, mais rien qu'à sa pose, je la savais hors d'elle.

Au bout d'un moment, je dis d'un ton mal assuré : « J'ai rêvé de toi, pendant que j'étais parti. »

Elle garda un silence obstiné, et je repris un peu courage. « J'ai rêvé que tu étais à Vasebaie pendant l'attaque. » L'effort que je faisais pour m'empêcher de chevroter rendait ma voix âpre. « J'ai vu des incendies et des Pirates qui lançaient des assauts. Il y avait deux enfants que tu devais protéger ; j'avais l'impression que c'étaient les tiens. » Son silence se dressait comme une muraille contre mes paroles. Elle devait me prendre pour le dernier des simples d'esprit, à raconter mes rêves en bafouillant. Mais pourquoi, pourquoi, de toutes les personnes qui auraient pu me voir ainsi déchu, fallait-il que je sois tombé sur Molly ? Le silence s'éternisait. « Mais tu étais ici, à Castelcerf, en sécurité. » J'essayai de raffermir ma voix tremblante. « J'en suis heureux. Mais que fais-tu ici ?

— Ce que je fais ici ? » Elle parlait d'un ton aussi tendu que moi, glacé par la colère, dans lequel je perçus toutefois, me sembla-t-il, de la peur. « J'étais venue chercher un ami. » Elle se tut et respira profondément. Lorsqu'elle reprit la parole, sa voix était calme, presque tendre, mais ce n'était qu'une apparence, je le savais. « Mon père est mort en ne me laissant que des dettes et les créanciers m'ont pris la boutique ; je me suis alors rendue chez des parents, pour les aider à faire les moissons et gagner un peu d'argent. C'était à Vasebaie. Je ne vois vraiment pas comment tu as pu le savoir. J'avais désormais un petit pécule, mon cousin était d'accord pour me prêter le reste – la moisson avait été bonne – et je devais rentrer à Castelcerf le lendemain. Mais les Pirates ont attaqué Vasebaie. J'y étais, avec mes nièces… » Sa voix mourut. Nous revîmes ensemble la scène. Les bateaux, les incendies, la femme qui riait, une épée à la main… Je levai les yeux vers Molly et parvins presque à la distinguer nettement. J'étais incapable de parler. Mais son regard était lointain, perdu au-delà de moi. Elle reprit posément : « Mes cousins n'avaient plus rien, mais ils s'estimaient heureux car leurs enfants avaient survécu. Il n'était plus question de leur demander de me prêter de l'argent ; d'ailleurs, ils n'auraient même pas eu de quoi me payer le travail que j'avais déjà fait, si l'idée m'avait prise de réclamer mon dû. Je suis revenue à Castelcerf ; l'hiver approchait et je n'avais nulle part où loger ; alors, je me suis dit : "J'ai toujours été amie avec le Nouveau ; s'il y a une personne à qui je puisse demander de l'argent pour me dépanner, c'est bien lui." Je suis donc montée au château et j'ai dit que je cherchais le coursier du scribe, mais personne n'avait l'air de savoir de qui je parlais et on m'a envoyée voir Geairepu ; lui, il m'a écoutée te décrire, puis il a froncé les sourcils et m'a envoyée voir Patience. » Molly fit une pause pleine de sous-entendus. J'essayai d'imaginer leur rencontre, mais c'était trop effrayant. « Elle m'a engagée comme chambrière, reprit Molly à mi-voix. Elle m'a dit que c'était le moins qu'elle pouvait faire après l'humiliation que tu m'avais fait subir.

— L'humiliation ? » Je me redressai brusquement. Le monde se mit à tanguer autour de moi et mon champ de vision explosa en une pluie d'étincelles. « Comment ? Comment t'ai-je humiliée ? »

Molly ne haussa pas le ton. « Elle a dit que tu avais manifestement gagné mon affection, après quoi tu m'avais abandonnée. Croyant que tu pourrais un jour m'épouser, je t'avais laissé me faire la cour.

— Mais je ne... » La voix me fit défaut. Puis : « Nous étions amis. J'ignorais que tu avais des sentiments différents...

— Tu l'ignorais ? » Elle leva le menton ; je connaissais cette attitude. Six ans plus tôt, elle aurait été suivie d'un coup de poing dans le ventre et je tressaillis involontairement. Mais Molly poursuivit d'une voix encore plus basse : « J'aurais dû m'attendre à ce genre d'excuse. C'est si facile. »

Ce fut mon tour d'être piqué au vif. « C'est toi qui m'as abandonné, sans même un mot d'adieu ; et avec l'autre marin, là, Jade! Tu croyais que je n'étais pas au courant? J'étais là, Molly. Je t'ai vue prendre son bras et t'en aller avec lui. Pourquoi n'être pas venue me voir avant de partir avec lui, tu peux me le dire?»

Elle se raidit. «J'avais des plans d'avenir, autrefois; et tout d'un coup, sans y être préparée, je me suis retrouvée endettée jusqu'au cou. Tu t'imagines peut-être que j'étais au fait des dettes qu'avait contractées mon père, mais que je me bouchais les yeux? Non! Les créanciers ont attendu qu'il soit mort et enterré pour frapper à la porte. J'ai tout perdu. Aurais-je dû venir te trouver comme une mendiante dans l'espoir que tu me donnes asile? Je croyais que tu avais de l'affection pour moi. Je croyais que tu voulais... El te foudroie, pourquoi faut-il que je te l'avoue!» Ses mots me cinglaient comme une pluie de pierres. Je savais qu'elle avait les yeux étincelants et les joues en feu. «Je croyais que tu voulais m'épouser, que tu voulais vivre avec moi; et moi, je voulais y contribuer, ne pas me présenter à toi sans le sou et sans avenir. Je nous voyais propriétaires d'une petite boutique, moi m'occupant de mes bougies, de mes herbes et de mon miel, et toi, avec ton savoir-faire de scribe... C'est pour ça que je suis allée chez mon cousin pour lui emprunter de l'argent; il n'en avait pas à me prêter, mais il s'est arrangé pour que je vienne à Vasebaie afin de parler avec son frère aîné, Silex. Je t'ai déjà raconté comme ça s'est terminé. Je suis revenue ici sur un bateau de pêche, en travaillant pour payer ma place, le Nouveau, à vider les poissons et à les mettre dans la saumure. Je suis revenue à Castelcerf comme un chien battu; j'ai ravalé ma fierté, je suis montée au château et là j'ai mesuré l'étendue de ma bêtise, j'ai compris que tu m'avais joué la comédie, que tu m'avais menti. Tu es un salaud, le Nouveau. Un salaud.»

Un moment, j'entendis un son sans parvenir à l'identifier. Puis cela me revint. Elle pleurait à petits sanglots. Je savais que, si j'essayais de me lever pour m'approcher d'elle, j'allais m'affaler à plat ventre ; ou bien, si j'arrivais à l'atteindre, elle m'étendrait d'un coup de poing. Alors, aussi bête qu'un ivrogne, je demandai : « Et Jade ? Tu n'avais pas l'air de trouver difficile d'aller avec lui. Pourquoi n'es-tu pas venue me trouver d'abord ?

— Je te l'ai dit ! C'est mon cousin, crétin ! » Sa colère flamboyait à travers ses larmes. « Quand on a des ennuis, on s'adresse à la famille ! Je lui ai demandé de m'aider et il m'a emmenée dans la ferme de ses parents pour donner un coup de main pendant les moissons ! » Un instant de silence. Puis, incrédule : « Qu'est-ce que tu t'imaginais ? Que j'étais le genre de femme qui pouvait avoir un autre homme de côté ? » Glaciale : « Que je te laisserais me faire la cour tout en fréquentant quelqu'un d'autre ?

— Non, je n'ai jamais prétendu ça.

— Naturellement. » À sa voix, on eût dit que tout devenait soudain clair. « Tu es comme mon père. Il était toujours persuadé que je mentais parce qu'il mentait sans arrêt. Comme toi. “Mais non, je ne suis pas ivre”, alors que tu pues le vin et que tu tiens à peine debout ! Et cette histoire ridicule ! “Je t'ai vue en rêve à Vasebaie.” Tout le monde savait en ville que j'étais allée à Vasebaie. Tu as dû en entendre parler ce soir même dans une taverne !

— Non, Molly. Il faut que tu me croies. » J'agrippai les couvertures du lit pour m'affermir sur mes pieds. Elle m'avait tourné le dos.

« Non ! Je n'ai plus à croire qui que ce soit. » Elle se tut, comme pour réfléchir. « Tu sais, une fois, il y a longtemps, quand j'étais toute petite… C'était avant même de te connaître. » Elle prenait peu à peu une voix étrangement calme. Monocorde, mais calme. « C'était à la Fête du Printemps. Je me rappelle que j'ai demandé quelques sous à mon papa pour les baraques foraines ; il m'a giflée en disant qu'il n'allait pas gaspiller son argent pour de telles bêtises. Et puis il m'a enfermée dans la boutique et il est parti boire. Mais, à cette époque déjà, je savais comment sortir, et je suis quand même allée aux baraques, rien que pour les voir. Dans l'une, il y avait un vieil homme qui lisait l'avenir dans les cristaux. Tu sais comment ça marche : on tient le cristal devant la lumière d'une bougie et on te dit ton avenir selon la façon dont les couleurs tombent sur ton visage. » Elle s'interrompit.

« Je sais. » Je connaissais le genre de sorcier des Haies dont elle parlait ; j'avais vu la danse des lumières colorées sur les traits d'une femme aux yeux fermés. Mais, pour le moment, c'étaient ceux de Molly que j'aurais voulu distinguer. Il me semblait que, si j'arrivais à croiser son regard, je saurais lui montrer la vérité dissimulée au fond de moi. J'aurais voulu avoir le courage de me lever, de m'approcher d'elle et d'essayer de la serrer contre moi ; mais elle me croyait ivre et je savais que je ne manquerais pas de trébucher. Je n'avais aucune envie de m'humilier encore devant elle.

« Beaucoup de jeunes filles et de femmes se faisaient lire l'avenir, mais moi je n'avais pas d'argent et je ne pouvais que regarder. Au bout d'un moment, le vieux m'a remarquée ; il a dû me croire timide, et il m'a demandé si je ne voulais pas connaître mon destin ; alors, je me suis mise à pleurer, parce que j'aurais bien voulu, mais que je n'avais pas un sou. Alors Brinna, la poissonnière, a éclaté de rire et elle a dit que ce n'était pas la peine que je paye pour ça, parce que tout le monde savait d'avance quel serait mon avenir : j'étais la fille d'un ivrogne, j'épouserais un ivrogne et j'aurais beaucoup de petits ivrognes ! »

Elle murmurait, à présent. « Tout le monde s'est mis à rire. Même le vieux.

— Molly… » fis-je. Je crois qu'elle ne m'entendit même pas.

« Je n'ai toujours pas d'argent, dit-elle d'une voix lente. Mais, au moins, je sais que je ne serai jamais la femme d'un ivrogne. Je crois même que je n'ai pas envie d'être l'amie d'un ivrogne.

— Tu dois m'écouter ! Tu es injuste ! » Ma langue me trahit et je bredouillai. « Je… »

La porte claqua.

« … ne savais pas que tu m'aimais de cette façon », terminai-je bêtement dans la chambre froide et vide.

Les tremblements me reprirent, plus violents qu'avant. Mais il n'était pas question que je perde Molly aussi facilement cette fois-ci. Je me levai et parvins à faire deux pas avant que le sol ne se mette à tanguer et que je ne tombe à genoux. Je restai un instant sans bouger, la tête pendante, comme un chien. Si je me lançais à la poursuite de Molly en rampant, cela ne l'impressionnerait guère favorablement ; elle me chasserait même à coups de pied, sans doute. Et cela dans l'éventualité où je la retrouverais. Je retournai tant bien que mal près de mon lit et y grimpai ; sans me déshabiller, je tirai un coin de couverture sur moi. Ma vision s'assombrit sur les bords, mais je ne m'endormis pas aussitôt : allongé, immobile, je songeai à ma bêtise de l'été passé. J'avais courtisé une femme en croyant fréquenter une enfant. Ces trois ans d'écart entre nous, j'y attachais une grande importance, mais dans le mauvais sens. Je pensais qu'elle me considérait comme un gosse et je désespérais de conquérir son cœur ; du coup, je m'étais conduit en gamin au lieu de l'inciter à me voir comme un homme, et le gamin l'avait blessée, trompée, oui, trompée, et, selon toute probabilité, perdue pour toujours. L'obscurité se referma et les ténèbres s'installèrent partout, ne laissant subsister qu'une étincelle tournoyante.

Elle avait aimé l'enfant et espéré une existence avec lui. Je m'accrochai à l'étincelle et sombrai dans le sommeil.

4

DILEMMES

En ce qui concerne le Vif et l'Art, je soupçonne que tout homme en possède au moins quelque don. J'ai vu des femmes abandonner soudainement leurs occupations pour se rendre dans une chambre voisine où un nourrisson s'éveillait à peine. Ne peut-on y voir une certaine forme d'Art ? J'ai aussi été témoin de la collaboration muette qui s'instaure lorsqu'un équipage travaille depuis longtemps sur le même navire ; il fonctionne alors comme un clan, sans échanger le moindre mot, si bien que le bâtiment devient presque un être vivant dont les marins sont la force vitale. D'autres se sentent une affinité pour certains animaux et l'expriment dans leurs armoiries ou dans les noms qu'ils donnent à leurs enfants. Le Vif rend sensible à cette affinité et ouvre la conscience à l'esprit de tous les animaux, mais la tradition affirme que la plupart des pratiquants du Vif contractent un lien avec un animal particulier ; on raconte qu'ils prennent au bout d'un certain temps les habitudes de la bête à laquelle ils sont attachés, puis, pour finir, son apparence. Cependant, on peut ranger ces allégations, à mon avis, dans la catégorie des simples contes d'épouvante destinés à décourager les enfants de se frotter à la magie des Bêtes.

*

* *

Quand je me réveillai, c'était l'après-midi. Il faisait froid dans la chambre ; nul feu ne brûlait dans l'âtre. Mes vêtements imprégnés de sueur me collaient à la peau. Je descendis aux cuisines d'un pas chancelant et mangeai un peu, puis je me rendis au bain où je me mis à trembler, ce qui me força à regagner ma chambre. Je réintégrai mon lit, frissonnant de froid. Plus tard, quelqu'un entra et me parla. J'ignore ce qu'on me dit, mais je me rappelle qu'on me secoua. C'était désagréable, mais je ne réagis pas.

Je m'éveillai à nouveau, en début de soirée cette fois. Il y avait une flambée dans la cheminée et un tas de bois bien rangé dans la niche. Une petite table avait été approchée de mon lit, recouverte d'un tissu brodé aux bords effrangés sur lequel reposait une assiette garnie de pain, de viande et de fromage. Un bol ventru au quart plein d'herbes à infusion attendait l'eau d'une énorme bouilloire qui fumait au-dessus du feu. À côté de la cheminée trônait un baquet avec du savon. Une chemise de nuit propre était étendue au pied de mon lit ; ce n'était pas une des miennes. Elle m'irait peut-être.

Ma gratitude envers mon bienfaiteur inconnu l'emporta sur ma perplexité. Je sortis de mon lit et profitai de tout, après quoi je me sentis bien mieux. À mes vertiges chroniques s'était substituée une bizarre impression de légèreté, qui succomba rapidement au pain et au fromage. Je détectai une pointe d'écorce elfique dans le thé, ce qui me fit aussitôt penser à Umbre : était-ce lui qui avait cherché à me réveiller ? Non : Umbre ne me convoquait que la nuit.

J'étais en train d'enfiler la nouvelle chemise de nuit lorsque la porte s'ouvrit sans bruit, et le fou se faufila dans ma chambre. Il portait sa livrée d'hiver noire et blanche, qui accentuait la pâleur de son teint. Son habit était fait d'un tissu soyeux coupé si ample que le fou avait l'air d'un bâton emmailloté. Il avait grandi, et maigri aussi, si cela était possible. Comme toujours, ses yeux sans couleur au milieu de son visage exsangue me firent un choc. Il me sourit puis me tira une langue rose pâle.

« C'était donc toi, fis-je en désignant la pièce. Merci.

— Non », répondit-il. Il secoua la tête et, en dessous de sa coiffe, ses cheveux décolorés lui firent un halo autour de la tête. « Mais j'y ai donné la main. Merci de t'être baigné ; ça rend moins pénible la corvée de te surveiller. Je suis heureux que tu sois réveillé. Tu ronfles abominablement. »

Je ne relevai pas le commentaire. « Tu as grandi, fis-je.

— Oui. Toi aussi. Et tu es malade. Et tu as dormi longtemps. Et maintenant, tu es réveillé, tu as pris un bain et tu as mangé. Tu as toujours une tête épouvantable. Mais tu ne pues plus. L'après-midi tire à sa fin. Il y a d'autres évidences que tu aimerais passer en revue ?

— J'ai rêvé de toi, pendant mon absence. »

Il m'adressa un regard dubitatif. « Ah ? Je suis touché. La réciproque n'est pas vraie, je regrette.

— Tu m'as manqué », dis-je, et je savourai l'expression de surprise qui passa en un éclair sur ses traits.

« Très comique. Cela explique-t-il tes bouffonneries de ces derniers jours ?

— Je suppose. Assieds-toi et dis-moi ce qui s'est passé ici pendant que je n'étais pas là.

— Impossible : le roi Subtil m'attend. Ou plutôt il ne m'attend pas, et c'est précisément pourquoi je dois aller le voir. Quand tu iras mieux, tu devrais en faire autant. Surtout s'il ne t'attend pas. » Il ouvrit soudain la porte et sortit. Puis, tout aussi brusquement, il se pencha en arrière et tendit vers moi une manche ridiculement longue dont il agita les clochettes. « Adieu, Fitz. Je t'en prie, à l'avenir, essaye de te débrouiller un peu mieux pour éviter qu'on ne t'assassine. » Et la porte se referma sans bruit derrière lui.

Je me retrouvai seul et me versai une tasse de thé que je sirotai. La porte se rouvrit ; je levai les yeux, pensant voir le fou. Mais ce fut Brodette qui jeta un coup d'œil discret, et annonça : « Ah, il est réveillé », puis, d'un ton sévère : « Pourquoi ne pas avoir averti que vous étiez épuisé ? J'ai cru mourir de peur à vous voir dormir ainsi toute la journée ! » Et sans y être invitée, elle entra, des draps et des couvertures propres dans les bras et dame Patience sur les talons.

« Oh, il est réveillé ! » s'exclama celle-ci, comme si elle n'avait pas cru Brodette. Elles ne tenaient aucun compte de mon humiliation à les recevoir chez moi en chemise de nuit ; dame Patience prit place sur mon lit tandis que Brodette s'affairait à ranger la pièce. Étant donné la maigreur de mes possessions, il n'y avait guère à y faire, mais la servante empila néanmoins mes plats vides, tisonna mon feu, fit la moue devant l'eau sale de mon bain et mes vêtements éparpillés. Je restai à distance respectueuse, près de l'âtre, pendant qu'elle changeait ma literie, ramassait mes habits, les déposait sur son bras plié, la narine dédaigneuse, et jetait un dernier coup d'œil sur la chambre avant de sortir majestueusement avec son butin.

« Je m'apprêtais à mettre de l'ordre », marmonnai-je, gêné, mais dame Patience ne parut pas m'entendre. D'un geste impérieux, elle montra le lit et je m'y glissai bien à contrecœur. Je crois ne jamais m'être senti aussi à mon désavantage, impression qui ne fit que s'aggraver lorsqu'elle se pencha pour me border.

« À propos de Molly, déclara-t-elle abruptement, ta conduite de la nuit dernière était répréhensible. Tu as usé de ta faiblesse pour l'attirer dans ta chambre, après quoi tu l'as bouleversée par tes accusations. Fitz, je ne le permettrai pas. Si tu n'étais pas si malade, je serais furieuse contre toi ; en l'état actuel des choses, je suis profondément déçue. Je n'ai pas de mots pour décrire ce que je ressens devant la façon dont tu as trompé cette pauvre enfant, dont tu lui as donné de faux espoirs. Je me contenterai donc de t'avertir que cela ne se reproduira plus. Désormais, et en tout, tu vas te comporter honorablement avec elle. »

Un simple quiproquo entre Molly et moi s'était soudain transformé en affaire d'État. « Il y a un malentendu, dis-je en m'efforçant de prendre un ton calme et ferme. Nous devons le régler, Molly et moi, en en discutant ensemble et en privé. Je vous assure, pour votre tranquillité d'esprit, que la situation n'est nullement telle que vous le croyez.

— N'oublie pas qui tu es. Le fils d'un prince ne... »

Je l'interrompis.

« Fitz. Je suis FitzChevalerie, le bâtard de Chevalerie. » Patience parut foudroyée sur place, et je pris à nouveau conscience des changements qui s'étaient opérés en moi depuis mon départ de Castelcerf. Je n'étais plus l'enfant qu'elle devait surveiller et corriger ; il fallait qu'elle me voie tel que j'étais. Cependant, je tâchai d'adoucir le ton sur lequel je m'adressais à elle. « Je ne suis pas le fils légitime du prince Chevalerie, ma dame, mais seulement le bâtard de votre époux. »

Elle s'assit au pied de mon lit et me regarda. Ses yeux noisette plongèrent franchement dans les miens et, par-delà son étourderie et sa distraction, je vis une âme capable de souffrances et de regrets plus vastes que je ne l'aurais imaginé. « Crois-tu que je pourrais jamais l'oublier ? » fit-elle à mi-voix.

La réponse que je cherchais mourut avant même d'être née ; ce fut le retour de Brodette qui me sauva. Elle avait recruté deux serviteurs et quelques petits garçons qui escamotèrent le baquet d'eau sale et les plats vides, tandis qu'elle disposait un plateau de pâtisseries accompagné de deux tasses et mesurait de l'herbe à infusion pour une nouvelle théière. Patience et moi gardâmes le silence en attendant que les domestiques s'en aillent. Brodette prépara le thé, remplit les tasses puis s'installa, son éternel ouvrage de broderie sur les genoux.

« C'est précisément à cause de ce que tu es qu'il s'agit de bien davantage qu'un malentendu, reprit Patience comme si je ne l'avais pas interrompue. Si tu n'étais que l'apprenti de Geairepu ou un employé des écuries, tu serais libre de courtiser et d'épouser qui te chanterait. Mais ce n'est pas le cas, FitzChevalerie Loinvoyant. Tu es de sang royal. Même un bâtard (elle achoppa légèrement sur le mot) de cette lignée doit observer certaines coutumes. Et pratiquer une certaine discrétion. Réfléchis à ta position dans la maison royale ; tu dois avoir la permission du roi pour te marier, tu le sais sûrement. La courtoisie due au roi Subtil t'oblige à l'informer de ton intention de faire ta cour afin qu'il puisse étudier le bien-fondé de ta demande et te dire s'il y consent ou non. Il en envisagerait tous les aspects : le moment est-il opportun pour te marier ? Le trône y a-t-il avantage ? Le parti proposé est-il acceptable, ou risque-t-il de causer du scandale ? Ta cour va-t-elle t'empêcher d'accomplir tes devoirs ? La demoiselle est-elle d'un rang convenable ? Le roi désire-t-il que tu aies des enfants ? »

À chaque question, je me sentais un peu plus bouleversé. Je reposai ma tête sur l'oreiller et contemplai les tentures du lit. Je n'avais jamais sérieusement décidé de courtiser Molly : d'une amitié d'enfance, nous étions insensiblement passés à une camaraderie plus profonde. Je savais la direction que mon cœur souhaitait lui donner, mais ma tête ne s'était jamais arrêtée à y réfléchir. Patience n'eut aucun mal à déchiffrer mon expression.

« N'oublie pas non plus, FitzChevalerie, que tu t'es déjà donné par serment à un autre : ta vie appartient à ton roi. Qu'aurais-tu à proposer à Molly si tu l'épousais ? Les bribes de temps qu'il n'exigerait pas de toi ? L'homme lige d'un roi n'a guère de temps pour quelqu'un d'autre dans son existence. » Des larmes perlèrent soudain à ses yeux. « Certaines acceptent ce qu'un tel homme peut leur donner en toute honnêteté, et elles s'en satisfont. Pour d'autres, c'est insuffisant, irrémédiablement insuffisant. Tu dois… » Elle hésita et j'eus l'impression qu'elle s'arrachait les mots du cœur. « Tu dois prendre tout cela en compte. Un cheval ne peut porter deux selles, quel qu'en soit son désir… » Sa voix mourut sur ces dernières paroles. Elle ferma les yeux comme si elle avait mal, puis elle reprit son souffle et enchaîna vivement, comme si l'interruption n'avait pas eu lieu. « Et voici un autre sujet de réflexion, FitzChevalerie : Molly est, ou était, une jeune fille qui avait des perspectives d'avenir ; elle possède un métier, et elle le connaît bien ; je pense qu'elle parviendra à s'établir après une période où elle sera servante. Mais toi ? Qu'as-tu à lui apporter ? Tu écris joliment, mais tu ne peux prétendre posséder à fond la science d'un scribe ; tu es un bon garçon d'écurie, certes, mais ce n'est pas ainsi que tu gagnes ton pain. Tu es le bâtard d'un prince ; tu habites au château, on t'y nourrit, on t'y vêt, mais tu ne touches pas de pension. Ta chambre pourrait être très confortable, pour une personne seule ; mais comptais-tu vraiment y faire vivre Molly ? À moins que tu n'aies espéré du roi la permission de quitter Castelcerf ? Et, même dans ce cas, que ferais-tu ? Vivrais-tu chez ta femme et mangerais-tu le pain qu'elle gagnerait à la sueur de son front, tout cela sans lever le petit doigt ? Peut-être préférerais-tu apprendre son métier et te faire son sous-ordre ? »

Elle se tut enfin. Elle n'attendait pas que je réponde à ses questions et je ne m'y essayai pas. Elle inspira, puis reprit : « Tu t'es conduit étourdiment. Tu n'avais pas de mauvaises intentions, je le sais, et nous devons veiller à ce qu'il n'en résulte rien de nuisible, pour personne. Mais surtout pour Molly. Tu as vécu toute ta vie au milieu des ragots et des intrigues de la cour du roi ; pas elle. Veux-tu qu'on la dise ta concubine ou, pire, la putain du château ? Depuis de longues années, la cour de Castelcerf est exclusivement masculine. La reine Désir était… la reine, mais elle ne tenait pas sa cour comme la reine Constance. Aujourd'hui, nous avons une nouvelle reine, et déjà les choses changent, comme tu t'en apercevras. Si tu tiens vraiment à faire de Molly ton épouse, il faut l'introduire dans cette cour pas à pas, sans quoi elle se retrouvera paria au milieu de gens tout sucre et tout miel avec elle. Je te parle franchement, FitzChevalerie. Je ne cherche pas à être cruelle, mais je préfère me montrer brutale avec toi maintenant plutôt que de voir l'existence de Molly gâchée par insouciance. »

Elle s'exprimait d'un ton parfaitement calme et ses yeux ne me quittaient pas.

Comme elle se taisait, je demandai, désespéré : « Que dois-je faire ? »

Elle baissa un moment son regard sur ses mains. Puis ses yeux revinrent sur moi. « Pour l'instant, rien. Et quand je dis rien, c'est rien. J'ai pris Molly à mon service et je lui enseigne, du mieux que je puis, les arcanes de la cour. C'est une élève douée et un agréable professeur en matière de simples et de fabrication de parfums. J'ai demandé à Geairepu de lui apprendre les lettres, art qu'elle est fort désireuse de maîtriser. Mais actuellement, la situation doit en rester là. Il faut la faire accepter par ces dames de la cour comme une de mes suivantes et non comme la maîtresse du Bâtard. Après un certain temps, tu pourras commencer à lui rendre visite ; mais, pour le présent, il serait inconvenant que tu la voies seule, ou même que tu cherches à la rencontrer.

— Pourtant, il faut que je lui parle seul à seul. Rien qu'une fois, brièvement, après quoi je vous promets d'obéir à vos règles. Elle croit que je l'ai abusée exprès, Patience ; elle s'imagine que j'étais soûl la nuit dernière. Je dois lui expliquer… »

Mais Patience s'était mise à secouer négativement la tête avant même la fin de ma première phrase et elle continua jusqu'à ce que je me taise. « De vagues rumeurs ont déjà couru parce qu'elle était venue te chercher au château ; c'est du moins ce que disaient les bruits. Je les ai étouffés dans l'œuf en assurant à chacun que Molly s'était présentée pour me voir, moi, parce qu'elle se trouvait dans une passe difficile et que sa mère avait été femme de chambre chez dame Bruyère du temps de la reine Constance. Ce qui est exact et, par conséquent, Molly avait le droit d'en appeler à moi, car dame Bruyère elle-même m'avait fait bon accueil lorsque j'étais arrivée à Castelcerf.

— Vous avez connu la mère de Molly ? demandai-je, curieux.

— Pas vraiment. Elle était partie avant ma venue pour épouser un fabricant de chandelles. Mais j'ai bien connu dame Bruyère et elle m'a toujours manifesté de la bonté. » Le chapitre était visiblement clos.

« Mais ne pourrais-je la rencontrer dans vos appartements pour lui parler en privé, puis…

— Je ne veux pas de scandale ! dit-elle d'un ton ferme. Et je n'en fournirai pas l'occasion. Fitz, tu as des ennemis à la cour et je ne permettrai pas qu'ils s'en prennent à Molly pour te frapper. Voilà ; ai-je enfin été assez claire ? »

Certes, elle l'avait été, et sur des sujets dont je la croyais ignorante. Que savait-elle de mes inimitiés ? N'y voyait-elle que des problèmes de jalousie sociale ? Il est vrai qu'à la cour c'était suffisant. Je pensais à Royal, à ses traits d'esprit sournois, à la façon dont il s'adressait à ses courtisans durant un banquet, lesquels souriaient aussitôt en minaudant et ajoutaient à mi-voix leurs propres commentaires aux critiques du prince, et je songeai que je devrais un jour le tuer.

« À tes mâchoires crispées, je vois que tu as compris. » Patience se leva en posant sa tasse sur la table. « Brodette, je crois qu'il faudrait laisser FitzChevalerie se reposer, à présent.

— Je vous en prie, demandez-lui au moins de ne pas m'en vouloir, dis-je d'un ton suppliant. Dites-lui que je n'étais pas ivre hier soir ; dites-lui que je n'ai jamais eu l'intention de l'abuser ni de lui faire du mal.

— Il n'est pas question que je transmette ce genre de message ! Ni toi, Brodette ! N'allez pas croire que je n'ai pas vu le clin d'œil que vous avez échangé ! J'exige que vous vous conduisiez comme il faut, tous les deux. N'oublie pas, FitzChevalerie : tu ne connais pas Molly – maîtresse Chandelière – et elle ne te connaît pas. Il ne doit pas en être autrement. Allons, viens, Brodette. FitzChevalerie, je tiens à ce que tu te reposes cette nuit. »

Et elles sortirent. J'eus beau essayer d'attirer l'œil de Brodette pour gagner son appui, elle refusa de me regarder. La porte se referma derrière elles ; je me radossai à mes oreillers et m'efforçai d'éviter de me taper la tête contre les restrictions que Patience m'imposait. Si frustrantes fussent-elles, elle avait raison. Seul me restait l'espoir que Molly considérerait mon attitude comme étourdie plutôt que fourbe ou calculatrice.

Je me levai pour attiser le feu, puis je m'assis au bord de l'âtre et contemplai ma chambre. Après les mois que j'avais passés au royaume des Montagnes, elle me paraissait bien lugubre. Elle avait pour seule décoration, si le terme est approprié, une tapisserie poussiéreuse qui représentait le roi Sagesse en train d'entrer en contact avec les Anciens ; comme le coffre de cèdre au pied de mon lit, elle se trouvait déjà sur place à mon installation. J'examinai la tapisserie d'un œil critique : elle était vieille et mitée, ce qui expliquait qu'elle eût été reléguée dans cette pièce. Quand j'étais enfant, elle m'avait donné des cauchemars. Tissée selon un style archaïque, la représentation du roi Sagesse apparaissait bizarrement allongée, tandis que les Anciens ne ressemblaient à aucune créature connue de moi ; on distinguait des esquisses d'ailes sur leurs larges épaules, à moins que ce ne fût la suggestion d'un halo de lumière autour d'eux. Je m'adossai au pilier de la cheminée pour avoir une vue d'ensemble et je m'assoupis.

Un courant d'air sur mon épaule me réveilla. La porte secrète, à côté de l'âtre, qui donnait sur le domaine d'Umbre, cette porte était grande ouverte et m'invitait à la franchir. Je me redressai raidement, m'étirai et m'engageai dans les marches de pierre, tout comme je l'avais fait la première fois, il y avait bien longtemps, vêtu comme aujourd'hui de ma chemise de nuit. J'avais suivi un vieillard effrayant au visage grêlé et aux yeux vifs et brillants comme ceux d'un corbeau ; il m'avait proposé de m'enseigner à tuer ; il avait également proposé, tacitement, d'être mon ami. J'avais accepté l'un et l'autre.

Les degrés étaient froids. Les murs étaient encore décorés de toiles d'araignée poussiéreuses et de suie au-dessus des flambeaux : la grande toilette du château ne s'était donc pas étendue jusqu'à cet escalier. Ni aux appartements d'Umbre : il y régnait toujours la même pagaille et ils avaient l'air aussi miteux et accueillants qu'autrefois. À une extrémité de la salle se trouvaient sa cheminée de travail, un dallage de pierre nue et une immense table recouverte du fouillis habituel : mortiers et pilons, assiettes poisseuses remplies de déchets de viande pour Rôdeur la belette, récipients d'herbes séchées, tablettes et rouleaux de manuscrits, cuillers et pinces, et une bouilloire noircie d'où s'échappaient des volutes de fumée nauséabonde.

Mais d'Umbre, point. Si : à l'autre bout de la pièce, où un fauteuil garni de gros coussins faisait face à une cheminée aux flammes dansantes. Des tapis se chevauchaient sur le pavage et sur une table aux sculptures élégantes étaient posés un saladier en verre rempli de pommes d'automne et une carafe de vin d'été. Umbre était blotti dans le fauteuil, un parchemin partiellement déroulé et tendu à la lumière pour mieux le lire. Le tenait-il plus loin de ses yeux qu'autrefois, et ses bras maigres étaient-ils plus secs encore ? Avait-il vieilli durant mes mois d'absence ou bien n'avais-je pas remarqué ces détails auparavant ? Sa robe de laine grise avait l'air aussi fatiguée que d'habitude et ses longs cheveux qui recouvraient ses épaules paraissaient de la même couleur. Comme de coutume, je gardai le silence en attendant qu'il daigne lever les yeux et prendre acte de ma présence. Certaines choses ne changeaient pas.

Enfin, il abaissa le rouleau et tourna les yeux vers moi. Il les avait verts et leur teinte claire me surprenait toujours dans ses traits typiquement Loinvoyant. Malgré les cicatrices qui lui grêlaient le visage et les bras comme à la suite d'une vérole, son ascendance de bâtard était presque aussi évidente que la mienne. J'aurais pu, j'imagine, le considérer comme un grand-oncle, mais notre relation de maître et d'apprenti était plus intime que tous les liens du sang. Il m'examina des pieds à la tête et je me redressai nerveusement. D'une voix grave, il me dit : « Viens à la lumière, mon garçon. »

Je fis une dizaine de pas puis m'arrêtai, plein d'appréhension. Il me dévisagea avec la même attention qu'il avait mise à étudier le parchemin. « Si nous étions des traîtres ambitieux, toi et moi, nous ferions en sorte qu'on remarque ta ressemblance avec Chevalerie. Je pourrais t'apprendre à te tenir comme lui ; déjà, tu as sa démarche. Je pourrais t'enseigner à te rider pour te donner l'air plus âgé ; tu as presque sa taille ; tu pourrais reprendre son vocabulaire, ses expressions et sa façon de rire. Peu à peu, nous pourrions amasser de l'influence, discrètement, sans que ceux que nous dépouillerions s'en s'aperçoivent. Et, un jour, nous pourrions nous dévoiler et prendre le pouvoir. »

Il se tut.

Je secouai lentement la tête. Puis nous échangeâmes un sourire et j'allai m'asseoir sur les pierres de l'âtre, à ses pieds. La chaleur du feu dans mon dos était bienfaisante.

« Déformation professionnelle, j'imagine. » Il soupira et but une gorgée de vin. « Je dois envisager ces éventualités, car je sais que d'autres y penseront. Un jour, tôt ou tard, elles viendront à un quelconque nobliau et, croyant tenir une idée originale, il viendra te la susurrer à l'oreille. Attends, et tu verras si je me trompe.

— J'espère vivement que vous vous trompez : j'ai eu mon compte d'intrigues, Umbre, et j'ai eu moins de chance au jeu que je ne m'y attendais.

— Tu ne t'en es pas si mal tiré, étant donné les cartes que tu avais. Tu as survécu. » Il regarda le feu par-dessus mon épaule. Une question restait en suspens entre nous, presque palpable : pourquoi Subtil avait-il révélé au prince Royal que j'étais son assassin ? Pourquoi m'avoir obligé à faire mes rapports et à prendre mes ordres auprès d'un homme qui souhaitait ma mort ? M'avait-il jeté en pâture à Royal pour le détourner de ses autres sujets d'insatisfaction ? Et si j'avais joué le rôle d'un pion promis au sacrifice, m'agitait-on encore comme appât sous le nez du prince cadet pour distraire son attention ? Umbre lui-même n'aurait su répondre à toutes ces questions, je pense, et lui en poser ne fût-ce qu'une seule aurait constitué la pire trahison envers notre serment d'allégeance au roi. Depuis longtemps, nous avions tous deux remis notre existence entre les mains de Subtil pour assurer la protection de la famille royale. Nous n'avions pas à critiquer la façon dont il nous utilisait, car c'était la porte ouverte à la trahison.

Umbre prit seulement la carafe de vin d'été et m'en remplit un verre. Un court moment, nous bavardâmes de sujets sans intérêt pour quiconque sauf pour nous, et par là d'autant plus précieux. Je lui demandai des nouvelles de Rôdeur, la belette, et il exprima, non sans embarras, ses condoléances pour la mort de Fouinot. Il posa une ou deux questions dont il ressortait qu'il était au courant de tout ce que j'avais rapporté à Vérité, ainsi que de la plupart des rumeurs des écuries. Il me fit part des petits ragots du château et de tous les incidents que j'avais manqués durant mon absence. Mais quand je m'enquis de ce qu'il pensait de Kettricken, notre reine-servante, son expression devint grave.

« C'est un rude chemin qui l'attend. Elle s'installe dans une cour sans reine, où elle-même est reine tout en ne l'étant pas, et cela en une époque troublée, dans un royaume qui affronte à la fois les Pirates et une agitation interne. Mais le plus difficile pour elle, c'est qu'elle se trouve dans une cour qui ne comprend pas son concept de la royauté. On la harcèle de banquets et de fêtes donnés en son honneur ; elle est habituée à frayer avec son peuple, à soigner ses propres jardins, à travailler au métier à tisser et à la forge ; ici, ses seules fréquentations sont la noblesse, les privilégiés, les riches. Elle ne comprend pas cette consommation de vins et de cuisines exotiques, cet étalage de vêtements coûteux et de bijoux qui sont le but de ces manifestations. Du coup, elle ne présente pas bien, si j'ose dire. C'est une belle femme, à sa manière ; mais elle est trop grande, trop solidement charpentée, trop rayonnante, trop blonde au milieu des femmes de Castelcerf. On dirait un cheval de combat parmi des montures de chasse. Elle est pleine de bonne volonté, mais je ne suis pas sûr qu'elle soit à la hauteur de la tâche, mon garçon. En vérité, je la plains : elle est seule, tu sais ; les quelques personnes qui l'accompagnaient sont reparties depuis longtemps dans les Montagnes. Aussi est-elle très isolée, malgré tous ceux qui recherchent ses faveurs.

— Et Vérité ? demandai-je, troublé. Ne fait-il rien pour alléger cette solitude, pour lui enseigner nos façons ?

— Vérité n'a guère de temps à lui consacrer, répondit Umbre sans ambages. Il a essayé d'en prévenir Subtil avant l'arrangement du mariage, mais nous ne l'avons pas écouté : Subtil et moi ne voyions que les avantages politiques que Kettricken offrait. J'avais oublié qu'il y aurait une femme ici, à la cour, qui y passerait ses journées. Vérité est débordé de travail. S'il s'agissait d'un homme et d'une femme ordinaires, avec du temps, je pense qu'une affection véritable pourrait naître entre eux. Mais dans les circonstances présentes, tous leurs efforts doivent porter sur l'apparence, et bientôt on exigera d'eux un héritier. Ils n'ont pas le temps d'apprendre à se connaître, encore moins d'apprendre à s'aimer. » Umbre dut lire sur mon visage le chagrin que je ressentais, car il ajouta : « Il en a toujours été ainsi pour la royauté, mon garçon. Chevalerie et Patience étaient l'exception, et leur bonheur s'est bâti au détriment de l'intérêt politique. Un roi-servant qui se mariait par amour, cela ne s'était jamais vu, et je suis certain qu'on t'a répété sur tous les tons que c'était une folie.

— Et je me suis toujours demandé si ça touchait mon père.

— Cela lui avait coûté, fit Umbre à mi-voix. Mais je ne crois pas qu'il regrettait sa décision. Cependant, il était roi-servant. Tu n'as pas la même latitude. »

Et voilà, nous y étions. Je me doutais bien qu'il saurait tout, et qu'il serait inutile d'espérer le voir rester muet sur le sujet. Je sentis le rouge me monter aux joues. « Molly. »

Il hocha lentement la tête. « Tant que cela se passait en ville et que tu étais encore plus ou moins enfant, on pouvait faire mine de rien. Mais à présent on te considère comme un homme. Quand elle s'est présentée au château en demandant à te voir, les langues se sont déliées et les gens ont commencé à se poser des questions. Avec une habileté remarquable, Patience a su faire taire les rumeurs et prendre la situation en main. N'eût-ce été que de moi, cette fille ne serait pas restée ici. Mais Patience s'est bien débrouillée.

— Cette fille... » répétai-je, piqué au vif. Je ne me serais pas senti plus offensé s'il avait dit « cette putain ». « Umbre, vous la jugez mal, ainsi que moi. Tout a commencé par une simple amitié, il y a très longtemps, et si quelqu'un est responsable de... de la tournure des événements, c'est moi, pas Molly. J'avais toujours cru que les amis que j'avais au bourg, que le temps que j'y passais sous l'identité du "Nouveau", n'appartenaient qu'à moi. » Soudain, l'inanité de mes explications m'apparut et je me tus.

« T'imaginais-tu pouvoir mener deux existences ? » La voix d'Umbre était calme mais sans douceur. « Nous appartenons au roi, mon garçon. Nous sommes ses hommes liges. Nos vies sont à lui, chaque instant de chaque journée, que nous soyons éveillés ou endormis. Tu n'as pas de temps à consacrer à tes soucis personnels. Seulement aux siens. »

Je me déplaçai légèrement pour regarder le feu et réfléchis à ce que je savais d'Umbre. Je le retrouvais ici, à la nuit noire, dans ces appartements isolés. Je ne l'avais jamais vu se promener ailleurs dans Castelcerf ; nul ne prononçait son nom devant moi. De temps à autre, sous le déguisement de dame Thym, il se risquait à l'extérieur ; une fois, nous avions chevauché ensemble toute une nuit pour nous rendre sur les lieux baignés d'horreur de la première forgisation. Mais même cette sortie répondait à l'ordre du roi. De quoi était faite la vie d'Umbre ? De quelques chambres, de vin et de mets de qualité, et d'une belette pour compagnon. C'était le frère aîné de Subtil et, n'eût été sa bâtardise, il eût été aujourd'hui sur le trône. Son existence préfigurait-elle ce que serait la mienne ?

« Non. »

Je n'avais rien dit, mais, en levant les yeux, je vis qu'il avait deviné mes pensées. « Cette existence, je l'ai choisie, mon garçon, après m'être fait malencontreusement exploser un récipient au visage. J'étais beau, autrefois ; beau et vain. Presque autant que Royal. Quand je me suis défiguré, j'ai eu envie de mourir ; pendant des mois, je suis resté cloîtré dans mes appartements. Et quand enfin je suis sorti, c'est déguisé, non pas en dame Thym, non, pas à cette époque, mais le visage et les mains voilés. J'ai quitté Castelcerf, pendant longtemps. Et, quand j'y suis revenu, le bellâtre qu'on avait connu était mort. Je me suis aperçu que j'étais plus utile à la famille mort que vivant. Mon histoire ne s'arrête pas là, mon garçon, mais sache que j'ai choisi ma façon de vivre ; Subtil ne m'y a pas contraint : je m'y suis plié tout seul. Ton avenir sera peut-être différent ; mais ne va pas t'imaginer que c'est à toi d'en décider. »

La curiosité m'aiguillonnait. « Est-ce pour cela que Chevalerie et Vérité connaissaient votre existence, mais pas Royal ? »

Umbre eut un sourire étrange. « Crois-le ou non, pour ces deux garçons, j'étais une espèce de brave demi-oncle. Je m'occupais d'eux, dans une certaine mesure. Mais, une fois défiguré, même eux je les ai fuis. Quant à Royal, il ne m'a jamais connu : sa mère avait une sainte horreur de la vérole et de tout ce qui y ressemblait, et, à mon avis, elle croyait aux légendes sur le Grêlé, l'annonciateur des désastres et du malheur. D'ailleurs, elle éprouvait une crainte presque superstitieuse à l'égard des infirmes – on retrouve cette peur dans la réaction de Royal face au fou – et elle n'aurait jamais pris à son service une servante affligée d'un pied bot ou un valet auquel il aurait manqué un ou deux doigts. Quand je revins au château, je ne fus donc jamais présenté à la reine ni à l'enfant qu'elle portait. En revanche, lorsque Chevalerie accéda au statut de roi-servant de Subtil, je comptai parmi les secrets qu'on lui révéla, et je fus frappé de voir qu'il se souvenait de moi et qu'il m'avait regretté. Le soir même, il a emmené Vérité me voir et j'ai dû le réprimander : il était difficile de leur faire comprendre qu'ils ne pouvaient me rendre visite quand cela leur chantait. Ah, quels gamins ! » Il secoua la tête et sourit à ses souvenirs. Je ne puis expliquer le pincement de jalousie que je ressentis alors. Je ramenai la conversation sur moi.

« Que dois-je faire, à votre avis ? »

Umbre fit la moue, but une gorgée de vin et réfléchit. « Pour le moment, Patience t'a donné de bons conseils. Évite Molly, fais comme si elle n'existait pas, mais sans ostentation ; traite-la comme s'il s'agissait d'une nouvelle fille de cuisine : avec courtoisie si tu la croises, mais sans familiarité. Ne cherche pas à la voir ; consacre-toi plutôt à la reine-servante. Vérité te sera reconnaissant si tu la distrais et Kettricken sera heureuse de trouver un visage ami ; et si tu comptes obtenir la permission d'épouser Molly, la reine-servante pourrait faire une alliée de poids. Et pendant que tu occupes Kettricken, surveille-la : n'oublie pas qu'il en est dont l'intérêt n'est pas que Vérité conçoive un héritier ; ce sont les mêmes qui ne verraient pas d'un bon œil que tu aies des enfants. Aussi, prudence et vigilance ; ne baisse pas ta garde.

— Est-ce tout ? demandai-je, abattu.

— Non : repose-toi. C'est bien de la morteracine que Royal t'a donnée ? » J'acquiesçai et il hocha la tête, les yeux étrécis. Soudain, il me regarda en face. « Tu es jeune. Tu arriveras peut-être à t'en remettre, en grande partie. J'ai connu un homme qui y a survécu ; mais il a souffert de tremblements le reste de sa vie. J'en vois de faibles indices chez toi ; cela ne sera pas trop visible, sauf pour ceux qui te connaissent bien. Mais économise-toi : la fatigue entraîne tremblements et vision floue ; si tu tires trop sur la corde, tu cours à la crise, or personne ne doit être au courant de ton invalidité. Le plus sage, c'est de mener ta vie de telle façon qu'elle n'apparaisse jamais.

— C'est pour cela qu'il y avait de l'écorce elfique dans le thé ? » demandai-je sans nécessité.

Il leva les sourcils. « Le thé ?

— C'est peut-être le fou qui me l'avait préparé. Quand je me suis réveillé, il y avait du thé et de quoi manger sur ma table...

— Et si c'était Royal qui te l'avait préparé ? »

Il me fallut un moment pour mesurer les implications de sa question. « J'aurais pu me faire empoisonner.

— Mais ça n'a pas été le cas. Pas cette fois. Non, ce n'était ni moi ni le fou : c'était Brodette. C'est quelqu'un de plus profond que tu ne l'imagines. Le fou est tombé sur toi et, j'ignore ce qui l'a pris, mais il est allé prévenir Patience et, tandis qu'elle s'agitait sans résultat, Brodette a tranquillement pris la situation en main. Je crois qu'en secret elle te considère comme une tête de linotte à égalité avec sa maîtresse ; entrebâille ta porte si peu que ce soit et elle se faufilera chez toi, s'y installera et se mettra à organiser ta vie. Si bonnes que soient ses intentions, tu dois l'en empêcher, Fitz. Un assassin a besoin de secret. Fais placer un verrou à ta porte.

— Fitz ? répétai-je, étonné.

— C'est ton nom : FitzChevalerie. Comme apparemment tu n'en prends plus ombrage, c'est ainsi que je t'appellerai désormais. Je commençais à me lasser de "mon garçon". »

J'inclinai la tête et nous parlâmes d'autre chose. Une heure avant l'aube, je quittai ses appartements sans fenêtre et regagnai ma chambre. Je me recouchai, mais le sommeil ne vint pas : j'avais toujours étouffé la colère secrète que m'inspirait ma position à la cour, mais à présent elle bouillonnait en moi et m'empêchait de m'endormir ; aussi, repoussant mes couvertures, j'enfilai mes vêtements désormais trop petits, passai la porte du château et descendis à Bourg-de-Castelcerf.

L'humidité froide de la brise vive qui soufflait de la mer me fit l'effet d'une gifle mouillée ; je resserrai mon manteau autour de moi et relevai ma capuche. Je marchais d'un bon pas en évitant les plaques de verglas qui parsemaient la route pentue et en m'efforçant de me vider l'esprit, mais je m'aperçus bientôt que les battements accélérés de mon cœur attisaient ma fureur plus qu'ils ne me réchauffaient le corps. Mes pensées piaffaient comme un cheval bridé.

Quand, enfant, j'étais arrivé à Bourg-de-Castelcerf, c'était une petite ville active et sale ; au cours de la dernière décennie, elle avait grandi et acquis un vernis de raffinement, mais ses racines n'étaient que trop évidentes. Elle s'accrochait aux falaises que dominait le château de Castelcerf et, là où les à-pic laissaient la place aux plages rocheuses, entrepôts et hangars se dressaient sur des quais et des pilotis. L'excellent mouillage en eau profonde qui s'abritait sous la forteresse attirait les navires marchands et autres commerçants. Plus au nord, là où la Cerf se jetait dans la mer, les plages étaient plus abordables et le large fleuve permettait de convoyer des péniches loin dans les terres, jusqu'aux duchés de l'Intérieur ; cependant, les terrains proches de l'embouchure étaient sujets aux inondations et le mouillage imprévisible à cause des variations du fleuve ; aussi les habitants de Bourg-de-Castelcerf s'agglutinaient-ils le long des falaises qui surplombaient le port, tels les oiseaux de l'Escarpe-aux-Œufs. En conséquence, les rues étaient étroites, mal pavées et descendaient en lacet jusqu'aux quais ; les maisons, boutiques et tavernes se pressaient humblement contre l'à-pic en s'efforçant d'offrir le moins de résistance possible aux vents presque constants dans ces parages. Plus haut, les logis et les établissements plus ambitieux étaient construits en bois, leurs fondations taillées dans le roc des falaises elles-mêmes ; mais je connaissais mal cette couche sociale : enfant, je courais et je jouais au milieu des modestes échoppes et tavernes à matelots situées presque au ras de l'eau.

Lorsque je parvins à ce dernier niveau de la ville, j'en étais à songer avec ironie qu'il eût mieux valu pour Molly et moi ne jamais devenir amis. J'avais compromis sa réputation et, si je persistais à la poursuivre de mes assiduités, elle finirait assurément par tomber victime de la méchanceté de Royal. Quant à moi, la détresse que j'avais ressentie en la croyant partie avec un autre n'était qu'une égratignure comparée à cette blessure béante : Molly persuadée que je l'avais trompée !

Émergeant de mes sombres ruminations, je m'aperçus que mes pas m'avaient perfidement amené devant la porte de sa chandellerie. C'était aujourd'hui une boutique qui vendait du thé et des simples. Comme s'il n'y avait pas déjà pléthore d'herboristeries à Bourg-de-Castelcerf ! Je me demandai ce qu'étaient devenues les ruches de Molly et, avec un choc, je pris conscience que, pour elle, l'impression de totale désorganisation de l'existence devait être dix fois – non, cent fois pire. Avec quelle facilité j'avais accepté la mort de son père, et avec lui celle de ses moyens de subsistance et de ses projets ! Avec quelle désinvolture j'avais admis les bouleversements de sa vie qui l'avaient conduite à se faire servante au château ! Servante ! Je serrai les dents et passai mon chemin.

J'errai sans but par la ville. Malgré la morosité qui m'accablait, je remarquai à quel point elle avait changé au cours des six derniers mois : même en cette froide journée d'hiver, l'activité y régnait ; la construction des navires attirait du monde et le commerce était florissant. Je fis une halte dans une taverne où autrefois Molly, Dirk, Kerry et moi partagions de temps en temps un petit verre d'eau-de-vie, en général de mûre, la moins chère. Je m'installai à l'écart et bus ma bière en silence, mais autour de moi les langues s'agitaient et j'en appris beaucoup. Ce n'était pas seulement le chantier naval qui avait donné un coup de fouet à la prospérité de Bourg-de-Castelcerf : Vérité avait lancé un appel de recrutement pour ses navires, auquel les hommes et les femmes de tous les duchés côtiers avaient répondu en masse, certains par esprit de vengeance, pour rendre la monnaie de leur pièce aux Pirates qui avaient tué ou forgisé leurs proches, d'autres par esprit d'aventure, appâtés par d'éventuels butins ou simplement parce qu'ils n'avaient plus d'avenir dans les villages ravagés. Certains étaient issus de familles de pêcheurs ou de marchands, habitués à la mer et à ses métiers ; d'autres, originaires de hameaux pillés, étaient autrefois bergers ou fermiers. C'était sans importance : tous avaient convergé sur Bourg-de-Castelcerf dans l'espoir de verser le sang des Pirates rouges.

Beaucoup étaient logés dans d'anciens entrepôts reconvertis ; Hod, la maîtresse d'armes de Castelcerf, les entraînait et triait ceux qu'elle jugeait convenables pour les vaisseaux de Vérité ; les autres se voyaient proposer un engagement en tant que soldats. Et puis il y avait toute une population qui enflait la ville, emplissait les auberges, les tavernes et autres gargotes. J'entendis également des plaintes sur le fait que certains hommes venus s'embarquer sur les navires de Vérité étaient des Outrîliens, chassés de chez eux par les mêmes Pirates qui menaçaient aujourd'hui nos côtes. Eux aussi se disaient désireux de se venger, mais on se méfiait d'eux et certains commerçants refusaient de les servir. Cela donnait à la taverne bondée une atmosphère pesante et malsaine. À une table, des clients parlaient entre eux, avec des rires contenus, d'un Outrîlien qui la veille s'était fait passer à tabac sur les quais ; nul n'avait alerté la patrouille de la ville. Puis la conversation prit une tournure encore plus odieuse : les Outrîliens étaient tous des espions et les flanquer au bûcher serait une sage mesure de précaution. C'était plus que je ne pouvais en supporter et je sortis. N'y avait-il donc nulle part où je puisse échapper aux intrigues et aux soupçons, ne fût-ce qu'une heure?

Je marchai seul par les rues glacées. Une tempête se levait et le vent implacable, annonciateur de neige, rôdait entre les murs tortueux du bourg. Le même froid furieux se tordait et bouillonnait en moi, passait de la colère à la haine, puis à la frustration, revenait à la colère, et faisait monter en moi une tension intolérable. Ils n'avaient pas le droit de me faire ça! Je n'étais pas né pour être leur instrument! Je devais pouvoir vivre librement mon existence, être celui que j'étais destiné à devenir. Croyaient-ils pouvoir me plier à leur volonté, m'utiliser quand bon leur semblait, sans jamais en payer le prix? Non! L'heure viendrait! Mon heure viendrait!

Un homme venait vers moi à vive allure, le capuchon rabattu sur son visage pour se protéger du vent. Il leva les yeux et nos regards se croisèrent; il blêmit et fit promptement demi-tour. Eh bien, il n'avait pas tort : je sentais la rage m'échauffer insupportablement les sangs. Le vent me cinglait les cheveux et cherchait à me refroidir, mais je n'en marchais que plus vite et la haine qui me possédait se portait au blanc. Elle m'attirait et je la suivis comme une piste de sang frais.

Je tournai un coin de rue et me retrouvai sur le marché. Inquiets de la tempête qui approchait, les marchands les plus pauvres remballaient leurs affaires disposées sur des couvertures et des nattes; ceux qui avaient des étals verrouillaient leurs volets. Je passai devant eux sans les voir. Les gens s'écartaient craintivement de mon chemin. Je les frôlais sans prêter attention à leurs coups d'œil effarés.

J'arrivai devant l'échoppe en plein vent du négociant d'animaux et me trouvai face à moi-même. Il était décharné, avec des yeux sombres et éteints; il m'adressa un regard de pure méchanceté et les vagues de haine qui irradiaient de lui me submergèrent. Nos cœurs battaient au même rythme ; je sentis un tic agiter ma lèvre supérieure, comme si j'allais la retrousser pour montrer mes pitoyables dents d'humain. Je recomposai mon expression et refoulai impitoyablement mes émotions ; mais, dans la cage, le louveteau à la robe grise et crasseuse me regarda et ouvrit sa gueule aux lèvres noires pour découvrir ses crocs. *Je te hais. Je vous hais tous. Viens, viens plus près. Je te tuerai. Je te déchirerai la gorge après t'avoir tranché les jarrets. Je te dévorerai les entrailles. Je te hais.*

« Vous désirez quelque chose ?

— Du sang, dis-je à mi-voix. Je veux ton sang.

— Quoi ? »

Je relevai brusquement les yeux vers l'homme. Il était sale et graisseux ; et il empestait. Par El, qu'il puait ! Je détectai sur lui une odeur de transpiration, d'aliments rances et celle de ses propres déjections. Il était vêtu de peaux grossièrement préparées qui ajoutaient à sa puanteur ; il avait de petits yeux de furet, des mains crasseuses et cruelles et un gourdin de chêne cerclé de bronze pendait à sa ceinture. J'eus le plus grand mal à m'empêcher de saisir ce bout de bois haï pour lui en défoncer le crâne. Il portait d'épaisses bottes aux pieds. Il s'approcha de moi et j'agrippai les pans de mon manteau pour me retenir de le tuer.

« Le loup », fis-je. Ma voix avait un son rauque, étranglé. « Je veux le loup.

— Z'êtes sûr, jeune homme ? Il est mauvais, ce loup. »

Il poussa la cage du bout du pied et je me jetai dessus ; mes crocs claquèrent sur les barreaux de bois et je me fis encore mal au museau, mais ça m'était égal : si j'arrivais à crocher dans sa chair, je la lui arracherais ou je ne lâcherais jamais prise.

Non. Va-t'en, sors de ma tête. Et je la secouai pour m'éclaircir l'esprit. Le marchand m'observa d'un air curieux. « Je sais ce que je veux. » Je parlais d'une voix sans timbre, occupé à repousser les émotions du loup.

« Ah ouais ? » L'homme me dévisagea pour essayer d'évaluer ma fortune. Il me ferait payer autant qu'il penserait pouvoir me faire cracher. Mes vêtements trop courts ne lui plaisaient pas, ni ma jeunesse. Mais je supposais que ce n'était pas d'hier qu'il avait ce loup ; il avait espéré le vendre tout bébé et, à présent que l'animal réclamait davantage à manger, l'homme ne serait que trop heureux de s'en débarrasser à vil prix. « Vous le voulez pour quoi ? me demanda-t-il, l'air de ne pas y toucher.

— Les combats, répondis-je d'un ton tout aussi désinvolte. Il est maigre comme un clou, mais il lui reste peut-être un peu d'énergie. »

Le loup se précipita soudain contre les barreaux, mâchoires béantes, crocs dénudés. *Je les tuerai. Je les tuerai tous, je leur déchirerai la gorge, je les éventrerai...*

Tais-toi, si tu veux ta liberté. Je le repoussai mentalement et le loup bondit en arrière comme si une abeille l'avait piqué. Il recula dans le coin opposé de sa cage et s'y tapit, les lèvres retroussées, mais la queue entre les pattes, envahi par l'indécision.

« Des combats de chiens, hein ? Oh, il vous fera du beau spectacle. » À nouveau, le marchand tapota la cage du bout du pied, mais cette fois le loup ne réagit pas. « Il vous rapportera pas mal d'argent, celui-là. Il est plus vicieux qu'un furet. » Il cogna plus violemment dans la cage. Le loup s'aplatit un peu plus.

« Vous m'en direz tant », fis-je dédaigneusement. Je me détournai du loup comme s'il ne m'intéressait plus et observai les oiseaux encagés derrière lui. Les pigeons et les colombes paraissaient bien traités, mais deux geais et un corbeau s'entassaient dans une cage répugnante, pleine de fiente et de bouts de viande pourrie. Le corbeau évoquait un mendiant vêtu de haillons noirs. *Donnez du bec sur l'objet brillant*, suggérai-je mentalement aux oiseaux. *Vous arriverez peut-être à sortir*. Le corbeau ne réagit pas, la tête enfoncée dans les plumes ; mais un des geais voleta jusqu'à un juchoir plus élevé, d'où il entreprit de taper et de tirer sur la clavette en métal qui maintenait la porte fermée. Je ramenai mon regard sur le loup.

« De toute façon, je ne comptais pas le faire combattre : juste le jeter aux chiens pour les échauffer. Un peu de sang, ça les met en forme.

— Oh, mais il vous ferait un bon combattant ! Tenez, regardez : il m'a fait ça il n'y a pas un mois. J'essayais de lui donner à manger quand il m'a sauté dessus. »

Il remonta sa manche et me montra un poignet crasseux zébré d'entailles livides, seulement à demi cicatrisées.

Je me penchai, l'air modérément intéressé. « C'est infecté, on dirait. Vous allez garder votre main, vous croyez ?

— C'est pas infecté. Ça met du temps à guérir, c'est tout. Écoutez, jeune homme, y a une tempête qui se prépare. Il faut que je remballe ma carriole et que je m'en aille avant que ça tombe. Alors, vous me faites une offre pour ce loup ? Il fera un bon bagarreur.

— On pourrait s'en servir pour appâter les ours, mais guère plus. Je vous en donne, allez, six pièces de cuivre. »

J'en possédais royalement sept.

« De cuivre ? Petit, on parle de pièces d'argent, sur ce coup-ci. Regardez, c'est une belle bête ; en le nourrissant un peu, il va forcir et devenir encore plus féroce. Je pourrais tirer six pièces de cuivre rien qu'en vendant sa peau !

— Dans ce cas, faites-le rapidement, avant qu'il ne soit trop galeux. Et avant qu'il ne vous arrache l'autre main. » Je me penchai vers la cage tout en *poussant* mentalement, et le loup se recroquevilla. « Il a l'air malade. Mon maître serait furieux si je le ramenais et que les chiens attrapent une saleté en le tuant. » Je jetai un coup d'œil vers le ciel. « La tempête approche. Mieux vaut que je m'en aille.

— Une pièce d'argent, petit. Et c'est donné. »

À cet instant, le geai parvint à décrocher la clavette. La porte de la cage s'ouvrit tout grand et l'oiseau s'en approcha en sautillant. Mine de rien, je me plaçai entre l'homme et la cage ; derrière moi, le geai alla se poser sur la cage des pigeons. *La porte est ouverte*, fis-je à l'attention du corbeau. Au bruit, je sus qu'il secouait son lamentable plumage. Je portai la main à la bourse qui pendait à ma ceinture et la soupesai pensivement. « Une pièce d'argent ? Je n'ai pas ça. Mais c'est sans importance, de toute manière : je viens de me rendre compte que je n'ai rien pour le transporter. Dans ces conditions, il vaut mieux que je ne le prenne pas. »

J'entendis les geais s'envoler. Avec un juron, l'homme se précipita, mais je m'arrangeai pour me mettre sur son chemin et nous nous affalâmes tous les deux. Le corbeau avait atteint la porte de la cage. Je me dépêtrai du marchand, me relevai d'un bond et me cognai exprès contre la cage ; l'oiseau effrayé s'élança, se mit à battre laborieusement des ailes et gagna finalement le toit d'une auberge proche. Comme le marchand se redressait lourdement, le corbeau déploya ses ailes dépenaillées et poussa un croassement moqueur.

« Une pleine cagée de marchandises envolée ! me lança l'homme d'un ton accusateur, mais je ramassai mon manteau et lui montrai un accroc dans le tissu.

— Mon maître va être fou de rage en voyant ça ! » rétorquai-je avec un regard aussi noir que le sien.

Il jeta un coup d'œil au corbeau : l'oiseau avait gonflé ses plumes pour se protéger de la tempête et s'était placé à l'abri d'une cheminée. L'homme ne le rattraperait pas. Derrière moi, le loup gémit soudain.

« Neuf pièces de cuivre ! » fit brusquement le marchand, au désespoir. Il n'avait rien dû vendre de la journée.

« Je vous répète que je n'ai rien pour le transporter ! » répliquai-je. Je remontai ma capuche en regardant les nuages. « La tempête est là », ajoutai-je alors que commençaient à tomber de gros flocons chargés d'humidité, annonciateurs d'un temps très déplaisant, trop chaud pour empêcher la neige de tomber, trop froid pour la faire fondre. Demain matin, les rues allaient scintiller de verglas. Je fis mine de m'en aller.

« Donnez-les-moi, vos six pièces, foutre ! » beugla le marchand au comble de l'exaspération.

Je les tirai de ma bourse d'un air hésitant. « Et vous me l'apportez là où j'habite ? demandai-je alors qu'il m'arrachait les pièces de la main.

— Débrouillez-vous, mon bougre ! Vous m'avez refait et vous le savez très bien ! »

Là-dessus, il fourra sa cage de pigeons et de colombes dans sa carriole, puis celle, vide, du corbeau. Sans prêter la moindre attention à mes protestations, il grimpa sur le siège et fit claquer les rênes du poney. La vieille bête se mit en marche et la carriole s'éloigna en grinçant dans la neige et le crépuscule qui allaient s'épaississant. La place du marché était déserte ; seuls la traversaient ceux qui se dépêchaient de rentrer chez eux, cols remontés, manteaux fermés pour se protéger du vent humide et des rafales de neige.

« Et maintenant, qu'est-ce que je vais faire de toi ? » demandai-je au loup.

Fais-moi sortir. Libère-moi.

Impossible. C'est trop risqué. Si je le lâchais au milieu de la ville, il ne parviendrait pas vivant dans les bois : trop de chiens s'ameuteraient pour le mettre en pièces, trop d'hommes l'abattraient pour sa peau. Ou simplement parce que c'était un loup. Je me baissai pour soulever la cage, afin de me rendre compte de son poids. Il se précipita, les crocs dénudés.

Recule ! La colère me prit aussitôt. C'était contagieux.

Je te tuerai. Tu es comme l'autre, un homme. Tu veux me garder dans cette cage, c'est ça ? Je te tuerai, je t'éventrerai et je m'amuserai avec tes tripes.

J'ai dit : recule ! Je le *repoussai* durement et il se blottit à nouveau contre les barreaux du fond, mi-grondant, mi-geignant, incapable de comprendre ce que je lui faisais. Je saisis la cage et la soulevai : elle était lourde, et les mouvements affolés du loup n'arrangeaient rien, mais je pourrais la porter, pas très loin, certes, ni très longtemps. Toutefois, en procédant par étapes, je parviendrais à sortir le loup de la ville. Adulte, il pèserait sans doute autant que moi ; mais il était décharné et jeune encore, davantage qu'il n'y paraissait à première vue.

Je me calai la cage contre la poitrine. S'il m'attaquait maintenant, il pourrait m'infliger de sérieuses blessures ; mais il se contenta de reculer en gémissant dans le coin le plus éloigné de moi, ce qui ne me facilita pas son transport.

Comment t'a-t-il attrapé ?

Je te hais.

Comment t'a-t-il attrapé ?

Il se rappelait une tanière et deux frères ; une mère qui lui rapportait du poisson ; du sang, de la fumée, puis ses frères et sa mère transformés en peaux puantes pour le bottier. Il avait été extirpé du terrier en dernier, jeté dans une cage qui sentait le furet et nourri de charogne. Et de haine. C'était grâce à la haine qu'il avait survécu.

Tu as dû naître tard dans la saison, si ta mère te nourrissait de poissons de remonte.

Il garda un silence boudeur.

La route montait et la neige commençait à tenir par terre. Mes bottes usées glissaient sur le pavé glacé et le poids mal équilibré de la cage m'arrachait les épaules. Je redoutais de me mettre à trembler et je devais m'arrêter fréquemment pour me reposer; en ces occasions, je m'interdisais fermement de réfléchir à ce que j'étais en train de faire. Je me répétais que je ne me lierais jamais avec ce loup ni avec aucune autre créature; c'était une promesse que je m'étais faite. J'allais seulement aider ce jeune loup à grandir, après quoi je le libérerais. Il n'était pas nécessaire de mettre Burrich au courant de son existence, ainsi je ne serais pas obligé d'affronter son dégoût. Je soulevai à nouveau la cage. Qui aurait cru qu'un petit louveteau tout galeux comme ça soit aussi lourd?

Pas galeux. Il était indigné. *Les puces. Cette cage est pleine de puces.*

Ainsi, les démangeaisons de ma poitrine n'étaient pas le fruit de mon imagination. Merveilleux! Je n'avais plus qu'à reprendre un bain ce soir si je ne voulais pas partager mon lit avec des puces pendant tout l'hiver.

J'avais atteint la lisière de Bourg-de-Castelcerf; au-delà, il n'y avait plus que quelques maisons clairsemées, et la route montait davantage, bien davantage. Une fois de plus, je posai la cage dans la neige. Le petit loup était ramassé sur lui-même, chétif et pitoyable, sans plus de colère ni de haine pour le soutenir. Il avait faim. Je pris une décision.

Je vais te faire sortir et je te porterai dans mes bras.

Rien ; pas de réaction. Il ne me quitta pas des yeux pendant que je déverrouillais la cage et ouvrais grand la porte. J'aurais cru qu'il se précipiterait pour disparaître dans la nuit et la neige, mais il resta blotti sans bouger. Je l'attrapai par la peau du cou pour le tirer à l'extérieur et, en un éclair, il fut sur moi, me heurta la poitrine, la gueule ouverte sur ma gorge. Je ne lui lâchai pas la nuque et lui enfonçai l'avant-bras entre les mâchoires, trop loin pour son confort. Il pédalait des pattes arrière sur mon ventre, mais mon pourpoint était assez épais pour me protéger des plus gros dommages. En un instant, nous nous retrouvâmes en train de rouler dans la neige, à gronder et à claquer des mâchoires comme des bêtes enragées. Mais j'avais pour moi le poids et la force, ainsi que l'expérience de plusieurs années passées à jouer sans douceur avec des chiens. Je le plaquai sur le dos et le maintins dans cette position tandis qu'il agitait violemment la tête et me traitait de noms intraduisibles dans le langage des hommes. Lorsqu'il se fut épuisé, je me penchai vers lui, lui saisis la gorge et plantai mon regard dans le sien. C'était là un message physique qu'il comprenait. J'enfonçai le clou : *Je suis le Loup. Tu es le Louveteau. Tu vas m'obéir !*

Je ne le lâchai pas des yeux. Il détourna rapidement les siens, mais je ne bougeai pas jusqu'à ce que son regard revienne sur moi et que j'y constate le changement attendu. Je le libérai alors, me relevai et m'écartai. Il resta dans la même position. *Debout. Viens ici.* Il se remit sur ses pattes et s'approcha de moi en rasant le sol, la queue entre les pattes. À mes pieds, il se laissa tomber sur le flanc, puis me montra son ventre. Il gémit doucement.

Au bout d'un moment, je me radoucis. *Ce n'est pas grave. Il fallait simplement que tout soit clair entre nous. Je ne te veux pas de mal. Suis-moi.* Je voulus lui gratter le poitrail, mais à mon contact il poussa un glapissement et je perçus l'éclair rouge de sa douleur.

Où as-tu mal ?

Je vis l'image du gourdin cerclé de bronze du marchand. *Partout.*

Je le palpai le plus délicatement possible. De vieilles croûtes formaient des bosses sur ses côtes. Je me redressai et donnai un coup de pied haineux à la cage. Le petit loup vint se coller contre ma jambe. *Faim. Froid. Très fatigué.* Ses émotions se déversaient à nouveau dans les miennes. Lorsque je le touchai, j'eus du mal à démêler mes pensées des siennes. Cette indignation devant les traitements qu'il avait subis, venait-elle de moi ou de lui ? C'était sans importance. Je le pris avec précaution dans mes bras et me relevai ; sans la cage, tenu tout contre moi, il ne pesait presque plus rien : il n'avait que la fourrure sur ses os en pleine croissance. Je regrettais la violence dont j'avais usé sur lui, mais c'était le seul langage qu'il comprenait. Je me forçai à parler à voix haute : « Je vais m'occuper de toi. »

Chaud, fit-il avec reconnaissance et je rabattis mon manteau sur lui. Ses perceptions nourrissaient les miennes ; je sentis ma propre odeur, mille fois plus fort qu'il ne me plaisait : chevaux, chiens, fumée, bière et une trace du parfum de Patience. Je m'efforçai de séparer ma conscience de ses perceptions, le serrai contre moi et me mis en route sur le chemin escarpé qui menait à Castelcerf. Je connaissais une chaumière, occupée autrefois par un vieux porcher, derrière les entrepôts de grain. Plus personne n'y vivait : trop délabrée, trop à l'écart. Mais elle conviendrait à mon plan : j'y installerais le loup avec quelques os à ronger, du grain bouilli et un lit de paille. D'ici une semaine ou deux, peut-être un mois, il serait assez remis et vigoureux pour s'occuper de lui-même ; alors, je l'emmènerais à l'ouest de Castelcerf et je le relâcherais.

Viande ?

Je soupirai. Viande, promis-je. Aucune autre bête n'avait perçu mes pensées si complètement, ni imprimé les siennes en moi avec tant de clarté. Il était aussi bien que nous ne devions pas nous fréquenter longtemps. Mieux valait qu'il disparaisse rapidement de ma vie.

Chaud, rétorqua-t-il. Il posa le museau sur mon épaule et s'endormit en me soufflant de l'air tiède et humide dans l'oreille.

5

MANŒUVRE

C'est vrai, il existe un ancien code de conduite et, c'est également vrai, ses coutumes étaient plus rigoureuses que celles d'aujourd'hui. Mais je tendrais à penser que, loin de les tenir désormais pour désuètes, nous les avons simplement dissimulées sous une couche de vernis. De nos jours encore un guerrier est lié par sa parole et, parmi ceux qui combattent au coude à coude, il n'est pas individu plus vil que celui qui ment à ses camarades ou les expose au déshonneur. Les lois de l'hospitalité interdisent toujours à celui qui a partagé le sel à la table de quelqu'un de verser le sang chez son hôte.

*
* *

Le château de Castelcerf s'enfonçait dans l'hiver. Les tempêtes arrivaient de l'océan, nous martelaient avec une rage glacée, puis s'en allaient ; la neige tombait en général à leur suite en grands amoncellements qui gelaient sur les remparts, comme le glaçage sur les gâteaux aux noix. Les heures ténébreuses s'allongeaient et, par nuit claire, les étoiles brillaient d'un éclat froid dans le ciel. Après mon long voyage pour revenir du royaume des Montagnes, la férocité de l'hiver ne m'inquiétait plus autant qu'autrefois. Tandis que je faisais ma tournée quotidienne des écuries et de la vieille ferme aux cochons, le vent hivernal pouvait bien me brûler les joues et me coller les cils, je savais qu'un bon feu m'attendait chez moi, tout près de là. Et puis les tempêtes et le froid noir qui grondaient comme des loups à la porte étaient les molosses qui empêchaient les Pirates rouges d'approcher de nos côtes.

Pour moi, le temps se traînait : je rendais visite chaque jour à Kettricken, comme Umbre me l'avait suggéré, mais nous ne tenions en place ni l'un ni l'autre et je suis sûr que je l'irritais autant qu'elle m'exaspérait ; je n'osais pas rester trop longtemps en compagnie du petit loup, de peur que nous nous liions ; et je n'avais pas d'autres devoirs fixes. Les journées comptaient trop d'heures et Molly les emplissait toutes. Le pire, c'était la nuit, car alors mon esprit m'échappait complètement et mes rêves ne renfermaient que ma Molly, ma chandelière à la jupe rouge vif, aujourd'hui si triste et grave en bleu de servante. Si je ne pouvais la côtoyer de jour, je la courtisais en rêve avec une ardeur et une énergie que je n'avais jamais réussi à rassembler à l'état de veille. Lorsque nous nous promenions sur les plages après une tempête, sa main était dans la mienne ; je l'embrassais avec compétence, avec assurance, et je soutenais son regard sans avoir le moindre secret à lui dissimuler. Nul ne s'interposait entre nous.

Dans mes rêves.

Tout d'abord, la formation qu'Umbre m'avait donnée m'incita à l'espionner. Je savais quelle chambre elle occupait à l'étage des serviteurs, je savais quelle était sa fenêtre. J'appris sans le faire exprès les horaires de ses journées ; je me postais aux endroits où j'avais des chances d'entendre son pas dans les escaliers et de l'apercevoir alors qu'elle partait au marché ; j'en avais honte, mais je ne pouvais m'en empêcher. Je découvris qui, parmi les servantes, étaient ses amies ; s'il m'était interdit de lui parler, du moins pouvais-je les saluer, elles, et bavarder parfois avec elles dans l'espoir d'entendre prononcer le nom de Molly. Je me consumais du désir de la voir ; le sommeil me fuyait et manger me laissait de marbre. Plus rien n'avait d'intérêt.

J'étais installé un soir dans la salle de garde mitoyenne des cuisines ; je m'étais trouvé une place dans un coin où je pouvais m'adosser au mur et allonger mes jambes sur le banc d'en face afin de décourager toute velléité de me tenir compagnie. Une chope de bière, tiède depuis des heures, était posée devant moi : je n'avais même plus l'énergie de m'enivrer à mort. Les yeux dans le vague, je m'efforçais de ne penser à rien lorsque le banc disparut soudain de sous mes pieds. Presque précipité à bas de celui où j'étais assis, je me rattrapai tant bien que mal et vis Burrich prendre place en face de moi. « Qu'est-ce qui te tourmente ? » me demanda-t-il sans ambages. Il se pencha vers moi et baissa le ton. « Tu as encore eu une crise ? »

Je ramenai mon regard vers la table et répondis à mi-voix : « Quelques accès de tremblements, mais pas de vraie crise. Apparemment, elles ne surviennent que si je me fatigue trop. »

Il hocha la tête d'un air grave, puis attendit que je poursuive. Je relevai le visage : ses yeux sombres étaient fixés sur moi et j'y lus une inquiétude qui me toucha. Je secouai la tête et dis d'une voix rauque : « C'est Molly.

— Tu n'as pas réussi à découvrir où elle est partie ?

— Si. Elle est ici, à Castelcerf ; elle travaille chez Patience comme chambrière. Mais Patience m'interdit de la voir. Elle prétend que... »

À mes premiers mots, Burrich avait écarquillé les yeux ; il se mit à jeter des regards furtifs autour de nous, puis il désigna la porte de la tête. Je me levai, le suivis dans les écuries et montai derrière lui jusqu'à sa chambre. Je m'assis à sa table, devant l'âtre, et il sortit son excellente eau-de-vie de Labour ainsi que deux timbales ; puis il apporta son nécessaire de sellerie, son éternel tas de harnais à réparer, et me tendit un licol auquel manquait une sangle. Pour sa part, il entreprit de graver des ornements sur le petit quartier d'une selle. Il approcha son tabouret de la table et me regarda. « Cette Molly… c'est donc elle que j'ai vue dans la cour des lavandières, avec Brodette ? Elle porte haut la tête ? Il y a des reflets roux dans sa robe ?

— Dans ses cheveux, oui, fis-je à contrecœur.

— Elle a une belle croupe bien large. Elle mettra bas sans problème », dit-il d'un ton approbateur.

Je le foudroyai de l'œil. « Merci », répondis-je, glacial.

Son sourire me désarçonna. « C'est ça, mets-toi en colère ; j'aime mieux ça que te voir pleurnicher sur ton sort. Allons, raconte-moi tout. »

C'est ce que je fis. Je ne lui racontai pas tout, mais sans doute bien davantage que je n'eusse osé dans la salle de garde, car nous étions seuls, l'eau-de-vie me réchauffait agréablement et j'étais entouré par les odeurs et les objets familiers de la chambre et du travail de Burrich. Ici, comme nulle part ailleurs, j'avais toujours été en sécurité et je ne voyais aucun risque à lui révéler ma peine. Il ne dit rien, ne m'interrompit pas ; même après que j'eus fini, il garda le silence et continua d'imprégner de teinture les incisions en forme de cerf qu'il avait pratiquées dans le cuir.

« Alors, que dois-je faire ? » m'entendis-je enfin demander.

Il posa ses outils, termina son eau-de-vie et s'en resservit une timbale. Il parcourut sa chambre du regard. « Tu t'adresses à moi, je suppose, parce que tu as remarqué le brillant succès que j'ai eu à me trouver une femme aimante et à lui faire de nombreux enfants ? »

Je restai confondu de l'amertume qui perçait dans sa voix, mais, avant que je puisse y répondre, il éclata d'un rire étranglé. « N'y pense plus. À la fin des fins, c'est moi qui ai choisi ma vie, et j'ai pris ma décision il y a de longues années. À ton avis, FitzChevalerie, que dois-tu faire ? »

Je le dévisageai d'un air morose, sans rien dire.

« Pourquoi est-ce que tout est allé de travers, au fond ? » reprit-il. Comme je restais muet, il me demanda : « Ne viens-tu pas de me dire que tu l'as courtisée comme un gamin, alors qu'elle prenait tes avances pour celles d'un homme ? C'était un homme qu'elle désirait. Alors, ne boude pas comme un gosse qui n'a pas ce qu'il veut. Comporte-toi en homme ! » Il but la moitié de son eau-de-vie, puis remplit nos deux timbales.

« Comment ? fis-je d'une voix tendue.

— De la même façon que tu l'as fait en d'autres occasions : accepte la discipline, conforme-toi à la tâche ; comme ça, tu ne la verras plus, ce qui ne veut pas dire, si je connais un tant soit peu les femmes, qu'elle ne te verra pas. Ne l'oublie pas. Et regarde-toi : tes cheveux, on dirait le poil d'hiver d'un poney ; quant à ta chemise, je parie que tu la portes depuis une semaine, et tu es maigre comme un poulain de janvier. Ça m'étonnerait que tu regagnes son respect dans cet état-là. Nourris-toi, soigne ta mise chaque matin et, au nom d'Eda, prends de l'exercice au lieu de traînailler dans la salle de garde. Fixe-toi des travaux à accomplir et mets-t'y. »

Sans mot dire, j'acquiesçai lentement. Il avait raison, bien sûr ; pourtant, je ne pus m'empêcher de protester :

« Mais rien de tout ça ne me servira si Patience refuse toujours de me laisser voir Molly !

— Au bout du compte, Patience n'a pas d'importance, crois-moi. Ça se passe entre Molly et toi.

— Et le roi Subtil », fis-je avec un sourire forcé.

Il me regarda d'un air interrogateur.

« D'après Patience, un homme ne peut à la fois avoir juré allégeance à un roi et donner complètement son cœur à une femme. "On ne peut pas mettre deux selles sur un cheval", m'a-t-elle dit. Et Patience a épousé un roi-servant et elle a su se satisfaire du peu de temps qu'il avait à lui consacrer. » Je tendis à Burrich le licol réparé.

Il ne le prit pas. Sa timbale d'eau-de-vie était à mi-chemin de ses lèvres, mais il la reposa si brutalement que l'alcool éclaboussa la table. « Elle t'a dit ça ? » me demanda-t-il d'une voix rauque. Son regard me transperçait.

Je hochai la tête. « Il ne serait pas honorable, a-t-elle affirmé, d'obliger Molly à se contenter du rare temps libre que m'accorderait le roi. »

Burrich se laissa aller en arrière. Ses traits reflétaient le conflit d'émotions qui faisait rage en lui. Il détourna les yeux vers la cheminée, puis les ramena sur moi. L'espace d'un instant, je crus qu'il allait me dire quelque chose ; mais il se redressa sur son siège, avala son eau-de-vie cul sec et se leva soudain. « Il fait trop calme, ici. Si nous descendions à Bourg-de-Castelcerf ? »

*

* *

Le lendemain je me levai et, sans prêter attention à la migraine qui me martelait le crâne, j'entrepris de cesser de me conduire comme un gamin transi d'amour. C'étaient mon insouciance et mon impétuosité puériles qui m'avaient fait perdre Molly ; je résolus donc d'avoir l'attitude retenue d'un adulte. Si je ne pouvais espérer la reconquérir qu'avec le temps, je suivrais le conseil de Burrich et emploierais au mieux ce temps.

Aussi chaque matin je me levais tôt, avant même les cuisinières; dans le secret de ma chambre, je pratiquais des exercices d'assouplissement, puis de combat avec un bâton; une fois trempé de sueur et au bord de l'étourdissement, je descendais aux thermes prendre un bain de vapeur. Et, lentement, très lentement, la vigueur commença de me revenir. Je repris du poids, ma charpente s'étoffa peu à peu de muscles et je me mis à mieux remplir les nouveaux habits que m'avait infligés maîtresse Pressée. Je continuais à être parfois victime d'accès de tremblements, mais je faisais moins de crises et je m'arrangeais toujours pour regagner ma chambre avant de m'humilier en m'effondrant devant tout le monde. Patience trouvait que je reprenais des couleurs, tandis que Brodette se faisait un plaisir de me gaver à la moindre occasion. Je commençais à me sentir à nouveau moi-même.

Je mangeais chaque matin avec les gardes, pour qui la quantité consommée importait plus que les manières. Le petit déjeuner était suivi d'une virée aux écuries, pour emmener Suie faire un petit galop de santé dans la neige; quand je rentrais avec elle, j'éprouvais un bonheur douillet à m'occuper personnellement de ma jument. Avant nos mésaventures au royaume des Montagnes, Burrich et moi étions en total désaccord sur mon emploi du Vif et j'étais pratiquement interdit de séjour aux écuries; je ressentais donc aujourd'hui plus que de la satisfaction à étriller Suie et à m'occuper moi-même de lui donner son grain. Je retrouvais l'activité des écuries, les chaudes odeurs des animaux et les potins du château comme seuls les palefreniers savaient les raconter. Les jours où j'avais de la chance, Pognes et Burrich prenaient le temps de s'arrêter pour bavarder avec moi ; les autres jours, ceux où le travail ne manquait pas, j'avais le plaisir doux-amer de les voir se consulter à propos d'un étalon qui toussait ou soigner un sanglier souffrant qu'un fermier avait amené à la forteresse. En ces occasions, ils n'avaient guère la tête à s'amuser et, sans le vouloir, ils m'excluaient de leur intimité. C'était normal. Je m'étais engagé dans une nouvelle vie et je ne pouvais espérer que la porte de l'ancienne me restât éternellement entrouverte.

Cette pensée n'empêchait pas un sentiment de culpabilité quotidien au moment où je me rendais discrètement à la chaumière abandonnée, derrière les greniers. Je n'y allais qu'avec la plus grande prudence : la paix qui existait entre Burrich et moi était trop récente pour que je la croie inébranlable et je me rappelais trop bien la douleur que j'avais ressentie en perdant son amitié. Si Burrich soupçonnait un jour que j'avais recommencé à pratiquer le Vif, il me rejetterait aussi vite et aussi complètement que la première fois. Chaque jour, je me demandais ce qui me poussait exactement à jouer son affection et son respect pour un petit loup.

Ma seule réponse, c'était que je n'avais pas le choix. Je n'aurais pas pu me détourner de Loupiot davantage que d'un enfant mourant de faim dans une cage. Pour Burrich, le Vif qui me laissait parfois ouvert à l'esprit des animaux était une perversion, une faiblesse révoltante à laquelle un homme digne de ce nom ne se laissait pas aller ; il m'avait quasiment avoué en posséder le talent latent, mais en affirmant avec vigueur ne jamais s'en être servi ; et de fait, s'il l'avait employé, je ne l'y avais jamais surpris. La réciproque n'était pas vraie : avec une perception extraordinaire, il savait toujours lorsqu'un animal m'attirait. Quand, enfant, je me permettais d'utiliser le Vif avec une bête, j'avais généralement droit à un coup sur la tête ou à une gifle énergique pour me remettre au travail. À l'époque où je vivais avec lui dans les écuries, il faisait tout son possible pour m'empêcher de me lier à un animal ; il y avait toujours réussi, sauf en deux occasions ; et la peine intense que m'avait causée la perte de mes compagnons de Vif m'avait convaincu de la justesse de ses vues. Seul un fou pouvait se prêter à un jeu qui menait inévitablement à tant de chagrin. J'étais donc un fou, et non un homme, de n'avoir pas su résister au prétexte d'un bébé loup battu et affamé.

Je chapardais os, restes de viande et croûtes de pain et faisais en sorte que nul, pas même Mijote ni le fou, ne soit au courant de mes activités. Je me donnais beaucoup de mal pour modifier chaque jour l'heure de ma visite et pour prendre un chemin différent afin d'éviter de tracer une piste jusqu'à la chaumière. Le plus difficile avait été de chiper de la paille fraîche et une vieille couverture de cheval dans les écuries ; mais j'y étais arrivé.

Quelle que fût l'heure où je me présentais, Loupiot m'attendait ; et ce n'était pas seulement la vigilance d'un animal qui espère avoir à manger : il sentait quand j'entamais mon trajet quotidien vers la chaumière et il guettait ma venue. Il savait aussi lorsque j'avais des gâteaux au gingembre dans la poche et s'en prit rapidement d'un goût immodéré. Sa méfiance envers moi n'avait pourtant pas disparu : je percevais sa circonspection et je voyais comme il se reculait quand je m'approchais de lui. Mais chaque jour où je ne le battais pas, chaque miette de nourriture que je lui apportais était une pierre de plus dans le pont de confiance qui se bâtissait entre nous. Cependant, je ne voulais pas de ce lien et je m'efforçais le plus possible de garder mes distances, de faire taire le Vif entre nous ; je craignais qu'il perde la nature sauvage qui lui serait nécessaire pour survivre seul. Je lui serinais cet avertissement : « Tu dois rester caché ; les hommes sont un danger pour toi et les chiens aussi. Tu dois rester dans cette maison et ne faire aucun bruit si quelqu'un survient. »

Au début, il n'eut pas de mal à s'y conformer. Tristement émacié, il se jetait sur la nourriture et la dévorait, puis s'endormait sur sa litière avant même que je m'en aille, ou bien me surveillait d'un œil jaloux tout en rongeant un os. Mais peu à peu, bien nourri, avec de la place pour bouger et sans plus de crainte envers moi, il retrouva le caractère naturellement joueur d'un jeune animal. Il se mit à se jeter sur moi en feignant de m'attaquer dès que j'ouvrais la porte et à exprimer le bonheur que lui procuraient les gros os de bœuf en les maltraitant avec force grondements. Lorsque je lui reprochais le raffut qu'il faisait ou les traces qui trahissaient ses ébats nocturnes dans le champ de neige à l'arrière de la chaumière, il se tapissait dans un coin pour fuir mon mécontentement.

Mais en ces occasions, j'observais aussi la férocité qui se dissimulait au fond de ses yeux : il ne me reconnaissait aucune autorité, aucune domination sur lui, seulement une sorte de rang plus élevé, comme au sein d'une meute ; il attendait l'heure où il prendrait ses propres décisions. Aussi pénible que ce fût parfois, c'était nécessaire ; je l'avais sorti de sa cage avec la ferme intention de le rendre à la liberté : d'ici un an, il ne serait plus qu'un loup parmi les autres qui hurlaient dans le lointain, la nuit, et je le lui répétais sur tous les tons. Au début, il voulait savoir quand je le tirerais de la Forteresse puante et des murailles qui l'enfermaient. Je lui promettais que ce serait bientôt, dès qu'il aurait repris des forces, dès que le plus noir de l'hiver serait passé et qu'il pourrait se défendre seul. Mais les semaines s'écoulaient, les tempêtes lui rappelaient la chaleur douillette de sa litière et la bonne viande avec laquelle il s'étoffait les os, et il m'interrogeait de moins en moins souvent. Moi-même, parfois, j'oubliais de lui rappeler ce qui l'attendait.

La solitude me rongeait de l'intérieur et de l'extérieur. La nuit, je me demandais quelles seraient les conséquences si j'allais discrètement frapper à la porte de Molly, et le jour je me retenais de me laisser lier au petit loup qui dépendait entièrement de moi. À part moi, il n'y avait qu'une autre créature dans le château qui fût aussi seule que moi.

*
* *

« Vous devez avoir d'autres devoirs. Pourquoi venir chaque jour me tenir compagnie ? » s'enquit Kettricken à la manière directe des Montagnards. C'était le milieu de la matinée, au lendemain d'une nuit de tempête. Il tombait de gros flocons et, afin de les admirer et malgré le froid, Kettricken avait fait ouvrir les volets. Sa chambre de couture donnait sur la mer et il me semblait déceler chez la reine-servante de la fascination pour ces eaux immenses et toujours en mouvement. Ses yeux avaient ce jour-là une couleur proche de celle de l'océan.

« J'espérais vous aider à passer le temps plus agréablement, ma reine-servante.

— Passer le temps… » Elle soupira. Elle mit son menton dans le creux de sa main et s'appuya sur le coude pour contempler d'un air pensif la neige qui tombait. La brise marine jouait dans ses cheveux blonds. « Votre langue est étrange. Vous parlez de passer le temps comme nous, dans les Montagnes, parlons de passer le vent ; comme s'il fallait s'en débarrasser. »

Sa petite servante, Romarin, assise à ses pieds, se mit à glousser dans ses mains. Derrière nous, ses deux dames de compagnie étouffèrent un petit rire, puis se remirent à leur ouvrage d'un air affairé. Kettricken elle-même avait sur les genoux un tambour à broder sur lequel apparaissait l'esquisse d'un paysage de montagnes agrémenté d'une cascade, mais son travail ne me semblait guère progresser. Ses autres dames de compagnie étaient absentes ce matin, mais avaient envoyé des pages les excuser, pour raison de migraine, principalement. Elle ne paraissait pas se rendre compte de l'impolitesse dont elle était l'objet ; j'ignorais comment le lui expliquer et, certains jours, je me demandais si c'était nécessaire. Et aujourd'hui, c'était justement l'un de ces jours.

Je me tortillai sur mon siège, décroisai puis recroisai les jambes. « Je voulais seulement dire qu'en hiver Castelcerf peut être fort ennuyeux. Le mauvais temps nous empêche de sortir et il n'y a guère à faire d'intéressant.

— Ce n'est pas le cas dans les hangars des chantiers navals », répondit-elle. Ses yeux prirent une expression curieusement avide. « Là-bas, on s'active, on équarrit les grands troncs et on courbe les planches jusqu'à la dernière lueur du jour ; même quand la lumière est faible ou que la tempête mugit, les charpentiers taillent, dressent et rabotent dans les abris ; aux forges, on fabrique des chaînes et des ancres ; on tisse d'épaisses toiles pour les voiles, on les coupe et on les coud. Et Vérité déambule au milieu de tout cela, surveille les travaux, tandis que je reste ici à faire des ouvrages d'agrément, à me piquer les doigts et à m'user les yeux pour broder des fleurs et des guirlandes, si bien que, quand j'en ai achevé un, on peut le ranger avec une dizaine d'autres ouvrages du même style.

— Oh, non, ma dame, on ne le range pas, fit impulsivement une des suivantes. Vos travaux d'aiguille sont fort appréciés lorsque vous les donnez. À Haurfond, l'un d'eux, encadré, décore les appartements privés du seigneur Shemshy, et le duc Kelvar de Rippon... »

D'un soupir, Kettricken coupa court au compliment. « Que ne puis-je œuvrer plutôt à une voile, avec une grande alèse de fer ou un épissoir en bois, pour orner un des navires de mon époux ! Voilà une tâche qui serait digne de mon temps et du respect de Vérité. Mais non, on me donne des jouets pour m'amuser, comme si j'étais une enfant gâtée incapable de comprendre la valeur du temps bien employé ! » Elle se tourna vers sa fenêtre et je remarquai alors que la fumée qui montait des chantiers navals était aussi visible que la mer elle-même. Peut-être m'étais-je trompé sur ce qu'elle regardait.

« Dois-je faire monter du thé et des gâteaux, ma dame ? » demanda l'une des suivantes, pleine d'espoir. Toutes deux avaient remonté leur châle sur leurs épaules ; Kettricken, elle, ne paraissait pas sentir le vent glacé qui soufflait par la fenêtre ouverte, mais il ne devait pas être agréable, par ce froid, de jouer de l'aiguille sans bouger.

« Si vous en avez envie, répondit Kettricken d'un air absent. Je n'ai ni faim ni soif. Je crains de m'empâter comme une oie enfermée, à coudre toute la journée en m'empiffrant. Comme j'aimerais faire quelque chose d'intéressant ! Dites-moi en toute sincérité, Fitz : si vous ne vous sentiez pas obligé de me tenir compagnie, resteriez-vous sans rien faire dans votre chambre ? Ou devant un métier à tisser, à faire des ouvrages d'agrément ?

— Non. Mais je ne suis pas reine-servante.

— Servante ! Une servante qui ne sert à rien ! » Une amertume nouvelle perçait dans sa voix. « Et reine ? Chez moi, vous le savez, on ne parle pas de reine. Si j'étais là-bas et que je gouverne à la place de mon père, je porterais le titre d'Oblat ; mieux, je serais l'Oblat incarné, prête à tous les sacrifices pour le bien de mon pays et de mon peuple.

— Si vous y étiez maintenant, au cœur de l'hiver, que feriez-vous ? » demandai-je dans l'espoir d'amener la conversation sur un terrain moins douloureux. Ce fut une erreur.

Elle regarda un moment par la fenêtre ; puis, à mi-voix : « Dans les Montagnes, on n'avait jamais le temps de rester sans rien faire. J'étais la plus jeune, naturellement, et la plupart des devoirs d'Oblat retombaient sur les épaules de mon père et de mon grand frère. Mais, comme dit Jonqui, il y a toujours de quoi s'occuper et plus qu'il n'en faut. Ici, à Castelcerf, tout est pris en charge par les serviteurs, loin des regards, et l'on ne voit que les résultats, la chambre rangée, le repas sur la table. C'est peut-être parce que tant de gens y habitent. »

Elle se tut un instant et son regard se fit lointain. « À Jhaampe, en hiver, le silence s'installe sur le palais et la ville elle-même ; la neige tombe en abondance et un grand froid se referme sur le pays. Les pistes peu fréquentées disparaissent pour la saison, les patins remplacent les roues ; ceux qui sont venus visiter la cité sont rentrés chez eux depuis longtemps. Au palais de Jhaampe, il n'y a que les membres de ma famille et ceux qui ont choisi d'y résider pour les aider ; pas pour les servir, non, pas exactement. Vous avez été à Jhaampe, vous savez donc que nul là-bas, sauf la famille royale, n'a pour seul rôle de servir. Si j'étais à Jhaampe, je me lèverais tôt, j'irais tirer de l'eau pour le gruau commun et je prendrais mon tour pour touiller dans la marmite ; Keera, Sennick, Jofron et moi animerions les cuisines de nos bavardages, entourés des enfants qui courraient partout comme des fous, iraient chercher du bois pour le feu et mettraient le couvert en jacassant de mille choses. » Sa voix mourut et j'écoutai le silence de sa solitude.

Elle finit par reprendre : « S'il y avait un travail à exécuter, dur ou facile, nous nous y mettions tous ; j'ai aidé à courber, puis à lier les branches pour fabriquer une grange. Au cœur même de l'hiver, j'ai participé au sauvetage d'une famille qu'un incendie avait ruinée, en déblayant la neige et en dressant de nouvelles arches faîtières pour sa maison. Croyez-vous qu'un Oblat ne puisse traquer un vieil ours acariâtre qui tue les chèvres de nos bergers, ni aider à tirer sur une corde pour consolider un pont ébranlé par la crue ? » Le regard qu'elle m'adressa était empreint d'une souffrance sincère.

« Ici, à Castelcerf, nous ne risquons pas la vie de nos reines, répondis-je simplement. D'autres bras peuvent tendre une corde et nous avons des dizaines de chasseurs qui se battraient pour l'honneur d'abattre un décimeur de troupeaux. Nous n'avons qu'une reine. Il y a des choses que seule une reine peut faire. »

Derrière nous, les dames de compagnie nous avaient pratiquement oubliés. L'une d'elles avait appelé un page et il était revenu avec des gâteaux et du thé fumant dans une bouilloire ; elles bavardaient entre elles en se réchauffant les mains sur leurs tasses. Je les examinai brièvement pour me rappeler lesquelles des suivantes avaient choisi de s'occuper de leur reine. Je commençais à m'apercevoir que Kettricken n'était peut-être pas une reine des plus commode à suivre. Sa petite servante, Romarin, était assise à même le sol près de la table à thé, les yeux dans le vague, un gâteau au creux des mains. Je regrettai soudain de n'avoir plus huit ans et de ne pouvoir la rejoindre par terre.

« Je sais à quoi vous faites allusion, fit Kettricken d'un ton brusque. Je suis ici pour donner un héritier à Vérité.

C'est un devoir auquel je ne cherche pas à me dérober, car je n'y vois pas un devoir, mais un plaisir. Je voudrais seulement être sûre que mon seigneur partage mes sentiments ; mais il est toujours au bourg, occupé à ses chantiers. Je sais où il est aujourd'hui : en bas, dans les hangars, à regarder ses navires se créer peu à peu à partir de planches et de troncs. Ne puis-je être à ses côtés sans pour autant courir de risques ? Voyons, si je suis la seule à pouvoir lui donner un héritier, lui seul peut l'engendrer ; dans ce cas, pourquoi dois-je rester confinée ici tandis qu'il se jette à corps perdu dans la protection de notre peuple ? C'est là une mission que je devrais partager, en tant qu'Oblat des Six-Duchés. »

Mon séjour au royaume des Montagnes m'avait habitué à la franchise de ses habitants ; pourtant je fus choqué par la brutalité des propos de la reine, et j'y réagis avec une audace excessive. Sans l'avoir prémédité, je tendis le bras sous son nez pour fermer les volets de la fenêtre par où soufflait un vent froid, et je profitai de cette proximité pour lui chuchoter d'une voix tendue : « Si vous croyez que c'est là l'unique responsabilité de nos reines, vous vous trompez lourdement, ma dame ! Pour parler avec la même franchise que vous, vous négligez vos devoirs envers vos suivantes, qui ne se trouvent dans cette pièce aujourd'hui que pour vous servir et causer avec vous. Réfléchissez : ne seraient-elles pas plus à l'aise dans leurs appartements pour faire les mêmes travaux d'aiguille, ou en compagnie de maîtresse Pressée ? Vous soupirez après ce que vous considérez comme un rôle plus important, mais vous en avez un à jouer que le roi lui-même ne peut tenir, et c'est pour celui-là que vous êtes ici : ressusciter la cour de Castelcerf, en faire un parage avenant, séduisant, encourager les seigneurs et les dames à rivaliser pour attirer l'attention du roi-servant, les inciter à le soutenir dans ses entreprises. Il y a longtemps que ce château n'a pas connu de reine accueillante. Au lieu de rester les yeux fixés sur des navires que d'autres mains sont plus capables que les vôtres de bâtir, acceptez la tâche qui vous est réservée et accomplissez-la. »

Je finis de tirer les rideaux qui cachaient les volets et contribuaient à empêcher le froid des tempêtes d'entrer ; je repris alors ma place et croisai le regard de ma reine. À ma grande consternation, je la vis contrite comme une fille de laiterie ; des larmes perlaient à ses yeux clairs et elle avait les joues aussi rouges que si je l'avais giflée. Je lançai un coup d'œil aux dames de compagnie toujours occupées à bavarder en prenant le thé. Profitant de ce que nul ne la regardait, Romarin enfonçait délicatement le doigt dans les tourtes pour voir ce qu'elles renfermaient. Apparemment, personne n'avait rien remarqué, mais je n'ignorais pas le talent des dames de la cour pour la dissimulation et je craignais que les spéculations n'aillent bientôt bon train quant à ce que le Bâtard avait pu dire à la reine-servante pour la faire pleurer.

Je maudis ma maladresse et tâchai de garder à l'esprit que, malgré sa stature, Kettricken n'était guère plus âgée que moi et qu'elle se trouvait seule en terre étrangère. Au lieu de m'adresser à elle, j'aurais dû soumettre le problème à Umbre, qui aurait su discrètement inciter quelqu'un à lui fournir les explications nécessaires. Mais je compris au même instant qu'il avait déjà choisi quelqu'un pour ce rôle. Je croisai à nouveau les yeux de Kettricken et lui fis un sourire crispé ; elle suivit promptement mon regard posé sur ses suivantes et recomposa aussitôt son expression. Je ressentis une bouffée de fierté pour elle.

« Que me suggérez-vous ? demanda-t-elle à mi-voix.

— Je vous prie de me pardonner, fis-je avec humilité : j'ai honte de l'audace avec laquelle j'ai parlé à ma reine. Mais je suggère qu'elle honore ces deux suivantes fidèles d'une marque particulière de faveur royale, pour les récompenser de leur loyauté. »

Elle hocha la tête. « Et quelle faveur ?

— Une réunion intime dans les propres appartements de la reine, par exemple, pour assister au spectacle d'un ménestrel éminent ou d'un marionnettiste connu. Peu importe le divertissement ; ce qui compte, c'est qu'en soient exclues celles qui n'ont pas voulu vous servir aussi fidèlement que ces deux dames.

— On dirait une manigance à la Royal.

— En effet. Il est très doué pour créer larbins et parasites ; mais lui agirait par mépris, pour punir ceux qui n'auraient pas voulu le servir.

— Et moi ?

— Vous, ma reine-servante, vous récompensez celles qui ont fait preuve de fidélité, sans volonté de sanctionner les autres, mais seulement de jouir de la compagnie de personnes qui vous rendent votre affection.

— Très bien. Et le ménestrel ?

— Je vous conseille Velours. Quand il chante, on a l'impression qu'il susurre des galanteries à chaque dame présente.

— Voulez-vous voir s'il serait libre ce soir ?

— Ma dame… » Je ne pus m'empêcher de sourire. « Vous êtes la reine-servante ; vous l'honorez en requérant ses services. Il ne sera en aucun cas trop occupé pour vous obliger. »

Kettricken soupira encore une fois, mais moins profondément. D'un hochement de tête, elle me congédia, puis s'approcha en souriant de ses dames de compagnie pour s'excuser de son humeur distraite, puis leur demander si elles pourraient venir chez elle dans la soirée. Je les vis échanger des regards, puis sourire, et je sus que nous avions bien fait. Je pris mentalement note de leurs noms : dame Espérance et dame Pudeur. Je m'inclinai avant de sortir, mais mon départ passa pour ainsi dire inaperçu.

C'est ainsi que je devins conseiller de Kettricken ; je n'appréciais guère ce rôle de compagnon, d'instructeur, de souffleur qui lui indiquait les pas de danse imposés par sa condition. En vérité, c'était une tâche déplaisante que la mienne : j'avais l'impression à la fois de la rabaisser par mes réprimandes et de la corrompre en lui enseignant à emprunter les voies tortueuses du pouvoir dans la toile d'araignée de la cour. Elle avait raison : c'étaient des procédés dignes de Royal. Si elle les employait dans des buts plus nobles et d'une manière moins violente que lui, mes intentions n'en restaient pas moins très égoïstes : je voulais qu'elle accumule du pouvoir afin d'associer fermement, dans l'esprit de chacun, le trône à Vérité.

Tous les jours, en début de soirée, je devais me rendre chez dame Patience. Elle et Brodette prenaient ces visites très au sérieux ; aux yeux de Patience, j'étais entièrement à sa disposition, comme si j'étais encore son page, et elle ne se gênait pas pour me demander de copier un antique manuscrit sur son précieux papier de roseau, ni pour exiger de constater mes progrès dans la pratique de la cornemuse de mer. Elle me reprochait toujours de ne pas faire suffisamment d'efforts dans ce domaine et passait en général près d'une heure à m'embrouiller les idées en essayant de m'apprendre à jouer convenablement. Je me montrais aussi docile et poli que possible, mais je me sentais pris au piège de la conspiration des deux femmes destinée à m'empêcher de voir Molly ; je reconnaissais la sagesse de la ligne de conduite imposée par Patience, mais la raison n'apaise pas la solitude.

Malgré leurs efforts pour me tenir loin de Molly, je la voyais partout. Oh, pas en personne, non, mais dans le parfum suave d'une grosse bougie à la baie de laurier, dans le manteau jeté sur un fauteuil ; même le miel des gâteaux de miel avait le goût de Molly. Me prendra-t-on pour un sot si je dis que je m'installais tout près de la bougie pour respirer son parfum ou que je m'asseyais dans le fauteuil afin de m'adosser à son manteau humide de neige ? J'avais parfois le même sentiment que Kettricken, celui d'être submergé par mes devoirs et de ne plus rien avoir dans l'existence qui me fût personnel.

Chaque semaine, je faisais mon rapport à Umbre sur les progrès de la reine-servante en matière d'intrigues de cour. Ce fut lui qui m'avertit que, tout soudain, les dames les plus éprises de Royal s'étaient mises à rechercher aussi les faveurs de Kettricken ; je dus donc la mettre en garde et lui indiquer qui traiter courtoisement, mais sans plus, et à qui faire sans réserve bon visage. Parfois, je me disais que je devrais être en train de tuer au nom de mon roi plutôt que me laisser entraîner dans ces sournoiseries. Puis, un jour, le roi Subtil me fit convoquer.

Le message me parvint un matin, très tôt, et je m'habillai en hâte pour me rendre auprès de mon roi. C'était la première fois qu'il m'appelait depuis mon retour à Castelcerf ; j'étais inquiet de son silence : était-il mécontent de moi ou de ce qui s'était passé à Jhaampe ? Non, il me l'aurait dit en face. Néanmoins… L'incertitude me rongeait. J'essayai en même temps de faire vite, afin de me présenter le plus rapidement possible devant lui, et de soigner particulièrement ma tenue, et je ne réussis qu'à échouer dans l'un et dans l'autre : mes cheveux, qu'on avait coupés à cause de la fièvre dans les Montagnes, avaient repoussé aussi hirsutes et indisciplinés que ceux de Vérité ; pis, ma barbe commençait à poindre et, par deux fois déjà, Burrich m'avait mis en demeure de choisir entre la porter carrément ou me raser plus fréquemment. Comme elle poussait par plaques, à l'instar de la robe d'hiver d'un poney, je m'entaillai diligemment la figure à plusieurs reprises ce matin-là avant de comprendre que quelques poils épars seraient moins visibles qu'une débauche de sang. Je me peignai les cheveux en arrière en regrettant de ne pouvoir les natter en queue, comme les guerriers, puis je fixai sur ma chemise l'épingle que Subtil m'avait remise il y avait tant d'années pour signifier que je lui appartenais. Enfin, je me précipitai vers les appartements de mon roi.

Alors que j'enfilais à grands pas le couloir qui conduisait à la porte du roi, Royal sortit brusquement de sa propre chambre. Je m'arrêtai pour éviter de le heurter et le regardai avec la sensation d'être pétrifié. Je l'avais vu plusieurs fois depuis mon retour, mais toujours de loin, à l'autre bout d'une pièce, ou bien du coin de l'œil, alors que j'étais occupé par ailleurs. À présent, nous étions face à face, presque à nous toucher, et nous nous dévisagions mutuellement. Je me rendis compte avec un choc qu'on aurait presque pu nous prendre pour des frères ; il avait les cheveux plus bouclés que moi, les traits plus fins, le port plus aristocratique ; ses habits étaient des plumes de paon à côté de mes couleurs de geai et il me manquait l'argent autour du cou et des poignets ; néanmoins, nous portions visiblement l'un comme l'autre la marque des Loinvoyant. Nous avions tous deux la mâchoire de Subtil, le pli de ses paupières, la courbe de sa lèvre inférieure. Ni le prince ni moi ne rivaliserions un jour avec la charpente massivement musclée de Vérité, mais je m'en approcherais davantage que Royal. Nous avions moins de dix ans d'écart et seule sa peau me séparait de son sang. Je croisai son regard et regrettai de ne pouvoir répandre ses entrailles sur le dallage.

Il sourit et ses dents blanches apparurent brièvement. « Le Bâtard », fit-il aimablement. Son sourire se durcit. « Ou plutôt maître Fits[1]. Un nom fort séant que tu t'es choisi là. » Sa prononciation ne laissait aucun doute sur l'insulte.

« Prince Royal », répondis-je, d'un ton aussi insultant que le sien. Je demeurai sans bouger devant lui avec une patience que je ne me connaissais pas. C'est lui qui devait me frapper le premier.

L'espace d'un instant, nous tînmes nos positions, les yeux dans les yeux. Puis il baissa le regard pour se débarrasser d'une poussière imaginaire sur sa manche et reprit son chemin. Je ne m'écartai pas et il ne me bouscula pas comme il l'eût fait autrefois. J'inspirai profondément et me remis en route.

Je ne connaissais pas le garde à la porte, mais il me fit signe d'entrer dans les appartements du roi ; avec un soupir, je m'imposai une nouvelle corvée : apprendre les noms et les visages du château. À présent que la cour grouillait de gens venus voir la nouvelle reine, je croisais sans cesse des individus qui me saluaient sans que je puisse mettre un nom sur eux. Quelques jours auparavant, j'avais entendu un marchand de charcuterie dire à son apprenti, près des cuisines : « Ce doit être le Bâtard, d'après sa tête ». J'en avais eu un sentiment de vulnérabilité. Tout changeait trop vite pour moi.

Je restai confondu en entrant chez le roi Subtil. Je m'attendais à trouver les fenêtres entrouvertes pour laisser pénétrer l'air vivifiant de l'hiver, Subtil habillé, alerte, debout devant une table, prêt à l'action comme un capitaine auquel ses lieutenants présentent leurs rapports. Il avait toujours été ainsi, vieillard vif, strict avec lui-même,

1. Jeu de mots intraduisible sur *fits*, accès, crises (de tremblements, en l'occurrence). (N.d.T.)

matinal, aussi matois que son nom le disait. Mais il n'était pas dans son salon. Je m'avançai jusqu'à l'entrée de sa chambre et jetai un coup d'œil par la porte ouverte.

Elle était encore plongée dans une demi-pénombre. Un serviteur manipulait bruyamment des tasses et des assiettes sur une petite table placée près du grand lit à baldaquin. L'homme ne m'accorda qu'un bref coup d'œil : il me prenait manifestement pour un domestique. L'air immobile sentait le renfermé, comme si la chambre n'avait plus servi ou été aérée depuis longtemps. J'attendis un moment que le serviteur annonce ma présence au roi, mais, comme il n'en faisait rien, je m'approchai du lit d'un pas circonspect.

Comme le roi ne disait rien, je pris mon courage à deux mains. « Mon roi ? Je suis venu, selon vos ordres. »

Subtil était assis dans son lit, au milieu des ombres des rideaux, le dos abondamment soutenu par des coussins. Il ouvrit les yeux. « Qui… Ah, Fitz ! Assieds-toi. Murfès, apporte-lui un siège. Une coupe et une assiette, aussi. » Comme le serviteur s'éloignait, le roi me confia : « Je regrette Cheffeur ; je l'avais eu tant d'années que je n'avais plus besoin de lui expliquer ce que je voulais.

— Je me souviens de lui, mon seigneur. Où est-il, s'il n'est plus ici ?

— La toux l'a emporté. Il l'a attrapée à l'automne et il ne s'en est jamais débarrassé. Il s'est étiolé peu à peu, au point de ne plus pouvoir respirer sans siffler. »

Je revoyais le serviteur en question ; il n'était plus tout jeune, mais pas très vieux non plus. Qu'il soit mort si tôt m'étonnait. Je restai debout sans mot dire en attendant que Murfès revienne avec un siège, une coupe et une assiette, puis je m'installai sous son regard désapprobateur, dont je n'avais cure : il apprendrait bien vite que le roi Subtil établissait lui-même ses propres règles de protocole. « Et vous, mon roi ? Vous portez-vous bien ? Je ne me rappelle pas vous avoir jamais vu au lit dans la matinée. »

Subtil émit un grognement d'impatience. « C'est extrêmement agaçant. Ce n'est pas une vraie maladie, rien que des vertiges, la tête qui me tourne dès que je fais des mouvements trop brusques. Chaque matin, j'ai l'impression que c'est passé, mais quand j'essaye de me lever, les fondations de Castelcerf se mettent à danser. Aussi je reste au lit, je mange et je bois un peu, puis je me lève prudemment. Vers midi, je suis de nouveau moi-même. À mon avis, c'est en relation avec le froid de l'hiver, mais le guérisseur prétend que cela provient peut-être d'un ancien coup d'épée que j'ai reçu quand j'avais à peu près ton âge. Regarde, on voit encore la cicatrice ; mais je croyais cette blessure guérie depuis longtemps. » Le roi se pencha en avant en soulevant d'une main tremblante une mèche de cheveux grisonnants à la hauteur de sa tempe gauche. Je distinguai la fronce d'une vieille balafre et je hochai la tête.

« Mais assez de cela. Je ne t'ai pas appelé pour te consulter à propos de ma santé. J'imagine que tu connais le motif de ta présence ici ?

— Vous désirez un rapport complet sur les événements de Jhaampe ? » Je jetai un coup d'œil alentour et repérai Murfès non loin de nous. Cheffeur, lui, aurait quitté la pièce pour nous permettre de discuter librement. Jusqu'à quel point pouvais-je parler franchement en présence de ce nouveau domestique ?

Mais Subtil écarta le sujet d'un geste désinvolte. « C'est déjà fait, mon garçon, dit-il en articulant péniblement. Vérité et moi nous en sommes entretenus. La page est tournée ; je ne pense pas que tu puisses m'apprendre grand-chose que je ne sache déjà ou que je n'aie deviné. Vérité et moi avons longuement débattu ; je... regrette certains incidents. Mais… c'est le passé, et c'est du présent qu'il faut nous occuper. N'est-ce pas ? »

Les mots se pressaient dans ma gorge, presque à m'étouffer. Royal, avais-je envie de lui dire, votre fils a tenté de me tuer, moi, votre petit-fils le bâtard ! Vous êtes-vous longuement entretenu avec lui aussi ? Et était-ce avant de m'avoir jeté entre ses griffes ou après ? Mais, avec autant de netteté que si Umbre ou Vérité me l'avait soufflé à l'oreille, je sus soudain que je n'avais nul droit à douter de mon roi, ni même à lui demander s'il m'avait donné en sacrifice à son dernier fils. Je serrai les dents et ravalai mes questions.

Subtil croisa mon regard, puis ses yeux se détournèrent brièvement vers le serviteur. « Murfès, va aux cuisines un moment. Ou là où tu voudras qui ne soit pas ici. » L'homme eut l'air mécontent, mais sortit avec un grognement, en laissant la porte entrebâillée. Sur un signe de Subtil, je me levai et allai la fermer ; puis je repris place sur le siège.

« FitzChevalerie, dit le roi, cela ne doit pas continuer.

— Mon seigneur ? » Je soutins son regard un instant, puis baissai les yeux.

Il parlait péniblement. « Parfois, les jeunes gens ambitieux font des bêtises ; quand on leur démontre leur erreur, ils s'excusent. » Je relevai brusquement les yeux en me demandant s'il attendait que je fasse amende honorable, mais il poursuivit : « Ces excuses, on me les a présentées et je les ai acceptées. La vie continue son cours normal. Fais-moi confiance, dit-il, et ce n'était pas une prière. Moins on en dit, plus rapide est la guérison. »

Je m'adossai dans ma chaise. J'inspirai, puis relâchai lentement mon souffle ; quelques instants plus tard, j'avais repris mon sang-froid. Je regardai Subtil, le visage ouvert. « Puis-je vous demander pourquoi vous m'avez convoqué, mon roi ?

— Pour une méchante affaire, dit-il avec dégoût. Le duc Brondy de Béarns pense que c'est à moi de la régler, et il craint ce qui risque de s'ensuivre si je ne fais rien. Il ne considère pas comme... de bonne politique d'agir lui-même. J'ai donc accepté sa requête, mais à contrecœur. N'avons-nous pas assez des Pirates à notre porte sans luttes intestines ? Enfin ! On a le droit de me demander d'intervenir et j'ai le devoir d'obliger le demandeur. Une fois encore, tu vas être l'instrument de la justice du roi, Fitz. »

Il me fit un exposé concis de la situation en Béarns. Une jeune femme de la Baie aux Phoques s'était présentée à Castellonde pour proposer ses services de guerrière à Brondy. Il les avait acceptés de grand cœur car elle était à la fois bien musclée et experte au maniement du bâton, de l'arc et de l'épée. Belle autant que forte, petite, brune et souple comme une loutre de mer, elle constituait une recrue bienvenue dans la garde et devint bientôt, de surcroît, la coqueluche de la cour : elle possédait, non du charme, mais un courage et une force de caractère qui incitaient à la suivre. Brondy lui-même s'était pris d'affection pour elle ; elle mettait de la vie à sa cour et inspirait un entrain nouveau à sa garde.

Mais récemment, elle avait commencé à se croire des dons de prophétie et de divination. Elle prétendait qu'El, le dieu de la mer, l'avait choisie pour une glorieuse destinée ; de son vrai nom Madja et d'une ascendance tout à fait commune, elle s'était rebaptisée au cours d'une cérémonie qui mêlait le feu, le vent et l'eau, et se faisait désormais appeler Virilia. Elle ne se nourrissait que de gibier qu'elle avait elle-même tué et ne gardait dans sa chambre que des objets qu'elle avait faits de ses propres mains ou gagnés l'arme au poing. Le nombre de ses disciples ne cessait de croître, et on y trouvait aussi bien de jeunes nobles que quantité des soldats qu'elle commandait. À tous, elle prêchait la nécessité de revenir au culte et à l'adoration d'El ; elle se faisait l'apôtre des anciennes traditions, d'un mode de vie rigoureux et simple qui glorifiait le mérite personnel.

Elle considérait les Pirates et les forgisations comme des sanctions envoyées par El pour nous punir de nos mœurs relâchées et accusait la lignée des Loinvoyant d'encourager ce laxisme. Tout d'abord, elle n'avait fait ce genre de déclarations qu'avec circonspection, et si dernièrement elle se montrait plus franche, elle ne poussait jamais l'audace jusqu'à tenir des propos ouvertement séditieux. Néanmoins, des taurillons avaient été sacrifiés sur les falaises et elle avait oint de leur sang nombre de jeunes gens avant de les envoyer en quête spirituelle, comme cela se faisait en des époques très archaïques. Des rumeurs étaient parvenues jusqu'à Brondy, selon lesquelles elle cherchait un homme digne d'elle, prêt à une alliance pour renverser le trône des Loinvoyant. Ils prendraient ensemble le pouvoir pour inaugurer l'ère du Guerrier et mettre un terme à celle du Fermier. D'après Béarns, un nombre considérable de jeunes gens étaient prêts à se disputer cet honneur. Brondy souhaitait qu'on interrompe les activités de cette femme avant d'être obligé de l'accuser de trahison et de devoir forcer ses hommes à choisir entre Virilia et lui-même. Subtil était d'avis que sa popularité chuterait sans doute brutalement si elle trouvait son maître au maniement des armes, ou bien si elle était victime d'un grave accident, ou encore si elle perdait sa force et sa beauté à la suite d'une maladie minante. Je ne pus qu'en convenir, non sans observer que, dans bien des cas, des individus avaient été déifiés après leur mort, à quoi Subtil répondit que c'était exact, à condition qu'ils aient péri honorablement.

Là-dessus, il changea complètement de sujet. À Castellonde, dans la Baie aux Phoques, se trouvait un vieux manuscrit dont Vérité désirait une copie et qui dressait la liste de tous les ressortissants de Béarns qui avaient servi le roi par l'Art, en tant que membres d'un clan ; l'on disait aussi que Castellonde abritait une relique du temps où les Anciens avaient défendu la cité. Subtil voulait me voir partir le lendemain matin pour la Baie aux Phoques, où je devais copier le manuscrit, examiner la relique, après quoi je reviendrais lui faire mon rapport. Je devais également transmettre à Brondy les meilleurs vœux du roi et son assurance qu'il serait bientôt mis un terme à ses désagréments.

J'avais compris.

Alors que je m'apprêtais à sortir, Subtil leva la main. J'attendis qu'il parle.

« As-tu le sentiment que je tiens la part de mon marché avec toi ? » demanda-t-il. C'était la vieille question, celle qu'il me posait toujours à la fin de nos rencontres lorsque j'étais enfant. Cela me fit sourire.

« Oui, sire, répondis-je comme d'habitude.

— Alors, veille à tenir la tienne aussi. » Il se tut, puis, ce qu'il n'avait jamais fait jusque-là, il reprit : « N'oublie pas, FitzChevalerie : le mal que l'on fait à l'un des miens, c'est à moi qu'on l'inflige.

— Sire ?

— Tu ne ferais pas de mal à l'un des miens, n'est-ce pas ? »

Je me roidis. Je savais ce qu'il me demandait et je l'acceptai. « Sire, je ne ferai de mal à aucun des vôtres. J'ai prêté allégeance à la maison des Loinvoyant. »

Il hocha lentement la tête. Il avait arraché des excuses à Royal, et à moi la promesse que je ne tuerais pas son fils. Il croyait sans doute avoir rétabli la paix entre nous. Dans le couloir, je repoussai mes cheveux en arrière. Je venais de donner ma parole… Je réfléchis soigneusement et m'astreignis à envisager ce qu'il allait m'en coûter de la tenir ; aussitôt, la rancœur m'envahit, jusqu'à ce que j'imagine ce qu'il m'en coûterait d'enfreindre ma promesse. Alors, j'allai chercher au fond de moi les restrictions que j'avais pu formuler et les extirpai sans pitié ; enfin, je pris la résolution de respecter mon engagement sans faillir. La paix ne régnait assurément pas entre Royal et moi, mais je pouvais au moins faire la paix avec moi-même. Ragaillardi par ma décision, j'enfilai le couloir à grands pas.

Je n'avais pas refait mes réserves de poisons depuis mon retour des Montagnes et, au-dehors, les plantes hibernaient encore. Il me faudrait donc dérober ce dont j'avais besoin. Je trouverais certains produits chez les teinturiers, et le magasin du guérisseur m'en fournirait d'autres. C'est l'esprit plein de ces préoccupations que je m'engageai dans l'escalier.

Sereine le gravissait dans l'autre sens. Quand je la vis, je me figeai, le cœur défaillant, davantage même qu'en présence de Galen. C'était un vieux réflexe : de tous les membres du clan du maître d'Art, elle était désormais le plus puissant. Auguste avait quitté la scène pour se retirer loin dans l'Intérieur et jouer les gentilshommes dans une région à vergers ; son Art avait été totalement annihilé lors de la confrontation qui avait vu la mort de Galen. Sereine était maintenant la clé de voûte du clan ; en été, elle demeurait à Castelcerf et les autres membres du clan, répartis dans des tours et des forteresses tout le long de notre côte, envoyaient par son canal leur rapport au roi. Pendant l'hiver, le clan se réunissait à Castelcerf pour renouer les liens et consolider l'esprit de groupe. En l'absence d'un maître d'Art, Sereine avait hérité d'une bonne part de la position de Galen au château ; elle avait également repris à son compte, et avec enthousiasme, la haine que me vouait Galen. En sa présence, je ne me rappelais qu'avec trop de netteté les violences passées et je ressentais une angoisse inaccessible à la logique. Je l'évitais depuis mon retour, mais à présent j'étais cloué sous son regard.

La largeur de l'escalier était plus que suffisante pour permettre à deux personnes de s'y croiser… sauf si l'une d'elles se plantait délibérément au milieu d'une marche. Bien que je fusse au-dessus d'elle, je sentis qu'elle avait l'avantage. Elle avait changé depuis l'époque où nous étions les élèves de Galen ; son apparence physique tout entière reflétait sa nouvelle position : elle portait une robe bleu nuit somptueusement brodée, une tresse entremêlée de fil brillant et d'ornements en ivoire tirait sa chevelure noire en arrière, des bijoux d'argent paraient sa gorge et ses mains. Mais elle avait perdu toute féminité ; elle avait dû adopter les valeurs ascétiques de Galen, car son visage n'était plus qu'un masque d'os, ses mains des griffes décharnées. Comme notre ancien maître, elle se consumait au feu de sa propre vertu. C'était la première fois qu'elle m'abordait de front depuis la mort de Galen, et je m'arrêtai au-dessus d'elle sans avoir la moindre idée de ce qu'elle me voulait.

« Bâtard », dit-elle d'une voix monocorde. C'était une description, pas un salut. Je me demandai si ce qualificatif perdrait un jour son cinglant à mon oreille.

« Sereine, répondis-je d'un ton aussi plat que possible.

— Tu n'es pas mort dans les Montagnes.

— Non, en effet. »

Elle me barrait toujours le passage. Très bas, elle dit : « Je sais ce que tu as fait. Je sais ce que tu es. »

Mes tréfonds tremblaient comme ceux d'un lapin. J'essayai de me convaincre qu'il devait lui falloir jusqu'à la moindre parcelle de son Art pour m'imposer cette angoisse, que cette émotion ne m'appartenait pas, que c'était seulement son Art qui me l'instillait. Je me forçai à parler.

« Moi aussi, je sais ce que je suis : l'homme lige du roi.

— Tu n'es pas un homme », déclara-t-elle avec une calme assurance. Elle me sourit. « Un jour, tout le monde le saura. »

La peur ressemble étonnamment à la peur, quelle qu'en soit la source. Je ne répondis pas et demeurai immobile. Enfin, elle s'écarta pour me laisser passer. J'y vis une petite victoire, bien qu'en y réfléchissant elle n'avait guère d'autre possibilité. J'allai préparer mes affaires pour mon voyage en Béarns, brusquement soulagé de quitter la Forteresse l'espace de quelques jours.

Je ne conserve pas bon souvenir de cette mission. Je fis la connaissance de Virilia, invitée à Castellonde alors que j'y effectuais mes travaux de scribe ; elle était telle que l'avait décrite Subtil, belle et solidement bâtie, avec des mouvements souples de félin en chasse. Sa vitalité, sa superbe santé lui donnaient un éclat incomparable, et elle attirait tous les regards à son entrée dans une pièce. Elle jetait sa chasteté comme un défi à tous les hommes qui l'entouraient ; moi-même, je me sentis tomber sous le charme et ma mission ne m'en parut que plus cruelle.

Le premier soir à table, elle était installée en face de moi. Le duc Brondy m'avait fait excellent accueil, au point de faire préparer par son cuisinier certain plat de viande épicée dont j'étais friand. Ses bibliothèques étaient à ma disposition, ainsi que les services de son scribe subalterne. Sa dernière fille, Célérité, partageait même sa timide société avec moi et je l'entretenais du manuscrit qui m'amenait chez son père, agréablement étonné de l'intelligence dont elle faisait preuve et de la discrétion avec laquelle elle la manifestait. À mi-repas, Virilia dit d'une voix claire à son voisin de table qu'autrefois on noyait les bâtards à la naissance. Les anciennes coutumes d'El l'exigeaient, ajouta-t-elle. J'aurais pu faire semblant de n'avoir rien entendu, mais elle se pencha vers moi pour me demander en souriant : « Vous ne connaissiez pas cette tradition, bâtard ? »

Je me tournai vers le duc Brondy qui présidait la table, mais il était plongé dans une discussion animée avec sa fille aînée et ne m'accorda pas le moindre regard. « Elle est aussi ancienne, je pense, que celle qui impose à un invité de se montrer courtois envers un autre à la table de leur hôte », répondis-je en m'efforçant de garder une voix ferme et de ne pas ciller. Un appât, voilà ce que j'étais ! Brondy m'avait installé en face d'elle pour l'appâter. Jamais encore on ne s'était servi de moi de façon aussi criante. J'essayai de me cuirasser contre cette idée, de faire table rase de mes sentiments personnels. Au moins, j'étais préparé.

« Certains verraient un signe de la dégénérescence de la lignée des Loinvoyant dans le fait que votre père s'est glissé impur dans le lit nuptial. Naturellement, je ne suis pas de celles qui dénigrent la famille de mon roi ; mais dites-moi : comment celle de votre mère a-t-elle réagi à son état de putain ? »

Je lui fis un sourire affable : je me sentais soudain moins de scrupules quant à ma mission. « Je n'ai guère de souvenirs de la famille de ma mère, répondis-je sur le ton de la conversation. Mais j'imagine qu'elle partageait mon avis : mieux vaut être putain ou fils de putain que traître à son roi. »

Je pris mon verre de vin et me tournai vers Célérité. Ses yeux bleu sombre s'agrandirent et un hoquet de frayeur lui échappa lorsque le poignard de Virilia s'enfonça dans la table à quelques pouces de mon coude. Je m'y étais attendu et, tranquillement, je croisai son regard.

Virilia s'était dressée, les yeux flamboyants, les narines palpitantes. Le rouge qui lui teintait les joues enflammait sa beauté.

« Dites-moi, fis-je d'un ton posé, vous professez l'observance des coutumes d'autrefois, n'est-ce pas ? Ne vous conformez-vous donc pas à celle qui interdit de verser le sang dans une maison dont vous êtes l'invitée ?

— N'êtes-vous pas indemne ? demanda-t-elle en guise de réponse.

— Autant que vous. Je ne veux pas jeter la honte sur la table de mon duc en prêtant à dire qu'il a laissé des invités s'entre-tuer au-dessus de son pain. Mais peut-être votre loyauté envers votre duc vous est-elle aussi indifférente que celle envers votre roi ?

— Je n'ai pas prêté serment de fidélité à votre chiffe de roi Loinvoyant », répondit-elle d'une voix sifflante.

Les convives s'agitèrent, certains par embarras, d'autres pour mieux y voir. Ainsi, d'aucuns étaient venus assister à ma mise au défi à la table de Brondy. Toute la scène avait été aussi soigneusement planifiée qu'une campagne militaire. Mais Virilia se doutait-elle de l'attention que j'y avais apportée, moi aussi ? Avait-elle idée du petit paquet que je portais dans ma manche ? J'élevai la voix pour bien me faire entendre et, hardiment : « J'ai ouï parler de vous. Ceux que vous cherchez à vous rallier seraient plus avisés de se rendre à Castelcerf. Le roi-servant Vérité appelle tous ceux qui savent se servir d'une arme à venir garnir ses nouveaux bateaux de guerre et à lever cette arme contre les Outrîliens, nos ennemis à tous. Voilà, selon moi, qui serait une meilleure mesure du talent d'un guerrier. N'est-ce pas là un but plus honorable que de se tourner contre les chefs à qui l'on a juré fidélité, ou que de répandre le sang d'un taureau à la pleine lune, au sommet d'une falaise, alors que cette viande pourrait nourrir ceux des nôtres que les Pirates rouges ont dépouillés ? »

Je parlais avec passion d'une voix de plus en plus forte, cependant que Virilia me dévisageait, effarée de tout ce que je savais. Transporté par ma propre harangue, car j'y croyais, je me penchai au-dessus de la table et, nez à nez avec Virilia, je lui demandai : « Dites-moi, vaillante que vous êtes : avez-vous jamais levé les armes contre quelqu'un qui n'était pas votre compatriote ? Contre l'équipage d'un Pirate rouge ? Non ? Je le pensais bien. Il est tellement plus facile d'insulter l'hospitalité d'un hôte ou de blesser le fils d'un voisin que de tuer celui qui vient assassiner vos frères ! »

Les mots n'étaient pas le fort de Virilia. Folle de rage, elle me cracha au visage.

Je me redressai calmement et m'essuyai. « Peut-être voulez-vous me provoquer en combat, en un lieu et un temps plus appropriés ? Pourquoi pas dans une semaine, sur les falaises où vous avez si courageusement tué l'époux de la vache ? Peut-être, en tant que scribe, ferai-je un adversaire plus valeureux que votre guerrier bovin ? »

Le duc Brondy daigna soudain remarquer l'agitation de sa table. « FitzChevalerie ! Virilia ! » nous lança-t-il du ton de la réprimande. Mais la femme et moi ne nous quittâmes pas des yeux, et mes poings restèrent plantés de part et d'autre de son assiette tandis que je l'affrontais, penché au-dessus de la table.

Son voisin m'eût volontiers défié à son tour, je crois, si le duc Brondy n'avait pas assené sur la table un coup violent d'un bol de sel, au risque de fracasser l'objet, avant de nous rappeler avec vigueur que nous étions à sa table, dans son château, et qu'il n'y voulait pas d'effusion de sang. Lui, au moins, était capable d'honorer à la fois le roi Subtil et les coutumes d'autrefois et il nous engagea à l'imiter. Je lui présentai d'humbles et éloquentes excuses, et Virilia marmonna un vague « pardon ». Le repas se poursuivit sans incident, des ménestrels chantèrent, et je passai les jours suivants à recopier le manuscrit destiné à Vérité ; je vis également la relique des Anciens, qui ne m'évoqua rien tant qu'une fiole de verre constituée de très fines écailles de poisson. Je paraissais faire à Célérité plus d'impression qu'il n'était à mon goût et, d'un autre côté, je devais affronter l'animosité glacée des partisans de Virilia. La semaine fut longue.

Le duel n'eut jamais lieu car, avant la fin de la semaine, Virilia fut victime d'une éruption de furoncles et d'aphtes sur la langue et dans la bouche, punition traditionnelle, selon la légende, de qui ment à ses compagnons d'armes et trahit ses serments. Elle pouvait à peine boire, encore moins se nourrir, et sa maladie la défigurait tant que tous ses proches finirent par fuir sa compagnie, crainte de la contagion. Sa douleur était telle qu'elle ne put affronter le froid pour aller se battre, et nul ne se proposa pour la remplacer ; j'attendis donc au sommet des falaises un adversaire qui ne se présenta jamais. Célérité patienta auprès de moi, ainsi qu'une vingtaine de nobliaux envoyés par le duc Brondy pour me servir de témoins. Nous bavardâmes tranquillement entre nous tout en buvant de l'eau-de-vie à l'excès pour nous tenir chaud ; à la tombée du soir, un messager vint du château nous annoncer que Virilia avait quitté Castellonde, mais pas dans le but de m'affronter : elle était partie à cheval en direction de l'Intérieur, seule. Célérité joignit les mains dans un geste de bonheur, puis, à ma grande surprise, se jeta dans mes bras. Nous rentrâmes à Castellonde, frigorifiés mais joyeux, prendre un dernier repas avant mon départ pour Castelcerf. Brondy me fit asseoir à sa gauche, et Célérité à côté de moi.

« Vous savez, remarqua-t-il à mon intention, vers la fin du repas, chaque année vous ressemblez de façon plus frappante à votre père. »

Toute l'eau-de-vie de Béarns n'aurait pu vaincre le frisson glacé qui me parcourut à ces mots.

6

LES FORGISÉS

Chevalerie et Vérité étaient les deux enfants de la reine Constance et du roi Subtil. Ils n'avaient que deux ans de différence et, dans leur enfance, ils étaient aussi proches que peuvent l'être deux frères. Chevalerie était l'aîné et prit le titre de roi-servant à son seizième anniversaire ; son père l'envoya presque aussitôt régler une querelle de frontière avec les États chalcèdes. De ce jour, il ne séjourna guère à Castelcerf plus de quelques mois d'affilée. Même après son mariage, il était rare qu'il restât inoccupé plus d'une journée, moins à cause d'une recrudescence des troubles frontaliers à l'époque que de la volonté apparente de Subtil de clairement délimiter ses frontières avec tous ses voisins. Nombre de ces désaccords trouvèrent leur solution par l'épée, mais, le temps passant, Chevalerie se montra de plus en plus habile à manier la diplomatie.

On dit parfois que c'est sa belle-mère, la reine Désir, qui aurait combiné de lui confier cette tâche, dans l'espoir de l'envoyer à la mort. On prétend d'autre part que c'était le moyen, pour Subtil, de soustraire son fils aîné à la vue et à l'autorité de sa nouvelle reine. Le prince Vérité, condamné de par sa jeunesse à rester à la cour, présentait chaque mois à son père une demande formelle pour accompagner son frère. Tous les efforts de Subtil pour l'intéresser à des responsabilités qui lui fussent propres furent vains : le prince Vérité exécutait les tâches qu'on lui confiait, mais ne faisait rien pour cacher qu'il préférerait suivre son frère aîné. Enfin, pour son vingtième anniversaire, après six années de requêtes mensuelles, Subtil lui accorda, bien à contrecœur, d'accompagner son frère.

Dès lors et jusqu'au jour où, quatre ans plus tard, Chevalerie abdiqua et transmit son titre de roi-servant à Vérité, les deux princes œuvrèrent main dans la main à fixer les frontières, les traités et les accords commerciaux avec les pays limitrophes des Six-Duchés. Le prince Chevalerie avait un talent pour négocier avec les gens, individus ou peuples, Vérité pour le détail des transactions, la cartographie précise des limites convenues et le soutien à fournir à l'autorité de son frère, en tant que soldat et en tant que prince.

Le prince Royal, le dernier fils de Subtil et son seul enfant avec la reine Désir, passa toute sa jeunesse à la cour, où sa mère ne ménagea pas sa peine pour lui préparer la voie de candidat au trône.

*

* *

C'est avec soulagement que je repris la route de Castelcerf. Ce n'était pas la première fois que j'accomplissais pareille besogne pour mon roi, mais je n'avais jamais pris goût à mon métier d'assassin. Je me réjouissais de ce que Virilia m'eût insulté et utilisé comme un pion, car cela m'avait rendu la tâche supportable ; pourtant, ç'avait été une très belle femme et une combattante talentueuse. Ce gâchis m'empêchait de tirer fierté de ma mission, sinon en ce que j'avais obéi aux ordres de mon roi.

Telles étaient mes réflexions alors que Suie s'apprêtait à franchir la dernière colline avant Castelcerf.

Je levai les yeux vers le sommet et j'eus du mal à en croire mes yeux : Kettricken et Royal à cheval, côte à côte ! Ensemble ! On eût dit une illustration tirée d'un des meilleurs vélins de Geairepu : Royal portait un habit rouge et or, avec des bottes noires aux reflets brillants et des gants, noirs également ; son manteau de monte qui lui découvrait une épaule ondoyait au vent du matin dans une débauche de couleurs vives. La bise lui rougissait les joues et se jouait du méticuleux ordonnancement de ses cheveux bouclés ; ses yeux sombres brillaient. Il avait presque l'allure d'un homme, sur son grand cheval noir au noble port. Voici ce qu'il pourrait être, me dis-je, au lieu d'un prince languide, toujours un verre de vin à la main et une dame à ses côtés. Encore un beau gâchis.

Ah, mais la dame à ses côtés sortait cette fois de l'ordinaire. Comparée à l'entourage qui les suivait, elle apparaissait comme une fleur exotique et rare. Installée à califourchon sur sa monture, elle portait un pantalon ample dont le violet crocus ne sortait de la cuve d'aucune teinturerie de Castelcerf ; orné de broderies complexes aux couleurs somptueuses, il s'enfonçait dans de hautes bottes qui arrivaient presque aux genoux de la cavalière ; Burrich aurait approuvé la commodité de la chose. Au lieu d'un manteau, elle arborait une courte veste à l'épaisse fourrure blanche, pourvue d'un col montant pour lui protéger la nuque du vent. Du renard blanc, supposai-je, des toundras aux confins les plus lointains des Montagnes. Elle avait les mains gantées de noir ; la bise avait joué avec ses longs cheveux blonds, les avait défaits et ils tombaient emmêlés sur ses épaules. Sur sa tête, elle avait posé une coiffe tricotée de toutes les couleurs vives qu'on pût imaginer. Elle se tenait en avant sur son cheval, les étriers haut placés, à la mode des Montagnes, ce qui tendait à faire caracoler Pas-de-Loup plutôt que marcher. De petites clochettes d'argent accrochées au harnais de la jument marron sonnaient aussi clairement que des glaçons dans l'air froid du matin. À côté des autres femmes engoncées dans leurs robes et leurs énormes manteaux, Kettricken paraissait agile comme un félin.

Elle évoquait un guerrier venu d'un pays inconnu au climat septentrional ou un aventurier sorti de quelque légende d'autrefois. Son aspect la distinguait de ses suivantes, non comme une dame de haute naissance et portant bijoux révèle son statut parmi d'autres moins royales, mais presque comme un faucon apparaîtrait au milieu d'une cagée d'oiseaux chanteurs. Je me demandai si elle était bien avisée de se montrer ainsi à ses sujets. Le prince Royal chevauchait à ses côtés et bavardait avec elle, le sourire aux lèvres. Leur conversation animée était ponctuée d'éclats de rire. Comme je m'approchais de la suite, je laissai Suie ralentir. Kettricken tira les rênes en souriant et faillit s'arrêter pour me saluer, mais le prince Royal m'adressa un hochement de tête glacial et lança son cheval au trot. La jument de Kettricken, qui n'aimait pas rester en arrière, tira sur son mors et se maintint à sa hauteur. J'eus droit à des saluts tout aussi secs de ceux qui suivaient la reine et le prince. Je m'arrêtai pour regarder la troupe passer, puis, le cœur troublé, continuai mon chemin vers Castelcerf. L'expression de Kettricken était enjouée, ses joues rosies par l'air glacé, et ses sourires à Royal aussi joyeux que ceux, bien rares, qu'elle me faisait encore. Mais je ne pouvais croire qu'elle fût crédule au point de lui faire confiance.

Je ruminais ces pensées tout en dessellant Suie, puis en la pansant. Je m'étais penché pour examiner ses sabots quand je sentis le regard de Burrich posé sur moi. « Ça dure depuis combien de temps ? » lui demandai-je.

Il comprit de quoi je parlais.

« Il s'y est mis quelques jours après ton départ. Il l'a amenée ici et il m'a fait un joli discours, comme quoi il trouvait dommage que la reine passe toutes ses journées enfermée dans le château, elle qui était habituée à la vie au grand air dans les Montagnes. Il s'était laissé persuader, m'a-t-il dit, de lui apprendre à monter à notre mode des basses terres. Et puis il m'a fait seller Pas-de-Loup avec la selle que Vérité a fabriquée pour sa reine et ils sont partis ensemble. Que voulais-tu que je fasse ? me lança-t-il avec brusquerie alors que je lui adressais un regard interrogateur. Tu l'as dit toi-même : nous sommes les hommes liges du roi ; on a prêté serment ; et Royal est prince de la maison Loinvoyant. Même si je me montrais parjure au point de refuser de le servir, il restait ma reine-servante qui voulait son cheval sellé. »

D'un léger mouvement de la main, je signalai à Burrich que ses paroles confinaient à la trahison. Il pénétra dans le box pour gratter pensivement Suie derrière l'oreille pendant que j'en finissais avec elle.

« Tu ne pouvais pas faire autrement, reconnus-je. Mais j'aimerais savoir ce qu'il a derrière la tête. Et pourquoi elle le supporte.

— Ce qu'il a derrière la tête ? Peut-être de rentrer dans les bonnes grâces de Kettricken, tout simplement. Ce n'est un secret pour personne qu'elle se languit dans la forteresse. Oh, elle est toujours avenante avec tout le monde, mais elle est aussi trop honnête pour feindre d'être heureuse alors que c'est faux.

— Peut-être », fis-je à contrecœur. Je levai la tête aussi vivement qu'un chien au sifflement de son maître. « Il faut que j'y aille. Le roi-servant Vérité… » Je n'achevai pas ma phrase. Inutile de lui dire que j'avais été appelé par l'Art. Je pris en bandoulière mes fontes qui contenaient les manuscrits laborieusement recopiés et me mis en route vers le château.

Sans prendre le temps de me changer ni même de me réchauffer près des cheminées des cuisines, je me rendis à la chambre aux cartes de Vérité. La porte était entrouverte ; je frappai un coup, puis entrai. Vérité étudiait une carte fixée à sa table et c'est à peine s'il m'accorda un coup d'œil. Du vin chaud m'attendait déjà, ainsi qu'une généreuse assiettée de viande froide et du pain, sur une table près de l'âtre. Au bout d'un moment, il se redressa.

« Tu bloques trop bien, me dit-il en guise de salut. Ça fait trois jours que je m'échine à te faire presser le pas et quand est-ce que tu t'aperçois enfin que je t'artise ? quand tu te trouves dans mes propres écuries ! Je t'assure, Fitz, il faut que nous prenions le temps de t'enseigner à maîtriser un tant soit peu ton Art. »

Mais je savais pertinemment que ce temps, nous ne l'aurions jamais : trop de sujets requéraient son attention par ailleurs. Comme toujours, il alla droit au but : « Les forgisés », dit-il. Un frisson d'inquiétude me parcourut le dos.

« Les Pirates rouges ont encore frappé ? Si tard dans l'hiver ? demandai-je, incrédule.

— Non. Au moins ceci nous est-il épargné. Mais, même s'ils nous laissent tranquilles et restent dans leurs foyers, leur poison continue d'agir parmi nous. » Il s'interrompit un instant. « Allons, réchauffe-toi et mange un peu ; rien ne t'empêche de mâcher et d'écouter en même temps. »

Et, tandis que je me servais du vin chaud et un morceau de viande, Vérité se lança dans son exposé. « C'est toujours le même problème : on nous signale des forgisés qui volent et pillent, non seulement des voyageurs, mais aussi des fermes et des maisons isolées. J'ai fait faire des enquêtes et il apparaît que ces rapports sont dignes de foi. Pourtant, ces attaques se produisent loin des sites victimes des Pirates, et dans tous les cas il s'agit, non pas d'un ou deux forgisés, mais de groupes entiers qui opèrent de concert. »

Je réfléchis un moment, avalai ma bouchée et dis : « Je ne crois pas les forgisés capables d'œuvrer en bandes ni même de coopérer entre eux. Devant eux, on n'a aucune impression de… de communauté, de partage. Ils savent parler, raisonner, mais d'un point de vue purement égoïste. On dirait des belettes douées de parole. Ils ne s'intéressent qu'à leur survie individuelle et ils se considèrent mutuellement comme des rivaux pour tout ce qui touche à la nourriture ou à leur bien-être en général. » J'emplis ma chope à nouveau, réconforté par la chaleur du vin qui se répandait en moi ; tout au moins repoussait-elle le froid physique, car elle ne pouvait rien contre la pensée glaçante de l'isolement sinistre dans lequel vivaient les forgisés.

Ce que je savais d'eux, c'était grâce au Vif que je l'avais découvert. Ils étaient à ce point fermés à tout sentiment de relation avec le monde que c'est à peine si je percevais leur existence ; pourtant, le Vif m'ouvrait à ce réseau qui relie entre elles toutes les créatures, mais les forgisés étaient coupés de cette trame, isolés comme des pierres, aussi avides et impitoyables qu'une tempête ou un fleuve en crue. Pour moi, tomber sur l'un d'eux à l'improviste était aussi déconcertant que si je me faisais attaquer par un rocher.

Mais Vérité se contenta de hocher la tête d'un air songeur. « Pourtant même les loups, tout animaux qu'ils soient, attaquent en meute, comme les poissons-crocs sur une baleine. Si ces bêtes peuvent s'unir pour abattre une proie, pourquoi pas les forgisés ? »

Je reposai le bout de pain que j'avais pris. « Les loups et les poissons-crocs agissent selon leur instinct et ils partagent la viande avec leurs petits ; ils ne tuent pas chacun pour soi, mais pour nourrir le groupe. J'ai vu des forgisés en bandes, certes, mais ils n'opèrent pas en commun ; la fois où plusieurs forgisés m'ont attaqué, je ne m'en suis tiré que parce que j'ai réussi à les monter les uns contre les autres : je leur ai abandonné le manteau qu'ils convoitaient et ils se sont battus pour s'en emparer ; et lorsqu'ils se sont remis à ma poursuite, ils se gênaient mutuellement plus qu'ils ne s'entraidaient. » Je m'efforçais de conserver une voix calme malgré les souvenirs que cette conversation ravivait en moi. Martel était mort, cette nuit-là, et j'avais tué mon premier homme. « Mais ils ne combattent pas ensemble. L'idée de coopérer pour le bénéfice de tous est au-delà de leur entendement. »

Je levai les yeux et je trouvai, plein de sympathie, le regard sombre de Vérité posé sur moi. « J'avais oublié que tu avais l'expérience des forgisés. Pardonne-moi. Je ne néglige pas ton avis, crois-moi ; mais tant de questions me harcèlent, ces derniers temps... » Sa voix mourut et il parut écouter quelque chose au loin. Au bout d'un moment, son attention revint sur moi. « Bien. Tu prétends qu'ils sont incapables de coopérer ; et pourtant c'est ce qui se passe, apparemment. Tiens, regarde. » D'un geste de la main, il désigna la carte étendue sur sa table. « J'ai pointé les endroits d'où émanent les plaintes et j'ai noté pour chacun le nombre signalé de forgisés. Qu'en penses-tu ? »

Je m'approchai. Se tenir aux côtés de Vérité, c'était comme se tenir près d'une cheminée : il irradiait la puissance de l'Art. Je me demandai s'il devait toujours se maîtriser, si, comme j'en avais l'impression, son Art menaçait constamment de jaillir hors de lui et de répandre sa conscience sur tout le royaume.

« La carte, Fitz ! » me dit-il. Que percevait-il de mes pensées ? Je me contraignis à me concentrer sur l'affaire qui nous occupait. La carte montrait le duché de Cerf avec un luxe de détails : les hauts-fonds et les platins étaient indiqués le long de la côte, de même que les points de repère de la terre ferme et jusqu'aux plus petites routes. Cette représentation amoureusement faite était l'œuvre d'un homme qui avait parcouru la région à pied, à cheval et en bateau. Vérité s'était servi de petits bouts de cire comme pointeurs. Je les étudiai en essayant de déterminer quel était leur but.

« Sept incidents. » Il tendit la main pour toucher les pointeurs. « Certains à moins d'une journée de cheval de Castelcerf. Mais les Pirates n'ont jamais attaqué si près de chez nous, alors d'où viennent ces forgisés ? Ils ont pu être chassés de leurs propres villages, c'est vrai, mais pourquoi converger sur Castelcerf ?

— Il s'agit peut-être de gens dans une telle misère qu'ils se font passer pour des forgisés lorsqu'ils s'en prennent à leurs voisins ?

— Peut-être. Mais il est troublant de constater que les incidents se rapprochent du château. Il y a trois groupes, d'après le témoignage des victimes ; et chaque fois qu'on signale un vol, une effraction dans une grange ou le massacre d'une vache dans un champ, le groupe responsable semble plus près de Castelcerf. Je ne vois pas ce qui pourrait pousser des forgisés à converger ici. Et, poursuivit-il avant que je puisse l'interrompre, la description d'un des groupes correspond à celle faite lors d'une autre attaque, qui remonte à plus d'un mois. S'il s'agit des mêmes forgisés, ils ont fait un bon bout de chemin dans l'intervalle.

— Ça ne rappelle pas le comportement des forgisés, dis-je, puis, circonspect : Soupçonnez-vous un complot ? »

Vérité eut un grognement sarcastique. « Naturellement ! Depuis quand est-ce que je ne soupçonne plus de complots ? Mais, en l'occurrence, je crois pouvoir chercher l'origine ailleurs qu'à Castelcerf. » Il se tut soudain, comme s'il venait de prendre conscience de la brutalité de ses paroles. « Occupe-t'en pour moi, veux-tu, Fitz ? Arpente un peu le pays et ouvre grand tes oreilles. Rapporte-moi ce qui se dit dans les tavernes, observe les signes sur les routes, collecte les rumeurs d'autres attaques et vérifie les détails. Avec discrétion. Peux-tu faire cela pour moi ?

— Bien sûr. Mais pourquoi discrètement ? Il me semble que, si nous alertions la population, nous serions plus vite au courant de ce qui se passe.

— C'est vrai, mais nous aurions également beaucoup plus de plaintes. Jusqu'ici, elles sont seulement individuelles ; je suis le seul, je pense, à en avoir tiré un tableau d'ensemble. Je n'ai pas envie de voir Bourg-de-Castelcerf prendre les armes sous prétexte que le roi n'est même pas capable de protéger sa propre capitale. Non : discrètement, Fitz. Discrètement.

— Une enquête prudente. » Je n'y avais pas mis l'intonation d'une question.

Vérité eut un petit haussement de ses larges épaules, qui évoquait plus l'homme qui rééquilibre un fardeau sur son dos que celui qui s'en décharge. « Mets-y un terme partout où c'est possible. » Il parlait à voix basse, les yeux dans le feu. « Discrètement, Fitz. Très discrètement. »

Je hochai lentement la tête. On m'avait déjà confié de telles missions et tuer des forgisés ne me gênait pas autant qu'assassiner un homme ; parfois, j'essayais de me convaincre que j'apportais le repos à une âme en peine, que je mettais un point final à la détresse d'une famille, tout en espérant ne pas devenir trop habile à me mentir à moi-même. Umbre m'avait averti de ne jamais oublier qui j'étais réellement : non pas un ange de miséricorde, mais un tueur qui œuvrait pour le bien du roi. Ou du roi-servant. Mon devoir était de protéger le trône. Mon devoir... J'hésitai un instant, puis me lançai :

« Mon prince, en revenant au château, j'ai vu notre reine-servante Kettricken. Elle se promenait à cheval en compagnie du prince Royal.

— Ils forment un beau couple, n'est-ce pas ? Monte-t-elle bien ? » Vérité ne parvenait pas à effacer toute trace d'amertume dans sa voix.

« Oui. Mais à la mode montagnarde.

— Elle est venue me dire qu'elle souhaitait apprendre à mieux monter nos grands chevaux des basses terres. J'ai approuvé cette idée, mais j'ignorais qu'elle prendrait Royal comme maître d'équitation. » Vérité se pencha sur la carte afin d'étudier des détails qui n'y étaient pas.

« Peut-être espérait-elle que vous seriez son professeur. » J'avais parlé sans réfléchir, en m'adressant à l'homme, non au prince.

« Peut-être. » Il soupira brusquement. « Non, c'est certain, je le sais. Kettricken se sent seule, parfois. Souvent. » Il secoua la tête. « On aurait dû la marier à un fils cadet, à un homme qui dispose de son temps ; ou à un roi dont le royaume ne soit pas au bord de la guerre et du désastre. Je ne lui rends pas honneur, Fitz, je le sais. Mais elle est si... si enfantine, parfois. Et quand elle n'est pas enfantine, elle fait preuve d'un patriotisme fanatique. Elle brûle de se sacrifier pour les Six-Duchés. Je dois toujours la retenir, lui expliquer que ce n'est pas ce dont les Six-Duchés ont besoin. On dirait un taon : elle ne me laisse pas en paix un instant, Fitz. Quand elle ne veut pas s'ébattre comme une enfant, elle m'interroge sur les détails d'un problème que j'essaie justement d'oublier un moment. »

Je songeai soudain à Chevalerie qui avait épousé si égoïstement la frivole Patience, et je saisis en partie ses motifs : cette femme était pour lui un moyen d'évasion.

Qui Vérité aurait-il choisi, s'il en avait eu la possibilité? Sans doute une femme plus âgée, au caractère placide, assurée de sa propre valeur.

« J'en ai plus qu'assez », dit-il à mi-voix. Il se servit du vin chaud et s'approcha du feu pour le boire à petites gorgées. « Sais-tu ce que je voudrais? »

Ce n'était pas vraiment une question et je ne pris pas la peine d'y répondre.

« Je voudrais que ton père soit encore vivant et que ce soit lui le roi-servant. Et que moi je sois toujours son bras droit. Il m'indiquerait de quelles tâches m'occuper et je lui obéirais. Je serais en paix avec moi-même, si dures que soient mes missions, parce que j'aurais la certitude qu'il agirait pour le mieux. Sais-tu comme il est facile de suivre les ordres d'un homme en qui on a confiance, Fitz? »

Ses yeux croisèrent enfin les miens.

« Mon prince, je le crois », répondis-je.

L'espace d'un instant, Vérité resta figé. Puis : « Ah! » fit-il. Il soutint mon regard et je n'eus pas besoin de l'Art pour sentir la gratitude qu'il irradiait. Il s'écarta de la cheminée et se redressa. J'avais à nouveau mon roi-servant devant moi. Il me congédia d'un petit geste et je sortis. En montant vers ma chambre, je me demandai pour la première fois de ma vie si je ne devais pas m'estimer heureux d'être né bâtard.

7

RENCONTRES

La coutume a toujours voulu que, lorsqu'un roi ou une reine de Castelcerf se marie, le conjoint royal fournisse sa propre suite. Tel fut le cas des deux reines de Subtil. Mais quand la reine Kettricken des Montagnes s'en vint à Castelcerf, elle se présenta en tant qu'Oblat, selon la tradition de son pays, seule, sans personne pour la servir, pas même une chambrière à laquelle elle pût se confier ; nul n'était présent dans son nouveau foyer pour lui apporter le réconfort d'un visage familier. Elle commença son règne entourée d'étrangers, non seulement au niveau de son propre rang, mais également à celui des domestiques et des soldats. Le temps passant, elle se fit des amis et trouva des servantes qui lui convenaient, bien qu'au début elle eût du mal à se faire à l'idée qu'une personne pût avoir pour seule occupation de la servir.

*

* *

J'avais manqué à Loupiot. Avant de partir en Béarns, je lui avais laissé une carcasse de daim, gelée à cœur et dissimulée derrière la chaumière. Ç'aurait dû amplement suffire à le nourrir pendant mon absence, mais, en vrai loup, il s'était gavé, avait dormi, puis s'était à nouveau empiffré, et ainsi de suite jusqu'à la complète disparition de la viande. *Depuis deux jours*, me dit-il en bondissant joyeusement autour de moi. Le sol de la chaumière était jonché d'os soigneusement rongés. Il m'accueillit avec un enthousiasme exubérant, doublement informé par le Vif et par son flair de la viande fraîche que j'apportais. Il se jeta dessus avec un appétit féroce et ne m'accorda aucune attention pendant que je mettais dans un sac les os mâchonnés. Ce genre de reliefs ne manquerait pas d'attirer les rats et les chiens ratiers du château ne tarderaient pas à suivre ; je ne tenais pas à courir ce risque. Discrètement, j'observais le loup tout en faisant le ménage : les muscles roulaient sous la peau de ses épaules tandis qu'il pesait des pattes avant sur le bloc de viande pour en arracher des morceaux. Je notai aussi que tous les os du daim, sauf les plus gros, étaient brisés et débarrassés de leur moelle. Ce n'étaient plus les amusements d'un bébé loup, mais l'œuvre d'un jeune animal vigoureux. Les os qu'il avait fracassés étaient plus épais que ceux de mon bras.

Mais pourquoi m'en prendrais-je à toi ? Tu apportes la viande. Et les gâteaux au gingembre.

Ses pensées étaient lourdes de sens. C'était le principe de la meute : l'adulte, moi, fournissait la viande pour nourrir Loupiot, le petit. J'étais le chasseur qui lui rapportait une part de sa chasse. Je tendis l'esprit vers lui et découvris que, en ce qui le concernait, les barrières entre nous étaient en train de s'effacer. Nous étions de la même meute. C'était un concept auquel je n'avais jamais été confronté et qui définissait bien davantage que le fait d'être compagnons ou associés, et je craignis qu'il eût le même sens pour lui que le lien du Vif pour moi. Je ne pouvais le permettre.

« Je suis un homme. Tu es un loup. » Je prononçai ces mots à voix haute, tout en sachant qu'il tirerait leur signification de mes pensées ; mais je voulais lui faire percevoir nos différences par tous ses sens.

Au-dehors. Au-dedans, nous sommes de la même meute. Il se tut et se lécha le museau d'un air satisfait. Ses pattes avant étaient mouchetées de sang.

« Non. Je te nourris et je te protège, mais ça ne durera pas. Quand tu seras capable de chasser par toi-même, je t'emmènerai dans un endroit loin d'ici et je t'y laisserai. »

Je n'ai jamais chassé.

« Je t'apprendrai. »

Ça aussi, c'est la meute. Tu m'apprendras et je chasserai avec toi. Nous partagerons beaucoup de chasses et beaucoup de belle viande.

Je t'apprendrai à chasser et ensuite je te libérerai.

Je suis déjà libre. Tu ne me retiens ici que parce que je le veux bien. Il se passa la langue sur les dents pour se moquer de ma prétention.

Tu es présomptueux, Loupiot. Et ignorant.

Alors, apprends-moi. Il tourna la tête de côté pour cisailler avec les dents du fond un bout de viande mêlé de tendon accroché à l'os qu'il rongeait. *C'est ton devoir dans la meute.*

Nous ne sommes pas de la même meute. Je n'ai pas de meute. C'est à mon roi que j'ai juré allégeance.

Si c'est ton chef de meute, c'est le mien aussi. Nous sommes de la même meute. À mesure que son ventre se remplissait, il faisait preuve d'une assurance grandissante.

Je changeai de tactique. Sèchement, je lui dis : *Je suis d'une meute à laquelle tu ne peux pas appartenir. Dans ma meute, nous sommes tous humains. Tu n'es pas un homme. Tu es un loup. Nous ne sommes pas de la même meute.*

Un grand froid monta en lui. Il ne chercha pas à répondre, mais je perçus ses émotions et j'en fus glacé. Solitude et trahison. Abandon.

Je tournai les talons et m'en allai, mais j'étais impuissant à lui cacher combien il était douloureux pour moi de le laisser ainsi tout seul et à lui dissimuler la profonde honte que je ressentais à refuser ses avances. J'espérais qu'il captait aussi ma conviction d'agir pour le mieux. La situation, songeai-je, était très semblable à celle où Burrich ne cherchait que mon bien en m'arrachant Fouinot parce que j'avais développé un lien avec lui. L'image me brûla comme un trait de feu et je fis plus que presser le pas : je m'enfuis.

Le soir tombait quand je revins à la Forteresse et m'engageai dans les escaliers ; je récupérai dans ma chambre quelques paquets que j'y avais laissés, puis redescendis. Je ralentis involontairement sur le second palier. Je savais que, très bientôt, Molly passerait par là pour remporter le plateau et les couverts du repas de Patience, qui dînait très rarement dans la salle commune avec les seigneurs et dames du château et préférait partager la société détendue de Brodette dans l'intimité de ses appartements. Sa réserve prenait d'ailleurs des allures de réclusion, ces derniers temps. Mais ce n'était pas mon inquiétude sur ce point qui me poussait à m'attarder dans l'escalier. J'entendis le pas de Molly dans le couloir ; j'aurais dû m'éclipser, je le savais, mais il y avait des jours que je ne l'avais pas vue ni même aperçue. Les timides coquetteries de Célérité n'avaient fait que me rendre plus sensible à l'absence de Molly. On ne pouvait tout de même pas me reprocher d'exagérer si je lui souhaitais simplement bonne nuit, comme je l'eusse pu faire à n'importe quelle servante. Ce n'était pas très adroit, j'en avais conscience, et si Patience en avait vent, elle ne manquerait pas de me réprimander. Et pourtant…

Je feignis de me plonger dans l'examen d'une tapisserie du palier, tapisserie qui se trouvait déjà là avant même mon arrivée à Castelcerf. J'entendis Molly approcher ; son pas se ralentit. Mon cœur tonnait dans ma poitrine et j'avais les mains moites quand je me retournai pour la voir. « Bonsoir », articulai-je non sans difficulté, à mi-chemin d'un couinement et d'un murmure.

« Bonsoir », répondit-elle avec une grande dignité. Son menton se releva et s'affermit imperceptiblement. Ses cheveux rebelles étaient noués en deux nattes épaisses enroulées en couronne sur sa tête. Sa robe d'un bleu uni était ornée d'une dentelle délicate au col et aux poignets. Je savais quels doigts avaient créé ce motif festonné : Brodette la traitait bien et lui faisait cadeau du travail de ses mains. J'en fus soulagé.

Sans marquer le moindre temps d'arrêt, Molly passa devant moi ; cependant, ses yeux s'égarèrent un bref instant sur moi et je ne pus m'empêcher de sourire ; aussitôt, sa gorge et son visage furent envahis d'une telle rougeur que je crus en sentir la chaleur. Sa bouche se durcit. Comme elle détournait la tête et s'engageait dans les marches, une bouffée de son parfum me parvint, baume de citron et gingembre sous-tendus d'une fragrance douce, l'odeur de Molly elle-même.

Femelle. Jolie. Approbation sans réserve.

Je fis un bond en l'air comme si je venais de me faire piquer, puis tournai sur moi-même en m'attendant bêtement à trouver Loupiot derrière moi. Il n'était pas là, naturellement. Je tendis mon esprit, mais il n'était pas avec moi ; je cherchai plus loin et le découvris en train de somnoler dans la paille de la chaumière. *Ne fais pas ça*, le prévins-je. *N'entre pas dans ma tête, sauf si je te le demande.*

Consternation. *Qu'attends-tu de moi ?*

N'entre pas dans ma tête, sauf si je le souhaite.

Mais comment savoir alors si tu le souhaites ou non ?

Je chercherai ton esprit quand ce sera nécessaire.

Long silence. *Et je chercherai le tien quand ce sera nécessaire*, fit-il. *Oui, c'est ça, l'esprit de la meute : appeler quand on a besoin d'aide et être toujours prêt à recevoir un appel. Nous sommes de la même meute.*

Non ! Ce n'est pas ce que je veux dire ! Je t'explique que tu ne dois pas entrer dans ma tête quand je n'ai pas envie de ta présence. Je ne veux pas partager sans cesse mes pensées avec toi.

Ça n'a aucun sens. Dois-je ne respirer que lorsque tu n'aspires pas d'air ? Ton esprit, le mien, tout ça, c'est l'esprit de la meute. Où dois-je penser, sinon là ? Si tu ne veux pas m'entendre, n'écoute pas.

Confondu, j'essayai de débrouiller cette idée, puis m'aperçus que j'étais planté sur le palier, les yeux dans le vague. Un petit serviteur venait de me souhaiter bonne nuit et je ne lui avais pas répondu. « Bonsoir ! » lançai-je, mais il m'avait déjà dépassé ; il me jeta par-dessus l'épaule un regard intrigué pour voir s'il devait revenir sur ses pas, mais je lui fis signe de continuer. Je secouai la tête pour clarifier mes idées puis me dirigeai vers les appartements de Patience. Je parlerais à Loupiot plus tard et je lui ferais comprendre ; d'ailleurs, il serait bientôt libre, hors de portée de la main comme de l'esprit. Je chassai l'incident de mes pensées.

Je frappai à la porte de Patience et l'on me fit entrer. Je vis que Brodette, prise d'une de ses crises périodiques de rangement, avait remis un semblant d'ordre dans la pièce ; il y avait même un siège libre. Les deux femmes paraissaient contentes de ma visite ; je leur racontai mon voyage en Béarns, en évitant de mentionner l'épisode de Virilia. Je savais que Patience finirait par en entendre parler et qu'elle m'interrogerait sur la question ; je comptais l'assurer que la rumeur avait grandement exagéré notre confrontation, en espérant qu'elle s'en tiendrait là.

Entre-temps, j'avais rapporté des cadeaux : pour Brodette, de petits poissons d'ivoire percés, destinés à être enfilés comme des perles ou cousus sur un vêtement ; pour Patience, des boucles d'oreilles d'ambre et d'argent, et enfin un bocal en terre rempli de baies de gaulthérie et scellé à la cire.

« Des baies de gaulthérie ? Mais je n'aime pas la gaulthérie, fit Patience, interloquée, quand je lui offris le récipient.

— Ah ? » Je feignis moi aussi d'être étonné. « Il me semblait vous avoir entendu me dire que c'était un parfum et un goût que vous n'aviez pas retrouvés depuis votre enfance. N'aviez-vous pas un oncle qui vous apportait de ces baies ?

— Non. Je ne me rappelle pas cette conversation.

— Peut-être était-ce Brodette, alors ? dis-je avec l'accent de la sincérité.

— Non, mon maître. Ça me pique le nez quand j'y goûte ; mais il est vrai que l'odeur en est agréable.

— Eh bien ! autant pour moi. » Je posai le bocal sur la table. « Comment, Flocon ? Encore grosse ? » Ceci à la chienne terrier blanche de Patience qui s'était finalement décidée à venir me renifler. Je perçus la perplexité de son petit esprit canin lorsqu'elle capta le fumet de Loupiot.

« Non, elle s'empâte un peu, c'est tout, répondit Brodette en se baissant pour la gratter derrière les oreilles. Ma dame laisse traîner des friandises et des gâteaux sur des assiettes et Flocon en profite tout le temps.

— Vous ne devriez pas la laisser faire. C'est très mauvais pour ses dents et son poil », dis-je à Patience du ton de la réprimande ; elle le savait, me dit-elle, mais Flocon était trop âgée pour être encore dressée. La conversation se poursuivit et une heure était passée lorsque je m'étirai, puis annonçai que je devais partir pour essayer de me présenter à nouveau chez le roi.

« La première fois, on m'a refusé l'entrée, expliquai-je ; mais ce n'était pas un garde : son serviteur, Murfès, a entrouvert la porte pour m'interdire de la franchir. Quand j'ai demandé pourquoi il n'y avait pas de garde à la porte du roi, il m'a répondu qu'on les avait relevés de ce service et qu'il s'en chargeait lui-même pour assurer le plus grand calme au roi.

— Le roi ne va pas bien, savez-vous, fit Brodette. Il paraît qu'on ne le voit jamais sortir de ses appartements avant midi ; à ce moment, on le croirait en pleine santé, il est énergique, il a bon appétit, mais dès le début de la soirée il s'étiole, il commence à traîner les pieds et à marmonner dans sa barbe. Il dîne dans sa chambre et, d'après le cuisinier, son plateau revient intact. C'est bien inquiétant.

— En effet », fis-je, sur quoi je pris congé, surtout peut-être pour éviter d'en entendre davantage. Ainsi, on débattait de la santé du roi dans le château… Ce n'était pas bon ; il fallait que j'en parle avec Umbre, et d'abord que je me rende compte par moi-même. Lors de ma première tentative pour voir le roi, je m'étais heurté au trop zélé Murfès, qui s'était montré fort brusque, comme si ma visite n'avait d'autre but que de me distraire. À son comportement, on aurait cru le roi le plus fragile des invalides et lui-même le cerbère chargé d'empêcher qu'on le dérange. J'en conclus qu'on ne lui avait pas bien exposé les devoirs de sa position ; c'était un individu des plus désagréables. Tout en frappant à l'huis, je me demandais combien de temps il faudrait à Molly pour découvrir les baies de gaulthérie. Elle comprendrait qu'elles lui étaient destinées : depuis notre enfance, c'était une friandise qu'elle adorait.

Murfès entrouvrit la porte et coula un regard par l'entrebâillement. Il fronça les sourcils en me voyant. Il élargit l'ouverture, mais me bloqua la vue, comme si je risquais de faire du mal au roi en le regardant. Sans prendre la peine de me saluer, il me demanda d'une voix bourrue : « Vous n'êtes pas déjà venu plus tôt dans la journée ?

— En effet. Vous m'avez dit que le roi Subtil dormait ; je reviens donc pour lui présenter mon rapport. » Je m'efforçais de conserver un ton civil.

« Ah ! Il est important, ce rapport ?

— Je pense le roi capable d'en juger par lui-même et de me congédier s'il considère que je lui fais perdre son temps. Je vous suggère d'aller le prévenir de ma venue. » Je souris à retardement dans l'espoir d'adoucir le tranchant de mes paroles.

« Le roi a peu de forces ; j'essaye de veiller à ce qu'il ne les dépense que quand c'est indispensable. » Il n'avait pas bougé d'un pouce. Je me surpris à le jauger de l'œil, en me demandant si je ne pourrais pas simplement l'écarter de mon chemin d'un coup d'épaule. Mais cela créerait du remue-ménage et, si le roi était mal portant, ce n'était pas ce que je souhaitais. Quelqu'un me tapa sur l'épaule, mais je ne vis personne derrière moi. Quand je me retournai à nouveau, je découvris le fou entre Murfès et moi.

« Es-tu son médecin pour assener de tels jugements ? » Le fou reprit la conversation là où je l'avais laissée. « Car, assurément, tu en ferais un excellent. Rien que ton aspect me revigore et tes paroles dissipent tes vents comme les miens. Comme notre cher roi doit être bien soigné, lui qui se languit tout le jour en ta présence ! »

Le fou portait un plateau recouvert d'une serviette. Je sentis l'arôme d'un bouillon de bœuf et de pain à l'œuf tout frais sorti du four. Il avait égayé son habit noir et blanc de clochettes émaillées et une guirlande de houx entourait sa coiffe. Son sceptre était coincé sous son aisselle, décoré d'un rat, encore une fois ; fixé au bout de sa tige, il donnait l'impression de caracoler. J'avais observé le fou qui tenait de longues conversations avec lui devant le Grand Âtre ou sur les marches du trône royal.

« Va-t'en, fou ! Tu es déjà venu deux fois aujourd'hui. Le roi est couché et il n'a nul besoin de toi. » L'homme avait parlé d'un ton autoritaire, mais, dans le même temps, il avait involontairement reculé. Il était de ces gens incapables de soutenir le regard pâle du fou et de supporter le contact de sa main blanche.

« Jamais deux sans trois, Mur-Fesse, mon ami, et mes présents remplaceront ta présence. Trotte-t'en d'ici et va donc jacasser auprès de Royal ; si les murs ont des oreilles, toi aussi, sûrement, puisque tu en as déjà les fesses, et tes oreilles débordent des affaires privées du roi. Et, tout en éclairant notre cher prince, tu pourrais aussi le soigner : la noirceur de son regard me donne à penser que sa tripe lui est tant montée à la tête qu'il n'y voit plus rien.

— Comment oses-tu parler ainsi du prince ? » bredouilla Murfès. Le fou avait franchi la porte et je le suivais de près. « Il sera mis au courant !

— Parler ainsi ? Parle, ranci ! Je ne doute pas qu'il soit tenu au courant de tout ce que tu fais. Mais ne me souffle pas ton haleine à la figure, cher Fesse-au-Mur ; garde-la pour ton prince, qui fait ses délices de ce genre d'exhalaisons. Il s'adonne en ce moment à la fumée, je crois ; va donc lui lâcher quelques bouffées : dans sa somnolence, il hochera la tête et trouvera tes paroles fort sages et tes airs bien doux. »

Tout en jacassant, le fou n'avait cessé d'avancer, son plateau chargé comme un bouclier devant lui ; Murfès battait en retraite sans grande résistance et le fou le repoussa ainsi jusque dans la chambre à coucher du roi. Là, il posa le plateau sur la table de chevet tandis que Murfès reculait jusqu'à l'autre porte de la pièce. Les yeux du fou se mirent à briller.

« Ah, mais il n'est pas au lit du tout, notre roi, à moins que tu ne l'aies dissimulé sous les couvertures, Fesse-au-Mur, mon mignon. Allons, montrez-vous, mon roi, mon Subtil. Vous êtes le roi Subtil, pas le roi Souris qui se cache, rase les murs et trottine sous les meubles. » Et il se mit à tâter avec tant d'application le lit manifestement vide, à promener son sceptre à figurine de rat partout dans les tentures du baldaquin, que je ne pus plus contenir mon envie de rire.

Murfès était adossé à l'autre porte comme pour nous interdire de la franchir, mais soudain elle s'ouvrit de l'intérieur et c'est tout juste s'il ne s'effondra pas dans les bras du roi. Il tomba lourdement assis par terre. « Observe-le bien ! fit le fou à mon intention. Vois comme il essaye de prendre ma place aux pieds du roi, comme il joue les bouffons avec ses chutes maladroites ! Cet homme mérite le titre de fou, mais pas la situation ! »

Subtil restait planté là sans bouger, vêtu d'une chemise de nuit, l'air contrarié. Il posa un regard perplexe sur Murfès toujours assis par terre, puis sur le fou et moi-même, et renonça visiblement à comprendre. À Murfès qui se relevait gauchement, il dit : « Cette vapeur ne me fait aucun bien, Murfès. Tout ce que j'en obtiens, c'est d'avoir encore plus mal à la tête et un goût infect dans la bouche. Débarrasse-moi de cette nouvelle herbe et dis à Royal qu'elle est peut-être efficace pour chasser les mouches, mais pas la maladie. Débarrasse-m'en tout de suite, avant qu'elle ne pollue aussi l'air de ma chambre. Ah, fou, te voici ! Et toi, Fitz, tu as enfin décidé de me faire ton rapport. Entrez, asseyez-vous. Murfès, m'as-tu entendu ? Enlève-moi cette horreur ! Non, ne passe pas par ici avec ça, prends l'autre porte ! » Et il chassa l'homme d'un geste, comme s'il s'agissait d'un moucheron agaçant.

L'air décidé, Subtil alla fermer la porte de sa salle de bains, comme pour empêcher la puanteur de se répandre dans sa chambre, puis il s'installa dans un fauteuil à dos droit près du feu. En un clin d'œil, le fou tira une table auprès de lui, y étendit en guise de nappe le tissu qui couvrait le plateau et disposa les plats aussi joliment qu'aurait pu le faire une servante. Il fit apparaître des couverts en argent et une serviette avec une prestesse qui fit sourire Subtil lui-même, après quoi il se recroquevilla sur lui-même près de la cheminée, les genoux presque au niveau des oreilles, le menton posé sur ses mains aux longs doigts, sa peau blême et ses cheveux décolorés teintés de rouge par les flammes. Le moindre de ses mouvements était gracieux comme ceux d'un danseur, et sa dernière pose était aussi artistique que comique. Le roi tendit la main pour aplatir ses cheveux ébouriffés, comme s'il caressait un chaton.

« Je t'avais dit que je n'avais pas faim, fou.

— En effet. Mais vous ne m'avez pas dit de ne pas apporter à manger.

— Et sinon, que ferais-tu ?

— Je vous raconterais qu'il s'agit là, non de nourriture, mais d'un récipient fumant comme celui que vous inflige Fesse-au-Mur, destiné à vous emplir les narines d'un parfum au moins plus agréable que le sien. Et que ceci n'est pas du pain, mais un emplâtre pour votre langue, que vous devriez appliquer sans tarder.

— Ah ! » Le roi Subtil attira la table plus près de lui et prit une cuillerée de soupe. Des grains d'orge s'y mêlaient à des rondelles de carotte et à des bouts de viande. Subtil goûta, puis se mit à manger.

« Ne suis-je pas au moins aussi bon médecin que Fesse-au-Mur ? susurra le fou, fort satisfait de lui-même.

— Tu sais bien que Murfès n'est pas médecin, mais simplement mon serviteur.

— Je le sais, et vous aussi, mais Fesse-au-Mur l'ignore et en conséquence vous ne vous portez pas bien.

— Assez de tes jacasseries. Avance-toi, Fitz, ne reste pas planté là à sourire comme un simple d'esprit. Qu'as-tu à m'apprendre ? »

Je jetai un coup d'œil au fou, puis jugeai ne pas devoir insulter le roi ou le fou en demandant si je pouvais parler librement devant lui. Je fis donc mon rapport, sans fioriture et sans mentionner mes activités plus clandestines autrement que par leurs résultats. Subtil m'écouta gravement et, à la fin, son seul commentaire fut un reproche mesuré de mes mauvaises manières à la table du duc. Il me demanda ensuite si le duc Brondy de Béarns paraissait en bonne santé et content de la paix qui régnait en son duché ; je répondis que c'était le cas à mon départ, et Subtil hocha la tête. Puis il voulut voir les manuscrits que j'avais copiés ; je les déroulai devant lui et il me complimenta pour l'élégance de mon travail. Il m'ordonna de les porter à la salle des cartes de Vérité et de veiller à ce que le prince les sût là. Avais-je vu la relique des Anciens ? Je la lui décrivis en détail. Pendant ce temps, le fou, perché sur les pierres du foyer, nous observait en silence, telle une chouette. Sous son œil vigilant, le roi termina sa soupe et son pain tandis que je lisais tout haut le manuscrit. Après la dernière bouchée, Subtil poussa un soupir et se radossa. « Eh bien ! voyons ton œuvre », me dit-il ; interloqué, je lui tendis à nouveau les rouleaux. Encore une fois, il les étudia soigneusement, puis les réenroula. « Tu as le coup de pinceau gracieux, mon garçon, fit-il en me les rendant. C'est bien calligraphié, c'est excellent. Porte-les à la chambre aux cartes de Vérité et veille à ce qu'il le sache.

— Bien sûr, mon roi », bafouillai-je, décontenancé. Je ne comprenais pas pourquoi il se répétait ainsi ; attendait-il une autre réaction de ma part ? Mais, à cet instant, le fou se leva et je surpris quelque chose sur son visage, pas vraiment un haussement de sourcils ni tout à fait une moue, mais cela suffit à me faire taire. Le bouffon rassembla la vaisselle sans cesser de tenir des discours drolatiques au roi, puis Subtil nous congédia tous les deux. Lorsque nous sortîmes, son regard était plongé dans les flammes.

Dans le couloir, nous échangeâmes un regard plus franc. Je m'apprêtais à parler quand le fou se mit à siffloter et il continua jusqu'à ce que nous soyons au milieu de l'escalier. Là, il cessa de siffler, me prit par la manche et m'attira à mi-chemin entre deux portes. Je sentis qu'il avait choisi l'endroit avec soin : nul ne pouvait nous voir ni surprendre notre conversation sans se faire aussitôt repérer. Cependant, ce ne fut pas le fou qui prit la parole, mais le rat qui couronnait le sceptre. Il me le plaça devant le nez et, d'une voix couinante : « Ah, toi et moi, nous devons nous rappeler ce qu'il oublie, Fitz, et le lui tenir en sécurité. Il lui en coûte beaucoup de se montrer fort comme ce soir ; ne t'y trompe pas. Ce qu'il t'a dit par deux fois, tu dois le chérir et y obéir, car cela signifie que son esprit s'y accrochait deux fois plus fort pour être sûr de te le dire. »

Je hochai la tête et résolus de remettre les rouleaux dès cette nuit à Vérité. « Ce Murfès ne me plaît guère, fis-je.

— Ce ne sont pas les fesses des murs qui devraient t'inquiéter, mais leurs oreilles », répondit-il d'un ton solennel. Brusquement, il plaça le plateau en équilibre sur une main, le leva au-dessus de sa tête et s'en fut en gambadant dans l'escalier ; je restai seul.

Je portai le soir même les rouleaux à Vérité et m'occupai au cours des jours suivants de la mission qu'il m'avait confiée. Je me servis de petits paquets de graisse de saucisse et de poisson fumé comme appâts empoisonnés, faciles à semer derrière moi en m'enfuyant, dans l'espoir qu'ils suffiraient pour tous mes poursuivants.

Chaque matin, j'étudiais la carte de Vérité, sellais Suie et me rendais, chargé d'appâts, là où j'avais le plus de chances de me faire assaillir par des forgisés. Rendu prudent par mes précédentes expériences, je portais une épée courte lors de ces expéditions, chose qui ne manqua pas, de prime abord, d'amuser Pognes et Burrich. Je prétendis repérer le gibier au cas où Vérité voudrait lancer une chasse d'hiver ; Pognes accepta facilement l'explication, mais Burrich pinça les lèvres, signe qu'il n'était pas dupe de mon mensonge, tout en me sachant tenu au secret. Il ne chercha pas à en savoir davantage, mais cela ne lui plaisait visiblement pas.

Deux fois en dix jours je fus attaqué par des forgisés et, les deux fois, je pus m'enfuir sans mal en laissant mes provisions empoisonnées tomber de mes fontes. Mes assaillants se jetèrent avidement dessus et s'en empiffrèrent en prenant à peine le temps de défaire les emballages. Je retournai sur les lieux le lendemain afin de pouvoir dire à Vérité combien j'en avais tué et lui décrire leur aspect. Le second groupe ne correspondait à aucune description que nous eussions reçue, ce dont nous conclûmes que les forgisés étaient peut-être plus nombreux qu'on ne le disait.

J'exécutais les ordres, mais sans fierté. Morts, ces gens étaient encore plus pitoyables que vivants : en haillons, décharnées, ces créatures portaient les marques du froid et des coups qu'ils échangeaient, et la brutalité des poisons rapides et violents que j'employais laissait des cadavres tordus comme des caricatures d'humains. Leur barbe et leurs sourcils scintillaient de gel et leur sang faisait comme des rubis dans la neige. Je tuai sept forgisés de cette manière, après quoi j'entassai les corps rigides sur des branches de pin, les aspergeai d'huile et les brûlai. J'ignore ce que je trouvais le plus ignoble : les empoisonnements ou le fait de les dissimuler. Au début,

Loupiot avait demandé à m'accompagner lorsqu'il avait compris que je parcourais la campagne après l'avoir nourri, mais un jour, alors que je regardais les cadavres émaciés des hommes que je venais de tuer, j'entendis : *Ce n'est pas de la chasse, ça. La meute ne fait pas ça.* Et sa présence disparut avant que j'aie le temps de le réprimander de s'être à nouveau introduit dans mon esprit.

Le soir, je rentrais à la Forteresse, où je retrouvais des aliments frais, un bon feu, des vêtements secs et un lit douillet ; mais les spectres des forgisés se dressaient entre ces petits réconforts et moi. Quel sans-cœur j'aurais été d'apprécier ce luxe après avoir semé la mort pendant la journée ! Ma seule consolation, douteuse au demeurant, c'était que, la nuit, je rêvais de Molly ; je marchais à ses côtés, je bavardais avec elle, débarrassé des fantômes des forgisés et de leurs cadavres brillants de gel.

Un jour, je me mis en route plus tard que prévu, car Vérité se trouvait dans la chambre aux cartes et m'avait entretenu longuement. Une tempête se préparait, mais elle ne paraissait pas trop violente, et je ne comptais pas m'éloigner trop. Cependant, je tombai sur des traces fraîches, qui trahissaient un groupe plus considérable que je ne m'y attendais ; aussi poursuivis-je mon chemin, tous les sens en alerte, sauf celui du Vif qui ne m'était d'aucune utilité pour repérer les forgisés. Les nuages s'épaississant réduisaient la lumière plus rapidement que je ne l'aurais cru et les traces suivaient des sentes de gibier où Suie ne pouvait avancer que lentement. Lorsque je levai enfin les yeux de la piste, résigné à ne pas trouver ma cible ce jour-là, je m'aperçus que j'étais beaucoup plus loin de Castelcerf que je ne l'avais imaginé, et très à l'écart de toute route fréquentée.

Le vent se leva, un vent froid et mordant qui annonçait la neige ; je serrai mon manteau autour de moi et fis faire demi-tour à Suie en m'en remettant à elle pour choisir le chemin et l'allure. L'obscurité tomba peu après, accompagnée de neige. Si je n'avais pas récemment quadrillé la région, je me serais sûrement égaré ; nous avancions laborieusement, toujours dans les crocs du vent, semblait-il. Gelé jusqu'aux os, je commençai à frissonner, en redoutant d'y voir les prémices d'une crise de tremblements telle que je n'en avais pas eue depuis longtemps.

Je fus soulagé quand le vent déchira enfin les nuages et que la lune éclaira le paysage de sa lumière cendrée. Notre allure s'en trouva accélérée malgré la neige fraîche dans laquelle Suie pataugeait. D'un bois de bouleaux clairsemé, nous débouchâmes sur le versant d'une colline incendiée par la foudre quelques années plus tôt ; là, le vent était plus fort, sans rien pour l'arrêter, et je m'emmitouflai davantage dans mon manteau, le col relevé. Je savais qu'au sommet de l'éminence, j'apercevrais les lumières de Castelcerf et que, passé une autre colline, au fond d'une combe, il y aurait une route pour me ramener chez moi. C'est donc le moral ragaillardi que nous escaladâmes le flanc pelé de la butte.

Avec la soudaineté d'un coup de tonnerre s'éleva le bruit d'un cheval au galop, ou du moins qui s'efforçait de galoper, mais gêné dans ses mouvements. Suie ralentit, puis redressa la tête et poussa un hennissement. Au même instant, j'aperçus un cheval qui sortait du bois en contrebas de moi, un cavalier sur le dos, et deux autres individus accrochés, l'un à la sangle de poitrail, l'autre à la jambe du cavalier. La lumière étincela sur la lame d'une épée qui s'abattait et, avec un cri, l'homme agrippé à la jambe s'effondra et se mit à se rouler dans la neige. Mais l'autre s'était saisi de la têtière du cheval et, comme il s'efforçait d'arrêter la monture, deux nouveaux poursuivants émergèrent des arbres pour se précipiter vers le lieu de l'échauffourée.

Dans le même instant, je reconnus Kettricken et je talonnai Suie. Ce que je voyais n'avait aucun sens, mais cela ne m'avait pas empêché de réagir; loin de me demander ce que ma reine-servante faisait là, en pleine nuit, seule et aux prises avec des brigands, j'admirai sa façon de conserver son assiette tout en faisant volter sa monture et en donnant des coups de pied et d'épée aux hommes qui cherchaient à la faire tomber. Je dégainai sur Suie au galop, mais je ne me rappelle pas avoir poussé le moindre cri. C'est un étrange souvenir que je garde du combat : une bataille d'ombres, comme dans les spectacles des Montagnes, muette en dehors des grognements et des gémissements des forgisés à mesure qu'ils s'effondraient.

Kettricken avait cinglé l'un d'eux au visage avec sa lame; aveuglé de sang, il n'en continuait pas moins à essayer de la faire tomber de sa selle; l'autre, sans s'occuper du sort de ses camarades, tirait sur les fontes qui ne contenaient sans doute guère qu'un peu de nourriture et d'eau-de-vie pour une journée de voyage.

Suie me conduisit près de celui qui s'agrippait à la têtière de Pas-de-Loup. Je vis qu'il s'agissait d'une femme; sans plus d'émotion que si je coupais du bois, je lui enfonçai mon épée dans le corps et la retirai. Singulier combat! Je percevais l'esprit de Kettricken, la peur de sa monture et l'enthousiasme du cheval entraîné à la bataille qu'était Suie, mais des attaquants, rien. Absolument rien. Ni colère bouillonnante, ni blessure criant sa douleur. Pour mon Vif, ils n'existaient pas, pas davantage que la neige ou le vent, qui, comme eux, n'étaient que de simples obstacles.

Comme dans un rêve, je vis Kettricken saisir son assaillant par les cheveux et lui tirer la tête en arrière afin de lui trancher la gorge. Le sang jaillit, noir sous la lune, éclaboussa le manteau de la reine-servante et le garrot de sa monture avant que l'homme ne s'effondre dans d'ultimes convulsions dans la neige. Je voulus porter un coup de taille au dernier homme, mais le manquai. Pas Kettricken : son poignard court lui transperça le pourpoint, les côtes et le poumon, puis ressortit aussitôt. Elle se débarrassa du cadavre d'un coup de pied. « À moi ! » s'exclama-t-elle simplement dans la nuit et, talonnant son alezan, elle partit à l'assaut de la colline. Suie la suivit, les naseaux à hauteur de l'étrier de Kettricken, et nous parvînmes au sommet ensemble ; les lumières de Castelcerf nous apparurent brièvement avant que nous ne redescendions de l'autre côté.

Il y avait de la broussaille au bas de la pente et un ruisseau dissimulé sous la neige, aussi passai-je en tête et détournai-je Pas-de-Loup avant qu'elle puisse y achopper, voire trébucher. Kettricken n'éleva aucune objection en me voyant faire et me laissa la guider dans la forêt, de l'autre côté du ruisseau. Je forçais l'allure autant que je l'osais en m'attendant à chaque instant à voir des silhouettes nous assaillir en hurlant. Mais nous atteignîmes sans encombre la route alors que les nuages se refermaient et nous privaient de la lumière de la lune. Je laissai les chevaux ralentir pour reprendre leur souffle. Nous cheminâmes ainsi quelque temps sans rien dire, attentifs au moindre bruit de poursuite.

Au bout d'un moment, nous nous sentîmes tirés d'affaire et j'entendis Kettricken relâcher sa respiration en un long soupir tremblé. « Merci, Fitz », dit-elle simplement, mais d'une voix encore mal assurée. Je ne fis aucun commentaire ; je m'attendais plus ou moins à la voir bientôt éclater en sanglots. Je ne le lui aurais pas reproché. Mais non : au contraire, elle se reprit peu à peu, remit de l'ordre dans ses vêtements, essuya sa lame sur son pantalon, puis la rengaina. Elle se pencha en avant pour caresser le garrot de Pas-de-Loup et lui murmurer des compliments ; je sentis nettement diminuer la tension du cheval et j'admirai Kettricken d'avoir su si vite gagner la confiance du grand animal.

« Que faisiez-vous par ici ? Vous me cherchiez ? » me demanda-t-elle enfin.

Je secouai la tête. La neige recommençait à tomber. « J'étais sorti chasser et je me suis aventuré plus loin que prévu. C'est le hasard seul qui m'a fait croiser votre chemin. » Je me tus, puis m'enhardis : « Vous êtes-vous perdue ? Va-t-on vous chercher ? »

Elle toussota ironiquement, puis prit une inspiration. « Pas exactement, répondit-elle d'une voix encore tremblante. J'étais sortie faire un tour à cheval avec Royal. Quelques personnes nous accompagnaient, mais lorsque la tempête a commencé à menacer, nous avons tous fait demi-tour vers Castelcerf. Les autres chevauchaient en avant tandis que Royal et moi avancions plus lentement. Il me racontait une légende populaire de son duché d'origine, aussi avions-nous laissé les autres nous devancer afin de ne pas être gênés par leur bavardage. » Elle prit une nouvelle inspiration et je la sentis repousser les dernières bribes de sa récente terreur. Sa voix était plus calme quand elle poursuivit.

« Nos compagnons étaient loin devant nous lorsqu'un renard a brusquement jailli des buissons qui bordaient le chemin. "Suivez-moi, si vous voulez voir de la véritable équitation !" m'a crié Royal, puis il a fait quitter la piste à son cheval et l'a lancé à la poursuite de l'animal, et Pas-de-Loup a bondi derrière eux sans que j'aie mon mot à dire. Royal chevauchait comme un enragé, collé à son cheval qu'il excitait à coups de cravache. » Dans sa voix perçaient à la fois la consternation et la stupéfaction, mais aussi une ombre d'admiration.

Pas-de-Loup n'avait pas réagi aux rênes ; tout d'abord, Kettricken s'était effrayée de leur allure, car elle ne connaissait pas le terrain et redoutait que sa monture ne trébuche ; aussi avait-elle tenté de l'arrêter. Mais, lorsqu'elle s'était aperçue qu'elle ne distinguait plus la route ni leurs compagnons et que Royal avait pris une grande avance sur elle, elle avait lâché la bride à son cheval dans l'espoir de rattraper le prince. Le résultat était prévisible : alors que la tempête se rapprochait, elle s'était complètement égarée. Elle avait fait demi-tour pour suivre ses propres traces jusqu'à la route, mais la neige et le vent les avaient rapidement effacées ; finalement, elle s'en était remise à Pas-de-Loup pour retrouver le chemin de Castelcerf. Et sans doute y fût-elle parvenue si ces brutes ne l'avaient pas attaquée. Sa voix mourut.

« Des forgisés, dis-je à mi-voix.

— Des forgisés », répéta-t-elle d'un ton surpris. Puis, plus fermement : « Ils n'ont plus de cœur. C'est ce qu'on m'a expliqué. » Je sentis plus que je ne vis le regard qu'elle me lança. « Suis-je donc un si mauvais Oblat que des gens veuillent me tuer ? »

Au loin, j'entendis une trompe sonner. Une patrouille de recherche.

« Ils s'en seraient pris à quiconque aurait croisé leur chemin, lui dis-je. Ils ne savaient pas que c'était leur reine-servante qu'ils attaquaient. Je pense sincèrement qu'ils ignoraient totalement votre identité. » Et je refermai la bouche avant d'avoir le temps d'ajouter que ce n'était pas le cas de Royal. S'il n'avait pas voulu lui nuire, il n'avait rien fait non plus pour éviter qu'il lui arrive malheur. Je ne croyais pas une seule seconde qu'il ait souhaité lui donner une leçon d'équitation en pourchassant un renard dans la neige, par monts et par vaux, au crépuscule : son but était de la perdre. Et il s'y était pris habilement.

« Je crois que mon seigneur va beaucoup m'en vouloir », dit-elle de l'air affligé d'un petit enfant. Comme en réponse à sa prédiction, nous passâmes l'épaulement de la colline et nous vîmes des cavaliers venir vers nous, des torches à la main ; la trompe se fit entendre à nouveau, plus clairement, et quelques instants plus tard les hommes nous entouraient. C'était l'avant-garde du groupe de recherche et, aussitôt, une jeune fille repartit au galop prévenir le roi-servant qu'on avait retrouvé sa reine. Dans l'éclat des torches, les soldats poussèrent des exclamations et des jurons en voyant le sang qui luisait encore au garrot de Pas-de-Loup, mais Kettricken, sans se départir de son sang-froid, leur assura que ce n'était pas le sien, et elle raconta calmement l'attaque des forgisés et ce qu'elle avait fait pour se défendre. Je perçus chez les hommes une admiration grandissante pour leur reine. J'appris aussi que l'assaillant le plus téméraire s'était jeté sur elle du haut d'un arbre ; c'était lui qu'elle avait tué en premier.

« Elle s'en est fait quatre, et elle n'a pas une égratignure ! exulta un vétéran grisonnant, avant de se reprendre : Pardon, ma dame reine ; sauf votre respect !

— L'affaire aurait pu tourner différemment si Fitz n'était pas intervenu pour libérer la tête de mon cheval », dit Kettricken, et leur respect s'accrut de ce que, loin de se glorifier de son triomphe, elle veille à ce que j'en reçoive ma part.

Ils la félicitèrent chaudement et parlèrent, la voix vibrante de colère, de passer le lendemain au peigne fin les bois qui entouraient Castelcerf. « En tant que soldats, nous sommes humiliés que notre reine ne puisse se déplacer en sécurité ! » déclara une femme. Elle posa la main sur la garde de son épée et jura de la tremper dans du sang de forgisé d'ici le lendemain. Plusieurs suivirent son exemple et le ton commença de monter, alimenté par les rodomontades des uns et des autres et le soulagement de savoir la reine saine et sauve. Le retour vers la Forteresse s'était mué en procession triomphale lorsque Vérité fit son apparition. Il arriva au grand galop sur un cheval écumant d'avoir couru trop vite et sur une trop grande distance ; je compris alors que les recherches duraient déjà depuis longtemps ; combien de routes Vérité avait-il empruntées depuis qu'on avait signalé la disparition de sa dame ?

« Quelle folie vous a prise d'aller vous égarer si loin ? » Tels furent ses premiers mots, et sur un ton qui n'avait rien de tendre. Toute fierté quitta le port de Kettricken et j'entendis l'homme à côté de moi murmurer. De cet instant, tout se détraqua. Vérité ne réprimanda pas son épouse devant ses hommes, mais je vis la grimace qu'il fit lorsqu'elle lui expliqua ce qui lui était arrivé et ses faits d'armes : l'entendre parler en public d'une bande de forgisés qui avaient eu l'audace de s'en prendre à la reine, et cela juste à la lisière de l'ombre de Castelcerf, le mettait hors de lui. Ce qu'il s'acharnait à garder secret serait sur toutes les lèvres dès le lendemain matin, d'autant que c'était la reine en personne qu'on avait eu le front d'attaquer. Vérité me lança un regard assassin, comme si j'y étais pour quelque chose, et réquisitionna d'un ton abrupt les chevaux frais de deux de ses gardes pour rentrer à Castelcerf avec sa reine, ou plutôt pour la soustraire à leurs attentions. Il partit au grand galop avec elle comme si plus vite ils arriveraient à la Forteresse moins l'atteinte à la sécurité aurait de réalité. Il ne parut pas se rendre compte qu'il venait de refuser à ses soldats l'honneur de ramener la reine chez elle saine et sauve.

Pour ma part, je rentrai plus lentement en compagnie des gardes en m'efforçant de ne pas prêter l'oreille à leurs commentaires maussades. Sans critiquer vraiment le roi-servant, ils s'appliquaient à complimenter la reine de son courage en s'attristant qu'elle n'eût pas été accueillie par une étreinte et quelques mots gentils. Si certains nourrissaient des réflexions sur le comportement de Royal, ils les gardèrent pour eux.

Plus tard le même soir, dans les écuries, après m'être occupé de Suie, j'aidai Burrich et Pognes à soigner Pas-de-Loup et Droiture, le cheval de Vérité. Burrich grommelait sur la façon dont les deux bêtes avaient été traitées ; de fait, Pas-de-Loup avait reçu une légère entaille durant l'attaque et elle avait la bouche abîmée à force de se débattre, mais ni l'un ni l'autre n'en garderait de lésions. Burrich envoya Pognes préparer une purée de grain tiède pour les deux animaux et, alors seulement, il me révéla que Royal s'était présenté aux écuries, avait donné sa monture à placer en box et repris le chemin du château sans mentionner Kettricken une seule fois. Burrich lui-même n'avait eu la puce à l'oreille que lorsqu'un lad était venu lui demander où était Pas-de-Loup ; il s'était alors mis à sa recherche et, non sans aplomb, s'était renseigné auprès de Royal lui-même, lequel avait répondu qu'il supposait Kettricken encore sur la route en train de revenir avec sa suite. C'était donc Burrich qui avait donné l'alerte, en devant se contenter des explications fumeuses de Royal sur l'endroit où il avait quitté la piste, la direction qu'avaient prise le renard et, vraisemblablement, Kettricken elle-même. « Il a bien couvert ses traces », me chuchota Burrich comme Pognes s'en revenait avec le grain. Je savais qu'il ne parlait pas du renard.

C'est avec des jambes de plomb et un cœur non moins lourd que je regagnai la Forteresse ce soir-là. Je préférais ne pas imaginer les sentiments de Kettricken ni le sujet de conversation de la salle de garde. Je me déshabillai, m'affalai sur mon lit et sombrai aussitôt dans le sommeil. Molly m'attendait dans mes rêves, et avec elle la seule paix à laquelle j'eusse droit.

Des coups frappés à ma porte me réveillèrent peu après. Je me levai pour ouvrir et tombai nez à nez avec un page à moitié endormi venu me conduire à la chambre aux cartes de Vérité. Je lui répondis que je connaissais le chemin et le renvoyai à son lit, puis j'enfilai rapidement mes vêtements et dévalai les escaliers en me demandant quelle nouvelle catastrophe était survenue.

Vérité m'attendait dans la pièce que seul, ou presque, éclairait le feu dans l'âtre. Il avait les cheveux ébouriffés et il avait passé une robe par-dessus sa chemise de nuit. Il sortait visiblement lui-même du lit et je me préparai à entendre le pire. « Ferme la porte ! » me dit-il d'un ton sévère. J'obéis, puis allai me placer devant lui. Je ne savais pas si c'était de la colère ou de l'amusement qui brillait dans ses yeux lorsqu'il me posa cette question à brûle-pourpoint : « Qui est cette dame Jupes-Rouges et pourquoi est-ce que je rêve d'elle toutes les nuits ? »

J'en restai coi. Éperdu, je me demandai ce qu'il avait vu de mes rêves. La confusion me faisait tourner la tête ; je ne me serais pas senti plus gêné si je m'étais présenté tout nu devant la cour.

Vérité détourna le visage et son toussotement aurait bien pu être un gloussement déguisé. « Allons, mon garçon, je comprends très bien ton embarras. Je n'ai pas cherché à percer ton secret ; c'est plutôt toi qui me l'as imposé, en particulier ces dernières nuits. Et moi, j'ai besoin de dormir, pas de me réveiller en sursaut enfiévré par ton… admiration pour cette jeune fille. » Il s'interrompit soudain. J'avais les joues plus brûlantes qu'une fournaise.

« Bref », fit-il, mal à l'aise. Puis, abruptement : « Assieds-toi. Je vais t'apprendre à surveiller tes pensées aussi bien que tu surveilles ta langue. » Il secoua la tête. « C'est quand même bizarre, Fitz, que tu saches parfois bloquer mon Art si parfaitement, alors que tu irradies tes plus secrets désirs comme un loup qui hurle en pleine nuit. C'est le résultat, je suppose, de ce que t'a fait Galen.

Dommage que ce soit irréparable ; mais, en attendant, je vais t'enseigner ce que je puis quand je le puis. »

Je n'avais pas bougé. Soudain, nous n'osions nous regarder en face ni l'un ni l'autre. « Viens par ici, fit-il d'un ton bourru. Assieds-toi près de moi et regarde dans les flammes. »

Et en l'espace d'une heure il me fournit un exercice à pratiquer qui devait me permettre de garder mes rêves par-devers moi, ou, plus vraisemblablement, m'empêcher carrément de rêver. Le cœur serré, je compris que j'allais perdre ma Molly imaginaire autant que j'avais perdu celle de la réalité. Vérité perçut mon abattement.

« Voyons, Fitz, ça passera. Maîtrise-toi et accroche-toi. On peut y arriver. Un jour viendra peut-être où tu regretteras que ta vie ne soit pas aussi libre des femmes qu'elle l'est aujourd'hui. Comme moi.

— Elle n'a pas fait exprès de s'égarer, messire. »

Vérité me lança un regard lugubre. « Les intentions ne changent rien au résultat. Elle est reine-servante, mon garçon ; elle doit réfléchir, non pas une, mais trois fois avant d'agir.

— Elle m'a dit que Pas-de-Loup avait suivi le cheval de Royal et ne répondait pas aux rênes. Faites-nous-en le reproche, à Burrich et à moi : c'est nous qui étions chargés de dresser ce cheval. »

Il poussa un brusque soupir. « Sans doute. Considère-toi comme réprimandé et avise Burrich de trouver à ma dame une monture moins fougueuse jusqu'à ce qu'elle soit meilleure cavalière. »

Il soupira encore une fois, profondément. « J'imagine qu'elle va prendre ça comme une punition de ma part ; elle va me regarder avec ses grands yeux bleus et ne se défendra même pas. Enfin ! On n'y peut rien. Mais fallait-il vraiment qu'elle tue, et qu'elle en parle ensuite aussi étourdiment ? Que va penser d'elle mon peuple ?

— Elle n'avait guère d'autre solution, messire. Aurait-il mieux valu qu'elle meure ? Quant à ce qu'on va penser d'elle… Ma foi, les soldats qui nous ont retrouvés l'ont jugée courageuse et capable. Ce ne sont pas de mauvaises qualités pour une reine, messire. Les femmes de votre garde, en particulier, ne tarissaient pas d'éloges sur elle pendant que nous rentrions. Elles la considèrent comme leur reine, maintenant, bien davantage que si c'était une poupée fragile, la larme et la pâmoison faciles. Elles lui obéiront désormais aveuglément. À l'époque où nous vivons, une reine avec un poignard à la main réveillera peut-être mieux notre vaillance qu'une femme qui se pare de bijoux et se cache derrière des murailles.

— Peut-être », fit Vérité à mi-voix. Je sentis qu'il n'était pas convaincu. « Mais, maintenant, nul ne pourra plus ignorer que des forgisés sont proches et convergent vers Castelcerf.

— On saura aussi qu'avec de la détermination, on peut s'en défendre. Et, d'après les propos de vos gardes pendant le retour, je pense que le nombre de forgisés dans la région aura fortement décru d'ici une semaine.

— Je sais. Certains vont tuer des membres de leur propre famille. Forgisés ou pas, c'est le sang des Six-Duchés que nous faisons couler. J'espérais éviter de faire abattre mes propres sujets par ma garde. »

Le silence s'installa entre nous tandis que nous songions tous deux qu'il ne s'était pas fait scrupule de m'imposer la même tâche. Un assassin : tel était le mot pour décrire ce que j'étais. Je m'aperçus soudain que je n'avais pas d'honneur à défendre.

« C'est faux, Fitz. » Il répondait à mes pensées. « Tu défends mon honneur. Et je te rends hommage de faire ce qui doit être fait ; le sale travail, le travail par en dessous. N'aie pas honte d'œuvrer à protéger les Six-Duchés.

Et ne crois pas que je n'estime pas ton travail parce qu'il doit rester secret. Ce soir, tu as sauvé ma reine. Ça non plus, je ne l'oublie pas.

— Elle n'en avait guère besoin, messire. Même seule, je crois qu'elle aurait survécu.

— Ma foi, la question ne se pose pas, en l'occurrence. » Il se tut, puis reprit d'un air embarrassé : « Tu sais que je dois te récompenser. »

J'ouvris la bouche pour protester, mais il leva la main. « Tu ne demandes rien, je le sais ; je sais aussi que je te dois tant que rien ne saurait exprimer ma gratitude. Mais, cela, la plupart des gens l'ignorent. Veux-tu que l'on dise à Bourg-de-Castelcerf que tu as sauvé la vie de la reine et que le roi-servant ne t'en a manifesté aucune reconnaissance ? Mais du diable si je vois quel présent te faire… Il faut quelque chose de visible que tu arboreras quelque temps. Voilà au moins ce que je connais de l'art de gouverner. Une épée ? Une meilleure arme que ce morceau de ferraille qui t'a servi ce soir ?

— C'est une vieille épée que Hod m'a donnée pour m'exercer, fis-je. Elle est efficace.

— En effet. Mais je vais lui demander de t'en choisir une meilleure et d'en faire un peu décorer la garde et le fourreau. Cela te conviendrait-il ?

— Je crois, répondis-je maladroitement.

— Bon, eh bien ! si nous retournions nous coucher ? Et je ne serai plus dérangé dans mon sommeil, n'est-ce pas ? » C'était indubitablement de l'amusement qui perçait dans sa voix. Mes joues s'embrasèrent à nouveau.

« Messire, il faut que je vous pose une question… » Je dus m'arracher les mots de la bouche. « Savez-vous de qui je rêvais ? »

Il secoua lentement la tête. « Ne crains pas d'avoir compromis son honneur. Tout ce que je sais, c'est qu'elle porte des jupes bleues, mais que tu les vois rouges. Et que tu l'aimes avec l'ardeur propre à la jeunesse. Ne te fatigue pas à essayer de t'en empêcher ; cesse seulement d'artiser sur elle la nuit. Je ne suis pas seul ouvert à l'Art, quoique je pense être seul à même de reconnaître aussi clairement ta signature. Néanmoins, sois prudent. Ceux du clan de Galen possèdent l'Art, même s'ils s'en servent sans habileté ni puissance, et un homme se désarme si ses ennemis apprennent ce qui lui tient le plus à cœur dans ses rêves. Ne baisse pas ta garde. »

Il eut un petit rire inattendu. « Et prie pour que ta dame Jupes-Rouges n'ait pas le don de l'Art, car sinon elle n'a pas dû manquer de t'entendre, depuis toutes ces nuits ! »

Sur quoi, m'ayant mis cette inquiétante idée en tête, il me renvoya à ma chambre et à mon lit. Je ne dormis pas plus cette nuit-là.

8

LA REINE S'ÉVEILLE

Oh, d'aucuns s'en vont chasser le sanglier
Ou tendent l'arc pour le daim.
Ma mie accompagnait la reine Renarde
Pour apaiser nos chagrins.

Elle ne rêvait pas de gloire
Ni ne craignait la douleur.
Elle allait guérir le cœur de son peuple
Et ma mie l'accompagnait.

La chasse de la reine Renarde.

*
* *

Tôt le lendemain matin, le château était en ébullition. Il y avait une atmosphère fiévreuse, voire presque festive dans la cour tandis que la garde personnelle et tous les guerriers qui n'avaient rien de prévu ce jour-là se rassemblaient pour la chasse. Les mâtins énervés donnaient de la voix et les chiens de curée aux mâchoires massives et au poitrail de taureau haletaient, tout excités, en tirant sur leur laisse; on prenait déjà des paris sur qui aurait le plus de succès à la battue. Les chevaux piétinaient la terre, on vérifiait les arcs, les pages couraient en tous sens et, dans les cuisines, la moitié du personnel s'affairait à préparer pour les chasseurs des paquets de ravitaillement à emporter. Des soldats, jeunes, vieux, hommes, femmes, fanfaronnaient, éclataient de rire en se vantant de combats passés, comparaient leurs armes et s'excitaient mutuellement pour la chasse à venir. J'avais vu ce spectacle cent fois, avant les chasses d'hiver à l'élan ou à l'ours. Mais aujourd'hui l'air était tendu et il y flottait les relents âcres de la soif du sang. J'entendais des bribes de conversation, des mots qui me mettaient l'estomac au bord des lèvres : « ... pas de pitié pour ces ordures... », « ... tous des traîtres et des lâches, d'oser s'en prendre à la reine... », « ... vont le payer cher. Ils ne méritent pas de mourir vite... ». Je battis promptement en retraite dans les cuisines et me frayai un chemin au milieu d'une activité de ruche. Là aussi, on exprimait les mêmes sentiments, la même volonté de vengeance.

Je trouvai Vérité dans sa chambre aux cartes. Manifestement, il était toiletté et vêtu de frais, mais les incidents de la nuit écoulée se voyaient sur lui aussi clairement qu'une robe sale. Il était habillé pour passer la journée enfermé au milieu de ses papiers. Je frappai doucement à la porte entrebâillée; il était assis dans un fauteuil devant le feu, me tournant le dos. Il hocha la tête sans me regarder. Malgré son immobilité, l'air était lourd dans la pièce, comme avant un orage. Un plateau de petit déjeuner était posé sur une table à côté de son siège; il n'y avait pas touché. Sans un mot, je vins me placer près de lui, presque certain d'avoir été appelé par l'Art. Comme le silence se prolongeait, je me demandai s'il savait lui-même la raison de ma convocation. Au bout d'un moment, je me risquai à parler.

« Mon prince, vous n'accompagnez pas votre garde aujourd'hui ? »

On eût dit que je venais d'ouvrir une vanne. Il se tourna vers moi ; les rides de son visage s'étaient creusées pendant la nuit. Il paraissait hâve, malade. « Non. Je n'ose pas. Comment pourrais-je me prêter à une telle action : chasser notre propre peuple, nos propres concitoyens ! Mais l'autre terme de l'alternative ne vaut guère mieux : rester tapi entre les murs du château à broyer du noir pendant que d'autres s'en vont venger l'insulte faite à ma reine-servante ! Je n'ose pas interdire à mes hommes de défendre leur honneur. Aussi dois-je faire semblant de n'être au courant de rien, de ne pas voir ce qui se passe dans la cour, comme si j'étais un simple d'esprit, un paresseux ou un lâche ! On écrira sans aucun doute une ballade sur ce jour, et quel en sera le titre ? "Quand Vérité massacra les Décervelés" ? Ou bien "La reine Kettricken et le Sacrifice des Forgisés" ? » À chaque mot, sa voix montait un peu plus et, avant qu'il eût prononcé la moitié de sa diatribe, j'avais résolument fermé la porte de la pièce. Je parcourus la chambre du regard, cependant qu'il tempêtait, en me demandant qui, à part moi-même, entendait ses propos.

« Avez-vous dormi un peu, mon prince ? » m'enquis-je lorsqu'il fut à court de paroles.

Un sourire d'ironie lugubre lui détendit les lèvres. « Tu es au courant de ce qui a mis un terme à ma première tentative pour me reposer. La seconde a été moins… engageante. Ma dame est venue me trouver. »

Je sentis le rouge me monter aux oreilles. Je n'avais nulle envie d'entendre ce qu'il allait me dire ; je ne désirais pas savoir ce qui s'était passé entre eux. Dispute ou réconciliation, cela ne me regardait pas. Mais Vérité était impitoyable.

« Elle ne venait pas pleurer sur mon épaule, comme on aurait pu le croire, ni se faire consoler, ni se faire rassurer contre des peurs nocturnes, ni même chercher à se tranquilliser quant à ma considération. Non, elle s'est présentée raide comme un sergent qui vient de se faire réprimander, au pied de mon lit, et elle m'a demandé pardon pour ses manquements. Blanche comme la craie et dure comme le chêne… » Il se tut soudain en s'apercevant qu'il se dévoilait trop. « Elle avait prévu la réaction du peuple, cette battue organisée, et elle est venue me voir au milieu de la nuit pour me demander ce que nous devions faire. Je n'ai pas su répondre alors, pas plus qu'à présent…

— Au moins, elle avait prévu ce mouvement, fis-je en espérant calmer un peu sa colère contre Kettricken.

— Et pas moi, répliqua-t-il d'un ton sinistre. Chevalerie aussi y aurait pensé. Ah oui, Chevalerie l'aurait su dès l'instant où on aurait signalé sa disparition et il aurait aussitôt dressé toute sorte de plans pour parer à l'imprévu. Mais pas moi. Moi, je n'ai songé qu'à la ramener en vitesse au château en espérant que l'affaire ne s'ébruiterait pas trop. Comme si c'était possible ! Et aujourd'hui je me dis que, si un jour la couronne vient à se poser sur ma tête, elle se trouvera bien indignement portée. »

J'avais devant moi le prince Vérité tel que je ne l'avais jamais vu ; c'était un homme dont la confiance était en pièces. Je compris alors combien Kettricken lui était mal assortie ; ce n'était pas sa faute : elle était forte et elle avait été éduquée pour régner. Vérité, lui, disait souvent qu'il avait été élevé comme second. L'épouse qu'il lui aurait fallu aurait su l'affermir comme une ancre un navire, l'aurait aidé à assumer sa position royale ; elle serait venue pleurer dans son lit, se faire cajoler et rassurer, lui aurait rendu foi en sa virilité, en sa capacité à être roi. La discipline et la retenue de Kettricken le faisaient douter de sa propre force. Mon prince était humain, je m'en apercevais soudain. Et c'était inquiétant.

« Vous devriez au moins aller leur parler, fis-je d'un ton incertain.

— Pour leur dire quoi ? "Bonne chasse" ? Non. Mais vas-y, toi, mon garçon. Va, ouvre l'œil et rapporte-moi ce qui se passe. Vas-y tout de suite. Et ferme la porte derrière toi. Je ne veux voir personne avant ton retour. »

J'obéis. En sortant de la Grand-Salle, au moment d'enfiler le couloir qui menait à la cour, je rencontrai Royal. Il était rare de le voir debout à une heure aussi matinale et, à sa tête, il ne s'était pas levé de son plein gré. Bien habillé, bien coiffé, il lui manquait néanmoins toutes ses petites touches d'apprêt habituelles : ses boucles d'oreilles, son écharpe de soie soigneusement pliée et piquée d'une broche ; il ne portait que sa chevalière. Il s'était peigné, mais ses cheveux n'étaient ni parfumés ni bouclés. Et il avait les yeux injectés de sang. Il était dans une colère noire. Comme je voulais passer à côté de lui, il me saisit par le bras et m'obligea à le regarder ; telle était, du moins, son intention. Loin de résister, je relâchai mes muscles et je découvris avec ravissement qu'il était incapable de me faire bouger. Il se tourna vers moi, les yeux flamboyants, et dut, pour croiser les miens, les lever un tant soit peu. J'avais grandi et forci. Je le savais, mais je n'avais pas songé à ce réjouissant effet secondaire. Je bloquai le sourire que je sentais apparaître sur mes lèvres, mais il dut se voir dans mon expression. Royal me donna une violente poussée, qui me fit vaciller. Un peu.

« Où est Vérité ? gronda-t-il.

— Mon prince ? fis-je comme si je n'avais pas compris la question.

— Où est mon frère ? Son abomination d'épouse… » Il s'interrompit, étouffant de fureur. « Où est mon frère, à cette heure, habituellement ? » articula-t-il enfin non sans mal.

Je ne mentis pas. « Certains jours, il monte très tôt à sa tour ; mais il est peut-être en train de prendre son petit déjeuner, à moins qu'il ne soit aux bains...

— Bâtard inefficace ! » fit Royal, avant de tourner les talons et de partir d'un pas pressé vers la tour. J'espérais que la montée des marches lui plairait. Dès qu'il eut disparu, je me mis à courir afin de ne pas perdre une seconde du précieux temps que j'avais gagné.

À l'instant où je pénétrai dans la cour, je compris le motif de la colère de Royal. Kettricken se tenait debout sur le siège d'un chariot et toutes les têtes étaient tournées vers elle. Elle portait les mêmes vêtements que la veille ; à la lumière du jour, je vis qu'une éclaboussure de sang tachait la manche de sa veste de fourrure blanche et qu'une autre, plus grande encore, maculait son pantalon pourpre. Bottée, un chapeau sur la tête, elle était prête à monter à cheval. Une épée pendait à sa hanche. J'étais atterré : comment osait-elle ? Je jetai un coup d'œil autour de moi en me demandant ce qu'elle avait bien pu dire jusque-là. Les yeux écarquillés, tout le monde la regardait. J'étais arrivé durant un moment de silence absolu. Chacun, homme et femme, paraissait retenir son souffle dans l'attente des paroles à venir. Et quand Kettricken les prononça, ce fut d'un ton posé, calmement ; mais la foule ne faisait pas un bruit et la voix de la reine-servante portait dans l'air glacé.

« Je le répète, il ne s'agit pas d'une chasse, dit-elle gravement. Remisez vos réjouissances et vos fanfaronnades ; enlevez tous vos bijoux, toute marque de rang. D'un cœur digne, réfléchissez à ce que nous allons faire. »

Son accent des Montagnes donnait encore du relief à son discours, mais la partie intellectuelle de mon esprit observait le choix soigneux des mots, l'équilibre de chaque phrase.

« Nous ne partons pas à la chasse, répéta-t-elle. Nous allons récupérer nos morts et nos blessés. Nous allons donner le repos à ceux que les Pirates rouges nous ont volés. Les Pirates rouges ont gardé le cœur des forgisés et nous ont renvoyé leurs corps pour qu'ils nous persécutent. Néanmoins, ceux que nous allons tuer aujourd'hui sont des Six-Duchés. Ce sont nos compatriotes.

« Mes soldats, je vous demande de ne décocher de flèche, de ne frapper à l'épée que pour tuer proprement. Je vous sais assez habiles pour cela. Nous avons tous suffisamment souffert. Que chaque mort aujourd'hui soit aussi rapide et miséricordieuse que possible, pour notre bien à tous. Serrons les dents et arrachons de notre flanc ce foyer d'infection avec la même résolution et les mêmes regrets que si nous amputions un membre gangrené de notre corps. Car telle est notre mission : non pas vengeance, mon peuple, mais chirurgie, et guérison. À présent, faites ce que j'ai dit. »

Quelques minutes durant, sans bouger, elle nous regarda tous. Comme dans un rêve, les gens commencèrent à réagir : les chasseurs ôtèrent plumes et rubans, insignes et joyaux de leurs vêtements et les remirent à des pages. L'humeur joyeuse et faraude s'était évaporée. La reine avait anéanti cette protection, forcé chacun à voir en face l'acte qu'il allait perpétrer, et nul ne s'en réjouissait. La foule était dans l'attente de ses prochaines paroles. Kettricken conserva un silence et une immobilité absolus, si bien que tous les yeux finirent pas revenir sur elle. Quand elle vit qu'elle avait l'attention générale, elle reprit :

« Très bien. À présent, écoutez-moi : je désire des litières tirées par des chevaux, ou des chariots, ce que vous autres, des écuries, estimerez le plus adapté. Tapissezles de paille épaisse. La dépouille d'aucun des nôtres ne restera pour nourrir les renards ni servir de pâture aux corbeaux. Toutes seront ramenées ici, leur nom noté si l'on peut le connaître, et préparées pour le bûcher funéraire qui honore ceux qui sont tombés au combat. Les familles, si l'on peut les retrouver et si elles sont proches, seront invitées pour le deuil. À celles qui habitent trop loin, on fera parvenir un message ainsi que l'hommage dû à ceux qui ont perdu un des leurs à la bataille. » Les larmes coulaient sur ses joues et elle ne faisait pas un geste pour les essuyer. Elles scintillaient comme des diamants au soleil du début d'hiver. Sa voix se fit rauque lorsqu'elle se tourna vers un autre groupe. « Mes gens de cuisine et de service ! Dressez toutes les tables de la Grand-Salle et préparez un banquet funèbre. Portez de l'eau, des herbes et des vêtements propres dans la Petite Salle afin que l'on puisse apprêter les corps de nos compatriotes pour la crémation. Tous les autres, délaissez vos tâches ordinaires, allez chercher du bois et montez un bûcher. Nous reviendrons brûler nos morts et les pleurer. » Elle promena son regard sur la foule en s'arrêtant sur chacun. Ses traits se durcirent. Elle dégaina son épée et la pointa vers le ciel. « Quand le deuil sera fini, nous nous organiserons pour venger les nôtres ! Ceux qui nous ont pris nos parents connaîtront notre colère ! » Lentement, elle baissa son épée et la remit soigneusement au fourreau. À nouveau, elle posa sur nous un regard empreint d'autorité. « Et maintenant, à cheval, mon peuple ! »

J'en avais la chair de poule. Autour de moi, hommes et femmes se mettaient en selle et un équipage de chasse se formait. Avec un minutage impeccable, Burrich apparut à côté du chariot, Pas-de-Loup au bout d'une bride, sellée, prête à être montée. Je me demandai où il avait déniché un harnais rouge et noir, couleurs du deuil et de la vengeance ; peut-être Kettricken l'avait-elle requis, à moins qu'il n'ait devancé son désir. Du chariot, elle s'installa sur son cheval, qui ne broncha pas malgré la monte inhabituelle de sa cavalière. La reine leva une main prolongée d'une épée. Les chasseurs se massèrent derrière elle.

« Arrête-la ! » siffla Royal derrière moi ; je me retournai brutalement et me trouvai nez à nez avec lui et Vérité, que personne ne semblait remarquer.

« Non ! répondis-je avec témérité. Vous ne sentez donc rien ? Ne gâchez pas cette occasion ! Elle leur donne quelque chose, je ne sais pas quoi, mais qui leur manque à tous depuis longtemps !

— La fierté, dit Vérité de sa voix grondante. C'est ce qui nous manquait, et à moi surtout. C'est une reine qui se tient devant nous », poursuivit-il avec une vague stupeur. Était-ce une pointe de jalousie que j'avais aussi perçue ? Il fit lentement demi-tour et rentra sans mot dire dans la Forteresse. Derrière nous, le tumulte des voix grandit et les gens se précipitèrent pour répondre aux ordres de Kettricken. Je suivis Vérité, abasourdi par ce que je venais de voir. Royal me dépassa en me bousculant et, d'un bond, se planta devant Vérité. Il tremblait d'indignation. Mon prince s'arrêta.

« Pourquoi l'as-tu laissée faire ? Tu n'as donc aucune autorité sur cette femme ? Grâce à elle, nous sommes la risée de tous ! Mais que se croit-elle, pour donner des ordres et emmener une garde armée du château ? Qui se croit-elle pour prendre des décisions sans en référer à personne ? » De fureur, la voix de Royal se cassa.

« Mon épouse, répondit Vérité d'un ton mesuré. Et ta reine-servante. Celle que tu as choisie. Père m'avait assuré que tu choisirais une femme digne d'être reine. Je crois que tu as fait un meilleur choix que tu ne le pensais.

— Ton épouse ? Ta perte, crétin ! Elle sape ton autorité, elle te tranche la gorge pendant que tu dors ! Elle vole l'amour du peuple, elle se crée son propre nom ! Tu ne t'en rends pas compte, imbécile ? Ça te convient peut-être de voir cette mégère de Montagnarde accaparer la Couronne, mais pas à moi ! »

Je me détournai en hâte pour relacer ma botte afin de ne pas voir le prince Vérité frapper le prince Royal ; ce que j'entendis néanmoins évoquait fort une gifle retentissante et un cri de fureur étouffé. Quand je relevai les yeux, Vérité paraissait toujours aussi calme, tandis que Royal était plié en deux, une main sur la bouche et le nez. « Le roi-servant Vérité ne tolère pas qu'on insulte la reine-servante Kettricken. Ni lui-même. Je dis que ma dame a réveillé la fierté en nos soldats. Et peut-être attisé la mienne aussi. » Vérité parut vaguement surpris de ses propres propos.

« Le roi en entendra parler ! » Royal retira la main de son visage et prit une mine effrayée en la voyant couverte de sang. Il la montra, tremblante, à Vérité. « Mon père verra ce sang que tu as versé ! » dit-il d'une voix chevrotante avant de s'étouffer sur le sang qui lui ruisselait dans la bouche. Il se pencha en avant en tenant sa main souillée loin de lui comme pour éviter de maculer ses habits.

« Comment ? Tu as l'intention de saigner jusqu'à cet après-midi en attendant que notre père se lève ? Si tu réussis cet exploit, passe aussi chez moi, je voudrais voir ça ! » Puis à moi : « Fitz ! Tu n'as rien de mieux à faire que de rester le bec ouvert ? File veiller à ce que les ordres de ma dame soient bien exécutés ! »

Et il s'en alla à grandes enjambées dans le couloir. Pour ma part, je m'empressai de me mettre hors de portée de Royal. Il resta seul à taper du pied et à jurer comme un enfant qui pique une grosse colère. Ni Vérité ni moi ne revînmes sur nos pas, mais j'espérai qu'aucun serviteur n'avait assisté à la scène.

Ce fut une longue et curieuse journée. Vérité rendit visite au roi Subtil, puis s'enferma dans sa chambre aux cartes. J'ignore ce que fit Royal. Tout le petit peuple du château s'activa à répondre aux désirs de la reine, rapidement mais presque sans bruit, en échangeant à mi-voix des commérages tout en apprêtant les deux salles, l'une pour le banquet, l'autre pour les dépouilles. Je notai une nouveauté : les femmes de la noblesse qui s'étaient montrées le plus fidèles à la reine faisaient désormais l'objet de toutes les attentions de leurs consœurs, comme si elles étaient des ombres de Kettricken ; et ces dames de haute naissance n'hésitaient pas à se rendre à la Petite Salle pour surveiller la préparation de l'eau parfumée d'herbes et l'étendage des serviettes et des linges. Je participai moi-même au ramassage du bois pour le bûcher funéraire.

En fin d'après-midi, les chasseurs revinrent. Ils avançaient en silence, encadrant solennellement les chariots. Kettricken chevauchait à leur tête. Elle paraissait fatiguée et saisie d'un froid qui ne devait rien à l'hiver. J'aurais aimé aller auprès d'elle, mais préférai laisser l'honneur à Burrich de prendre sa jument par la bride et de l'aider à mettre pied à terre. Ses bottes et le garrot de Pas-de-Loup étaient éclaboussés de sang frais. Ce qu'elle avait ordonné à ses soldats, elle l'avait fait elle-même. D'un murmure, Kettricken envoya les gardes faire toilette et se peigner les cheveux et la barbe avant de revenir vêtus de frais dans la salle. Comme Burrich emmenait Pas-de-Loup, Kettricken se retrouva momentanément seule. Elle était lasse. Lasse à en mourir.

Je m'approchai sans bruit. « Si vous avez besoin de moi, ma dame reine », dis-je à mi-voix.

Elle ne se retourna pas. « Je dois m'en occuper moi-même. Mais ne vous éloignez pas, en cas de nécessité. » Elle avait parlé si bas que nul autre que moi n'avait pu l'entendre, j'en suis certain. Elle se mit en marche et le peuple du château s'écarta devant elle ; elle acquiesçait gravement aux têtes qui s'inclinaient sur son passage. Elle traversa les cuisines en silence, approuva de la tête les plats disposés sur les tables, puis pénétra dans la Grand-Salle et manifesta là aussi son approbation devant les préparatifs. Dans la Petite Salle, elle s'arrêta un instant, puis ôta sa coiffe de laine aux teintes vives et sa veste, pour laisser apparaître une simple chemise de toile violette. Elle remit sa coiffe et sa veste à un page ahuri de tant d'honneur. Elle alla se placer au bout d'une des tables et se mit à retrousser ses manches. Tout mouvement cessa dans la salle et toutes les têtes se tournèrent vers elle. Elle croisa nos regards stupéfaits. « Apportez nos morts », dit-elle simplement.

Les corps pitoyables apparurent en une douloureuse procession. Je ne les comptai pas. Il y en avait plus que je ne m'y attendais, plus que les rapports de Vérité ne l'avaient prêté à croire. Sur les talons de Kettricken, je portais la cuvette d'eau tiède et parfumée tandis qu'elle passait d'un cadavre à l'autre, baignait doucement les visages ravagés et fermait pour toujours les yeux tourmentés. D'autres personnes nous suivaient en un cortège sinueux et chaque corps était délicatement dévêtu, lavé des pieds à la tête, peigné et emmailloté de tissu propre. Au bout d'un moment, je m'aperçus que Vérité nous avait rejoints, un jeune scribe à ses côtés, et qu'il passait d'une dépouille à l'autre, pour noter les noms de ceux, rares, que l'on identifiait, et rédiger une remarque rapide sur les autres.

Je fournis personnellement l'un des noms : celui de Kerry. Les dernières nouvelles que nous avions eues de lui, Molly et moi, le disaient apprenti d'un marionnettiste. Il avait fini sa vie sans guère plus de liberté qu'un pantin. Sa bouche rieuse était figée pour l'éternité. Enfants, nous avions fait ensemble des commissions pour gagner un ou deux sous ; il était à mes côtés la première fois que je m'étais enivré à m'en faire vomir, et il avait tant ri que son propre estomac l'avait trahi à son tour. C'est lui qui avait coincé un poisson pourrissant sous les tréteaux de la table d'un tavernier, lequel nous avait accusés de chapardage. Seul, désormais, je me rappellerais les jours que nous avions partagés. J'eus soudain l'impression d'avoir perdu un peu de ma substance. Un fragment de mon passé avait disparu, forgisé.

Quand nous eûmes fini et que nous nous retrouvâmes tous debout à regarder les tables couvertes de cadavres, Vérité s'avança pour lire dans le silence de la salle la liste qu'il avait dressée. Rares étaient les noms, mais il ne négligea pas les inconnus. « Un jeune homme, la barbe récente, les cheveux noirs, les marques du métier de pêcheur sur les mains... », dit-il de l'un, et d'une autre : « Une femme, les cheveux bouclés, avenante, tatouée de l'emblème de la guilde des marionnettistes. » Nous écoutâmes la litanie de tous ceux que nous avions perdus et, si l'un d'entre nous ne pleura pas, c'est qu'il avait un cœur de pierre. Comme un seul homme, nous prîmes nos morts et les transportâmes au bûcher pour les déposer délicatement au sommet de leur dernière couche. Vérité en personne apporta la torche pour l'enflammer, mais il la donna à la reine qui se tenait auprès de l'empilement de bois. Comme elle mettait le feu aux rameaux enduits de poix, elle lança aux cieux obscurs : « Nul ne vous oubliera jamais ! » La foule répéta son cri. Lame, le vieux sergent, attendait près du bûcher, des ciseaux à la main pour prélever sur chaque soldat une longueur de doigt de cheveux, symbole du deuil pour un camarade tombé au combat. Vérité se joignit à la file, et Kettricken se plaça derrière lui pour offrir une boucle de ses cheveux clairs.

Suivit une soirée comme je n'en avais jamais connu. Presque tout Bourg-de-Castelcerf monta au château cette nuit-là et chacun put entrer librement. À l'exemple de la reine, tous observèrent le jeûne jusqu'à ce que le bûcher ne fût plus qu'os et cendre mélangés. Alors, la Grand-Salle et la Petite s'emplirent de monde et l'on disposa des planches en guise de tables dans la cour pour ceux qui n'avaient pas trouvé de place à l'intérieur. On sortit des tonnelets des caves, et du pain, de la viande rôtie et d'autres mets, en quantités que je n'aurais jamais cru Castelcerf capable de renfermer. Plus tard, je devais apprendre qu'une grande partie de ces victuailles venaient de la ville, spontanément offertes par les habitants.

Le roi descendit de ses appartements pour la première fois depuis des semaines et prit place sur son trône à la tête de la table haute pour présider le banquet. Le fou se présenta lui aussi ; il se tint en retrait du roi, un peu décalé, pour recevoir dans son assiette ce que le roi lui donnait. Mais ce soir-là, il ne chercha pas à égayer Subtil ; il garda pour lui ses jacasseries bouffonnes, et les grelots de ses manches et de sa coiffe, emmaillotés de tissu, n'émettaient nul tintement. Nos regards ne se croisèrent qu'une fois durant le banquet et je ne lus dans ses yeux aucun message discernable. Vérité se trouvait à la droite du roi, Kettricken à sa gauche. Royal était là aussi, naturellement, vêtu d'un costume noir si somptueux que seule sa couleur évoquait le deuil ; la mine renfrognée, il buvait en faisant la moue, ce qui, je suppose, pouvait passer auprès de certains pour une manifestation de chagrin. Pour ma part, je sentais la fureur bouillonner en lui et je savais que quelqu'un, quelque part, paierait pour ce qu'il considérait comme une injure personnelle. Même Patience était présente, elle dont les apparitions étaient aussi rares que celles du roi, et je fus sensible à l'unité d'intention que nous affichions tous.

Le roi mangea peu. Il attendit que les convives de la Table Haute fussent rassasiés avant de se lever pour prendre la parole. Ses propos furent repris et répétés par les ménestrels aux tables basses, dans la Petite Salle et jusque dans la cour du château. Il évoqua brièvement nos compatriotes victimes des Pirates rouges, mais ne parla pas des forgisations ni de l'événement de la journée, la chasse aux forgisés et leur massacre. Non, il s'exprima comme s'ils venaient de périr au cours d'une bataille contre les Pirates rouges et dit seulement que nous ne devions pas les oublier. Puis, plaidant la fatigue et la peine, il quitta la table pour regagner ses appartements.

Ce fut au tour de Vérité de se lever. Il ne fit guère que répéter le discours de Kettricken, déclarant que l'instant était à pleurer nos morts, mais qu'une fois le deuil achevé, nous devrions nous apprêter à la vengeance. Il manquait à ses propos le feu et la passion qu'y avait mis Kettricken, mais tous les convives y réagirent néanmoins : les gens hochaient vigoureusement la tête en échangeant des réflexions à voix basse, tandis que Royal remâchait sa rancœur en silence. Kettricken et Vérité prirent congé du banquet tard dans la nuit, elle appuyée à son bras, afin que tous vissent bien qu'ils s'en allaient ensemble. Royal resta à boire en marmonnant dans sa barbe. Je m'éclipsai peu après le départ de Kettricken et Vérité et montai dans ma chambre.

Sans chercher le sommeil, je me jetai sur mon lit et m'absorbai dans la contemplation du feu. Quand la porte secrète s'ouvrit, je grimpai aussitôt l'escalier qui menait aux appartements d'Umbre. Je le trouvai en proie à une surexcitation communicative ; ses joues pâles et grêlées avaient une nuance rosée, il était échevelé et ses yeux verts étincelaient comme des joyaux. Il arpentait la pièce à grands pas et, lorsque j'arrivai, il alla jusqu'à me serrer dans ses bras en un geste maladroit. Puis il se recula et éclata de rire devant mon expression ahurie.

« C'est une reine-née ! Elle est faite pour régner et elle en a miraculeusement pris conscience ! Ça ne pouvait pas mieux tomber ! Elle va peut-être nous sauver tous ! »

Sa joie avait quelque chose de déplacé et je ne pus m'empêcher de protester :

« Des gens sont morts aujourd'hui !

— Exact ! Mais pas en vain ! Ces morts n'étaient pas inutiles, FitzChevalerie ! Par El et par Eda, Kettricken a l'instinct et la grâce ! Je ne l'avais pas senti. Ah, si ton père était toujours en vie, mon garçon, et s'ils étaient mariés, nous aurions des souverains capables de tenir le monde dans le creux de leurs mains ! » Il prit une nouvelle gorgée de vin et se remit à faire les cent pas. Jamais je ne l'avais vu aussi enthousiaste ; c'est tout juste s'il n'esquissait pas des entrechats. Sur une table proche était posé un panier couvert dont le contenu avait été sorti et disposé sur une nappe : vin, fromage, saucisse, condiments et pain. Ainsi, même dans la solitude de sa tour, Umbre avait participé au banquet funèbre. La tête de Rôdeur la belette apparut soudain à l'autre bout de la table et l'animal me jeta un regard glouton par-delà la nourriture. La voix d'Umbre interrompit mes réflexions.

« Elle a le même talent qu'avait Chevalerie, l'instinct qui permet de saisir l'occasion et de la tourner à son avantage. À partir d'une situation catastrophique et apparemment inévitable, elle a fait une tragédie sublime alors qu'un autre, moins doué, n'en aurait tiré qu'un simple massacre. Mon garçon, nous avons enfin une reine à Castelcerf ! »

Je me sentis vaguement écœuré devant sa joie. Et, l'espace d'un instant, trompé. D'un ton hésitant, je demandai : « Vous croyez vraiment que la reine a fait tout ça pour la galerie ? Que ce n'était qu'un geste calculé, à des fins politiques ? »

Il s'immobilisa soudain et réfléchit brièvement. « Non. Non, FitzChevalerie, je crois qu'elle a obéi à ce que lui commandait son cœur. Mais ça n'en est pas moins tactiquement génial. Ah, tu me juges insensible, indifférent par ignorance. Mais, la vérité, c'est que j'en sais trop, au contraire ; je sais bien mieux que toi l'importance de cette journée pour nous tous. Des hommes sont morts aujourd'hui, je ne l'oublie pas. Je n'oublie pas non plus que six de nos soldats ont été blessés, sans gravité pour la plupart. Je puis te dire combien de forgisés ont péri et, dans un jour ou deux, je pense connaître le nom de chacun ou presque, nom que je possède déjà sur l'inventaire que j'ai dressé des pertes infligées par les Pirates rouges. C'est moi, mon garçon, qui veillerai à ce que l'or du sang soit versé aux familles survivantes ; je leur dirai que le roi considère leurs morts comme les égaux de ses soldats qui meurent en combattant les Pirates, et qu'il demande instamment leur aide pour les venger. Ce ne seront pas là des missives plaisantes à écrire, Fitz ; mais je les écrirai néanmoins, de la main de Vérité, et elles porteront la signature de Subtil. Croyais-tu vraiment que je ne faisais que tuer pour mon roi ?

— Je vous demande pardon. Mais vous paraissiez si joyeux quand je suis entré…

— Et je le suis ! Comme tu devrais l'être toi-même ! Nous n'avions plus de gouvernail, les vagues nous ballottaient, nous martelaient et les vents nous poussaient à leur gré. Et voici qu'arrive une femme qui prend la barre et indique le cap! Et ce cap me convient tout à fait! Comme il conviendra à tous ceux de notre royaume qui sont fatigués de nous voir à genoux depuis des années. Nous redressons la tête, mon garçon, nous nous relevons pour nous battre! »

Je compris alors que son effervescence était en réalité la crête d'une lame de fureur et de chagrin. Je me rappelai son expression à notre entrée dans Forge, ce jour noir où nous avions vu ce que les Pirates avaient laissé de nos compatriotes. Il m'avait dit en cette occasion que j'apprendrais à me soucier d'autrui, que c'était dans mon sang, et je perçus soudain la véracité de son sentiment. Je saisis un verre et nous bûmes à la santé de notre reine. Puis Umbre, reprenant son calme, m'exposa la raison pour laquelle il m'avait fait venir : le roi, Subtil lui-même, avait réitéré l'ordre que je veille sur Kettricken.

« Oui, fis-je, je voulais justement vous parler du fait que Subtil répète parfois un ordre qu'il a déjà donné ou un commentaire qu'il a déjà fait.

— Je le sais, Fitz. On fait tout ce que l'on peut à ce propos. Mais nous traiterons de la santé du roi une autre fois. Pour le moment, je puis personnellement t'assurer que la répétition de son ordre n'était pas le radotage d'un esprit débile. Non : le roi a émis cette requête aujourd'hui alors qu'il s'apprêtait à descendre au banquet ; il la répète afin d'être sûr que tu redoubleras d'efforts. Il se rend compte, comme moi, qu'en réveillant la conscience des gens et en les incitant à la suivre, la reine s'est fort exposée – naturellement, il ne le dirait pas aussi ouvertement. Tiens-toi sur tes gardes pour la sécurité de la reine.

— Royal, grondai-je.

— Le prince Royal ? demanda Umbre.

— C'est lui qui est à redouter, surtout maintenant que la Reine est en position de pouvoir.

— Je n'ai rien dit de tel. Et tu devrais t'en abstenir», fit Umbre à mi-voix; son ton était calme mais son expression sévère.

« Et pourquoi ? lançai-je avec défi. Pourquoi ne pourrions-nous pas, une fois au moins, nous parler franchement ?

— L'un à l'autre, peut-être, si nous étions absolument seuls et si le sujet ne concernait que nous deux. Mais tel n'est pas le cas. Nous sommes les hommes liges du roi, et les hommes liges du roi ne nourrissent nulle pensée de trahison, et encore moins… »

Il y eut un bruit de régurgitation et Rôdeur vomit sur la table, près du panier aux victuailles. Il s'ébroua en faisant voler des gouttes de salive.

« Misérable petit glouton ! Tu t'es étranglé, c'est ça ? » fit Umbre sans guère prêter attention à l'incident.

J'allai chercher un chiffon pour nettoyer les dégâts, mais quand je revins, Rôdeur était couché sur le flanc, haletant, et Umbre enfonçait une brochette dans les vomissures. L'odeur me mit le cœur au bord des lèvres. Umbre refusa mon chiffon, s'empara de Rôdeur et me tendit la petite bête agitée de frissons. « Calme-le et fais-lui boire de l'eau », m'ordonna-t-il sèchement. Et, à la belette : « Allons, mon vieux, va avec Fitz, il va s'occuper de toi. »

Je portai la petite créature auprès du feu, où elle acheva de vomir sur ma chemise. De près, l'odeur était épouvantable. En posant Rôdeur pour enlever mon vêtement souillé, je sentis une odeur sous-jacente, plus âcre encore que le vomi. À l'instant où j'ouvris la bouche, Umbre confirma mes soupçons. « Des feuilles de varta, réduites en poudre. Les épices des saucisses en dissimulaient le goût. Espérons que le vin n'a pas été empoisonné lui aussi, sans quoi nous sommes morts. »

Tous les poils de mon corps se dressèrent. Umbre me vit pétrifié d'horreur et s'approcha pour récupérer Rôdeur ; il lui mit une soucoupe pleine d'eau sous le museau et parut satisfait de le voir y goûter. « Il va s'en tirer, je pense. Ce petit goinfre a dû se remplir la gueule et il a mieux senti le goût du poison qu'un humain ; il a tout recraché. Ce qu'on voit sur la table a l'air d'avoir été mâché, mais pas digéré. C'est le goût qui a dû le faire vomir, pas le poison.

— Je l'espère », fis-je d'une voix faible. Chacun de mes nerfs guettait la moindre réaction corporelle. Avais-je été empoisonné ? Avais-je sommeil, la nausée, la tête qui tournait ? Avais-je la bouche engourdie, sèche ou excessivement humide ? Je me mis soudain à transpirer et à trembler. Non, pas une crise !

« Cesse, fit Umbre sans élever le ton. Assieds-toi et bois un peu d'eau. C'est toi qui te crées ces réactions, Fitz. La bouteille était parfaitement fermée avec un vieux bouchon. Si ce vin a été empoisonné, ça remonte à des années. Je connais peu d'hommes assez patients pour empoisonner une bouteille de vin, puis la mettre à vieillir. Je pense que nous ne risquons rien. »

Je pris une inspiration tremblante. « Mais quelqu'un voulait que ça se passe autrement. Qui vous a apporté ces plats ? »

Umbre prit l'air dédaigneux. « Je les ai préparés moi-même, comme toujours. Mais sur la table, là, il y avait un panier destiné à dame Thym ; de temps en temps, des gens cherchent à gagner ses faveurs, car la rumeur veut qu'elle ait l'oreille du roi. Je ne pensais pas mon personnage susceptible de se faire empoisonner.

— Royal ! répétai-je. Je vous l'ai dit, il croit que dame Thym est l'empoisonneuse du roi. Vous avez été incroyablement négligent : vous savez bien qu'il impute la mort de sa mère à dame Thym! Faut-il pousser la courtoisie jusqu'à tous nous laisser tuer? Il n'aura de cesse qu'il ne soit assis sur le trône!

— Et moi, je te le dis à nouveau : je ne veux pas entendre de ces propos séditieux! » Umbre avait presque crié. Il s'installa dans son fauteuil et nicha Rôdeur sur ses genoux. La petite bête se redressa, se nettoya les moustaches, puis se roula en boule pour dormir. J'observai la main pâle d'Umbre qui caressait son petit compagnon, ses tendons saillants, sa peau parcheminée ; lui avait les yeux baissés sur la belette, le visage fermé. Au bout d'un moment, il reprit d'un ton calme : « Le roi avait raison : nous devons tous redoubler de prudence. » Il leva vers moi un regard tourmenté. « Veille sur tes femmes, mon garçon. Ni la naïveté ni l'ignorance ne protègent contre des tentatives comme celle de cette nuit. Patience, Molly et même Brodette… Trouve aussi un moyen, un moyen subtil, de mettre Burrich en garde. » Il soupira et demanda, sans s'adresser à personne : « Nos ennemis ne sont-ils pas assez nombreux déjà hors de nos murs?

— Plus qu'assez », l'assurai-je. Mais je m'abstins de lui parler de Royal.

Il s'ébroua. « C'est une bien mauvaise façon d'entamer un voyage.

— Un voyage? Vous? » Je n'en croyais pas mes oreilles. Umbre ne quittait jamais le château. Enfin, pratiquement jamais. « Où ça?

— Là où ma présence est nécessaire. Mais, à présent, j'ai l'impression qu'elle l'est presque autant ici. » Il hocha la tête. « Prends bien soin de toi pendant mon absence, mon garçon. Je ne serai pas là pour veiller sur toi. » Et il ne voulut pas en dire davantage.

Quand je sortis, il contemplait toujours les flammes, les mains posées de part et d'autre de Rôdeur. Dans l'escalier, je sentis mes jambes flageoler : l'attentat contre Umbre était un choc comme je n'en avais jamais éprouvé. Même le secret de son existence n'avait pas suffi à le protéger ; et il y avait d'autres cibles, plus faciles à atteindre et tout aussi chères à mon cœur.

Je maudis ma forfanterie qui, plus tôt dans la journée, m'avait incité à faire étalage de ma robustesse devant Royal. Quel crétin j'avais été de le pousser à m'agresser ! J'aurais dû me douter qu'il chercherait une victime moins évidente. Une fois chez moi, je me changeai rapidement, puis ressortis, pris l'escalier et montai tout droit à la chambre de Molly. Je frappai doucement à la porte.

Pas de réponse. Je n'osai pas frapper à nouveau : l'aube serait là d'ici une heure ou deux, les occupants du château dormaient pour la plupart, mais je ne tenais pas à ce que des yeux malintentionnés me voient devant chez Molly. Cependant, j'avais besoin d'être sûr.

Le verrou était mis, mais il n'avait rien de compliqué. Je m'en débarrassai en quelques secondes et décidai de lui en faire poser un plus efficace d'ici le lendemain. Silencieux comme une ombre, j'entrai dans la chambre et refermai la porte derrière moi.

Un feu mourant brasillait dans la cheminée, répandant une vague brume de lumière dans la pièce. Je restai un moment sans bouger pour permettre à mes yeux de s'y habituer, puis m'avançai prudemment, en prenant garde de ne pas m'approcher de la lueur de la cheminée. J'entendis la respiration régulière de Molly dans son lit. Cela aurait dû me suffire ; mais un démon me souffla qu'elle avait peut-être la fièvre et qu'elle était en train de sombrer dans le profond sommeil de l'empoisonnement. En me promettant de ne toucher que son oreiller pour juger si elle brûlait de fièvre ou non, pas davantage, je me dirigeai vers le lit à pas de loup.

Là, je demeurai immobile. Dans la faible lueur des braises, je distinguais tout juste sa forme sous les couvertures ; il émanait d'elle une chaude et douce odeur de bruyère. Une odeur saine. Ce n'était pas la victime d'un empoisonnement qui dormait là. Je n'avais plus qu'à m'en aller. « Dors bien », murmurai-je.

Sans bruit, elle se jeta sur moi. L'éclat des braises joua sur le poignard qu'elle tenait. « Molly ! » criai-je tout en détournant sa main avec mon avant-bras. Elle se figea, l'autre main ramenée en arrière, le poing serré, et l'espace d'un instant plus rien ne bougea dans la pièce. Puis : « Le Nouveau ! » fit-elle dans un sifflement furieux, et elle me flanqua un coup de poing dans le ventre. Tandis que, plié en deux, je cherchais à reprendre mon souffle, elle descendit de son lit. « Espèce d'idiot ! Tu m'as fait une peur bleue ! Mais qu'est-ce qui t'a pris d'ouvrir mon verrou et d'entrer chez moi comme un voleur ? Je devrais appeler la garde pour qu'on te jette dehors !

— Non ! » fis-je cependant qu'elle rajoutait du bois sur les braises et allumait une bougie. « Je t'en prie ! Je vais sortir. Je ne voulais pas te faire de mal ni t'ennuyer. Je tenais seulement à m'assurer que tout allait bien.

— Eh bien ! non, tout ne va pas bien ! » rétorqua-t-elle à voix basse. Elle s'était tressé les cheveux en deux nattes pour la nuit et me rappelait vivement la petite fille dont j'avais fait la connaissance si longtemps auparavant. Mais ce n'était plus une enfant. Elle surprit mon regard et enfila une robe de chambre qu'elle noua à la taille. « Je tremble comme une feuille ! Je n'arriverai plus à fermer l'œil de la nuit ! Tu as bu, n'est-ce pas ? Es-tu soûl ? Que veux-tu ? »

Et elle marcha sur moi, la bougie brandie comme si c'était une arme. « Non », dis-je. Je me redressai et tirai sur ma chemise pour la remettre d'aplomb. « Je te le promets, je ne suis pas ivre. Et je n'avais pas de mauvaises intentions. Mais… il s'est passé quelque chose cette nuit qui m'a fait m'inquiéter de toi. J'ai cru bon de venir m'assurer que tu allais bien, mais je savais que Patience ne serait pas d'accord et je n'avais aucune envie de réveiller tout le château ; alors, j'ai préféré entrer sans bruit et… »

Elle m'interrompit d'un ton glacial.

« Le Nouveau, tu jacasses comme une pie. »

C'était exact. « Excuse-moi », dis-je et je m'assis au coin du lit.

« Pas la peine de t'installer, fit-elle, menaçante : tu ne restes pas. Tu t'en vas, seul ou entre deux gardes. À toi de choisir.

— Je m'en vais, répondis-je et je me relevai en hâte. Je voulais seulement savoir si tu allais bien.

— Je vais bien, dit-elle, agacée. Pourquoi n'irais-je pas bien ? Je vais aussi bien que la nuit dernière et que les trente précédentes, au cours desquelles tu n'es jamais venu vérifier mon état de santé. Alors, pourquoi cette nuit justement ? »

Je pris une inspiration. « Parce que, certaines nuits, les menaces se font plus précises que d'autres. Il se produit des incidents qui me font redouter des malheurs plus grands. Certaines nuits, il n'est pas recommandé d'être la bien-aimée d'un bâtard. »

Sa bouche devint aussi inexpressive que sa voix lorsqu'elle demanda : « Qu'est-ce que ça veut dire ? »

Je repris mon souffle, résolu à me montrer aussi honnête que possible. « Je ne peux pas te révéler ce qui s'est passé, mais j'ai cru que tu courais un danger. Il faut que tu me fasses confiance quand je…

— Je ne parle pas de ça. Qu'est-ce que ça veut dire, "bien-aimée d'un bâtard" ? Qu'est-ce qui te permet de m'appeler comme ça ? » Ses yeux brillaient de colère.

Je jure que je sentis mon cœur cesser brutalement de battre dans ma poitrine. Le froid de la mort s'insinua en moi. « C'est vrai, je n'en ai pas le droit, dis-je en bégayant. Mais je suis incapable de m'empêcher de penser à toi. Et, que j'aie ou non le droit de t'appeler ma bien-aimée, cela ne ferait pas hésiter ceux qui voudraient me faire du mal en s'en prenant à toi. Comment te faire comprendre que je t'aime tant que je voudrais ne pas t'aimer, ou au moins ne pas montrer tant que je t'aime, parce que mon amour te met en danger, et faire que cela soit vrai ? » Avec raideur, je me détournai pour sortir.

« Et comment pourrais-je prétendre avoir compris un traître mot de ce que tu viens de dire, et faire que ce soit vrai ? » dit Molly.

Quelque chose dans sa voix me fit faire demi-tour. L'espace d'un instant, nous restâmes à nous regarder ; soudain, elle éclata de rire. Je restai sans bouger, vexé, morose, tandis qu'elle s'approchait de moi sans cesser de rire. Puis elle passa les bras autour de ma taille. « Le Nouveau, tu as pris un chemin rudement détourné pour me dire enfin que tu m'aimais ! Entrer chez moi par effraction et ensuite rester planté là comme un ahuri à te tortiller la langue autour du mot "Je t'aime" ! Tu n'aurais pas pu le dire, tout simplement, il y a bien longtemps ? »

Raide comme un piquet, hébété, entre ses bras, je baissai les yeux sur elle. Ah oui, me dis-je vaguement, tu es beaucoup plus grand qu'elle, maintenant.

« Alors ? fit-elle pour me relancer et je mis quelques secondes à comprendre.

— Je t'aime, Molly. » C'était si facile, finalement ! Et quel soulagement ! Lentement, prudemment, je passai mes bras autour de ses épaules.

Elle me sourit. « Et moi aussi je t'aime. »

Lors, enfin, je l'embrassai. Et à cet instant, quelque part non loin de Castelcerf, un loup poussa un long hurlement joyeux, et tous les chiens et tous les molosses se mirent à aboyer en un chœur qui se répercutait contre le cristal du ciel nocturne.

9

GARDES ET LIENS

Souvent, je comprends et j'approuve l'idée fixe de Geairepu. Si on l'écoutait, le papier serait aussi courant que le pain et chaque enfant apprendrait ses lettres avant d'avoir treize ans. Mais même en serait-il ainsi que je ne crois pas aux conséquences idylliques qui en découleraient selon lui. Il se désole de tout le savoir qui descend dans la tombe chaque fois qu'un homme meurt, même le plus commun. Il évoque un temps à venir où la façon dont un maréchal-ferrant place un fer, ou le tour de main d'un charpentier de marine pour tirer la plane, tout cela sera couché sur le papier afin que celui qui sait lire puisse apprendre à en faire autant. Je n'en crois rien. On peut apprendre certaines choses d'une page de livre, mais il est des savoir-faire qui s'acquièrent d'abord par la main et le cœur, et ensuite seulement par la tête. J'en suis convaincu depuis que j'ai vu Congremât mettre en place le bloc de bois en forme de poisson – d'où il tire son nom – dans le premier navire de Vérité ; son œil avait vu cette pièce avant qu'elle n'existe et il avait ordonné à ses mains de créer ce que son cœur connaissait d'avance. Voilà qui est impossible à apprendre d'une feuille de papier. Peut-être même ne peut-on l'apprendre du tout, mais le porte-t-on en soi, à l'instar de l'Art ou du Vif, par le sang de ses ancêtres.

*
* *

Je regagnai ma chambre et restai à contempler les braises mourantes dans ma cheminée en attendant que le château s'éveille. J'aurais dû être épuisé, mais, bien au contraire, l'énergie qui m'emplissait me faisait presque trembler. J'avais l'impression qu'en me tenant parfaitement immobile j'arrivais encore à percevoir la chaleur des bras de Molly autour de moi. Je savais précisément où sa joue avait touché la mienne ; une imperceptible trace de son parfum subsistait sur ma chemise, vestige de notre brève étreinte, et j'étais dans les affres de l'indécision : devais-je porter cette chemise aujourd'hui afin de conserver son parfum sur moi, ou la ranger précieusement dans mon coffre à vêtements pour la préserver ? Je ne voyais rien de ridicule à me ronger ainsi les sangs et si aujourd'hui je souris, c'est de ma sagesse, non de ma bêtise.

Avec l'aube vinrent les vents de tempête et les chutes de neige, mais, pour moi, le château n'en paraissait que plus douillet. Nous aurions peut-être ainsi l'occasion de nous remettre de la journée de la veille. Je n'avais nulle envie de repenser aux pitoyables cadavres couverts de haillons, ni aux visages figés et glacés que l'on nettoyait, ni aux flammes rugissantes et à la chaleur qui avaient consumé le corps de Kerry. Nous avions tous besoin d'un jour à ne rien faire. Peut-être la soirée nous trouverait-elle tous réunis autour des âtres du château pour écouter des histoires, de la musique et bavarder entre nous. Je l'espérais. Je sortis pour me rendre chez Patience et Brodette.

Mais je me tourmentais, car je connaissais le moment précis où Molly descendrait l'escalier pour aller chercher un plateau avec le petit déjeuner de Patience, et celui où elle remonterait. Je pouvais fort bien me trouver par hasard dans les marches ou dans le couloir lors de ses passages. Ce ne serait rien, une simple coïncidence ; mais je ne doutais pas qu'on me surveille, et on ne manquerait pas de noter de telles « coïncidences » si elles se répétaient par trop souvent. Non, je devais écouter les avertissements que m'avaient donnés le roi et Umbre. Je montrerais à Molly que, comme un homme, je savais faire preuve de maîtrise et de patience : s'il me fallait attendre avant de pouvoir la courtiser, j'attendrais.

Je rentrai donc dans ma chambre et rongeai mon frein jusqu'à ce que j'estime qu'elle avait dû quitter les appartements de Patience. Alors je descendis frapper à la porte. Pendant que Brodette venait m'ouvrir, je songeai que redoubler de surveillance n'allait pas être une mince affaire ; néanmoins, j'avais quelques idées, que j'avais commencé à appliquer la veille en arrachant à Molly la promesse de ne pas monter de nourriture qu'elle n'eût préparée elle-même ou prélevée dans les marmites communes. Elle avait eu un soupir agacé, car cette recommandation venait à la suite d'un au revoir des plus ardent. « On croirait entendre Brodette », m'avait-elle dit avant de me refermer doucement la porte au nez. Elle l'avait rouverte au bout d'un instant et m'avait trouvé planté devant elle. « Va te coucher », m'avait-elle ordonné. En rougissant, elle avait ajouté : « Et rêve de moi. J'espère que j'ai empoisonné tes rêves autant que tu as empoisonné les miens ces derniers temps. » À ces mots, je me sauvai, les oreilles en feu.

À présent que je pénétrais chez Patience, je m'efforçais de chasser ces souvenirs : j'étais ici pour travailler, même si Patience et Brodette devaient n'y voir qu'une visite de courtoisie. Il me fallait garder mes devoirs à l'esprit. Je jetai un coup d'œil au loquet et le trouvai à mon goût : impossible à faire glisser à l'aide d'un poignard. Quant à la fenêtre, même si l'on parvenait à l'atteindre en escaladant le mur extérieur, il faudrait encore franchir non seulement des volets de bois solidement barrés, mais ensuite une tenture, puis des rangées et des rangées de pots de plantes alignés tels des soldats devant la fenêtre close. C'était là un itinéraire qu'aucun spadassin professionnel ne choisirait de son plein gré. Brodette se rassit et reprit son ravaudage tandis que Patience me saluait. Elle paraissait désœuvrée, assise comme une petite fille devant la cheminée. Elle tisonna les braises. « Sais-tu, me demanda-t-elle à brûle-pourpoint, qu'il existe une longue tradition de reines de caractère à Castelcerf ? Et pas seulement d'ascendance Loinvoyant : maint prince de la lignée a épousé une femme dont le nom a fini par éclipser le sien dans la légende.

— Voyez-vous en Kettricken une future reine de cette sorte ? » fis-je poliment. J'ignorais où menait cette conversation.

« Je n'en sais rien », répondit-elle à mi-voix. Elle agita distraitement le tisonnier. « Moi, je n'en aurai pas été une, c'est tout ce que je sais. » Elle poussa un profond soupir, puis leva les yeux avec l'air de s'excuser presque. « C'est une de ces matinées, Fitz, où je ne fais que ruminer ce que l'avenir aurait pu être. Je n'aurais jamais dû le laisser abdiquer. Il serait sûrement encore en vie, à l'heure qu'il est. »

Je ne vis pas quoi répondre à cette déclaration. Elle soupira encore et se mit à griffonner sur la dalle de l'âtre du bout de son tisonnier encroûté de cendre. « Je ne suis que regrets, aujourd'hui, Fitz. Hier, pendant que tout le monde restait frappé de stupeur devant l'attitude de Kettricken, j'ai senti s'éveiller en moi un profond dégoût de moi-même. À sa place, j'aurais couru me cacher dans ma chambre, comme aujourd'hui. Mais pas ta grand-mère. Ça, c'était une reine ! Elle ressemblait à Kettricken, par certains côtés. Constance était une souveraine qui inspirait l'action, surtout chez les femmes. Lors de son règne, plus de la moitié de la garde était féminine. Le savais-tu ? Demande à Hod de t'en parler, un jour. À ce que je sais, Hod l'accompagnait quand Constance est venue à Castelcerf épouser Subtil. » Patience se tut. L'espace de quelques instants, je crus qu'elle avait fini. Puis elle ajouta à mi-voix : « Elle m'aimait bien, la reine Constance. » Elle eut un sourire presque gêné.

« Elle savait que j'étais mal à l'aise dans les grandes réunions ; alors, elle me faisait mander, moi seule, pour lui tenir compagnie dans son jardin. Nous ne conversions guère ; nous travaillions simplement la terre côte à côte, au soleil. Certains de mes meilleurs souvenirs de Castelcerf datent de cette époque. » Elle leva soudain les yeux vers moi. « Je n'étais qu'une enfant. Ton père n'était guère plus âgé, et nous n'avions pas encore vraiment fait connaissance. Mes parents m'amenaient avec eux à Castelcerf, tout en sachant que je n'appréciais guère les tralalas de la vie de cour. Quelle femme étrange que la reine Constance, pour remarquer une petite fille discrète et sans apprêt, et lui accorder de son temps ! Mais elle était comme ça. Castelcerf était différent, alors, beaucoup plus gai. L'époque était plus sûre et tout était plus stable. Mais Constance est morte et sa petite fille aussi, tout bébé encore, d'une fièvre de naissance. Subtil s'est remarié quelques années plus tard, et... » Elle s'interrompit et soupira pour la troisième fois. Puis ses lèvres s'affermirent et elle tapota la dalle de l'âtre à côté d'elle.

« Viens t'asseoir. Nous avons à parler. »

J'obéis et m'installai sur les pierres de la cheminée. Je n'avais jamais vu Patience afficher un air aussi sérieux ni aussi concentré. Tout cela cachait quelque chose. Cela tranchait tellement sur ses habituelles jacasseries sans conséquence que j'en eus presque peur. Elle me fit rapprocher d'elle, au point de me retrouver assis presque sur ses genoux. Alors, elle se pencha vers moi et murmura : « Il est des choses qu'il vaut mieux taire ; mais une heure vient où il faut les révéler. FitzChevalerie, mon ami, n'y vois pas de la mesquinerie de ma part, mais je dois t'avertir que ton oncle Royal n'est pas aussi bien disposé envers toi que tu pourrais l'imaginer. »

Ce fut plus fort que moi : j'éclatai de rire.

Patience bondit d'indignation. « Écoute-moi ! me souffla-t-elle d'un ton pressant. Oh, je sais, il est gai, charmant et spirituel ! C'est un flatteur consommé ; j'ai bien vu la façon dont toutes les jeunes donzelles de la cour lui agitent leur éventail sous le nez, et dont tous les godelureaux imitent sa vêture et ses manières ! Mais, sous ce beau plumage, il y a une grande ambition, et aussi, je le crains, de la suspicion et de l'envie. Je ne t'en ai jamais parlé, mais il était totalement opposé à ce que j'entreprenne ton éducation, autant qu'à ce que tu apprennes l'Art. Parfois, je pense qu'il vaut mieux que tu y aies échoué, sans quoi sa jalousie n'aurait plus connu de bornes. » Elle se tut un instant, puis, voyant que j'avais repris mon sérieux, elle poursuivit : « Nous vivons des temps troublés, Fitz, et pas seulement à cause des Pirates rouges qui harcèlent nos côtes ; ce sont des temps où un b… quelqu'un de ta naissance doit se montrer prudent. Certains peuvent te faire risette, ce n'en sont pas moins des ennemis. Quand ton père vivait encore, nous comptions sur son influence pour te protéger ; mais lorsqu'il s'est fait… lorsqu'il est mort, j'ai compris que plus tu approcherais de l'âge adulte, plus tu courrais de risques. C'est pourquoi, quand la bienséance me l'a permis, je me suis forcée à revenir à la cour afin de voir si ma présence t'était nécessaire ; j'ai constaté qu'elle l'était et je t'ai estimé digne de mon aide. Aussi ai-je fait le serment de tout faire pour t'éduquer et te protéger. » Elle s'autorisa un bref sourire d'autosatisfaction.

« Je pense m'être bien débrouillée jusqu'ici. Mais... (et elle se pencha davantage) le moment arrive où, même moi, je ne pourrai plus te protéger. Tu dois commencer à t'occuper de toi-même ; tu dois te rappeler les leçons de Hod et les revoir souvent avec elle. Méfie-toi de tout ce que tu manges et bois, et défie-toi des lieux isolés. T'assener ces craintes me fait horreur, FitzChevalerie ; mais tu es presque un homme, désormais, et il faut commencer à penser à ces choses. »

C'était risible ; on aurait presque dit une farce. Du moins est-ce ainsi que j'aurais pu voir la situation de cette femme, qui menait une existence recluse et confortable, en train de m'expliquer avec le plus grand sérieux les réalités d'un monde où je survivais depuis l'âge de six ans. Pourtant, je sentis des larmes me picoter le coin des yeux. Je m'étais toujours demandé ce qui avait poussé Patience à revenir à Castelcerf pour y mener une vie d'ermite au milieu d'une société qu'elle ne goûtait manifestement pas. Je le savais à présent. Elle était venue à cause de moi, pour moi. Pour veiller sur moi.

Burrich m'avait protégé ; Umbre aussi, et même Vérité, à sa façon ; et, naturellement, Subtil m'avait fait jurer allégeance très tôt. Mais tous, chacun à sa manière, avaient à gagner à ma survie. Même Burrich aurait considéré comme un camouflet que je me fasse tuer alors que j'étais sous sa garde. Seule cette femme, qui aurait eu toutes les raisons de me détester, était venue assurer ma protection pour moi-même. Souvent, elle se montrait tête en l'air, indiscrète, voire parfois excessivement agaçante ; mais, lorsque nos regards se croisèrent, je sus qu'elle avait abattu la dernière muraille que j'avais maintenue entre nous. Je doutais fort que sa présence eût découragé si peu que ce soit les mauvaises volontés de me nuire ; son intérêt pour moi avait dû constituer pour Royal un rappel constant de mon ascendance. Cependant, ce n'était pas le geste, mais l'intention qui m'émouvait. Elle avait renoncé à son existence paisible, à ses vergers, à ses jardins et à ses bois, pour s'installer ici, dans cet humide château de pierre juché sur des falaises au-dessus de la mer, dans une cour remplie de gens qui ne l'intéressaient pas, pour veiller sur le bâtard de son époux.

« Merci », dis-je à mi-voix. Et c'était du fond du cœur.

« Bah… » Elle détourna vivement le regard. « C'était avec plaisir, tu sais.

— Je sais. Mais, à la vérité, je suis venu ce matin avec l'idée qu'il fallait peut-être vous prévenir, vous et Brodette, d'être prudentes. L'époque est à l'instabilité et on pourrait voir en vous un… un obstacle. »

Du coup, Patience éclata de rire. « Moi ? Moi ! Patience, l'excentrique, la vieille toquée toujours mal fagotée ? Patience, incapable de conserver une idée plus de dix minutes dans sa tête ? Patience, rendue à demi folle par la mort de son époux ? Mon garçon, je sais ce qu'on dit de moi. Personne ne me considère comme une menace pour quiconque. Allons, je suis le deuxième bouffon de la cour, une créature qui ne prête qu'à rire. Je ne risque rien, crois-moi. Mais, même dans le cas contraire, j'ai les habitudes d'une vie entière pour me protéger. Et j'ai Brodette.

— Brodette ? » Je ne pus empêcher l'incrédulité de percer dans ma voix ni un sourire gentiment moqueur d'apparaître sur mon visage. Je me tournai pour échanger un clin d'œil avec l'intéressée. Mais elle me foudroya du regard comme si mon sourire lui était un affront, et, avant que je puisse me lever, elle bondit de sa chaise à bascule. Une longue aiguille, débarrassée de son éternel fil à broder, vint s'appuyer sur ma veine jugulaire, tandis que l'autre piquait un espace précis entre mes côtes. C'est tout juste si je ne trempai pas mes chausses. Sans oser prononcer un mot, je levai les yeux vers la femme que je ne reconnaissais plus du tout.

« Cesse de taquiner le petit, lui dit Patience d'un ton affable. Oui, Fitz : Brodette. L'élève la plus douée qu'Hod ait jamais eue, bien qu'elle fût déjà adulte quand elle a commencé son apprentissage. » Entre-temps, Brodette avait éloigné ses armes de moi. Elle se rassit et remonta adroitement ses mailles et je suis prêt à jurer qu'elle n'en oublia pas une seule. Quand elle eut fini, elle me regarda et me fit un clin d'œil ; puis elle se remit à son ouvrage. Alors seulement, je pensai à me remettre à respirer.

C'est un assassin fort penaud qui sortit de l'appartement des deux femmes quelque temps plus tard. Dans le couloir, il me revint une réflexion d'Umbre : il m'avait averti que je sous-estimais Brodette. Avec une grimace, je me demandai si c'était là sa conception de l'humour ou sa façon de m'enseigner à respecter les gens d'apparence anodine.

Des images de Molly cherchèrent à s'imposer à mon esprit, mais je les repoussai résolument ; cependant, je ne pus résister à l'envie de baisser le nez sur ma chemise pour capter la vague trace de son parfum sur mon épaule. Puis j'effaçai le sourire idiot de mon visage et me mis à la recherche de Kettricken. J'avais des devoirs.

J'ai faim.

La pensée s'était introduite en moi sans prévenir. La honte me submergea : je n'avais rien apporté à Loupiot hier ! Dans le tourbillon des événements, je l'avais presque oublié.

Un jour sans manger, ce n'est rien. D'ailleurs, j'ai trouvé un nid de souris sous un angle de la chaumière. Me crois-tu complètement incapable de m'occuper de moi-même ? Mais quelque chose de plus substantiel, ce serait agréable.

Bientôt, répondis-je. *J'ai une mission à remplir d'abord.*

Dans le salon de Kettricken, je ne trouvai que deux pages, en apparence en train de faire du rangement, mais que j'entendis pouffer de rire alors que j'entrais. Ni l'un ni l'autre ne savait où était la reine-servante. J'essayai ensuite la salle de tissage de maîtresse Pressée, lieu chaleureux et convivial où se retrouvaient nombre des femmes de la Forteresse ; là encore, point de Kettricken, mais selon dame Pudeur, que j'y rencontrai, sa maîtresse avait dit devoir parler au prince Vérité ce matin ; elle était peut-être chez lui ?

Cependant, Vérité n'était ni dans ses appartements ni dans sa chambre aux cartes, où je tombai néanmoins sur Charim, occupé à trier les feuilles de vélin par qualités. Vérité, m'apprit-il, s'était levé très tôt et s'était rendu aussitôt à son chantier naval. Oui, Kettricken était passée ce matin, mais après le départ de son époux, et quand Charim lui avait annoncé l'absence de Vérité, elle aussi était partie. Pour où ? Il l'ignorait.

J'étais désormais affamé et je pris prétexte que les commérages y allaient toujours bon train pour descendre aux cuisines. Là, peut-être quelqu'un saurait-il où s'était rendue notre reine-servante. Je me répétais que je n'étais pas inquiet. Pas encore.

C'étaient les jours froids et venteux que les cuisines étaient les plus accueillantes : les vapeurs qui s'élevaient des ragoûts en train de mijoter se mêlaient aux riches arômes du pain au four et de la viande sur les broches. Des garçons d'écurie transis de froid rôdaient parmi les tables, bavardaient avec les marmitons, chapardaient des petits pains cuits de frais et des entames de fromage, goûtaient les civets et s'évaporaient comme brume au soleil si Burrich apparaissait à la porte. Je me coupai une tranche de gâteau à la farine d'avoine cuisiné du matin, à quoi j'ajoutai du miel et quelques chutes de lard que Mijote faisait revenir pour préparer des fritons. Et, tout en mangeant, je prêtai l'oreille aux conversations.

Curieusement, rares étaient celles où l'on faisait directement allusion aux événements de la veille ; il faudrait du temps aux habitants du château pour digérer tout ce qui s'était passé. Mais je percevais autre chose également, une impression de quasi-soulagement ; je connaissais ce phénomène pour l'avoir constaté chez un homme qu'on avait amputé d'un pied gangrené, ainsi que chez une famille dont on avait enfin retrouvé le corps de l'enfant noyé. Il y avait de l'apaisement à regarder le malheur en face et à dire : « Je te connais. Tu m'as fait du mal, tu m'as presque tué, mais je suis toujours vivant. Et je vais continuer à vivre. » Telle était l'impression que je captais chez les occupants de la Forteresse. Tous avaient enfin accepté de prendre conscience des graves blessures que nous infligeaient les Pirates rouges, et désormais le sentiment général était qu'on pouvait guérir et rendre les coups.

Je préférais ne pas m'enquérir franchement de la reine ; mais, par chance, un des garçons d'écurie parlait de Pas-de-Loup. Une partie du sang que j'avais vu sur son garrot provenait de la jument elle-même et les lads racontaient qu'elle avait essayé de mordre Burrich quand il avait voulu lui soigner l'épaule, et qu'ils avaient dû s'y mettre à deux pour lui tenir la tête. Je m'immisçai dans la conversation. « Il faudrait peut-être une monture moins fougueuse pour la reine ? dis-je.

— Ah, non : notre reine aime bien le caractère et la fierté de Pas-de-Loup. Elle me l'a dit elle-même quand elle est descendue aux écuries ce matin. Elle est venue en personne voir son cheval et demander quand elle pourrait le monter. Elle s'est adressée à moi, à moi personnellement. Alors je lui ai répondu qu'un cheval n'avait pas envie de se faire monter par un temps pareil, surtout avec une épaule amochée. La reine Kettricken a hoché la tête et on est restés à bavarder ; elle m'a même demandé comment j'avais perdu ma dent.

— Et tu lui as raconté que c'est un cheval qui a redressé brusquement la tête pendant que tu l'exerçais ! Parce que tu ne voulais pas que Burrich sache qu'on s'était bagarrés dans le fenil et que tu t'étais cassé la figure dans le box du poulain gris !

— Ferme-la ! C'est toi qui m'avais poussé, alors c'était autant ta faute que la mienne ! »

Et tous deux s'éloignèrent en s'envoyant des bourrades jusqu'à ce qu'un coup de gueule de Mijote les fasse s'enfuir de la cuisine. Mais j'avais les renseignements que je cherchais. Je pris la direction des écuries.

Le temps était encore plus froid et maussade que je ne m'y attendais. Même à l'intérieur des écuries, le vent s'insinuait par la moindre lézarde et entrait en hurlant chaque fois qu'on ouvrait une porte. L'haleine des chevaux embuait l'air et les lads se serraient amicalement l'un contre l'autre pour se tenir chaud. Je dénichai Pognes et lui demandai où se trouvait Burrich.

« Il coupe du bois, répondit-il à mi-voix. Pour faire un bûcher funéraire. Et il n'a pas cessé de boire depuis ce matin. »

Je faillis en oublier le but de ma visite : jamais je n'avais connu pareille attitude chez Burrich. Il buvait, certes, mais le soir, une fois terminé le travail de la journée. Pognes perçut mon désarroi.

« C'est Renarde, sa vieille mâtine ; elle est morte cette nuit. N'empêche que je n'ai jamais entendu parler d'un bûcher pour un chien. Il est derrière l'enclos d'exercice. »

Je m'apprêtai à m'y diriger.

« Fitz ! fit Pognes.

— Ça va aller, Pognes. Je sais ce qu'elle représentait pour lui. La première nuit où on m'a confié à sa garde, il m'a installé dans un box à côté d'elle en lui ordonnant de veiller sur moi. Elle avait un chiot, Fouinot… »

Pognes secoua la tête. « Il a dit qu'il ne voulait voir personne, qu'il ne répondrait à aucune question. Que personne ne devait lui parler. C'est la première fois qu'il me donne un ordre pareil.

— D'accord. » Je soupirai.

Pognes prit une mine désapprobatrice. « Vieille comme elle était, il devait bien s'y attendre. Elle n'était même plus capable de chasser avec lui. Il aurait dû la remplacer depuis longtemps. »

Je le dévisageai. Malgré toute son affection pour les animaux, toute sa douceur et ses bons instincts, il ne comprenait pas. Autrefois, j'avais été bouleversé en découvrant que le sens du Vif était propre à moi ; aujourd'hui, devant son absence totale chez Pognes, je voyais le garçon d'écurie aveugle. Je me contentai de secouer la tête et revins au but originel de ma visite. « Pognes, as-tu vu la reine aujourd'hui ?

— Oui, mais ça fait déjà un moment. » Il me regarda d'un air inquiet. « Elle est venue me demander si le prince Vérité avait sorti Droiture des écuries pour descendre au bourg. Je lui ai dit que non, que le prince était venu le voir, mais l'avait laissé dans son box ; les rues doivent être complètement verglacées et Vérité n'y risquerait pas sa monture préférée. Il se rend assez souvent à Bourg-de-Castelcerf, ces derniers temps, et il passe presque tous les jours faire un tour aux écuries. Il m'a dit que c'était un prétexte pour prendre l'air. »

L'angoisse m'étreignit. Avec une certitude quasi visionnaire, je sus que Kettricken avait suivi Vérité au bourg. À pied ? Sans personne pour l'accompagner ? Par ce temps de chien ? Pendant que Pognes se reprochait de n'avoir su prévoir les intentions de la reine, je sortis Modeste, un mulet bien nommé mais au pied sûr, de son box. Je n'osai pas perdre de temps à retourner chez moi chercher des vêtements plus chauds ; aussi, j'empruntai le manteau de Pognes, l'enfilai par-dessus le mien et tirai l'animal renâclant hors des bâtiments, dans le vent et la neige.

Tu viens, maintenant ?

Pas tout de suite, mais bientôt. J'ai un problème à régler.

Je peux t'accompagner ?

Non. C'est risqué. Tais-toi et reste en dehors de mes pensées.

Je m'arrêtai à la porte du château et interrogeai sèchement les gardes. Oui, une femme à pied était passée ce matin ; plusieurs, même, car le métier de certaines les obligeait à ce trajet, qu'il pleuve ou qu'il vente. La reine ? Les hommes échangèrent des regards et ne répondirent pas. Peut-être, suggérai-je, avaient-ils remarqué une femme vêtue d'un épais manteau ? Avec un capuchon bordé de fourrure blanche ? Un jeune garde acquiesça. Des broderies sur le manteau, blanches et violettes aux ourlets ? À nouveau, ils échangèrent des regards, l'air mal à l'aise.

En effet, une femme qui ressemblait à cette description était passée. Ils ne savaient pas qui c'était, mais maintenant que je leur parlais de ces couleurs, ils auraient dû reconnaître…

Sans hausser le ton et d'une voix glaciale, je les traitai de lourdauds et de crétins. Des inconnus franchissaient nos portes sans se faire arrêter ? Ils avaient vu de la fourrure blanche et des broderies violettes et ils n'avaient pas imaginé que ce pouvait être la reine ? Et personne n'avait jugé utile de l'accompagner ? Personne pour la protéger ? Après ce qui s'était passé la veille ? Belle Forteresse que Castelcerf où la reine n'avait même pas un soldat pour l'escorter lorsqu'elle descendait à pied à Bourg-de-Castelcerf au milieu d'une tempête de neige ! Je talonnai Modeste et laissai les gardes se rejeter la faute les uns sur les autres.

Ce fut un trajet épouvantable. Le vent, d'humeur capricieuse, changeait de direction dès que j'avais trouvé un moyen de le bloquer avec mon manteau. Non seulement la neige tombait du ciel, mais en outre les rafales soulevaient les cristaux gelés du sol et les enfournaient sous mon manteau à la moindre occasion. Mécontent, Modeste n'en avançait pas moins dans la neige toujours plus épaisse. Sous la masse blanche, la route inégale était recouverte d'une couche de glace traîtresse. Le mulet, résigné à mon entêtement, avançait lourdement, la tête basse. Je battais des paupières pour les débarrasser des flocons qui s'y accrochaient et m'efforçais de faire accélérer ma monture. Je ne cessais de voir la reine tombée par terre, prostrée, et la neige qui l'ensevelissait peu à peu. Ridicule ! me répétais-je fermement. Ridicule !

Ce n'est qu'aux abords de la ville que je la rattrapai. Je l'aurais reconnue de dos même sans le blanc et le violet de sa tenue : avec une superbe indifférence, elle avançait à grands pas dans les tourbillons de neige, sa peau de Montagnarde aussi insensible au froid que la mienne aux embruns et à l'humidité. « Reine Kettricken ! Ma dame ! Je vous en prie, attendez-moi ! »

Elle se retourna et, à ma vue, sourit et s'arrêta. Arrivé à sa hauteur, je glissai à bas du dos de Modeste. Je me rendis soudain compte de l'inquiétude qui m'avait taraudé tout le long du chemin au soulagement qui m'envahit à la voir indemne. « Que faites-vous ici, toute seule, par cette tempête ? » fis-je d'un ton sec. Avec retard, j'ajoutai : « Ma dame ».

Elle regarda autour d'elle comme si elle prenait seulement conscience de la neige qui tombait et du vent qui soufflait en rafales, puis elle eut un sourire triste. Elle n'était pas le moins du monde frigorifiée ni mal à l'aise ; au contraire, la marche lui avait rosi les joues et la fourrure blanche qui encadrait son visage faisait ressortir la blondeur de ses cheveux et l'azur de ses yeux. Au milieu de ce paysage blanc, elle n'était plus pâle, mais rousse et rose, et ses yeux bleus étincelaient. Elle me paraissait plus pleine de vie que je ne l'avais vue depuis des jours. Hier, à cheval, elle était la Mort, et le Deuil en baignant les dépouilles de ceux qu'elle avait tués. Mais aujourd'hui, ici, dans la neige, c'était une jeune fille joyeuse qui s'était échappée du château et de sa fonction pour faire une promenade dans le vent froid. « Je vais retrouver mon époux.

— Seule ? Sait-il que vous arrivez, et ainsi, à pied ? »

Elle eut l'air surprise. Puis son menton se raffermit et elle redressa la tête, exactement comme mon mulet. « N'est-ce pas mon époux ? Dois-je prendre rendez-vous pour le voir ? Et pourquoi n'irais-je pas seule et à pied ? Me croyez-vous donc incompétente au point de me perdre sur la route de Bourg-de-Castelcerf ? »

Elle se remit à marcher et je fus bien forcé de rester à sa hauteur. Je tirais derrière moi le mulet qui manquait d'enthousiasme. « Reine Kettricken… fis-je, mais elle m'interrompit.

— J'en ai assez. » Elle s'arrêta brusquement et se tourna vers moi. « Hier, pour la première fois depuis bien longtemps, j'ai eu l'impression d'être vivante et d'avoir une volonté propre. J'ai l'intention de préserver ce sentiment. Si je souhaite aller voir mon époux travailler, j'irai. Je sais fort bien qu'aucune de mes dames de compagnie n'aurait envie de sortir par ce temps, à pied ou autrement. Je suis donc seule. Mon cheval a été blessé hier et, quoi qu'il en soit, l'état de la route n'est pas recommandé pour un animal. Je suis donc sans monture. Tout cela est d'une logique sans faille. Pourquoi m'avoir suivie et pourquoi m'interroger ainsi ? »

Elle avait choisi de parler brutalement, je décidai donc d'en faire autant ; néanmoins, je pris le temps d'une inspiration pour enrober ma réponse d'une certaine courtoisie. « Ma dame reine, je vous ai suivie pour m'assurer que vous alliez bien. Ici, où seul le mulet nous écoute, je puis vous parler franchement : avez-vous si vite oublié qui a tenté de renverser Vérité du trône, chez vous, dans le royaume des Montagnes ? Hésiterait-il à comploter ici aussi ? Je ne le crois pas. Pensez-vous qu'il s'agissait d'un accident lorsque vous vous êtes perdue dans les bois, il y a deux nuits ? Pas moi. Et vous imaginez-vous que vos actes d'hier lui aient plu ? Bien au contraire ! Ce que vous faites pour le bien du peuple, il y voit un stratagème de votre part pour accaparer le pouvoir ; alors, il boude, marmonne et juge que vous constituez une menace grandissante. Vous devez bien vous en douter ! Pourquoi, dans ce cas, vous exposer ainsi comme une cible, ici où une flèche ou un poignard peuvent vous atteindre sans difficulté et sans témoin ?

— Je ne suis pas une cible si facile à toucher que cela, répliqua-t-elle d'un air de défi. Il faudrait un archer hors de pair pour faire voler droit une flèche dans de telles rafales de vent ; quant au poignard, j'en ai un, moi aussi. Pour me frapper, il faudrait s'approcher à une distance où je pourrais rendre les coups. » Elle se détourna et repartit à grands pas.

Je la suivis sans me laisser décourager. « Et à quoi cela vous mènerait-il ? À tuer un homme ! Le château serait aussitôt sens dessus dessous et Vérité châtierait ses gardes pour vous avoir laissée vous exposer au danger. Et supposons que le tueur soit plus doué au poignard que vous ? Quelles seraient les conséquences pour les Six-Duchés si, en ce moment, j'étais en train d'extirper votre cadavre d'une congère ? » Je repris mon souffle et ajoutai : « Ma reine ».

Elle ralentit le pas, mais garda le menton dressé en me demandant à mi-voix : « Quelles seront les conséquences pour moi si je me morfonds jour après jour au château, jusqu'à devenir molle et aveugle comme une larve ? FitzChevalerie, je ne suis pas un pion qui attend sur sa case qu'un joueur le déplace. Je suis... Il y a un loup qui nous guette !

— Où ça ? »

Elle tendit le doigt, mais l'animal avait disparu comme un tourbillon de neige en ne laissant qu'un fantôme de rire dans ma tête. Un instant plus tard, un retour de vent apporta son odeur à Modeste. Le mulet se mit à tirer sur sa longe en reniflant. « J'ignorais qu'il y avait des loups si près d'ici ! s'étonna Kettricken.

— Ce ne devait être qu'un chien du bourg, ma dame. Sans doute une bête galeuse et sans abri qui sera allée gratter dans le dépotoir de la ville. Il n'y a rien à en craindre. »

Crois-tu ? J'ai assez faim pour dévorer ce mulet.

Va-t'en et attends. J'arrive bientôt.

Le dépotoir de la ville est loin d'ici. En plus, il y a toujours plein de mouettes et ça pue leurs fientes. Et d'autres choses. Le mulet serait tout frais ; ce serait agréable.

Va-t'en, te dis-je ! Je t'apporterai de la viande plus tard.

« FitzChevalerie ? » fit Kettricken d'un ton circonspect.

J'ouvris aussitôt les yeux. « Je vous demande pardon, ma dame. Mon esprit s'est égaré.

— Alors, cette colère sur votre visage ne m'est pas adressée ?

— Non. Quelqu'un d'autre a... contrarié ma volonté, aujourd'hui. Pour vous, je n'ai que de l'inquiétude, pas de la colère. Ne voulez-vous pas enfourcher Modeste, que je vous ramène au château ?

— Je désire voir Vérité.

— Ma reine, il ne lui plaira pas de vous voir arriver ainsi. »

Elle soupira et parut rapetisser dans son manteau. Sans me regarder, elle demanda d'un ton radouci : « N'avez-vous jamais eu envie de passer votre temps en compagnie de quelqu'un, Fitz, que l'on veuille ou non de vous ? Ne pouvez-vous pas comprendre combien je me sens seule... ? »

Si.

« Être sa reine-servante, être l'Oblat de Castelcerf, cela, je sais le faire. Mais il est une autre partie de moi-même... Je suis femme et il est homme, et je suis l'épouse de mon époux. À cela aussi, je suis engagée, et ce m'est davantage un plaisir qu'un devoir. Mais il vient rarement me voir et, même alors, il parle peu et s'en repart vite. » Elle reporta son regard sur moi. Des larmes brillèrent soudain sur ses cils. Elle les essuya brusquement et une pointe de colère perça dans sa voix. « Vous m'avez parlé un jour de mon devoir, de ce que seule une reine peut faire pour

Castelcerf. Eh bien !, je ne serai jamais enceinte en restant seule dans mon lit toutes les nuits !

— Ma reine, ma dame, je vous en prie… » fis-je d'un ton implorant. Je sentais mes joues devenir brûlantes.

Mais elle poursuivit inexorablement : « La nuit dernière, je n'ai pas attendu. Je suis allée à sa porte. Mais le garde a prétendu qu'il n'était pas là, qu'il était monté à sa tour. » Elle détourna les yeux. « Même cette tâche lui paraît préférable à celle qu'il doit accomplir dans mon lit. » Sa rancœur ne parvenait pas à cacher sa souffrance.

La tête me tournait d'entendre ce que je n'avais pas envie de savoir : Kettricken, seule, glacée dans son lit ; Vérité incapable de résister à l'appel de l'Art la nuit. J'ignorais ce qui était le plus affreux. D'une voix tremblante, je dis : « Il ne faut pas me raconter tout cela, ma reine. Ce n'est pas bien…

— Alors, laissez-moi le lui dire à lui ! C'est lui qui doit l'entendre, je le sais ! Et il va l'entendre ! Si son cœur ne le mène pas auprès de moi, que son devoir l'y pousse ! »

Elle a raison. Elle doit porter si on veut que la meute grandisse.

Ne te mêle pas de ça ! Rentre à la maison !

À la maison ! Un aboi de rire moqueur dans ma tête. *La maison, c'est la meute, pas une chaumière froide et vide. Écoute la femelle. Elle parle bien. Nous devrions tous aller rejoindre celui qui guide. Tes craintes pour cette femelle sont ridicules. Elle chasse bien, d'un croc aigu, et elle tue proprement. Je l'ai observée, hier. Elle est digne de celui qui guide.*

Nous ne sommes pas de la même meute. Silence.

Je ne fais aucun bruit. Du coin de l'œil, je surpris un mouvement vif. Je me tournai rapidement, mais il n'y avait plus rien. Je me retournai vers Kettricken ; immobile, elle ne disait rien, mais je sentis que l'étincelle de colère qui l'animait jusque-là avait été mouchée par le chagrin. Sa détermination en était affaiblie.

Je ne haussai pas la voix malgré le vent. « Je vous prie, ma dame, laissez-moi vous ramener à Castelcerf. »

Sans répondre, elle releva sa capuche sur sa tête et la resserra au point de se dissimuler presque entièrement le visage. Puis elle s'approcha du mulet, l'enfourcha et souffrit que je reconduise l'animal à Castelcerf. Le trajet me parut plus long et plus froid dans le silence lugubre qui s'était établi entre nous. Je n'étais pas fier d'avoir obligé Kettricken à changer d'avis et, afin de penser à autre chose, je tendis prudemment mon esprit alentour. Je ne tardai pas à repérer Loupiot ; il nous suivait comme nos ombres en se déplaçant telle une fumée sous le couvert des arbres et en se servant des congères et de la neige qui tombait pour se cacher. Je ne pourrais jurer l'avoir vu, fût-ce une seule fois ; je surprenais seulement un mouvement du coin de l'œil ou le vent m'apportait une vague trace de son odeur. Son instinct était très efficace.

Tu penses que je suis prêt à chasser ?

Pas tant que tu ne seras pas prêt à obéir. J'avais pris un ton sévère.

Alors, que ferai-je quand je chasserai seul, sans-meute que tu es ? Il était vexé et fâché.

Nous approchions de l'enceinte extérieure de Castelcerf. Je me demandai comment nous avions réussi à sortir sans passer par une porte.

Tu veux que je te montre ? C'était une offre de paix.

Plus tard, peut-être. Quand j'apporterai de la viande. Je perçus son assentiment. Il nous avait quittés pour courir en avant ; il serait à la chaumière quand j'y arriverais. À la porte, les gardes m'arrêtèrent d'un air contrit. Je déclinai mon nom d'un ton formel et le sergent eut le bon sens de ne pas insister pour connaître l'identité de la dame qui m'accompagnait. Dans la cour, je fis faire halte à Modeste afin de laisser descendre la reine-servante, à qui je tendis la main. Comme elle mettait pied à terre, je me sentis observé ; je me retournai et vis Molly. Elle portait deux seaux d'eau qu'elle venait de tirer du puits. Elle me regardait, immobile, mais tendue comme un daim sur le point de s'enfuir. Ses yeux ne cillaient pas, son visage était sans expression. Lorsqu'elle se détourna, il y avait de la raideur dans sa démarche. Sans nous accorder un autre coup d'œil, elle traversa la cour et se dirigea vers l'entrée des cuisines. Je sentis un froid de mauvais augure m'envahir. À cet instant, Kettricken me lâcha la main et resserra son manteau autour d'elle. Sans me regarder, elle non plus, elle me murmura simplement : « Merci, FitzChevalerie ». Puis elle partit lentement vers la porte.

Je ramenai Modeste aux écuries et le bouchonnai. Pognes s'approcha et souleva les sourcils d'un air interrogateur ; je hochai la tête et il retourna à ses occupations. Parfois, je crois que c'est ce que j'appréciais le plus chez lui : cette capacité à ne pas fourrer son nez dans ce qui ne le regardait pas.

Je m'armai de courage pour ce qui allait suivre. Je me rendis à l'arrière des enclos d'exercice, où une mince volute de fumée s'élevait dans l'air empuanti d'une odeur de chair et de poils brûlés. Je me dirigeai vers elle. Burrich était debout près du bûcher et le regardait se consumer. Le vent et la neige s'efforçaient de l'éteindre, mais Burrich était résolu à ce qu'il flambe jusqu'au bout. Il me jeta un coup d'œil comme j'arrivais, mais il ne dit rien et son regard retourna sur les flammes. Ses yeux étaient deux trous noirs remplis d'une douleur sourde. Elle se muerait en fureur si j'osais lui adresser la parole. Mais ce n'était pas pour lui que j'étais là ; je tirai mon poignard de ma ceinture et me coupai une mèche de cheveux d'un doigt de long, puis je la jetai dans le feu et la regardai se consumer. Renarde... Une excellente chienne. Un souvenir me revint et je l'exprimai à voix haute. « Elle était là la première fois que Royal m'a vu. Elle était couchée à côté de moi et elle lui a montré les dents. »

Au bout d'un moment, Burrich hocha la tête. Lui aussi se trouvait là, ce jour-là. Je fis demi-tour et m'en allai lentement.

Mon arrêt suivant fut aux cuisines, pour chiper un certain nombre d'os à viande qui restaient de la vigie de la veille. Ce n'était pas de la viande fraîche, mais il faudrait bien que Loupiot s'en contente. Il avait raison : je devrais bientôt le libérer afin qu'il chasse pour son compte. Le chagrin de Burrich avait ravivé ma résolution. Renarde avait vécu longtemps pour un mâtin, mais encore trop peu pour le cœur de Burrich. Se lier à un animal, c'était se promettre cette souffrance dans l'avenir; j'avais déjà eu le cœur brisé assez souvent.

J'étais encore en train de chercher le meilleur moyen de m'y prendre quand j'arrivai à la chaumière. Je relevai soudain la tête, prévenu par une subite prémonition, et il me heurta de toute sa masse. Il avait couru sur la neige, rapide comme une flèche, pour se précipiter de tout son poids contre l'arrière de mes genoux et me jeter à terre. Sous la force du choc, je m'étalai, la figure dans la neige. Je relevai le visage et ramenai mes bras sous moi tandis qu'il prenait un virage serré, puis se ruait à nouveau à l'assaut. Je lançai un bras en l'air, mais il passa sur moi à toute allure en me piétinant et en cherchant à me planter ses crocs aigus dans la chair. *Je t'ai eu, je t'ai eu, je t'ai eu !* Exubérance débridée.

Je m'étais redressé à demi lorsqu'il me heurta de nouveau, en pleine poitrine cette fois. Je levai l'avant-bras pour me protéger la gorge et le visage et il le happa entre ses mâchoires. Il émit un grondement sourd en faisant semblant de le déchiqueter. Je perdis l'équilibre et retombai dans la neige ; mais, cette fois, je m'accrochai à lui, le plaquai contre moi, et nous nous mîmes à rouler au sol. Il me pinça en une dizaine d'endroits, certains douloureux, et toujours je l'entendais : *Drôle, drôle, drôle, je t'ai eu, je t'ai eu et je t'ai encore eu ! Tiens, tu es mort, et tiens, je t'ai cassé la patte avant, et tiens, tu te vides de ton sang ! Je t'ai eu, je t'ai eu, je t'ai eu !*

Ça suffit ! Ça suffit ! Et enfin : « Ça suffit ! » À mon rugissement, il me lâcha et s'écarta d'un bond. Il s'enfuit dans la neige à grands sautillements grotesques, fit demi-tour et fonça de nouveau vers moi. Je levai brusquement les bras pour me protéger le visage, mais il s'empara seulement de mon sac d'os et se sauva en me mettant au défi de le rattraper. Impossible de le laisser gagner si facilement : je me lançai à sa suite, lui bloquai la route et saisis un bout du sac et la course dégénéra en épreuve de force, à qui tirerait le plus fort ; il tricha en lâchant brutalement prise, pour me mordre aussitôt l'avant-bras, assez durement pour m'engourdir la main et s'emparer encore une fois du sac. Je me remis à sa poursuite.

Je t'ai eu ! Je lui tirai la queue. *Je t'ai eu !* Je le déséquilibrai d'un coup de genou dans l'épaule. *Et j'ai les os !* L'espace d'un instant, le sac à la main, je m'enfuis. Il se jeta carrément contre mon dos, les quatre pattes en avant, m'enfonça la tête dans la neige, saisit le trésor et repartit au grand galop.

J'ignore combien de temps dura notre jeu. Nous nous étions finalement laissé tomber dans la neige pour nous reposer et nous haletions à l'unisson dans une simplicité toute sensuelle. La toile du sac était déchirée par endroits et des os en pointaient ; Loupiot en saisit un et le secoua pour le libérer des plis du tissu, puis il s'y attaqua, en cisaillant d'abord la viande, ensuite en maintenant l'os au sol avec ses pattes avant pendant que ses mâchoires broyaient le cartilage charnu de l'extrémité. Je me penchai vers le sac, attrapai un os, un beau plein de viande, un gros os à moelle, et le tirai vers moi.

… Et je redevins soudain un homme. J'eus l'impression de m'éveiller d'un rêve, d'une bulle de savon qui éclate ; les oreilles de Loupiot s'agitèrent et il se tourna vers moi comme si je lui avais parlé. Mais je n'avais rien dit. J'avais seulement séparé mon esprit du sien. Brusquement, j'eus froid ; de la neige m'était entrée dans les bottes, dans les chausses et dans le col. Des éraflures zébraient mes bras et mes mains là où les crocs de Loupiot m'avaient raclé la peau. Mon manteau était déchiré en deux endroits. Et j'avais la tête lourde comme si j'émergeais d'un sommeil induit par la drogue.

Qu'est-ce qu'il y a ? Inquiétude. *Pourquoi es-tu parti ?*

Je ne peux pas. Je ne peux pas être comme toi. C'est mal.

Perplexité. *Mal ? Si tu peux le faire, comment ça peut-il être mal ?*

Je suis un homme, pas un loup.

Quelquefois. Acquiescement. *Mais tu n'es pas obligé d'être tout le temps un homme.*

Si. Je ne veux pas être lié à toi de cette façon. Nous ne devons pas être aussi proches. Il faut que je te libère, pour que tu mènes la vie que tu dois vivre. Et moi, celle que je dois vivre.

Grognement railleur, crocs découverts. *Exact, frère. Nous sommes ce que nous sommes. Comment peux-tu prétendre savoir quelle vie je dois vivre, et en plus menacer de me forcer à la vivre ? Tu n'arrives déjà pas à accepter ce que tu es. Tu le refuses alors même que tu le vis. Toutes*

tes jacasseries sont ridicules. Autant interdire à ton nez de sentir ou à tes oreilles d'entendre. Nous sommes ce que nous faisons..., frère.

Je ne baissai pas ma garde, je ne lui donnai pas la permission, mais il se rua dans mon esprit comme le vent se rue par une fenêtre ouverte et emplit une pièce. *La nuit et la neige. La viande entre nos mâchoires. Écoute, flaire, le monde est vivant cette nuit et nous aussi ! Nous pouvons chasser jusqu'à l'aube, nous sommes vivants, la nuit et la forêt sont à nous ! Nos yeux sont perçants, nos mâchoires fortes, et nous pouvons épuiser un cerf à la course et banqueter avant le matin. Viens ! Retrouve ce que tu es par ta naissance !*

Au bout d'un instant, je revins à moi. J'étais debout et je tremblais de la tête aux pieds. Je regardai mes mains et soudain ma chair me parut une prison étrangère, aussi anormale que les vêtements que je portais. Je pouvais partir. Partir maintenant, cette nuit, et m'en aller loin pour retourner auprès de notre vraie famille, et personne ne serait capable de nous suivre, encore moins de nous retrouver. Il m'offrait un monde noir et blanc éclairé par la lune, un monde de repas et de repos, parfaitement simple, parfaitement plein. Nous nous regardions dans les yeux, et les siens étaient d'un vert chatoyant et m'invitaient à le suivre. *Viens. Viens avec moi. Qu'ont à faire ceux de notre race des hommes et de leurs mesquines manigances ? Il n'y a pas une bouchée de viande à tirer de leurs chamailleries, pas de joie claire dans leurs projets, et jamais de plaisir simple à prendre sans réfléchir. Pourquoi choisir leur monde ? Viens, viens-t'en !*

Je clignai les yeux. Des flocons s'accrochaient à mes cils et j'étais debout dans le noir, transi et agité de frissons. Non loin de moi, un loup se redressa et s'ébroua. La queue à l'horizontale, les oreilles pointées, il s'approcha de moi, frotta sa tête contre ma jambe et, du museau, poussa ma main glacée. Je mis un genou dans la neige et le pris dans mes bras ; je sentis la chaleur de son pelage sous mes paumes, la solidité de ses muscles et de ses os. Il avait une bonne odeur, propre et sauvage. « Nous sommes ce que nous sommes, frère. Mange bien », lui dis-je. Je lui donnai une dernière caresse sur les oreilles, puis me relevai. Tandis qu'il s'emparait du sac d'os pour le traîner dans l'antre qu'il s'était creusé sous la chaumière, je me détournai. Les lumières de Castelcerf étaient presque aveuglantes, mais je me dirigeai vers elles néanmoins. Je n'aurais su dire pourquoi. Mais j'allai à leur rencontre.

10

LA MISSION DU FOU

En temps de paix, on restreignait l'enseignement de l'Art aux membres de la famille royale, afin d'assurer l'exclusivité de cette magie et de réduire les risques de la voir employée contre le roi. Ainsi, quand Galen entra en apprentissage auprès de maîtresse Sollicité, ses devoirs consistaient à la seconder pour achever la formation de Chevalerie et Vérité. Personne d'autre n'apprenait l'Art, à l'époque : Royal, enfant délicat, avait été jugé par sa mère trop chétif pour supporter les rigueurs de cet enseignement. C'est pourquoi, à la suite de la mort prématurée de Sollicité, Galen prit le titre de maître d'Art mais n'eut guère à faire. Certains considéraient d'ailleurs que son temps d'apprentissage était insuffisant pour constituer l'initiation complète d'un maître d'Art ; d'autres ont déclaré depuis qu'il n'avait jamais possédé la puissance nécessaire pour faire un véritable maître. Quoi qu'il en soit, pendant des années, il n'eut jamais l'occasion de faire ses preuves et de démontrer la fausseté de ces critiques : il n'y avait ni jeune prince ni jeune princesse à former au cours des années où Galen fut maître d'Art.

C'est seulement à la suite des raids des Pirates rouges que l'on décida d'agrandir le cercle des artiseurs. Il n'existait plus de clan digne de ce nom depuis bien longtemps. La tradition nous révèle que, lors de heurts précédents avec les Outrîliens, il n'était pas rare de voir trois, et quelquefois quatre clans travailler en même temps. Ils étaient généralement formés de six ou huit membres mutuellement cooptés pour leur aptitude à se lier les uns aux autres, et dont l'un au moins possédait une forte affinité avec le monarque régnant. Ce membre clé répétait directement au souverain tout ce que ses compagnons lui transmettaient, s'ils faisaient partie d'un clan de messagerie ou de collecte de renseignements. D'autres clans avaient pour fonction d'accumuler de l'énergie et de mettre leurs ressources d'artiseurs à la disposition du roi selon ses besoins. Le membre clé de ces clans portait souvent le titre d'Homme ou de Femme du roi ou de la reine. En de très rares cas, ce personnage existait en dehors de tout clan ou formation, seulement en tant qu'individu doué d'une si forte affinité avec le souverain que celui-ci pouvait puiser dans son énergie, en général par simple contact physique. De lui, le roi ou la reine pouvait tirer l'endurance nécessaire pour longuement artiser. Par tradition, un clan prenait le nom de son membre clé, ce dont nous avons des exemples célèbres, tel le clan de Feux-Croisés.

Pour créer son premier et unique clan, Galen choisit de ne se plier à aucune coutume. Son groupe prit le nom du maître d'Art qui l'avait façonné et le conserva même après sa mort. Plutôt que d'assembler un vivier d'artiseurs et d'en laisser émerger un clan, Galen lui-même tria ceux qui en deviendraient membres ; en conséquence, il leur manquait l'unité interne des groupes des légendes et leur affinité la plus profonde allait au maître d'Art plus qu'au roi. Ainsi, le membre clé, Auguste à l'origine, adressait des rap-

ports complets autant à Galen qu'au roi Subtil et au roi-servant Vérité. Lorsque Galen mourut et que l'Art d'Auguste fut anéanti, Sereine prit la fonction de membre clé du clan de Galen. Les autres survivants du groupe étaient Justin, Guillot, Carrod et Ronce.

*

* *

La nuit, je courais comme un loup.

La première fois, je crus que je faisais un rêve particulièrement réaliste : la vaste étendue de neige blanche que l'ombre des arbres maculait d'encre noire, les odeurs fugitives transportées par le vent, la joie ridicule de bondir et de fouir derrière les musaraignes qui s'aventuraient hors de leurs terriers d'hiver… Je me réveillai l'esprit clair et de bonne humeur.

Mais la nuit suivante, je fis un rêve tout aussi réaliste. Je compris alors que, lorsque j'isolais mon Art pour ne pas émettre inconsciemment et, par là, que je m'empêchais de rêver de Molly, je m'ouvrais tout grand aux pensées nocturnes du loup. Là se trouvait tout un royaume dans lequel Vérité ni aucun artiseur ne pouvait me suivre. C'était un monde où n'existaient ni intrigues de cour, ni complots, ni soucis, ni projets. Mon loup vivait dans le présent. Son esprit était vide des accumulations de détails des souvenirs. D'un jour à l'autre, il ne conservait que l'indispensable à sa survie. Il ne se rappelait pas combien de musaraignes il avait tuées deux jours plus tôt, mais il gardait en mémoire des éléments plus généraux, tels que les sentes que préféraient les lapins ou les endroits où le ruisseau coulait assez vite pour ne jamais geler.

Cependant, cela, c'était la situation après que je lui eus appris à chasser ; au début, ce fut moins brillant. Je continuais à me lever tôt pour lui apporter à manger, en me répétant qu'il ne s'agissait que d'un petit pan de ma vie que je me réservais. Tout se passait comme l'avait dit le loup : je ne faisais rien, j'étais, simplement. D'ailleurs, je m'étais promis de ne pas laisser notre rencontre se transformer en lien plein et entier. Bientôt, très bientôt, il serait capable de chasser tout seul et je le libérerais pour qu'il s'en aille. Parfois, je me disais que je ne le laissais entrer dans mes rêves que pour mieux lui enseigner la chasse, afin de le rendre plus vite à la liberté. J'évitais de songer à ce que Burrich pourrait en penser.

Un jour, de retour d'une de mes expéditions matinales, je tombai sur deux gardes, un homme et une femme, qui s'exerçaient au bâton dans la cour des cuisines. Tout haletants, ils échangeaient des coups, esquivaient et s'envoyaient des insultes bon enfant dans l'air froid et limpide. Je ne reconnus pas l'homme et, l'espace d'un instant, je crus qu'il s'agissait d'étrangers au château ; puis la femme m'aperçut. « Ho, FitzChevalerie ! Il faut que je te parle ! » cria-t-elle sans cesser de brandir son bâton.

Je la regardai en essayant de la remettre. Son adversaire para maladroitement un coup et elle le frappa durement. Pendant qu'il sautillait sur place, elle recula gracieusement en éclatant de rire, un hennissement suraigu reconnaissable entre mille. « Sifflet ? » fis-je, incrédule.

La femme m'adressa son sourire brèche-dent bien connu, donna un coup sonore au bâton de son adversaire et recula en dansant. « Oui ? » répondit-elle, le souffle court. Son partenaire d'entraînement, la voyant occupée, baissa courtoisement son arme. Aussitôt, Sifflet revint à la charge, mais, avec une telle adresse qu'on eût dit de la nonchalance, l'homme releva son bâton et bloqua l'attaque. Encore une fois, Sifflet éclata de rire, une main en l'air en signe de trêve.

« Oui, répéta-t-elle en se tournant vers moi. Je suis venue... enfin, on m'a choisie pour venir te demander un service. »

De la main, j'indiquai les vêtements qu'elle portait. « Je ne comprends pas. Tu as quitté la garde de Vérité ? »

Elle haussa les épaules, mais je vis bien que ma question l'enchantait. « Pas pour aller très loin. Garde de la reine. L'insigne de la Renarde. Tu vois ? » Elle tira sur le devant de sa courte veste blanche pour tendre le tissu. Une bonne laine faite maison, bien solide, sur laquelle je vis brodée une renarde blanche, les crocs découverts, sur fond pourpre, pourpre comme ses épaisses chausses de laine. Le bas en était enfoncé dans des bottes qui lui montaient aux genoux. La tenue de son adversaire était en tous points pareille. La garde de la reine... À la lumière de l'aventure de Kettricken, l'uniforme prenait son sens.

« Vérité a jugé qu'il lui fallait une garde personnelle ? » demandai-je, ravi.

Le sourire de Sifflet s'effaça un peu. « Pas exactement, fit-elle, sur quoi elle se raidit comme pour me faire un rapport. On a décidé qu'il fallait une garde de la reine, moi et quelques autres qui l'ont accompagnée l'autre jour. On s'est mis à parler entre nous de... de tout, après. Comment elle s'était comportée avec les forgisés, et ensuite ici ; et aussi qu'elle était arrivée à Castelcerf sans connaître personne. Alors, on s'est dit qu'il faudrait obtenir la permission de former une garde pour elle, mais personne savait vraiment comment s'y prendre. On savait que c'était nécessaire, mais personne avait l'air de s'en occuper... Et puis, la semaine dernière, je t'ai entendu te mettre en rogne parce qu'elle était partie à pied et toute seule, sans escorte ! Qu'est-ce que tu leur en as dit ! J'étais dans la pièce à côté et j'ai rien manqué ! »

Je retins la protestation qui me venait aux lèvres et hochai sèchement la tête. Sifflet poursuivit : « Alors on s'est mis d'accord. Ceux qui avaient envie de porter le blanc et le violet l'ont dit, tout simplement ; ça faisait juste la moitié de la garde. De toute manière, il était temps qu'on fasse rentrer un peu de sang neuf : la garde de Vérité commençait à prendre de la bouteille. Et à se ramollir, à force de rester au château. Donc, on s'est reformés en faisant monter en grade certains à qui ç'aurait dû arriver depuis longtemps s'il y avait eu des places à prendre, et en recrutant pour boucher quelques trous. Ça a marché comme sur des roulettes. Les nouveaux venus vont nous permettre de nous affûter un peu pendant qu'on les formera. La reine aura sa garde à elle quand elle en voudra une. Ou quand elle en aura besoin.

— Je vois. » Je commençais à me sentir mal à l'aise. « Et quel est le service que vous attendez de moi ?

— Que tu expliques notre idée à Vérité. Que tu dises à la reine qu'elle a une garde. » Elle parlait avec la plus grande simplicité.

« Ça confine au parjure, répondis-je tout aussi simplement. Des soldats de la propre garde de Vérité qui rejettent ses couleurs pour prendre celles de sa reine...

— On peut voir ça comme ça. On peut le présenter comme ça. » Elle me regarda dans les yeux ; son sourire avait disparu. « Mais tu sais que c'est pas ça. Il fallait le faire. Ton... Chevalerie s'en serait rendu compte, il aurait même créé une garde avant que la reine arrive des Montagnes. Mais le roi-servant Vérité... Non, on n'est pas parjures envers lui. On l'a servi comme il faut parce qu'on l'aime. Et on continue. On l'a toujours protégé, et on s'est simplement reformés autrement pour le protéger encore mieux. Il a une bonne reine, voilà ce qu'on pense, et on veut pas qu'il la perde. C'est tout. C'est pas pour ça qu'on aime moins notre roi-servant, tu le sais bien. »

En effet, mais tout de même… Je détournai les yeux, secouai la tête et m'efforçai de réfléchir. Pourquoi moi? se demandait une partie de moi-même avec colère. Et puis je compris qu'à l'instant où j'avais perdu mon sang-froid et réprimandé les gardes pour n'avoir pas protégé leur reine, je m'étais porté volontaire. Burrich m'avait déjà prévenu que j'avais tendance à oublier ma place. « J'en parlerai au roi-servant Vérité. Et à la reine, s'il est d'accord. »

Le sourire de Sifflet revint aussitôt. « Je savais que tu ferais ça pour nous. Merci, Fitz ! »

Et tout soudain, elle repartit en virevoltant, le bâton brandi vers son adversaire qui ne put que reculer. Avec un soupir, je repris mon chemin. Je pensais qu'à cette heure-ci Molly allait venir chercher de l'eau, et j'avais espéré l'apercevoir. Mais elle n'était pas apparue et j'étais déçu. Je savais que je n'aurais pas dû jouer ce genre de petit jeu, mais la tentation était parfois trop forte. Je quittai la cour.

Ces derniers jours, c'était une forme particulière de torture que je m'infligeais : je m'interdisais de revoir Molly, mais j'étais incapable de résister à l'envie de la filer ; c'est ainsi que j'arrivais dans les cuisines un instant après qu'elle en était sortie et m'imaginais pouvoir encore sentir son parfum dans l'air ; ou encore que je m'installais pour la soirée dans la Grand-Salle, en essayant de me placer là d'où je pourrais l'observer à la dérobée. Quel que soit le divertissement proposé, chanson, poésie ou marionnettes, mes yeux finissaient toujours par se porter là où se tenait Molly. Elle avait toujours l'air digne et réservé dans son corsage et sa jupe bleu foncé et elle ne m'adressait jamais le moindre coup d'œil. Elle parlait avec les autres femmes de la Forteresse ou, les rares soirs où Patience descendait, elle s'asseyait à côté d'elle et la servait avec une attention qui niait jusqu'à mon existence. Quelquefois, j'avais l'impression que notre brève étreinte n'avait été qu'un rêve. Mais la nuit, revenu dans ma chambre, je prenais la chemise que j'avais cachée au fond de mon coffre à vêtements et, en l'approchant de mon visage, je croyais encore sentir une faible trace de son parfum. Alors mon tourment m'était plus supportable.

Le temps avait passé depuis la crémation des forgisés sur leur bûcher funéraire. Outre la formation de la garde de la reine, d'autres changements se préparaient, tant à l'intérieur qu'à l'extérieur du château. Deux maîtres constructeurs de navires avaient spontanément offert leurs services aux chantiers navals, au grand ravissement de Vérité. Mais la reine Kettricken en avait été émue encore bien davantage, car c'est à elle qu'ils s'étaient présentés, en disant qu'ils souhaitaient se rendre utiles. Leurs apprentis les accompagnaient et avaient grossi les rangs de ceux qui œuvraient aux chantiers. Dorénavant, les lampes y brûlaient dès avant l'aube et bien après le coucher du soleil, et les travaux avançaient à grands pas. Du coup, Vérité s'absentait d'autant plus de Castelcerf et Kettricken, lorsque j'allais la voir, était plus abattue que jamais. C'est en vain que je lui proposais livres et sorties ; elle passait le plus clair de son temps assise à son métier à tisser auquel elle touchait à peine, chaque jour un peu plus pâle et apathique. Sa tristesse affectait les dames qui l'accompagnaient, si bien qu'une visite chez elle avait toute la gaieté d'une veillée funèbre.

Je ne m'attendais pas à trouver Vérité dans son étude et je ne fus pas déçu : il était aux hangars à bateaux, comme d'habitude. Je priai Charim de demander qu'on m'appelle lorsque le roi-servant aurait du temps à me consacrer. Puis, résolu à m'occuper et à suivre le conseil d'Umbre, je retournai dans ma chambre, où je me fournis de dés et de baguettes à encoches avant de me rendre aux appartements de la reine.

J'avais décidé de lui enseigner certains des jeux de hasard dont étaient friands les dames et les seigneurs, dans l'espoir qu'elle élargirait le champ de ses divertissements. J'espérais également, à un moindre degré, que ces jeux l'inciteraient à fréquenter davantage de gens et à dépendre moins de ma compagnie. Son humeur lugubre commençait à me peser, au point que je souhaitais souvent de tout mon cœur me trouver loin d'elle.

« Apprends-lui d'abord à tricher. Mais fais-lui croire que c'est la façon normale de jouer ; dis-lui que les règles autorisent les feintes. Quelques tours d'escamotage faciles à enseigner et elle pourrait vider les poches de Royal une ou deux fois avant qu'il ose la soupçonner ; et à ce moment-là, que pourrait-il faire ? Accuser la dame de Castelcerf de tricher aux dés ? »

C'était le fou, naturellement, qui marchait à côté de moi, son sceptre à tête de rat tressautant légèrement sur son épaule. Je n'eus pas un tressaillement, mais il sut qu'une fois de plus il m'avait eu par surprise. Ses yeux pétillaient d'amusement.

« Notre reine-servante risque de ne pas apprécier que je la trompe. Pourquoi ne pas m'accompagner, plutôt, pour la dérider un peu ? Moi, je remise mes dés et, toi, tu jongles pour elle.

— Jongler pour elle ? Allons, Fitz, je ne fais que ça toute la journée et, toi, tu n'y vois que bouffonnerie. Tu observes mon travail et tu dis que c'est un jeu, tandis que je te regarde travailler d'arrache-pied à jouer à des jeux que tu n'as pas inventés toi-même. Suis le conseil d'un fou : apprends à la dame, non les dés, mais les devinettes, et vous y gagnerez tous deux en sagesse.

— Les devinettes ? C'est un jeu de Terrilville, non ?

— On devrait y jouer aussi à Castelcerf, ces temps-ci. Tiens, réponds à celle-ci, si tu le peux : Comment appeler quelque chose qu'on ne sait pas comment appeler ?

— Je n'ai jamais été doué pour ce jeu, fou.

— Comme tous ceux de ta lignée, d'après ce que j'ai entendu dire. Alors, réponds à celle-ci : Qu'est-ce qui a des ailes dans le manuscrit de Subtil, une langue de feu dans le livre de Vérité, des yeux d'argent dans les vélins de Rell et des écailles d'or dans ta chambre ?

— C'est une devinette ? »

Il me regarda d'un air navré. « Non ; une devinette, c'est ce que je viens de te poser. C'est un Ancien. Et la première devinette voulait dire : comment en appeler un ? »

Je ralentis le pas. Je le dévisageai, mais il était toujours difficile de croiser son regard.

« C'est une devinette ? Ou une vraie question ?

— Oui. » Le fou avait la mine grave.

Je m'arrêtai brusquement, complètement perdu, et lui adressai un regard noir. En réponse, il leva son sceptre nez à nez avec lui-même. Le rat et lui semblaient se faire des grimaces. « Tu vois, Raton, il n'en sait pas davantage que son oncle ni son grand-père. Aucun d'eux ne sait comment appeler un Ancien.

— Par l'Art », dis-je impulsivement.

Le fou me scruta d'un air étrange. « Tu sais ça ?

— J'imagine que c'est le moyen.

— Pourquoi ?

— Je l'ignore. D'ailleurs, maintenant que j'y pense, ça me paraît peu probable : le roi Sagesse a fait un long voyage pour trouver les Anciens ; à quoi bon, s'il pouvait simplement les artiser ?

— En effet. Mais, parfois, il y a de la justesse dans l'impétuosité ; alors, débrouille-moi cette devinette, mon gars : Un roi est vivant. Un prince de même. Et tous deux maîtrisent l'Art. Mais où sont ceux qui ont été formés en même temps que le roi, et ceux d'avant ? Comment en est-on arrivé à cette indigence d'artiseurs en un temps où l'on a impérieusement besoin d'eux ?

— On forme peu d'artiseurs en temps de paix. Galen n'avait pas jugé utile de prendre de disciples avant sa dernière année de vie. Et le clan qu'il a créé… » Je me tus soudain ; bien que le couloir fût désert, j'avais perdu toute envie de parler de ce sujet. J'avais toujours gardé pour moi tout ce que Vérité avait pu me révéler sur l'Art.

Le fou se mit subitement à cabrioler autour de moi. « Si la botte ne va pas, impossible de la porter, quel que soit le cordonnier qui l'a faite », déclara-t-il.

J'acquiesçai à contrecœur. « Exactement.

— Et le cordonnier est mort. Comme c'est triste. Plus triste que viande chaude sur la table et vin rouge dans ton verre. Mais le cordonnier, lui aussi, avait été formé par un autre.

— Sollicité. Mais elle est morte, elle aussi.

— Ah ! Mais pas Subtil. Ni Vérité. Il me semble que s'il en reste deux créés par elle qui respirent encore, il devrait y en avoir d'autres. Où sont-ils ? »

Je haussai les épaules. « Disparus, vieux, morts, que sais-je ? » Je refoulai mon impatience et me contraignis à réfléchir à la question. « La sœur du roi Subtil, Allègre, la mère d'Auguste… elle a peut-être été formée, mais elle est morte depuis longtemps. Le père de Subtil, le roi Bonté, a été le dernier à disposer d'un clan, je crois. Mais bien peu de gens de cette génération sont encore en vie. » Je m'interrompis : Vérité m'avait dit un jour que Sollicité avait enseigné l'Art à autant d'élèves doués qu'elle avait pu en trouver. Il en restait sûrement de vivants ; ils ne devaient guère avoir plus d'une dizaine d'années de plus que Vérité…

« Un trop grand nombre sont morts, si tu me poses la question. Je le sais, crois-moi », dit le fou en réponse à mes réflexions. Je le regardai d'un œil inexpressif. Il me tira la langue, s'éloigna un peu en dansant, puis observa son sceptre et gratta affectueusement son rat sous le menton. « Tu vois, Raton, je te l'avais bien dit. Aucun d'entre eux ne sait rien. Aucun n'est assez intelligent pour demander.

— Fou, tu ne peux donc jamais t'exprimer clairement ? » m'écriai-je, exaspéré.

Il se figea comme si je l'avais frappé. En pleine pirouette, il reposa les talons au sol et se raidit comme une statue. « Quel intérêt ? fit-il d'un ton mesuré. M'écouterais-tu si je ne te parlais pas par énigmes ? Cela t'obligerait-il à réfléchir, à te suspendre à mes moindres mots et à les ruminer plus tard dans ta chambre ? Très bien, je vais essayer. Connais-tu la comptine "Six sages s'en furent à Jhaampe" ? »

J'acquiesçai, encore plus perdu qu'avant.

« Récite-la-moi.

« "Six sages s'en furent à Jhaampe, gravirent un mont et n'en descendirent pas, se pétrifièrent et puis s'enfuirent…" » Le reste de la vieille comptine m'échappa soudain. « Je ne me souviens plus. De toute manière, les paroles ne veulent rien dire ; ce n'est qu'une scie qu'on n'arrive pas à se sortir de la tête.

— Ce qui explique, naturellement, qu'elle fasse partie des poèmes du savoir traditionnel, conclut le fou.

— Je n'en sais rien ! » Je me sentais soudain excessivement irrité. « Fou, tu recommences ! Tu t'exprimes toujours par énigmes ! Tu prétends parler clairement, mais ta vérité m'échappe !

— Les énigmes et les devinettes, mon Fitzounet, sont là pour faire réfléchir, pour faire découvrir de nouvelles vérités dans de vieilles lunes. Mais, puisqu'il en est ainsi... Ta cervelle m'échappe ; comment l'atteindre ? Peut-être devrais-je venir chanter sous ta fenêtre à la nuit tombée :

Prince bâtard, Fitz mon tout doux,
Tu perds ton temps et prends des coups,
Et tu t'efforces de freiner
Quand tu devrais accélérer. »

Il avait mis un genou en terre et pinçait des cordes imaginaires sur son sceptre. Il chantait à pleine poitrine, et plutôt bien, finalement. L'air de sa chanson était celui d'une ballade d'amour populaire. Il me regarda, émit un soupir théâtral, se passa la langue sur les lèvres et reprit avec une expression désespérée :

« Pourquoi un Loinvoyant jamais ne voit au loin,
Et s'arrête à ce qu'il a juste sous la main ?
La côte est assiégée et ton peuple est hagard ;
J'avertis et je presse, on me répond : "Plus tard !"
Petit prince bâtard, ô Fitz, ô mon tout beau,
Attendras-tu longtemps qu'on te coupe en morceaux ? »

Une servante s'arrêta, surprise, pour écouter. Un page passa la tête par la porte d'une salle voisine, un sourire jusqu'aux oreilles. Je sentis le rouge commencer à monter à mes joues, car le fou levait vers moi un visage énamouré. Je voulus m'éloigner de lui d'un air dégagé, mais il me suivit à genoux en s'accrochant à ma manche, et je dus m'immobiliser plutôt que de me lancer dans une bataille grotesque pour me libérer. Je me sentais ridicule. Le fou me fit un sourire minaudier, et j'entendis le page glousser de rire, tandis que, plus loin dans le couloir, deux voix amusées murmuraient. Je refusai de lever les yeux pour voir qui se réjouissait ainsi de mon embarras. Le fou m'envoya un baiser, puis reprit sa chanson dans un murmure confidentiel :

« Le destin pourra-t-il si aisément t'abattre ?
Non, si te sers de l'Art afin de le combattre.
Mande tes alliés, cherche les maîtres d'Art,
Emploie tous les moyens que tu mis au rancart.
Il est un avenir encore informe et vide
Fondé par tes passions violentes et avides ;
Utilise ta tête afin de l'emporter
Et tu pourras ainsi sauver les Six-Duchés.
C'est ce dont te supplie un fou agenouillé :
Empêche les ténèbres de nous fouailler,
Évite aux peuples de tomber en putrescence,
Ô toi en qui la Vie a placé sa confiance. »

Il se tut un instant, puis conclut joyeusement et à pleine voix :

« Mais si tu fais celui qui n'a pas entendu
Et négliges ma voix comme pets de ton cul,
Voici la révérence, à mon sens, qui t'est due ;
Régale-toi les yeux de ce que peu ont vu ! »

Il me lâcha soudain la manche et s'éloigna de moi en faisant un saut périlleux qui s'acheva, j'ignore comment, par la présentation de ses fesses nues. Elles étaient d'une pâleur choquante et je ne pus cacher ma stupéfaction ni mon dépit. Le fou se remit debout d'un bond, convenablement vêtu cette fois, et Raton, au bout de son sceptre, s'inclina modestement devant le public qui s'était arrêté pour assister à mon humiliation. Il y eut un éclat de rire général et quelques applaudissements. Sa ballade improvisée m'avait laissé sans voix ; je détournai le regard et voulus contourner le fou, mais il me bloqua de nouveau le passage, prit une expression austère et s'adressa aux rieurs :

« Fi donc ! Honte à vous, que je vois si gais ! Rire et montrer du doigt un garçon au cœur brisé ! Ignorez-vous donc que le Fitz a perdu un être cher ? Ah, il rougit pour dissimuler son chagrin, mais elle est descendue dans la tombe en laissant sa passion inassouvie. Pucelle à la virginité opiniâtre et à la flatulence virulente, dame Thym n'est plus. De sa pestilence, à n'en point douter, l'on pourrait dire qu'elle la tenait de manger des viandes gâtées. Mais, gâtée, la viande exhale des effluves méphitiques afin d'empêcher qu'on la consomme ; on peut en dire autant de dame Thym ; aussi, peut-être, ne se sentait-elle pas, ou y voyait-elle le parfum de ses doigts. Ne pleure point, pauvre Fitz, il t'en sera trouvé une autre. Par le crâne de sire Raton, je jure de m'y employer dès aujourd'hui ! Et lors, hâte-toi de vaquer à tes devoirs, car j'ai délaissé les miens bien trop longtemps. Adieu, pauvre Fitz ! Brave, triste cœur ! Faire si bonne figure contre ta désolation ! Pauvre jeune homme inconsolable ! Ah, Fitz, pauvre, pauvre Fitz… »

Et il s'éloigna dans le couloir en hochant la tête d'un air accablé et en discutant avec Raton pour décider quelle douairière il devrait courtiser en mon nom. Je le regardai partir, abasourdi. Je n'arrivais pas à croire qu'il ait pu me donner ainsi en spectacle et j'éprouvais un sentiment de trahison. Il avait la langue acérée et le tempérament volage, je le savais, mais je n'aurais jamais pensé être un jour la victime publique d'une de ses plaisanteries. J'espérais qu'il allait se retourner pour faire un dernier commentaire qui m'expliquerait ce qui venait de se passer, mais il n'en fit rien. Lorsqu'il tourna le coin du couloir, je compris que mon supplice avait pris fin et je repris mon chemin, à la fois bouillant de colère et plongé dans des abîmes de perplexité. Ses vers de mirliton s'étaient gravés dans ma mémoire et je me doutais que j'allais passer les prochains jours à ruminer les paroles de sa chanson d'amour pour essayer d'en extraire le sens. Mais dame Thym ? Il n'aurait jamais parlé de sa disparition si elle n'était pas « vraie ». Cependant, pourquoi Umbre aurait-il fait mourir ainsi son personnage public ? De quelle pauvre femme allait-on, sous l'identité de dame Thym, emporter la dépouille chez des parents éloignés pour l'enterrer ? Était-ce la façon qu'Umbre avait trouvée de commencer son voyage, de sortir de Castelcerf sans se faire voir ? Mais, encore une fois, quel besoin de la faire mourir ? Pour faire croire à Royal que sa tentative d'empoisonnement avait réussi ? Dans quel but ?

Ainsi plongé dans mes réflexions, j'arrivai devant les portes des appartements de Kettricken. Je m'étais arrêté un instant dans le couloir afin de récupérer mon sang-froid et de reprendre une expression plus composée, quand soudain la porte en face de celle de la reine s'ouvrit à la volée et Royal, sortant à grands pas, me heurta. Je titubai de côté et, avant que j'aie le temps de me ressaisir, il me dit avec superbe : « Ce n'est rien, Fitz ; je ne te demanderai pas d'excuses, dans l'affliction où tu es ». Et il rectifia sa tenue tandis que de jeunes courtisans émergeaient à leur tour de ses appartements, agités de petits rires nerveux. Le prince leur sourit, puis se pencha vers moi pour me demander à mi-voix et d'un ton venimeux : « Qui vas-tu bien pouvoir flagorner, maintenant que cette vieille putain de Thym est morte ? Enfin ! Tu trouveras sûrement une autre vieille peau pour te câliner. À moins que tu ne sois ici pour en embobeliner une plus jeune ? » Et il eut le front de me sourire avant de tourner les talons et de s'en aller majestueusement dans une envolée de manches, suivi de ses trois adulateurs.

L'insulte faite à la reine fit monter en moi une rage noire ; elle m'envahit avec une soudaineté inouïe et je la sentis gonfler ma poitrine et ma gorge. Une force effrayante me parcourut et ma lèvre supérieure se retroussa pour découvrir mes dents. De très loin, je perçus : *Quoi ? Qu'est-ce que c'est ? Tue ! Tue ! Tue !* Je fis un pas, le suivant aurait été un bond et je sais que mes dents se seraient enfoncées là où la gorge s'attache à l'épaule.

Mais : « FitzChevalerie, dit une voix empreinte de surprise.

— Molly. » Je me retournai vers elle et mes émotions basculèrent brutalement de la rage au ravissement. Mais, tout aussi vite, elle s'écarta en disant : « Pardon, monseigneur », et elle passa. Ses yeux étaient baissés, ses manières celles d'une servante.

« Molly ? » Je la suivis et elle s'arrêta. Quand elle se tourna vers moi, son visage comme sa voix n'exprimaient rien.

« Messire ? Avez-vous une commission à me confier ?

— Une commission ? » Naturellement. Je jetai un coup d'œil alentour, mais le couloir était désert. Je m'approchai d'elle, baissai le ton pour n'être entendu que d'elle. « Non. Tu me manques affreusement, c'est tout. Molly, je…

— Ce n'est pas bienséant, messire. Je vous prie de m'excuser. » Elle fit demi-tour, fière et calme, et s'éloigna.

« Mais qu'ai-je donc fait ? » demandai-je, à la fois en colère et atterré. Je n'attendais pas vraiment de réponse, mais elle s'arrêta encore une fois. Son dos était raide, sa tête droite sous sa coiffe de dentelle. Sans se retourner, elle dit à mi-voix : « Rien. Vous n'avez rien fait, monseigneur. Absolument rien.

— Molly ? » protestai-je, mais elle passa l'angle du couloir et disparut. Je restai le regard fixe et, au bout d'un moment, je m'aperçus que j'émettais un son à mi-chemin entre un gémissement et un grondement.

Si on allait plutôt chasser !

Peut-être, répondis-je, et j'en étais le premier surpris, *peut-être serait-ce le mieux. Aller chasser, tuer, manger, dormir. Et rien de plus.*

Pourquoi pas maintenant ?

Je ne sais pas.

Je me calmai et frappai à la porte de Kettricken. Ce fut la petite Romarin qui m'ouvrit et m'invita à entrer avec un sourire. Une fois dans les lieux, je compris pourquoi Molly était venue : Kettricken était occupée à humer une grosse bougie verte. Plusieurs autres trônaient sur la table. « De la baie de laurier », dis-je.

Kettricken leva les yeux, le sourire aux lèvres. « Fitz-Chevalerie ! Bienvenue ! Entrez, asseyez-vous. Puis-je vous offrir à manger ? Du vin ? »

Sans bouger, je la dévisageai. C'était une véritable métamorphose. Je percevais sa force et je sus qu'elle se tenait au centre d'elle-même. Elle portait une tunique et des jambières gris clair ; ses cheveux étaient coiffés comme à l'ordinaire, sa parure un simple collier en perles de pierre vertes et bleues. Mais ce n'était plus la femme que j'avais ramenée à Castelcerf quelques jours auparavant ; celle-là était angoissée, furieuse, blessée, égarée ; cette Kettricken-ci irradiait la sérénité.

« Ma reine… fis-je, hésitant.

— Kettricken », me reprit-elle calmement. Elle se déplaçait dans la pièce pour disposer des bougies sur des étagères. Il y avait presque du défi dans son laconisme.

J'avançai dans son salon. Elle et Romarin en étaient les seules occupantes. Un jour, Vérité s'était plaint à moi que les appartements de son épouse avaient la précision d'un camp militaire ; ce n'était pas une exagération. Le sobre mobilier était d'une propreté immaculée ; les lourdes tentures et les épais tapis qui habillaient la plupart des aîtres de Castelcerf manquaient ici. De simples paillasses couvraient le sol et sur le cadre des paravents étaient tendus de grands parchemins délicatement décorés d'arbres et de branches fleuries. Nulle part le moindre désordre. Je ne saurais mieux décrire la tranquillité qui régnait dans ce lieu qu'en disant que tout y était achevé et rangé, ou pas encore commencé.

Je m'étais présenté en proie à des émotions conflictuelles, mais à présent, immobile et muet, ma respiration se calmait et mon cœur s'apaisait. Grâce à des paravents de parchemin, un angle de la pièce avait été transformé en alcôve, décorée d'un tapis de laine verte et meublée de bancs bas et rembourrés comme j'en avais vu dans les Montagnes. Kettricken plaça la bougie verte à la baie de laurier derrière l'un des paravents et l'alluma avec un brandon pris dans l'âtre. La flamme dansante insuffla la vie et la chaleur d'un lever de soleil à la scène peinte. Kettricken en fit le tour pour s'asseoir sur l'un des bancs de l'alcôve. Elle désigna le siège en face du sien. « Voulez-vous me rejoindre ? »

J'obéis. Le paravent doucement éclairé, l'illusion d'une petite pièce intime et le parfum suave de la baie de laurier, tout cela baignait dans la douceur. Le siège bas était étonnamment confortable. Il me fallut un moment pour me rappeler le motif de ma visite. « Ma reine, j'ai songé que vous aimeriez peut-être apprendre certains des jeux de hasard que l'on pratique à Castelcerf ; ainsi, vous pourriez participer lorsque les autres s'amusent.

— Une autre fois, éventuellement, répondit-elle gentiment. Si vous et moi avons envie de nous distraire, et s'il vous plaît de m'enseigner ces jeux. Mais pour ces raisons seulement. Je me suis rendu compte que les vieux proverbes sont exacts : on ne peut s'éloigner de sa vraie nature sans que le lien se rompe ou nous ramène en arrière. J'ai de la chance : j'ai été ramenée en arrière. J'avance à nouveau en fidélité avec moi-même, FitzChevalerie. C'est ce que vous percevez aujourd'hui.

— Je ne comprends pas. »

Elle sourit. « Ce n'est pas nécessaire. »

Elle se tut. La petite Romarin était allée s'asseoir auprès de l'âtre et elle avait pris son ardoise et sa craie pour s'occuper. Même cette distraction d'enfant était aujourd'hui nimbée de sérénité. Je revins à Kettricken et attendis qu'elle reprenne la parole ; mais elle resta simplement à me regarder d'un air méditatif.

Je finis par demander : « Que faisons-nous ?

— Rien », répondit Kettricken.

Je gardai donc le silence comme elle. Au bout d'un long moment, elle dit : « Notre ambition, les tâches que nous nous donnons, le cadre que nous nous efforçons d'imposer au monde, tout cela n'est que l'ombre d'un arbre projetée sur la neige. Elle change avec le soleil, disparaît la nuit, danse avec le vent et, quand la neige fond, elle gît déformée sur la terre inégale. Mais l'arbre continue d'exister. Comprenez-vous cela ? » Elle se pencha légèrement en avant pour me dévisager. Il y avait de la douceur dans ses yeux.

« Je crois », fis-je, embarrassé.

Elle me regarda d'un air presque apitoyé. « Vous comprendriez si vous cessiez de vouloir comprendre, si vous renonciez à vous inquiéter de savoir pourquoi c'est important pour moi, et essayiez simplement de voir ce que cette idée peut vous apporter dans votre vie. Mais je ne vous y oblige pas. Ici, je ne commande à personne. »

Elle redressa le buste d'un mouvement fluide qui faisait paraître sa roide posture naturelle et reposante. Et, à nouveau, assise en face de moi, elle ne fit rien. Mais je la sentis se déployer : je sentis sa vie m'effleurer, s'écouler autour de moi. C'était un contact des plus ténus, et si je n'avais pas eu l'expérience à la fois de l'Art et du Vif, je crois que je ne l'aurais pas perçu. Prudemment, aussi doucement que si je tâtais du pied un pont en toile d'araignée, je superposai mes sens aux siens.

Elle tendit son esprit. Pas comme je le faisais, vers un animal précis ou pour savoir quelles créatures sur trouvaient alentour ; dans son cas, l'expression que j'utilisais pour moi était impropre. Kettricken ne cherchait rien à l'aide de son Vif. C'était ce qu'elle avait dit, simplement être, mais être une partie du tout. Elle s'apaisait, contemplait toutes les façons qu'avait la toile de la toucher et elle était heureuse. C'était un état délicat et ténu et je m'en émerveillai. L'espace d'un instant, je me détendis moi aussi ; je respirai profondément et m'ouvris, le Vif béant. Je rejetai toute prudence, toute inquiétude que Burrich me perçoive. Je n'avais jamais rien fait de tel auparavant. Le contact de Kettricken était aussi léger qu'une gouttelette de rosée qui glisse sur un fil de toile d'araignée. J'avais l'impression d'une crue jusque-là retenue et qui, soudain libérée, se précipite pour remplir d'anciens canaux, déborde et envoie des doigts d'eau reconnaître les basses terres.

Allons chasser ! Le loup, tout joyeux.

Dans les écuries, Burrich cessa de curer un sabot pour se redresser, les sourcils froncés; Suie se mit à taper du pied dans son box; Molly haussa les épaules et rejeta les cheveux en arrière. En face de moi, Kettricken tressaillit et me regarda comme si j'avais dit quelque chose. L'instant suivant, j'étais pris, saisi de mille côtés, étiré, agrandi, éclairé impitoyablement. Je percevais tout, non seulement les humains et leurs allées et venues, mais le moindre pigeon en train de voleter parmi les gouttières, la moindre souris qui se faufilait subrepticement derrière les tonneaux de vin, chaque poussière de vie, qui n'était pas et n'avait jamais été poussière, mais toujours un point de croisement sur la toile d'araignée de la vie. *Rien n'est seul, rien n'est oublié, rien n'est dépourvu de sens, rien n'est insignifiant et rien n'a d'importance.* Quelque part, quelqu'un chanta, puis se tut. Un chœur s'enfla après ce solo, d'autres voix, lointaines et vagues, qui disaient : *Quoi ? Pardon ? On m'a appelé ? Vous êtes là ? Est-ce que je rêve ?* Elles me tiraillaient comme les mendiants saisissent les inconnus par la manche et je sentis soudain que, si je ne me retirais pas, j'allais me défaire entièrement comme un tricot. Je clignai les yeux, me barricadai en moi-même, puis j'inspirai.

Pas une seconde ne s'était écoulée. Un inspir, un battement de paupières. Kettricken me regardait d'un air interrogateur; je fis semblant de ne pas m'en apercevoir. Je me grattai le nez, changeai de position sur le banc.

Je repris fermement mon sang-froid, puis je laissai passer quelques minutes avant de soupirer, puis de hausser les épaules en manière d'excuse. « Je ne comprends pas le but du jeu, je crois », fis-je.

J'avais réussi à l'agacer. « Ce n'est pas un jeu. Il n'est pas nécessaire de comprendre ni de "faire" quoi que ce soit. Il suffit de tout arrêter et d'être. »

Je feignis d'essayer à nouveau. Je restai sans bouger

un moment, puis me mis à tripoter distraitement ma manchette jusqu'à ce que Kettricken me regarde. Alors, je baissai les yeux comme si j'étais confus. « La bougie sent très bon », dis-je.

Elle poussa un soupir et renonça. « La jeune fille qui les fabrique a une perception très fine des parfums ; elle parvient presque à recréer mes jardins et à m'entourer de leurs fragrances. Royal m'a apporté une fois un de ses cierges au chèvrefeuille, et je me fournis auprès d'elle depuis. Elle est servante au château et elle n'a ni le temps ni les moyens de produire beaucoup ; je m'estime donc privilégiée quand elle m'offre de ses bougies.

— Royal », répétai-je. Royal parlait à Molly ; Royal la connaissait suffisamment pour savoir qu'elle créait des bougies. Un mauvais pressentiment me tordit les tripes. « Ma reine, j'ai l'impression que je vous distrais de vos occupations. Ce n'est pas ce que je souhaite. Puis-je prendre congé, pour revenir quand vous aurez envie de compagnie ?

— Cet exercice n'exclut pas la compagnie, FitzChevalerie. » Elle me regarda d'un air triste. « Ne voulez-vous pas essayer encore une fois de lâcher prise ? L'espace d'un instant, j'ai cru... Non ? Dans ce cas, je ne vous retiens pas. » Il y avait du regret et de la solitude dans sa voix. Puis elle se redressa. Elle prit une inspiration, puis expira lentement ; à nouveau, je sentis sa conscience vibrer dans la toile d'araignée. Elle a le Vif, me dis-je. Modérément, mais elle l'a.

Je sortis sans faire de bruit. Je me demandai avec un soupçon d'amusement ce que penserait Burrich s'il était au courant. Ce qui m'amusait beaucoup moins, c'était de me rappeler qu'elle avait réagi quand j'avais tendu mon esprit. Je songeai à mes chasses nocturnes avec le loup : la reine allait-elle bientôt se plaindre de rêves étranges ?

Une certitude glacée m'envahit : j'allais être découvert. J'avais été trop négligent, trop longtemps. Burrich percevait quand je me servais du Vif ; et s'il n'était pas le seul ? On pourrait m'accuser de pratiquer la magie des Bêtes. Je bandai ma volonté et m'endurcis le cœur : demain, j'agirais.

11

LOUPS SOLITAIRES

Le fou constituera toujours un des grands mystères de Castelcerf. On peut presque affirmer que, de ce qu'on sait de lui, rien n'est assuré. Son origine, son âge, son sexe et sa race sont tous sujets à conjecture. Le plus étonnant est qu'un personnage public comme lui ait réussi à préserver une telle aura de secret : les questions concernant le fou seront toujours plus nombreuses que les réponses. A-t-il jamais réellement possédé des pouvoirs surnaturels de prescience et de magie, ou bien, tout simplement, son esprit vif et sa langue acérée prêtaient-ils à croire qu'il savait tout à l'avance ? S'il n'avait pas connaissance de l'avenir, il en donnait l'impression et, en jouant impassiblement les devins, il a ébranlé nombre d'entre nous qui l'ont ainsi aidé à façonner l'avenir selon ses vues.

*

* *

Blanc sur blanc. Une oreille bougea et cet infime mouvement trahit l'ensemble.

Tu vois ? demandai-je.

Je sens.

Je vois. Je tournai les yeux vers la proie. Pas davantage ; ce fut suffisant.

Je vois ! Il bondit, le lapin s'enfuit et Loupiot fonça derrière lui. Le lapin filait avec légèreté sur la neige fraîche, tandis que Loupiot devait sans cesse sauter et patauger. Le lapin courait en faisant des crochets, contournait un arbre, puis un buisson, et finit par s'enfoncer dans des ronces. S'y terrait-il ? Loupiot renifla le fourré, mais la densité des épines l'obligea à reculer sa truffe sensible.

Il est parti, lui dis-je.

Tu es sûr ? Pourquoi ne m'as-tu pas aidé ?

Je ne peux pas pourchasser le gibier dans la neige fraîche. Je dois me mettre à l'affût et n'attaquer que lorsqu'un bond suffit.

Ah ! Compréhension. Réflexion. *Nous sommes deux. Nous devrions chasser en couple. Je débusque le gibier et je le rabats vers toi. Toi, tu te tiens prêt à sauter pour lui casser la nuque.*

Je secouai lentement la tête. *Tu dois apprendre à chasser seul, Loupiot. Je ne serai pas toujours à tes côtés, ni en personne ni en esprit.*

Un loup n'est pas fait pour chasser seul.

Peut-être ; mais c'est le cas de beaucoup. Et ce sera le tien. Mais je n'avais pas l'intention de commencer par un lapin. Viens.

Il me suivit, satisfait de me laisser commander. Nous avions quitté le château avant que l'aube hivernale ne grisaille l'horizon. À présent, le ciel était bleu, dégagé, clair et froid. La piste que nous empruntions n'était guère qu'un sillon dans la neige épaisse ; j'enfonçais jusqu'à mi-mollet à chaque pas. Autour de nous, la forêt était figée dans le calme de l'hiver, rompu seulement de temps en temps par l'envol précipité d'un oiseau ou le croassement lointain d'un corbeau. Les arbres clairsemés étaient jeunes pour la plupart, mais parfois apparaissait parmi eux un géant, survivant de l'incendie qui avait ravagé la colline. C'était un bon pâturage pour les chèvres en été, et c'étaient leurs petits sabots pointus qui avaient tracé la piste que nous suivions. Elle menait à une simple borie que jouxtaient un enclos et un abri en pierre à demi éboulés, le tout désaffecté en hiver.

Loupiot était enchanté quand j'étais venu le chercher ce matin-là ; il m'avait montré son chemin dérobé pour sortir sans se faire voir des gardes, par une porte à bestiaux condamnée. Un mouvement de terrain avait descellé les pierres et le mortier qui la fermaient et ouvert une brèche juste assez large pour lui permettre de se faufiler. La neige tassée m'avait indiqué qu'il l'empruntait fréquemment. Une fois hors des murailles, nous nous étions discrètement éloignés du château, telles des ombres dans l'obscure clarté des étoiles et de la lune sur la neige. Lorsque nous avions été à distance sûre de la Forteresse, Loupiot avait transformé notre expédition en exercice de chasse à l'approche. Il partait en avant, se tapissait dans un coin et bondissait sur moi pour me toucher de la patte ou me pincer le mollet avec ses crocs, puis s'enfuyait, décrivait un grand cercle et m'attaquait par-derrière. Je l'avais laissé jouer en me réjouissant de mes efforts qui me réchauffaient autant que de la joie simple et sans mélange de nos ébats. Mais toujours nous nous déplacions – j'y veillais – si bien que lorsque le soleil nous découvrit, nous nous trouvions à des milles de Castelcerf, dans une région peu fréquentée en hiver. C'est pur hasard si j'avais repéré le lapin blanc sur le fond de neige ; j'avais un gibier beaucoup plus modeste à l'esprit, pour sa première chasse en solitaire.

Pourquoi sommes-nous ici ? demanda Loupiot dès que la borie apparut.

Pour chasser, répondis-je simplement. Je m'arrêtai à quelque distance de l'humble édifice. Le petit loup se coucha à mes côtés, le ventre dans la neige, et attendit la suite. *Eh bien ! vas-y*, lui dis-je. *Va chercher des traces de gibier.*

Oh, ça, c'est intéressant, comme chasse ! Renifler un antre d'homme pour trouver des rogatons ! Dédaigneux.

Pas des rogatons. Vas-y voir.

Il partit tout droit, puis obliqua vers la borie. Je l'observais. Nos chasses nocturnes en rêve lui en avaient appris beaucoup, mais je souhaitais maintenant qu'il se débrouille sans aucune aide de ma part. Je l'en savais capable. Je me doutais bien qu'en exiger la preuve n'était qu'une façon d'atermoyer encore, et je m'en faisais reproche.

Il restait sous le couvert des broussailles enneigées autant qu'il le pouvait ; il approcha prudemment de la borie, les oreilles dressées, le museau remuant. *Vieilles odeurs. Humains. Chèvres. Froides, mortes.* Il se figea un instant, puis fit un pas circonspect en avant. Ses mouvements étaient maintenant calculés et précis. Les oreilles pointées, la queue raide, il était totalement concentré. UNE SOURIS ! Un bond et il la tint. Il secoua la tête, il y eut un petit claquement et il envoya le petit animal voltiger en l'air. Il le rattrapa au vol. *Souris !* annonça-t-il avec une joie sauvage. Encore une fois, il projeta sa victime en l'air et la poursuivit en dansant sur ses pattes arrière. Il la rattrapa délicatement entre les incisives et la relança. J'irradiais la fierté et l'approbation. Quand il eut fini de jouer avec la souris, elle était réduite à un lambeau de fourrure rougeâtre. Il l'engloutit avec un claquement de mâchoires et revint auprès de moi à petits bonds.

Des souris ! Elles grouillent ici. Il y a leur odeur et leurs traces partout autour de la borie.

Je pensais bien qu'il y en aurait en abondance. Les bergers se plaignent de ce que le coin en est infesté et qu'elles gâtent leurs provisions en été. J'ai supposé qu'il y en aurait aussi en hiver.

Et elles sont drôlement grosses pour cette époque de l'année, acquiesça Loupiot, sur quoi il repartit d'un bond. Il chassa avec un enthousiasme frénétique, mais seulement tant que son appétit ne fut pas rassasié. Ensuite ce fut à mon tour de m'approcher de la borie. La neige s'était entassée contre la porte en bois délabrée, mais je l'ouvris en la poussant de l'épaule. L'intérieur était lugubre : de la neige avait traversé le toit en chaume et tracé des lignes blanches sur la terre glacée du sol. Il y avait une cheminée rudimentaire avec un crochet à bouilloire, et le mobilier se réduisait à un tabouret et un banc de bois. Il restait un fagot à côté de l'âtre et je m'en servis pour allumer du feu sur les pierres noircies ; je veillai à le maintenir bas, juste de quoi me réchauffer et dégeler le pain et la viande que j'avais emportés. Loupiot vint goûter mon repas, davantage pour le plaisir de partager que parce qu'il avait faim ; puis il explora sans hâte l'intérieur de la borie. *Plein de souris !*

Je sais. J'hésitai, puis me forçai à ajouter : *Tu ne mourras pas de faim, ici.*

Il releva brusquement le museau du coin qu'il reniflait. Il fit quelques pas vers moi, puis s'arrêta, les pattes raides. Ses yeux croisèrent les miens et ne les lâchèrent plus. Dans leur noirceur, il y avait les forêts sauvages. *Tu m'abandonnes ici.*

Oui. Il y a de quoi manger en abondance. Je reviendrai dans quelque temps pour m'assurer que tu vas bien. Tu seras bien ici, je pense. Tu apprendras à chasser tout seul ; d'abord des souris, et puis du gibier plus gros…

Tu me trahis. Tu trahis la meute.

Non. Nous ne sommes pas de la même meute. Je te libère, Loupiot. Nous devenons trop proches. Ce n'est bon ni pour toi ni pour moi. Je t'avais averti, il y a longtemps, que je ne me lierais pas. Nous n'avons rien à faire dans l'existence l'un de l'autre. Mieux vaut pour toi que tu t'en ailles, seul, pour être ce que tu dois être.

Ce que je dois être, c'est le membre d'une meute. Son regard ne me quittait pas. *Vas-tu me raconter qu'il y a des loups par ici, des loups qui accepteront un intrus sur leur territoire et me feront entrer dans leur meute ?*

Je dus détourner les yeux. *Non. Il n'y a pas de loups par ici. Il faudrait voyager bien des jours avant de trouver une région assez sauvage pour que des loups y vivent libres.*

Alors, que vais-je faire ici ?

Te nourrir. Être libre. Vivre ta vie, indépendamment de la mienne.

Être seul. Il découvrit ses crocs, puis se détourna brusquement. Il me contourna en faisant un grand cercle qui l'amena devant la porte. *Les hommes !* Mépris. *C'est vrai, tu n'as pas l'esprit de la meute, mais l'esprit des hommes.* Il s'arrêta dans l'encadrement pour me regarder. *Ce sont les hommes qui croient pouvoir gouverner la vie des autres sans avoir de liens avec eux. Tu t'imagines que tu peux décider seul si tu dois ou non te lier ? Mon cœur est à moi. Je le donne où je veux. Et je ne veux pas le donner à qui me repousse. Je n'obéis pas non plus à qui rejette la meute et le lien. Selon toi, je vais rester ici à renifler cet antre d'homme, à chasser les souris venues grappiller leurs rebuts, pour devenir comme elles, un animal qui vit des déchets des hommes ? Non. Si nous ne sommes pas de la même meute, nous n'avons rien en commun. Je ne te dois rien et surtout pas obéissance. Je ne resterai pas ici. Je vivrai comme je l'entends.*

Il y avait de la ruse dans ses pensées. Il voulait me cacher quelque chose, mais je devinai ce que c'était. *Fais ce que tu veux, Loupiot, sauf ceci : ne me suis pas à Castelcerf. Je te l'interdis.*

Tu me l'interdis ? Tu me l'interdis ? Autant interdire au vent de souffler sur ton antre de pierre ou à l'herbe de pousser autour. Tu en as le droit. Vas-y, interdis.

Avec un grognement dédaigneux, il détourna la tête. Je bandai ma volonté et m'adressai à lui une dernière fois. « Loupiot ! » dis-je de ma voix d'homme. Il me regarda, surpris. Ses petites oreilles s'abaissèrent et il s'apprêta à me montrer les crocs. Mais avant qu'il en ait eu le temps, je le *repoussai*. C'était un acte mental que j'avais toujours su pratiquer, aussi instinctivement que l'on sait retirer son doigt de la flamme ; c'était une force que j'utilisais rarement, car une fois Burrich l'avait retournée contre moi et depuis je m'en méfiais. Je n'exerçai pas une simple poussée, comme je l'avais fait lorsqu'il était dans sa cage : cette fois, j'y mis de la force et la répulsion mentale devint presque un choc physique. Loupiot fit un bond en arrière, puis resta sans bouger, les pattes écartées dans la neige, prêt à s'enfuir. Il avait l'air bouleversé.

« VA-T'EN ! » lui criai-je, avec des mots d'homme, une voix d'homme, et en même temps je le *repoussai* avec toute la puissance du Vif. Il se sauva, sans aucune grâce, en sautillant de travers dans la neige. Je me retins de le suivre en esprit pour m'assurer qu'il ne s'arrêtait pas : c'était fini. En le *repoussant*, j'avais rompu l'attache ; non seulement je m'étais retiré de lui, mais j'avais rejeté tous les liens qui pouvaient le raccrocher à moi. J'avais tout tranché. Et mieux valait qu'il en soit ainsi. Pourtant, les yeux fixés sur les buissons dans lesquels il avait disparu, je sentais un vide glacé, une irritation picotante qui signalait une absence, un manque. J'ai entendu des hommes parler ainsi d'un membre amputé : l'envie de toucher une partie de soi-même qui a disparu.

Je quittai la borie et pris le chemin du retour. Plus je marchais, plus j'avais mal. Pas physiquement, mais je n'ai pas de meilleure comparaison : j'avais l'impression qu'on m'avait arraché la peau et la chair. C'était pire que lorsque Burrich m'avait enlevé Fouinot, car c'est moi-même qui me l'étais infligé, cette fois-ci. L'après-midi déclinant me semblait encore plus froid que l'aube. J'essayais de me convaincre que je n'avais pas honte de moi : j'avais fait ce qui était nécessaire. Comme avec Virilia. Je chassai cette dernière pensée. Non : tout irait bien pour Loupiot, mieux que s'il était resté avec moi. Quelle vie aurait-ce été pour cette créature sauvage de toujours se cacher, toujours courir le risque d'être découverte, par les chiens du château, par des chasseurs ou par le premier promeneur venu ? Le loup souffrirait peut-être de la solitude, mais au moins il vivrait. Notre lien était coupé. J'avais l'insistante envie de tendre mon esprit alentour pour voir si j'arrivais encore à le sentir, s'il pouvait encore me contacter, mais j'y résistai de toutes mes forces et barrai mon esprit contre le sien aussi fermement que je le pus. C'était fini. Il ne me suivrait pas, après la poussée mentale que je lui avais donnée. Non. Je continuai de patauger dans la neige sans me retourner.

Si je n'avais pas été à ce point plongé dans mes pensées, si acharné à demeurer seul en moi-même, j'aurais peut-être perçu un avertissement. Mais j'en doute : le Vif n'était d'aucune utilité contre les forgisés. J'ignore s'ils me pourchassaient ou si j'étais simplement passé devant leur cachette, toujours est-il qu'un choc par-derrière m'envoya à plat ventre dans la neige. Tout d'abord, je crus qu'il s'agissait de Loupiot, revenu pour contester ma décision. Je boulai, puis me redressai alors qu'on me saisissait l'épaule. Des forgisés, trois hommes : un jeune, deux grands, l'un costaud. Mon esprit enregistra ces faits rapidement et les classa aussi nettement que s'il s'agissait d'un des exercices d'Umbre. Un des grands avait un poignard, les autres des bâtons. Visages rougis et gercés par le froid, barbes crasseuses, cheveux hirsutes. Des ecchymoses et des entailles à la face. Se battaient-ils entre eux, ou bien avaient-ils attaqué quelqu'un d'autre avant moi ?

Je me dégageai, puis reculai d'un bond en tâchant de mettre autant d'espace entre eux et moi que possible. J'avais un poignard à ma ceinture. La lame n'en était pas longue, mais c'est tout ce dont je disposais. Je n'avais pas pensé avoir besoin d'arme, ce jour-là : il n'y avait plus, croyais-je, de forgisés dans le voisinage de Castelcerf. Ils s'étaient mis à tourner autour de moi en me maintenant au centre de leur cercle. Ils me laissèrent dégainer sans réagir et sans paraître s'en inquiéter.

« Que voulez-vous ? Mon manteau ? » Je dégrafai la boucle et laissai tomber le vêtement. L'un des forgisés le suivit du regard, mais aucun ne se précipita dessus comme je l'espérais. Je me déplaçais, tournais en m'efforçant de les garder tous les trois à l'œil sans que l'un d'eux passe tout à fait derrière moi. Ce n'était pas facile. « Mes mitaines ? » Je les enlevai et les jetai vers le plus jeune. Il les laissa tomber à ses pieds sans bouger. Ils grognaient en même temps qu'ils se mouvaient d'un pas titubant et ne me quittaient pas des yeux. Aucun ne voulait attaquer le premier : j'avais un poignard et ma lame ne le raterait pas. Je fis un pas ou deux en direction d'une ouverture dans le cercle ; ils manœuvrèrent aussitôt pour me barrer le passage.

Je finis par rugir : « Mais que voulez-vous donc ? » Je pivotai sur moi-même en tentant de voir chacun d'eux et, l'espace d'un instant, mon regard croisa celui d'un de mes assaillants. Il s'y tapissait encore moins d'émotion que dans celui de Loupiot tout à l'heure : même pas de sauvagerie propre, rien que la détresse du malaise physique et l'envie. Je soutins son regard et il cilla.

« Viande. » Et il grogna comme si je lui avais arraché le mot de la gorge.

« Je n'ai pas de viande, rien à manger du tout. Vous n'obtiendrez rien de moi que des coups !

— Toi », dit un autre avec une parodie sifflante de rire. Un rire sans joie, sans chaleur. « Viande ! »

J'étais resté trop longtemps sans bouger, à regarder l'homme, car un autre m'attaqua soudain par-derrière. Il me coinça les bras contre les flancs et brusquement, épouvantablement, ses dents s'enfoncèrent dans ma chair à la jonction du cou et de l'épaule. Viande. Moi.

Une horreur au-delà de toute réflexion s'empara de moi et je me débattis, exactement comme la première fois où j'avais eu affaire aux forgisés, avec une brutalité et une sauvagerie qui valaient les leurs. J'avais pour seuls alliés les éléments, car ces hommes étaient ravagés par le froid et les privations. Ils avaient les mains gourdes et maladroites et, si nous étions tous animés de la même volonté frénétique de survivre, du moins la mienne était-elle récente et forte, tandis que la leur s'était érodée sous la violence de leur existence actuelle. J'abandonnai un morceau de chair dans la bouche de mon premier assaillant, mais je me libérai. Cela, je m'en souviens. La suite est loin d'être aussi claire, et je ne puis y mettre de l'ordre. Je brisai la lame de mon poignard entre les côtes du plus jeune. Je me rappelle un pouce qui s'enfonçait dans mon œil et le claquement qu'il fit quand je le déboîtai. Alors que j'étais empêtré avec l'un, un autre me frappa sur les épaules à coups de bâton jusqu'à ce que je parvienne à faire pivoter son acolyte pour qu'il prenne les coups à ma place. Je n'ai pas souvenir d'avoir ressenti de douleur sous cette bastonnade, et la morsure à mon cou n'était qu'un point chaud d'où coulait le sang. Je ne me sentais pas blessé, ni amoindri dans mon désir de tous les tuer. Je ne pouvais pas gagner ; ils étaient trop nombreux. Le jeune était couché dans la neige et crachait du sang, mais un autre m'étranglait tandis que le troisième s'efforçait de s'emparer de mon poignard à la fois enfoncé dans ma chair et coincé dans ma manche. Je frappais éperdument des pieds et des poings dans l'espoir futile d'infliger des dégâts, quels qu'ils soient, à mes adversaires, cependant que les bords du monde s'obscurcissaient et que le ciel commençait à tournoyer.

Frère !

Il arriva, les crocs dénudés, et tel un bélier se jeta de tout son poids dans la mêlée. Tout le monde s'écroula dans la neige et, sous l'impact, la prise sur ma gorge se desserra suffisamment pour me permettre d'aspirer un filet d'air. L'esprit éclairci, j'eus de nouveau le cœur à repousser douleur et blessure et à combattre. Je suis prêt à jurer m'être vu moi-même, le visage violacé, avec le sang rouge vif qui ruisselait de mon cou et dont l'odeur me rendait fou. Je découvris les dents. Puis Loupiot jeta celui qui me tenait à terre ; il l'attaqua avec une rapidité inaccessible à un humain, le griffa, le mordit, puis s'écarta juste avant que les mains de l'homme ne saisissent sa fourrure. Et il revint brusquement à l'assaut.

Je sais que je sentis les mâchoires de Loupiot se refermer sur la gorge. Je perçus la mort qui gargouillait entre mes propres mâchoires et le prompt jaillissement du sang qui m'éclaboussa le museau et me dégoulina sur les joues. Je secouai la tête, mes dents déchirèrent la chair et libérèrent la vie qui s'écoula sur les vêtements puants.

Puis il y eut un temps de néant.

Je me retrouvai assis dans la neige, adossé à un arbre. Loupiot était couché non loin de moi. Ses pattes avant étaient mouchetées de sang et il se les nettoyait à coups de langue soigneux et lents.

Je levai le bras à hauteur de ma bouche et m'essuyai avec ma manche. Le sang que j'en retirai n'était pas le mien. Je m'agenouillai brusquement pour cracher des poils de barbe, après quoi je vomis, mais même la bile acide ne parvint pas à couvrir le goût de la chair et du sang de ma victime. Je jetai un coup d'œil à son cadavre et détournai le regard. Il avait la gorge déchiquetée. Un affreux instant, je me rappelai l'avoir mâchée en sentant la raideur de ses tendons contre mes dents. Je fermai étroitement les paupières et restai totalement immobile.

Une truffe froide contre ma joue. Je battis des paupières. Il était assis à côté de moi et me dévisageait. *Loupiot.*

Œil-de-Nuit, me reprit-il. *Ma mère m'avait appelé Œil-de-Nuit. J'ai été le dernier de la portée à ouvrir les yeux.* Il renifla, puis éternua soudain. Il tourna la tête vers les hommes étendus autour de nous. Involontairement, je suivis son regard. J'avais poignardé le jeune, mais il était mort lentement. Quant aux deux autres…

J'ai tué plus vite, observa calmement Œil-de-Nuit. *Mais moi, je n'ai pas des dents de vache. Tu t'es bien débrouillé, pour quelqu'un de ta race*. Il se releva et s'ébroua. Des gouttes de sang, froides et chaudes, m'éclaboussèrent. Avec un hoquet d'horreur, je m'essuyai le visage, puis compris brusquement ce que cela signifiait.

Tu saignes.

Toi aussi. Quand il a retiré le poignard de ta plaie, il me l'a planté.

Laisse-moi regarder.

Pourquoi ?

La question resta suspendue entre nous dans l'air glacé. La nuit allait bientôt tomber. Au-dessus de nous, les branches étaient devenues noires sur le fond du ciel vespéral. Je n'avais pas besoin de lumière pour voir le loup. Je n'avais même pas besoin de le voir. A-t-on besoin de voir son oreille pour savoir qu'elle fait partie de soi ? Nier qu'Œil-de-Nuit faisait partie de moi était aussi vain que nier que ma chair m'appartenait.

Nous sommes frères. Nous sommes de la même meute, dis-je à contrecœur.

Vraiment ?

Je sentis un tâtonnement, un tiraillement pour attirer mon attention. Je me rappelai que j'avais déjà éprouvé cette sensation et que je l'avais refusée. Cette fois, je laissai faire. Je lui accordai tout mon esprit, toute ma vigilance. Œil-de-Nuit était là, fourrure, croc, muscle et griffe, et je ne l'esquivai pas. Je sus le coup de poignard qu'il avait reçu à l'épaule et je perçus que la lame était passée entre deux gros muscles. Il tenait sa patte repliée contre son poitrail. J'hésitai, puis le sentis blessé de mon hésitation. Aussi, sans attendre davantage, je tendis mon esprit vers lui comme il l'avait fait vers moi. *La confiance n'est confiance qu'absolue*. Nous étions si proches que j'ignore lequel d'entre nous émit cette pensée. L'espace d'un instant, j'eus doublement conscience du monde alors que les perceptions d'Œil-de-Nuit se superposaient aux miennes ; les odeurs et les sons qu'il captait m'avertirent que des renards s'approchaient déjà discrètement des cadavres, et ses yeux n'avaient aucun mal à percer la pénombre grandissante. Puis cette dualité disparut, ses sens devinrent les miens, les miens les siens. Nous étions liés.

Le froid s'appesantissait sur la terre et dans mes membres. Nous retrouvâmes mon manteau, encroûté de neige, et je le secouai avant de l'endosser. Je ne l'agrafai pas, mais au contraire le laissai largement bâiller à l'endroit de ma morsure, et je réussis à enfiler mes mitaines malgré mon bras blessé. « En route, dis-je à mi-voix. Une fois à la maison, je m'occuperai de nettoyer et de panser nos plaies. Mais d'abord, il faut y arriver et nous réchauffer. »

Je sentis son assentiment. Il se mit à marcher à côté de moi et non plus derrière. Il leva une fois le museau pour renifler l'air frais. Un vent froid s'était levé ; la neige commençait à tomber. C'était tout. Son flair m'apportait la certitude que je n'avais plus à craindre de nouveaux forgisés. L'air était propre, à part la puanteur de ceux que nous laissions derrière nous, et même cette odeur-là se dissipait, se transformait en effluves de charogne qui se mêlait à ceux des renards.

Tu te trompais, observa-t-il. *Seuls, nous ne chassons bien ni l'un ni l'autre*. Amusement railleur. *Mais tu trouves peut-être que tu te débrouillais bien avant que j'arrive ?*

« Un loup n'est pas fait pour chasser seul », répondis-je en essayant de conserver un air digne.

Il me regarda et laissa pendre sa langue. *N'aie pas peur, petit frère. Je suis là.*

Nous marchions sur la neige craquante, entre les arbres noirs comme la nuit. *Nous sommes bientôt arrivés chez nous*, me dit-il. Je sentis sa force se mêler à la mienne et, clopin-clopant, nous poursuivîmes notre chemin.

*

* *

Il était presque midi quand je me présentai à la porte de la salle des cartes de Vérité. Mon avant-bras, étroitement bandé, était caché dans une manche volumineuse. La blessure elle-même n'avait rien de grave, mais elle était douloureuse. Quant à la morsure à la base de mon cou, elle était plus difficile à dissimuler ; il manquait carrément de la chair à cet endroit et le sang avait coulé en abondance. Quand j'avais regardé la plaie la veille à l'aide d'un miroir, j'avais failli vomir. En la nettoyant, je l'avais refait saigner : il me manquait un bout de moi-même. Et si Œil-de-Nuit n'était pas intervenu, d'autres bouchées auraient suivi la première. Je ne puis dire à quel point cette pensée me révulsait. J'avais réussi à panser la blessure tant bien que mal, puis j'avais remonté le col de ma chemise pour camoufler les bandages. Le tissu frottait douloureusement contre la plaie, mais au moins on ne la voyait pas. Empli d'appréhension, je frappai à la porte et elle s'ouvrit alors que je m'éclaircissais la gorge.

Charim m'apprit que Vérité n'était pas là. Il y avait du souci dans son regard ; je m'efforçai de ne pas le partager. « Il ne peut pas laisser les charpentiers travailler seuls sur les bateaux, hein ? »

Charim secoua la tête. « Non. Il est dans sa tour. » Sur ces paroles laconiques, il referma lentement la porte.

C'était vrai, Kettricken m'en avait déjà parlé, mais j'avais essayé d'oublier cette partie de notre conversation. L'inquiétude s'infiltra en moi tandis que je me dirigeais vers l'escalier de la tour. Vérité n'avait aucun motif d'aller là-haut ; c'était de là qu'il artisait en été, lorsque le temps était beau et que les Pirates rouges harcelaient nos côtes. Il n'avait pas de raison de s'y trouver en hiver, surtout avec le vent et la neige qu'il faisait aujourd'hui. Aucune, sinon l'effrayante séduction de l'Art lui-même.

J'avais éprouvé cette attirance, me rappelai-je en serrant les dents pour entamer la longue montée des marches. J'avais connu un moment le plaisir délectable de l'Art. Comme le souvenir sensible d'une douleur d'autrefois, les paroles de Galen, le maître d'Art, me revinrent : « Si vous êtes faibles, nous avait-il dit d'un ton menaçant, si vous manquez de vigilance et de discipline, si vous vous écoutez, si vous êtes enclins à la sensualité, vous ne maîtriserez pas l'Art. C'est l'Art qui vous dominera. Pratiquez le refus de toutes les jouissances pour vous-mêmes ; chassez toutes les faiblesses qui vous tentent. Alors, quand vous serez pareils à de l'acier, peut-être serez-vous prêts à affronter la fascination de l'Art et à vous en détourner. Si vous y cédez, vous deviendrez des nourrissons dans des corps d'adultes, décervelés et bavants. » Et il avait entrepris de nous former, à coups de privations et de punitions qui confinaient à la folie. Pourtant, quand j'avais rencontré la joie de l'Art, je n'y avais pas vu le plaisir sordide que décrivait Galen ; j'avais senti mon sang se mettre à parcourir impétueusement mes veines et mon cœur tonner comme parfois lorsque j'écoutais de la musique ou que j'apercevais le plumage vif d'un faisan dans un bois en automne, ou même que j'arrivais à faire accomplir un saut parfait à un cheval, bref, quand je vivais cet instant où tout trouve son équilibre et fonctionne aussi harmonieusement qu'un vol d'oiseaux qui virent tous ensemble dans le ciel. L'Art donnait cela, et pas seulement l'espace d'un instant. Cette sensation durait autant qu'un homme pouvait l'entretenir, et elle devenait plus forte et plus pure à mesure que l'on affinait son talent pour l'Art. C'est du moins ce que je croyais. Mes talents personnels pour l'Art avaient été irréversiblement saccagés durant un combat de volontés avec Galen. Les murailles mentales que j'avais alors érigées pour me protéger étaient telles qu'un artiseur aussi puissant que Vérité ne parvenait pas toujours à me contacter. Ma propre capacité à artiser était devenue erratique, aussi inconstante qu'un cheval craintif.

Je m'arrêtai en haut des marches, devant la porte. J'inspirai profondément puis relâchai lentement ma respiration en m'efforçant de chasser mes idées noires. Tout cela était fini, cette époque était révolue. Inutile de crier à l'injustice. Selon ma vieille habitude, j'entrai sans frapper afin de ne pas gêner la concentration de Vérité.

Il n'aurait pas dû le faire, mais il était en train d'artiser. Les volets étaient ouverts et il était accoudé sur l'appui-fenêtre. Le vent et la neige entraient en tourbillonnant dans la pièce et mouchetaient de blanc ses cheveux noirs, sa chemise et son pourpoint bleu sombre. Il respirait à longs coups réguliers, selon un rythme à mi-chemin entre le sommeil profond et le souffle du coureur après l'effort. Il ne paraissait pas s'être rendu compte de ma présence. « Prince Vérité ? » fis-je à mi-voix.

Il se retourna vers moi et son regard fut comme chaleur, comme lumière, comme vent sur mon visage. Il m'artisa avec une telle puissance que je me sentis projeté hors de moi-même ; son esprit possédait le mien si complètement qu'il n'y restait plus de place pour y être moi-même. Un instant, je me noyai en Vérité, puis il disparut, se retira si vite que je trébuchai et suffoquai comme un poisson abandonné par une vague. Un pas et il fut auprès de moi, me prit par le coude et m'affermit sur mes pieds.

« Pardon, dit-il. Je ne t'attendais pas ; tu m'as surpris.

— C'est moi qui aurais dû frapper, mon prince, répondis-je, et, d'un bref hochement de tête, je lui indiquai que je pouvais tenir seul sur mes jambes. Qu'y a-t-il donc au-dehors pour que vous guettiez si ardemment ? »

Il détourna les yeux. « Pas grand-chose. Une bande de garçons sur la falaise qui observent un troupeau de baleines en train de s'amuser. Deux de nos bateaux sortis à la pêche au flétan, malgré le temps, bien que ce ne soit pas une partie de plaisir.

— Vous n'êtes donc pas à l'affût d'Outrîliens…

— Il n'y en a jamais par ici, à cette époque de l'année. Mais je veille quand même. » Il baissa les yeux sur mon bras, celui qu'il venait de lâcher, et changea de sujet. « Que t'est-il arrivé ?

— C'est ce qui m'amène chez vous. J'ai été attaqué par des forgisés, sur le versant de la crête, là où on fait bonne chasse de poules d'épinette. Près de l'enclos des chevriers. »

Il hocha sèchement la tête en fronçant ses sourcils noirs. « Je connais le coin. Combien étaient-ils ? Décris-les-moi. »

Je lui fis un rapide portrait de mes assaillants et il hocha de nouveau la tête sans paraître surpris. « Un rapport m'est parvenu sur eux il y a quatre jours. Ils n'auraient pas dû se trouver si tôt aussi près de Castelcerf ; à moins de se déplacer sans arrêt tous les jours dans notre direction. Sont-ils morts ?

— Oui. Vous étiez au courant de leur présence ? » J'étais épouvanté. « Je croyais que nous les avions tous éliminés.

— Nous avons éliminé ceux qui se trouvaient alors dans la région. Il y en a d'autres qui viennent vers nous. Je les suis grâce aux rapports, mais je ne pensais pas qu'ils seraient si vite à nos portes. »

Je fis un effort et parvins à maîtriser ma voix. « Mon prince, pourquoi nous contenter de les suivre ? Pourquoi ne pas… régler le problème ? »

Avec un petit bruit de gorge, Vérité se tourna vers la fenêtre. « Parfois, il faut attendre que l'ennemi ait achevé un mouvement, afin de découvrir toute sa stratégie. Tu comprends ?

— Les forgisés auraient une stratégie ? Ça m'étonnerait, mon prince. Ils étaient…

— Fais-moi ton rapport complet », m'ordonna Vérité sans me regarder. J'hésitai un instant, puis me lançai dans le récit complet de mon aventure. Arrivée à la scène de la bataille, ma narration se fit quelque peu incohérente et j'abrégeai : « Mais j'ai réussi à me dégager, et tous les trois sont morts. »

Il ne détourna pas le regard de la mer. « Tu devrais éviter les bagarres, FitzChevalerie. Tu n'en sors jamais indemne.

— Je sais, mon prince, reconnus-je humblement. Hod a fait ce qu'elle a pu avec moi…

— Mais tu n'as pas été vraiment formé à te battre. Tu as d'autres talents, et c'est d'eux que tu devrais te servir pour te défendre. Oh, tu es bon bretteur; mais tu n'as ni la carrure ni le poids pour faire un bon bagarreur. Pas encore, en tout cas. Et pourtant, c'est toujours ça que tu utilises en cas de coup dur.

— Je n'ai pas eu le choix des armes, répliquai-je avec un peu d'agacement, avant d'ajouter : Mon prince.

— Non. Tu ne l'as pas. » Il semblait s'adresser à moi de très loin. Une légère tension dans l'air m'avertit qu'il artisait en même temps. « Pourtant, je regrette, mais je dois te renvoyer en mission. Peut-être as-tu raison et sommes-nous restés trop longtemps simples spectateurs. Les forgisés convergent sur Castelcerf. Je ne m'explique pas pourquoi, mais peut-être est-il moins important de le comprendre que de les empêcher d'atteindre leur but. Tu vas une fois de plus t'atteler à régler ce problème, Fitz. Et cette fois, peut-être, je parviendrai à empêcher ma dame de s'en mêler. Il paraît qu'aujourd'hui, lorsqu'elle souhaite monter, elle a une garde personnelle pour l'escorter?

— C'est exact, messire », répondis-je en me maudissant de ne pas lui avoir parlé plus tôt de cette histoire de garde de la reine.

Il se retourna et me regarda sans ciller. « Selon la rumeur qui m'est parvenue, c'est toi qui aurais autorisé la création de cette garde. Loin de moi l'idée de te dépouiller de ta gloire, mais quand j'ai appris cela, j'ai laissé entendre que tu avais agi sur ma demande. Ce qui, j'imagine, était le cas. Très indirectement.

— Mon prince... fis-je, et j'eus le bon sens de me taire.

— Bien; si elle doit absolument monter, au moins est-elle accompagnée, dorénavant. Mais je préférerais, et de loin, qu'elle n'ait plus jamais affaire aux forgisés. Si seulement je pouvais trouver quelque chose pour l'occuper! ajouta-t-il d'un ton las.

— Le jardin de la reine », dis-je en me rappelant la description qu'en avait faite Patience.

Vérité me jeta un coup d'œil interrogateur.

« Les anciens jardins au sommet de la tour, expliquai-je. Il y a des années qu'ils sont à l'abandon. J'ai vu ce qu'il en restait, avant que Galen ne nous ordonne de finir de les raser afin de faire de la place pour ses leçons d'Art. Ce devait être un endroit charmant, autrefois, avec des bacs de verdure, des statues, des plantes grimpantes… »

Vérité sourit pour lui-même. « … Et des bassins, avec des lis d'eau, des poissons et même de toutes petites grenouilles. Les oiseaux y venaient souvent en été pour boire et s'asperger d'eau. Chevalerie et moi y montions tout le temps pour jouer. Elle avait fait suspendre à des fils de petits charmes en verre et en métal brillant ; et quand le vent les faisait bouger, ils tintaient les uns contre les autres ou reflétaient le soleil comme des diamants. » Son évocation de ces jardins d'une époque révolue m'émouvait. « Ma mère avait une petite chatte de chasse qui faisait la sieste sur la pierre chaude lorsque le soleil donnait. Crachefeule ; c'est comme ça qu'elle s'appelait. La robe tachetée et une touffe de poils au bout des oreilles. Nous la faisions jouer avec des ficelles et des plumes et elle nous guettait entre les pots de fleurs pour nous attaquer à notre passage. Pendant ce temps-là, nous étions censés réviser nos tablettes sur les simples. Je n'ai jamais réussi à les apprendre correctement. Il y avait trop de distractions là-haut. Sauf le thym : je connaissais toutes les espèces de thym que ma mère faisait pousser. Elle en cultivait beaucoup. Et aussi de l'herbe aux chats. » Il souriait.

« Kettricken serait aux anges là-haut, lui dis-je. Elle jardinait beaucoup, dans les Montagnes.

— Ah bon ? » Il paraissait surpris. « Je l'aurais crue occupée à des passe-temps plus… physiques. »

J'éprouvai un agacement fugitif. Non, plus que cela. Comment se pouvait-il que j'en sache davantage sur son épouse que lui-même ? « Elle avait des jardins, dis-je d'un ton calme, avec de nombreux simples, et elle connaissait l'usage de tous ceux qui y poussaient. Je vous l'ai moi-même signalé.

— Oui, sûrement. » Il soupira. « Tu as raison, Fitz. Va la voir de ma part et parle-lui du jardin de la reine. C'est l'hiver et elle ne pourra sans doute rien en faire pour le moment. Mais le printemps venu, ce serait merveille de le voir remis en état…

— Peut-être que vous-même, mon prince… hasardai-je, mais il secoua la tête.

— Je n'ai pas le temps. Mais je m'en remets à toi. Et maintenant, descendons à la chambre aux cartes. Il y a des choses dont je veux discuter avec toi. »

Je me dirigeai aussitôt vers la porte, et Vérité me suivit plus lentement. Je lui tins la porte et, sur le seuil, il s'arrêta et regarda la fenêtre ouverte par-dessus son épaule. « Ça m'appelle, avoua-t-il calmement, simplement, comme il m'aurait dit qu'il aimait les pruneaux. Ça m'appelle dès que je ne fais rien. C'est pourquoi je dois m'occuper, Fitz. Et à l'excès.

— Je vois, répondis-je, sans être très sûr que c'était vrai.

— Non, tu ne vois pas. » Vérité parlait d'un ton de parfaite certitude. « C'est comme une grande solitude, mon garçon. Je puis toucher les autres avec mon esprit, certains très facilement ; mais personne ne me contacte en retour. Quand Chevalerie était vivant… Il me manque encore, mon garçon. Parfois, c'est en pensant à lui que je me sens le plus seul ; c'est comme si j'étais l'unique créature de mon espèce dans le monde. Comme si j'étais le dernier des loups, obligé de chasser seul. »

Un frisson glacé me parcourut l'échine. « Et le roi Subtil ? » demandai-je, non sans audace.

Il secoua la tête. « Il n'artise plus que rarement, aujourd'hui. Il n'en a plus guère la force et ça l'épuise physiquement et mentalement. » Nous descendîmes quelques marches. « À présent, toi et moi sommes les seuls à être au courant de cela », ajouta-t-il à mi-voix. J'acquiesçai.

Nous suivîmes lentement les degrés. « Le guérisseur t'a-t-il examiné le bras ? »

Je fis non de la tête.

« Ni Burrich », ajouta-t-il.

C'était une affirmation, qu'il savait vraie.

Je secouai encore la tête. Les marques des crocs d'Œil-de-Nuit étaient trop visibles sur ma peau, bien qu'il me les ait faites en jouant. Je ne pouvais montrer à Burrich les blessures que m'avaient faites les forgisés sans trahir du même coup l'existence de mon loup.

Vérité soupira. « Bon… Nettoie bien la plaie ; je suppose que tu sais garder une blessure propre aussi bien que n'importe qui. La prochaine fois que tu sors, pense à ce qui t'est arrivé et ne t'en va pas les mains vides. Jamais. Il n'y aura pas toujours quelqu'un pour t'aider. »

Je m'arrêtai au milieu des marches et Vérité continua de descendre. J'inspirai profondément. « Vérité, fis-je entre haut et bas, que savez-vous exactement ? À propos de… de ce qui m'est arrivé ?

— Moins que tu n'en sais, répondit-il d'un ton enjoué, mais plus que tu ne le crois.

— On croirait entendre le fou, dis-je d'un ton rancunier.

— Oui, quelquefois. En voilà un autre qui a une grande connaissance de la solitude et des extrémités auxquelles elle peut pousser un homme. » Il reprit son souffle et je crus qu'il allait m'avouer qu'il connaissait ma vraie nature, sans pour autant m'en condamner. Mais non : « Il me semble que tu t'es accroché avec lui, il y a quelques jours. »

Je le suivis en silence et me demandai comment il pouvait en savoir si long sur tant de sujets. Grâce à l'Art, bien sûr. Il me précéda dans son cabinet. Comme toujours, Charim nous y attendait ; des plats étaient disposés sur la table, accompagnés de vin chaud. Vérité s'y attaqua de bon cœur ; pour ma part, je m'assis en face de lui et le regardai manger. Je n'avais guère faim, mais mon appétit s'aiguisa au spectacle de son bonheur devant ce repas simple et robuste. En ceci, c'était toujours un soldat, songeai-je : il prenait ce petit plaisir, cette bonne nourriture bien présentée, quand il avait faim, et la savourait sans arrière-pensée. Je tirai grande satisfaction de lui voir tant d'appétit et de vitalité, et me demandai ce qu'il en serait l'été suivant, lorsqu'il devrait artiser chaque jour des heures durant pour guetter les Pirates au large de nos côtes et leur tendre des pièges mentaux afin de les égarer tout en donnant l'alerte à nos compatriotes. Je me rappelai Vérité l'année passée à l'époque des moissons : décharné, le visage creusé de rides, sans même l'énergie nécessaire pour avaler quoi que ce soit, sauf les stimulants qu'Umbre mettait dans son thé. Toute sa vie se concentrait dans les heures qu'il passait à artiser. L'été venu, sa faim de l'Art supplanterait tous ses autres appétits. Comment Kettricken y réagirait-elle ?

Quand nous eûmes mangé, nous étudiâmes les cartes. Il n'était plus possible de se tromper sur la trame qui en émergeait : nonobstant les obstacles, forêts, rivières ou plaines gelées, les forgisés convergeaient sur Castelcerf. Je n'y comprenais rien. Ceux que j'avais rencontrés semblaient pratiquement dépourvus de raison, et j'avais du mal à croire qu'ils puissent concevoir de traverser le pays, avec toutes les difficultés que cela impliquait, simplement pour venir à Castelcerf. « Et vos documents indiquent le même comportement chez tous les forgisés. Tous ceux que vous avez identifiés paraissent se diriger vers Castelcerf.

— Et pourtant tu rechignes à y voir un plan coordonné ? me demanda Vérité.

— J'ai surtout du mal à voir comment ils pourraient avoir un plan tout court. Comment se sont-ils contactés entre eux ? Et, apparemment, il ne s'agit pas d'un effort concerté : ils ne s'assemblent pas en bandes pour voyager. On dirait que chacun de son côté se dirige vers nous et que, si certains se trouvent ensemble, c'est par pur accident.

— Comme des papillons attirés par la flamme d'une bougie, observa Vérité.

— Ou des mouches par une charogne, renchéris-je sombrement.

— Fascination pour les uns, faim pour les autres, dit Vérité d'un air rêveur. J'aimerais savoir lequel de ces motifs attire les forgisés vers moi. Peut-être un troisième sans aucun rapport.

— Pourquoi avez-vous besoin de connaître leur motif ? Vous croyez-vous leur cible ?

— Je n'en sais rien. Mais si je le découvre, peut-être comprendrai-je alors mon adversaire. Ce n'est pas par hasard que tous les forgisés font route vers Castelcerf ; c'est une attaque dirigée contre moi, je pense, Fitz. Ce n'est peut-être pas de leur propre volonté, mais ils m'attaquent bel et bien. Il faut que je sache pourquoi.

— Pour les comprendre, il faut devenir comme eux.

— Ah ? » Il sourit sans guère de joie. « Qui parle comme le fou, à présent ? »

Sa question me mit mal à l'aise et je la laissai passer. « Mon prince, quand le fou s'est moqué de moi l'autre jour… » J'hésitai, car le souvenir de cet épisode était encore cuisant. J'avais toujours pris le fou pour un ami. Cependant, je m'efforçai de refouler mon humiliation. « Il m'a donné des idées. Sous couvert de me taquiner, naturellement. Il a dit, si j'ai bien décrypté ses devinettes, que je devais chercher d'autres artiseurs, des hommes et des femmes de la génération de votre père formés par Sollicité avant l'accession de Galen au titre de maître d'Art. Et il semblait aussi me conseiller d'en apprendre plus long sur les Anciens. Comment les appelle-t-on ? Que peuvent-ils faire ? Que sont-ils ? »

Vérité s'adossa dans son fauteuil et joignit les mains sur sa poitrine. « Chacune de ces recherches suffirait à occuper une dizaine d'hommes. Et cependant, aucune ne satisferait un seul d'entre eux, car les réponses sont rares. À la première, oui, il devrait encore se trouver des artiseurs parmi nous, des gens plus âgés même que mon père, formés pour les guerres d'autrefois contre les Outrïliens. Ceux qui avaient suivi cet enseignement ne le criaient sûrement pas sur les toits : la formation se faisait de façon discrète et il se pouvait fort bien que les membres d'un clan ne connaissent guère d'artiseurs en dehors de leur cercle. Néanmoins, il devait y avoir des archives sur ce sujet ; je suis certain qu'il en a existé à une certaine période. Mais ce qu'elles sont devenues, nul ne peut le dire. J'imagine que Sollicité a dû les transmettre à Galen. Mais on n'a rien trouvé dans sa chambre ni dans ses affaires après… après sa mort. »

Il se tut. Nous savions l'un et l'autre comment Galen était mort, nous y avions même assisté tous les deux, en un sens, cependant nous n'en avions jamais beaucoup parlé. Galen avait péri en traître, alors qu'il essayait, en se servant de l'Art, de vider Vérité de son énergie et de le tuer ; mais le prince avait emprunté ma force pour aspirer celle de Galen et le saigner à blanc. C'était un souvenir que nous n'aimions guère à évoquer ; pourtant, sans laisser percer la moindre émotion dans ma voix, je me risquai à demander :

« Pensez-vous que Royal saurait où se trouvent ces archives ?

— S'il le sait, il n'en a rien dit. » Le ton de Vérité, aussi monocorde que le mien, indiqua clairement que le sujet était clos. « Mais j'ai toutefois réussi à retrouver quelques artiseurs. Leurs noms, du moins, car, dans tous les cas, ils étaient morts ou impossibles à localiser.

— Hum. » Je me souvins qu'Umbre m'en avait déjà touché un mot. « Comment avez-vous découvert leurs noms ?

— Mon père s'en rappelait certains, ceux des membres du dernier clan qui servait le roi Bonté ; j'en avais gardé d'autres en mémoire, vaguement, du temps de ma petite enfance. Et j'en ai obtenu quelques-uns en bavardant avec de très vieux habitants du château ; je leur avais demandé d'évoquer les rumeurs d'autrefois sur ceux dont on disait qu'ils apprenaient l'Art. Naturellement, j'ai employé une formulation moins directe : je ne tenais pas, et je ne tiens toujours pas, à ébruiter mes recherches.

— Puis-je vous demander pourquoi ? »

Il fronça les sourcils et indiqua ses cartes d'un mouvement de la tête. « Je ne suis pas aussi doué que ton père l'était, mon garçon. Chevalerie parvenait aux bonnes conclusions grâce à des raccourcis intuitifs qui paraissaient tenir de la magie, moi, je mets au jour des trames, des schémas. Crois-tu vraisemblable que, chaque fois que je trouve un artiseur, il soit mort ou disparu ? J'ai l'impression que chaque fois que j'en découvre un et que son nom est connu comme celui d'un artiseur, sa santé s'en ressent. »

Nous restâmes un moment silencieux : Vérité me laissait tirer mes propres conclusions, et j'eus le bon sens de ne pas les exprimer à haute voix. « Et les Anciens ? demandai-je enfin.

— C'est une énigme d'un autre genre. À l'époque où remontent les documents que nous avons sur eux, les Anciens étaient monnaie courante ; c'est ce que je suppose. Tu aurais le même problème si tu te mettais en quête d'un manuscrit expliquant précisément ce qu'est un cheval : tu en trouverais d'innombrables mentions, dont quelques-unes sur l'art de ferrer ou sur le pedigree de tel ou tel étalon. Mais qui parmi nous verrait l'intérêt de consacrer son temps et son énergie à décrire un cheval sous toutes ses coutures ?

— Je vois.

— Par conséquent, là encore, il faut passer tous les détails au crible ; et je n'ai pas le temps de m'attaquer à cette tâche. » Un instant, il me dévisagea ; puis il ouvrit un coffret en pierre posé sur son bureau et en tira une clé. « Il y a une petite armoire dans ma chambre, dit-il d'une voix lente. J'y ai réuni tous les manuscrits que j'ai pu trouver où l'on parlait, même fugitivement, des Anciens. Il y en a d'autres sur l'Art ; tu as la permission de les consulter. Demande du bon papier à Geairepu et note tout ce que tu découvriras. Cherche des schémas, des relations dans tes notes et apporte-les-moi, disons tous les mois. »

Je pris la petite clé de bronze. Elle était étrangement pesante, comme alourdie par la mission que m'avait suggérée le fou et que Vérité venait de confirmer. Cherche des relations, m'avait ordonné Vérité ; j'en voyais soudain une, comme une toile d'araignée qui partait de moi, allait s'attacher au fou puis à Vérité, avant de revenir à moi. Comme les schémas découverts par le prince, celui-ci ne paraissait pas accidentel. Je me demandai qui en était le pivot. Je jetai un coup d'œil à Vérité, mais ses pensées l'avaient emmené au loin. Je me levai sans bruit pour sortir.

Comme je touchais la poignée de la porte, il me dit : « Viens me voir demain, très tôt. Dans ma tour.

— Messire ?

— Nous arriverons peut-être à découvrir un autre artiseur, qui vit incognito parmi nous. »

12

MISSIONS

L'aspect de notre guerre contre les Pirates rouges qui nous fit peut-être le plus de mal était le sentiment écrasant de notre impuissance. On eût dit qu'une effrayante paralysie s'était emparée du pays et de ses dirigeants. Les tactiques des Pirates étaient si incompréhensibles que, la première année, nous restâmes sans réagir, comme frappés de stupeur. La seconde année, nous tentâmes de nous défendre ; mais notre expérience militaire était rouillée, ayant trop longtemps servi seulement contre des pillards occasionnels qui n'avaient embrassé la carrière que par hasard ou poussés par la misère. Face à des Pirates organisés qui avaient étudié nos côtes, la position de nos tours de guet, nos marées et nos courants, nous n'étions que des enfants. Seul l'Art du prince Vérité nous assurait quelque protection. Combien de navires il a détournés, combien de navigateurs il a égarés, à combien de pilotes il a embrouillé l'esprit, nous n'en saurons jamais rien. Et comme le peuple était incapable de comprendre ce que son prince faisait pour lui, on avait l'impression que les Loinvoyant restaient les bras croisés ; on ne voyait que les attaques réussies des Pirates, jamais leurs bateaux drossés sur les récifs ou fourvoyés au sud durant une tempête.

Et l'on perdit courage. Les duchés de l'Intérieur renâclaient à payer des taxes destinées à protéger des côtes situées en dehors de leur territoire, et les duchés Côtiers ployaient sous des impôts qui ne changeaient apparemment rien à leur sort. Aussi l'enthousiasme populaire que soulevaient les navires de guerre de Vérité était-il fort changeant car il allait et venait au gré de l'estime que le peuple portait au prince, ce qu'on ne peut lui reprocher. Cet hiver-là me parut le plus long de mon existence.

*

* *

Du cabinet de Vérité, je me rendis aux appartements de Kettricken. Je frappai à la porte et la même petite fille que d'habitude m'ouvrit ; avec son visage rieur et ses cheveux sombres et bouclés, Romarin m'évoquait une fée des étangs. Il régnait une atmosphère en demi-teinte dans la pièce où j'entrai ; plusieurs dames de compagnie de Kettricken s'y trouvaient, assises sur des tabourets autour d'un cadre tendu d'un tissu de lin blanc. Elles en brodaient les bords de fleurs et de feuillages de couleurs vives. J'avais assisté à des séances similaires chez maîtresse Pressée ; en général, c'était une activité gaie où l'on papotait amicalement tandis que les aiguilles couraient en tirant leur queue multicolore au-dessus et en dessous de la toile épaisse. Mais ici, c'était le silence presque absolu. Les femmes travaillaient la tête penchée, diligemment, avec habileté, mais sans bavardage enjoué. Des chandelles parfumées roses et vertes brûlaient à chaque angle de la pièce et leurs fragrances subtiles se mêlaient autour du tissu.

Kettricken présidait la tâche et ses mains n'étaient pas les moins actives. Elle semblait être la source du mutisme général : son visage était composé, voire serein, pourtant elle était si renfermée sur elle-même que j'avais l'impression de voir des murailles dressées autour d'elle. Elle avait une expression aimable, de la douceur dans les yeux, mais je la sentais ailleurs. Elle m'évoquait un lac d'eau fraîche et immobile. Elle était vêtue avec simplicité d'une longue robe verte, plus proche de la mode des Montagnes que de celle de Castelcerf, et n'arborait pas le moindre bijou. À mon entrée, elle leva les yeux et me sourit d'un air interrogateur. J'eus le sentiment d'être un intrus, d'interrompre le cours d'un maître à ses élèves. Du coup, au lieu de la saluer simplement, je m'efforçai de justifier ma présence et dis d'un ton formel, conscient de toutes les femmes qui me regardaient :

« Reine Kettricken, le roi-servant Vérité m'a prié de vous apporter un message. »

Il y eut comme un vacillement dans les yeux de la reine, puis cela disparut. « Oui », fit-elle d'une voix neutre. Aucune aiguille n'hésita dans sa danse sautillante mais j'étais certain que toutes les oreilles étaient tendues dans l'attente de ma communication.

« Au sommet d'une tour se trouvait autrefois un jardin, connu sous le nom de jardin de la reine. Il était garni, a dit le roi Vérité, de bacs de verdure et de bassins, décoré de fleurs, de poissons et de carillons éoliens. Sa mère l'avait créé. Ma reine, il souhaite qu'il vous revienne. »

Le silence se fit profond. Kettricken avait écarquillé les yeux. Elle demanda d'un ton circonspect : « Êtes-vous certain de ce message ?

— Naturellement, ma dame. » Sa réaction me déconcertait. « Il a dit qu'il aurait grand plaisir à le voir restauré. Il en a parlé avec beaucoup d'affection, surtout au souvenir des parterres de thym. »

La joie s'épanouit sur le visage de Kettricken comme les pétales d'une fleur au soleil. Elle porta la main à sa bouche, prit une inspiration tremblante entre ses doigts ;

ses joues pâles rosirent, ses yeux se mirent à briller. « Il faut que je voie ce jardin ! s'exclama-t-elle. Il faut que je le voie tout de suite ! » Elle se dressa brusquement. « Romarin ? Mon manteau et mes gants, je te prie. » Elle regarda ses suivantes d'un air rayonnant. « Ne voulez-vous pas vous couvrir aussi et m'accompagner ?

— Ma reine, la tempête fait rage… » fit l'une d'un ton hésitant.

Mais une autre, dame Simple, plus âgée, les traits empreints de douceur maternelle, se mit lentement debout. « Je vais aller avec vous sur la tour. Pluche ! » Un petit garçon qui somnolait dans un coin se dressa d'un bond. « Cours me chercher mon manteau et mes gants. Et ma capuche. » Et à Kettricken : « Je me rappelle bien ce jardin à l'époque de la reine Constance. J'y ai passé nombre d'heures plaisantes en sa compagnie et je serai heureuse de le voir remis en état. »

Le temps d'un battement de cœur, et toutes les autres dames l'imitèrent. Lorsque je revins avec mon propre manteau, elles étaient prêtes à se mettre en route. Je ressentis une impression bizarre à mener cette procession de dames par le château, puis dans le long escalier qui montait au jardin de la reine. En comptant les pages et les curieux, il y avait maintenant près d'une vingtaine de personnes à nous accompagner, Kettricken et moi. La reine-servante me suivait de près dans les marches, les autres s'étiraient en une longue queue derrière nous. Comme je pesais sur la lourde porte pour repousser la neige amoncelée au-dehors, Kettricken me demanda à mi-voix : « Il m'a pardonné, n'est-ce pas ? »

Je cessai mes efforts pour reprendre mon souffle ; donner de l'épaule contre la porte n'arrangeait pas ma blessure au cou et une douleur sourde battait dans mon bras. « Ma reine ? fis-je en guise de réponse.

— Mon seigneur Vérité m'a pardonné, et c'est sa façon de me le montrer. Oh, je vais nous faire un jardin pour nous deux. Plus jamais je ne lui ferai honte. » Et, un sourire radieux aux lèvres, elle ouvrit grand la porte d'un coup d'épaule désinvolte. Tandis que je clignais les yeux dans le froid et la lumière du jour hivernal, elle s'avança sur le sommet de la tour en enfonçant dans la neige craquante jusqu'à mi-mollet, sans en paraître gênée le moins du monde. Je regardai autour de moi et me demandai si je n'avais pas perdu l'esprit : il n'y avait rien à voir que la neige durcie sous un ciel plombé ; le vent l'avait poussée sur les statues et les bacs entassés pêle-mêle contre un mur. Je m'armai de courage pour affronter la déception de Kettricken. Mais bien au contraire, plantée au milieu de la tour, environnée de flocons que le vent faisait tourbillonner, elle ouvrit les bras et tourna sur place en éclatant d'un rire de petite fille. « C'est magnifique ! » s'exclama-t-elle.

Je la rejoignis prudemment, suivi de quelques dames. Un instant plus tard, Kettricken se trouvait au milieu du méli-mélo de statues, de vases et de pots de fleurs. Elle enleva la neige de la joue d'un chérubin aussi tendrement que s'il s'agissait de son enfant ; puis elle dégagea un banc de pierre, prit le chérubin et l'y posa. Ce n'était pas une petite statue mais Kettricken mit vigoureusement à profit sa taille et sa force de Montagnarde pour extraire plusieurs autres pièces de l'accumulation de neige. Chaque œuvre d'art lui arrachait de cris d'admiration et elle insistait pour que ses suivantes viennent s'extasier avec elle.

Je me tenais un peu à l'écart ; le vent glacé qui soufflait sur moi réveillait à la fois la douleur de mes blessures et des souvenirs amers. Je m'étais trouvé sur cette tour autrefois, presque nu face au froid, alors que Galen tentait de m'apprendre l'Art par la force. Je m'étais trouvé là, en ce lieu précis, tandis qu'il me fouettait comme un chien. Et là encore je m'étais battu contre lui, et au cours de ce combat j'avais mutilé, brûlé l'Art que je possédais. Cette tour conservait pour moi une aura sinistre et je n'étais pas sûr de pouvoir y goûter le charme d'un jardin, fût-il le plus verdoyant et le plus paisible de tous. Un muret me tirait l'œil ; je savais qu'en m'en approchant pour regarder par-dessus je verrais un à-pic rocheux. Je ne bougeai pas. La mort rapide qu'une chute m'aurait procurée autrefois ne m'attirerait plus jamais. Je repoussai la suggestion que Galen m'avait imposée par l'Art et me retournai pour observer la reine.

Sur le fond blanc de la neige et de la pierre, ses couleurs s'avivaient. Il existe une fleur nommée perce-neige qui fleurit parfois au moment où les congères de l'hiver commencent à disparaître ; la reine m'évoquait cette fleur : ses cheveux pâles prenaient soudain des teintes or sur le manteau vert qu'elle portait, ses lèvres étaient plus rouges, ses joues plus roses, comme le lilas qui refleurirait un jour ici. Ses yeux étaient deux saphirs étincelants cependant qu'elle mettait au jour un trésor après l'autre avec des cris de bonheur ; le contraste était extrême avec ses dames de compagnie aux tresses sombres, aux yeux noirs ou bruns, emmitouflées dans leurs manteaux pour se protéger du vent. Voici comment Vérité devrait la voir, songeai-je : irradiant l'enthousiasme et la vie ; alors il ne pourrait s'empêcher de l'aimer. La vitalité de la reine flamboyait à l'égal de celle du prince lorsqu'il chassait ou montait à cheval. Autrefois, du moins.

« C'est tout à fait charmant, naturellement, dit une certaine dame Espérance avec hésitation. Mais il fait très froid et on ne peut pas faire grand-chose tant que la neige n'a pas fondu et que le vent ne s'est pas calmé.

— Oh, détrompez-vous ! » s'exclama la reine Kettricken. Elle éclata de rire en se relevant au milieu de ses trésors, puis regagna le centre de la tour. « Un jardin prend naissance dans le cœur. Il faudra que je nettoie la glace et la neige demain matin, et ensuite que je dispose ces bancs, ces statues et ces bacs. Mais comment ? Comme les rayons d'une roue ? Comme un labyrinthe ? Formellement, par taille et par thème ? Il y a des milliers de façons d'arranger cette tour et il faut que je fasse des essais. À moins, peut-être, que mon seigneur n'évoque pour moi ce jardin tel qu'il était ; alors je recréerai le jardin de son enfance.

— Demain, reine Kettricken, intervint dame Simple ; car le ciel se couvre et le froid s'accentue. »

Visiblement, la montée des marches, puis la station dans le vent glacé lui avaient coûté. Mais elle poursuivit avec un sourire empreint de bonté : « Si vous le désirez, je pourrais ce soir vous dire ce que je me rappelle de ce jardin.

— Vous voulez bien ? » s'exclama Kettricken en lui prenant les mains. Le sourire qu'elle dédia à dame Simple ressemblait à une bénédiction.

« J'en serai très heureuse. »

Et sur ces mots notre procession quitta le sommet de la tour. Je fus le dernier à partir. Je refermai la porte derrière moi et attendis un moment que mes yeux s'habituent à l'obscurité de l'escalier ; plus bas, des chandelles montaient et descendaient au rythme du pas de leurs porteurs. Je rendis grâces au page qui avait eu l'idée d'aller les chercher. Je m'engageai lentement dans les marches ; de ma morsure au cou jusqu'au coup d'épée, mon bras me lançait durement. Je repensai à la joie de Kettricken et m'en réjouis, tout en songeant avec un sentiment de culpabilité qu'elle était bâtie sur de fausses bases. Vérité avait été soulagé lorsque je lui avais suggéré de confier le jardin à Kettricken, mais pour lui l'acte n'avait pas la signification qu'il avait pour son épouse. Elle se jetterait à corps perdu dans ce projet comme si elle édifiait un sanctuaire consacré à leur amour; Vérité, lui, aurait sans doute oublié toute l'affaire dès le lendemain. Je me faisais l'impression d'être à la fois un traître et un imbécile.

J'avais envie d'être seul pour le dîner, aussi évitai-je la salle commune et me rendis-je dans la salle des gardes, attenante aux cuisines. Là, je tombai sur Burrich et Pognes qui prenaient leur repas; ils m'invitèrent à leur table et je ne pus refuser. Mais, une fois que j'eus pris place, j'eus le sentiment que j'aurais aussi bien pu ne pas être là. Je ne veux pas dire qu'ils m'excluaient de leur conversation mais ils parlaient d'une existence que je ne partageais plus. L'immense variété de détails de ce qui se passait dans les écuries m'échappait complètement. Ils discutaient de divers problèmes avec l'animation et l'assurance d'hommes qui ont en commun un savoir intime. Plus le temps passait, plus je me contentais de hocher la tête sans rien dire. Ils allaient bien ensemble : Burrich ne faisait preuve d'aucune condescendance envers Pognes, et Pognes ne dissimulait pas son respect pour un homme qu'il considérait manifestement comme son supérieur. En peu de temps, il avait beaucoup appris du maître d'écurie. Parti l'automne dernier de Castelcerf simple palefrenier, il parlait aujourd'hui avec compétence des faucons et des chiens et posait des questions de fond sur les choix de Burrich concernant les croisements des chevaux. Je n'avais pas fini de manger lorsqu'ils se levèrent de table. Pognes se faisait du souci pour un chien qui avait pris un coup de sabot plus tôt dans la journée. Ils me souhaitèrent une bonne soirée, puis sortirent sans cesser de discuter.

Je restai à ma place. Il y avait du monde autour de moi, gardes et soldats qui se restauraient, buvaient et bavardaient; l'agréable brouhaha des voix, le bruit d'une cuiller qui heurte le flanc de la marmite, le son d'un couteau qui tape dans la table après avoir coupé un coin de fromage dans une meule, tout cela faisait comme une musique. La pièce avait une odeur de nourriture et de foule, de feu de bois, de bière renversée et de ragoût en train de mijoter. J'aurais dû ressentir de la satisfaction, pas de la nervosité. Ni de la mélancolie. Ni de la solitude.

Frère ?

Je viens. Retrouve-moi à la vieille porcherie.

Œil-de-Nuit était parti chasser loin. J'arrivai le premier et l'attendis dans l'obscurité. J'avais apporté un pot d'onguent ainsi qu'un sac plein d'os. La neige tourbillonnait autour de moi en une danse infinie d'étincelles hivernales. Je scrutai les ténèbres. Je perçus sa présence, le sentis tout proche, mais il réussit tout de même à me sauter dessus par surprise. Miséricordieux, il ne fit que me pincer la peau et secouer mon poignet valide entre ses mâchoires. Ensuite, nous entrâmes dans l'abri, j'allumai un bout de chandelle puis j'examinai sa blessure. J'étais fatigué, la veille au soir, et j'avais mal, mais je m'aperçus avec plaisir que j'avais fait du bon travail. J'avais taillé le pelage épais et le duvet le plus ras possible autour de la plaie, que j'avais nettoyée avec de la neige propre. La croûte qui s'était formée était épaisse et sombre ; elle avait encore saigné pendant la journée, mais guère. Je l'enduisis d'une épaisse couche d'onguent ; Œil-de-Nuit broncha légèrement mais supporta mes soins. Quand j'eus fini, il tourna la tête et renifla la pommade.

Graisse d'oie, dit-il, et il se mit à la lécher. Je le laissai faire : rien dans le produit ne pouvait lui faire de mal et il l'enfoncerait mieux dans la blessure avec la langue que moi avec mes doigts.

Faim ? demandai-je.

Pas vraiment. Il y a des souris tant que j'en veux le long du vieux mur. Puis, en reniflant le sac que j'avais apporté : *Mais je ne refuserais pas un peu de bœuf ou de venaison.*

Je vidai le sac devant lui et il se jeta à plat ventre à côté du tas d'os. Il les renifla puis choisit une articulation à laquelle adhérait encore de la viande. *On va bientôt chasser ?* Il me transmit l'image de forgisés.

Dans un jour ou deux. Je veux être capable de manier une épée, la prochaine fois.

Je ne te le reproche pas. Des dents de vache, ça ne fait pas une bonne arme. Mais n'attends pas trop.

Pourquoi ?

Parce que j'en ai vu quelques-uns aujourd'hui. Des sans-esprit. Ils avaient trouvé un cerf mort de froid au bord d'une rivière et ils le mangeaient. De la viande pourrie qui puait, et ils la mangeaient ! Mais ça ne les arrêtera pas longtemps. Demain, ils se rapprocheront.

Alors, nous chasserons demain. Montre-moi où tu les as vus. Je fermai les yeux et je reconnus la portion de rivière dont il m'envoyait l'image. *J'ignorais que tu allais aussi loin ! Tu as fait tout ce chemin aujourd'hui avec ton épaule blessée ?*

Ce n'était pas si loin. Je perçus de la fierté dans sa réponse. *Et puis je savais que nous irions à leur recherche, et je voyage beaucoup plus vite seul. Il est plus efficace que je les repère d'abord, puis que je t'amène sur place pour la chasse.*

Ça n'a rien d'une chasse, Œil-de-Nuit.

Non. Mais c'est pour la meute.

Je restai assis près de lui un moment dans un silence amical, et je l'observai qui rongeait les os que je lui avais apportés. Il avait bien grandi cet hiver; soumis à un bon régime et libéré de sa cage, il avait pris du poids et du muscle. La neige avait beau tomber sur son pelage, les épais jarres noirs qui se mêlaient à sa robe grise arrêtaient les flocons et empêchaient la moindre humidité de s'infiltrer jusqu'à sa peau. Et il avait une odeur saine, non pas celle, rance, d'un chien trop nourri qui ne sort pas et ne prend jamais d'exercice, mais un parfum sauvage et propre. *Tu m'as sauvé la vie, hier.*

Tu m'as sauvé de la mort derrière des barreaux.

Je crois que je suis seul depuis trop longtemps. J'avais oublié ce que c'était d'avoir un ami.

Il cessa de mâchonner son os pour me regarder avec un vague amusement. *Un ami? C'est un mot trop petit, frère. Et qui va dans le mauvais sens. Alors ne me regarde pas comme ça. Je suis à toi ce que tu es à moi : un frère de lien et de meute. Mais tu n'auras pas toujours besoin que de moi.* Il se remit à ronger son os et je ruminai pour ma part ce qu'il venait de me dire.

Dors bien, frère, lui dis-je alors que je m'en allais.

Il eut un grondement dédaigneux. *Dormir? Sûrement pas! La lune va peut-être réussir à traverser les nuages et à me donner un peu de lumière pour chasser. Mais sinon, en effet, je dormirai.*

Je hochai la tête et l'abandonnai à ses os. En me dirigeant vers le château, je m'aperçus que je me sentais moins seul et moins morose qu'auparavant. Mais j'éprouvais aussi un pincement de culpabilité à voir Œil-de-Nuit adapter si facilement sa vie et sa volonté aux miennes. J'avais l'impression qu'il se souillait en traquant les forgisés.

Pour la meute. C'est pour le bien de la meute. Les sans-esprit essayent de pénétrer sur notre territoire. Nous ne pouvons pas les laisser faire. Ce concept lui paraissait tout à fait naturel et il était surpris de mes réticences. Je hochai encore une fois la tête dans le noir et, poussant la porte des cuisines, je rentrai dans la lumière jaune et la chaleur.

Je montai à ma chambre en réfléchissant à tout ce que j'avais fait ces derniers jours. J'avais décidé de rendre la liberté au petit loup ; au lieu de cela, nous étions devenus frères. Je ne le regrettais pas. J'étais allé avertir Vérité de la présence de nouveaux forgisés non loin de Castelcerf, pour m'entendre répondre qu'il était déjà au courant et récolter la mission d'étudier les Anciens et d'essayer de retrouver d'autres artiseurs. Je lui avais demandé de donner le jardin de la reine à Kettricken afin de la distraire de ses sujets d'amertume et, en réalité, je l'avais trompée en l'enchaînant plus encore à son amour pour Vérité. Je m'arrêtai sur un palier pour reprendre mon souffle. Nous étions peut-être tous en train de danser au son de la flûte du fou ; après tout, n'était-ce pas lui qui m'avait soufflé certaines de ces idées ?

Je sentis la clé de bronze qui tirait ma poche. Bah, maintenant ou plus tard... Vérité n'était pas dans sa chambre mais Charim s'y trouvait. Il ne fit aucune difficulté pour me laisser entrer et me servir de la clé. Je pris une brassée des manuscrits que renfermait l'armoire ; il y en avait plus que je ne m'y attendais. Je les rapportai dans ma chambre et les déposai sur mon coffre à vêtements, puis préparai du feu et jetai un coup d'œil à mon pansement au cou. Ce n'était plus qu'un affreux bouchon de tissu saturé de sang ; il fallait le changer, je le savais, mais je tremblais de l'enlever. Dans un moment. J'ajoutai du bois sur le feu et triai les manuscrits, couverts d'une écriture en pattes-de-mouche et d'illustrations passées. Puis je levai les yeux et regardai ma chambre.

Un lit, un coffre, une petite table de chevet, un broc et une cuvette pour la toilette. Une tapisserie franchement laide du roi Sagesse en train de parler avec un Ancien jaunâtre, un chandelier à plusieurs branches sur le manteau de la cheminée. Presque rien n'avait changé depuis la première nuit de mon installation, bien des années plus tôt. C'était une chambre vide et triste, sans imagination. Et soudain, je me sentis moi aussi vide, triste et sans imagination. Je chassais, je tuais, je rapportais. J'obéissais. Davantage chien qu'humain. Et même pas un chien préféré, que l'on caresse et que l'on complimente ; un chien de meute, utilitaire, c'est tout. Quand avais-je vu Subtil pour la dernière fois ? Et Umbre ? Même le fou se moquait de moi. Je n'étais plus, pour tout le monde, qu'un outil ; restait-il quelqu'un qui s'intéressât à moi, à moi personnellement ? Brusquement, je ne me supportai plus ; je posai le manuscrit que j'étudiais et sortis.

Quand je frappai à la porte de Patience, il y eut un moment d'attente ; puis : « Qui est là ? fit la voix de Brodette.

— C'est seulement FitzChevalerie.

— FitzChevalerie ! » répéta-t-elle d'un ton surpris ; il est vrai qu'il était un peu tard pour une visite : en général, je venais pendant la journée. J'eus alors le soulagement d'entendre le bruit d'une barre que l'on fait glisser, puis d'un loquet que l'on soulève : Patience avait donc prêté attention à mes conseils. La porte s'ouvrit lentement et Brodette s'écarta pour me laisser passer, un sourire incertain aux lèvres.

J'entrai, saluai chaleureusement Brodette, puis cherchai Patience des yeux. Elle devait être dans la pièce d'à côté. Mais dans un angle, toute à ses travaux d'aiguille, était assise Molly. Elle ne me regarda pas et ne manifesta en aucune manière qu'elle fût consciente de ma présence. Ses cheveux étaient ramassés en un petit chignon surmonté d'une coiffe en dentelle. Sur toute autre, sa robe bleue aurait pu paraître simple et chaste ; sur Molly, elle était terne. Elle ne leva pas les yeux de son ouvrage. Je jetai un coup d'œil à Brodette et vis qu'elle m'observait sans se cacher. Je revins à Molly et quelque chose céda en moi. En quatre pas, je traversai la pièce, puis je m'agenouillai près de son fauteuil et, comme elle s'écartait de moi, je pris sa main et la portai à mes lèvres.

« FitzChevalerie ! » Le ton de Patience était indigné. En tournant la tête, je la vis dans l'ouverture de la porte. Ses lèvres pincées exprimaient la colère. Je regardai Molly à nouveau.

Elle avait détourné le visage. Sans lui lâcher la main, je dis calmement : « Je n'en puis plus. Tant pis si c'est une bêtise, tant pis si c'est dangereux, et peu importe le qu'en-dira-t-on : je ne peux pas rester éternellement séparé de toi. »

Elle retira sa main et je dus la laisser pour ne pas lui faire mal. Mais je saisis sa robe et m'accrochai à un pli comme un enfant têtu. « Parle-moi, au moins ! implorai-je, mais ce fut Patience qui répondit.

— FitzChevalerie, ce n'est pas séant. Cesse immédiatement !

— Il n'était pas non plus séant, ni judicieux, ni raisonnable de la part de mon père de vous courtiser. Pourtant, il n'a pas hésité. Je pense qu'il partageait tout à fait mon état d'esprit actuel. » Je n'avais pas détourné les yeux de Molly.

Ma repartie réduisit un instant Patience à un silence stupéfait. Mais alors Molly posa son ouvrage et se leva ; elle s'écarta de moi et, quand il devint évident que je devais soit lâcher sa robe, soit déchirer le tissu, je la laissai aller. Elle s'éloigna d'un pas. « Si ma dame Patience veut bien m'excuser pour la soirée ?

— Certainement, répondit Patience, d'un ton où ne perçait pourtant nulle certitude.

— Si tu t'en vas, je n'ai plus rien au monde. » C'était trop théâtral, je le savais ; j'étais toujours à genoux près de son fauteuil.

« Si je reste, vous n'y gagnerez rien. » Molly parlait avec calme tout en ôtant son tablier, puis en le suspendant à un crochet. « Je suis une servante. Vous êtes un jeune noble, de la famille royale. Il ne peut rien y avoir entre nous. J'ai fini par le comprendre au cours des dernières semaines.

— Non. » Je me remis debout et m'approchai d'elle, mais m'abstins de la toucher. « Tu es Molly et je suis le Nouveau.

— Autrefois, peut-être », concéda-t-elle. Puis elle soupira. « Mais plus maintenant. Ne me rendez pas la tâche plus difficile qu'elle n'est, messire. Laissez-moi en paix. Je n'ai d'autre foyer qu'ici. Je dois travailler, au moins jusqu'à ce que j'aie assez d'argent... » Elle secoua soudain la tête. « Bonsoir, ma dame. Brodette... Messire. » Elle se détourna de moi. Brodette ne disait rien. Je notai qu'elle n'ouvrait pas la porte à Molly, mais celle-ci ne marqua pas la moindre pause et referma la porte derrière elle sans une hésitation. Un terrible silence s'abattit sur la pièce.

« Eh bien ! fit enfin Patience, je me réjouis de voir qu'au moins l'un de vous deux fait preuve de bon sens. Mais qu'est-ce qui t'a pris, FitzChevalerie, de débarquer chez moi et d'assaillir ainsi ma femme de chambre ?

— Il m'a pris que je l'aime », répondis-je sans ambages. Je me laissai tomber dans un fauteuil et me fourrai la tête entre les mains. « Il m'a pris que j'en ai plus qu'assez d'être seul.

— Et c'est à cause de ça que tu es venu ? » Patience paraissait presque vexée.

« Non. C'est vous que j'étais venu voir ; j'ignorais qu'elle serait chez vous. Mais quand je l'ai aperçue, ç'a été plus fort que moi. C'est vrai, Patience : je n'en peux plus.

— Eh bien ! il va falloir serrer les dents, parce que ce n'est pas fini. » Les mots étaient durs, mais elle les prononça dans un soupir.

« Est-ce que Molly en parle... parle de moi ? À Brodette et vous ? Il faut que je sache. Je vous en supplie. » J'essayais d'abattre la muraille de leur silence, des regards qu'elles échangeaient. « Souhaite-t-elle vraiment que je la laisse tranquille ? Me méprise-t-elle à ce point ? N'ai-je pas obéi à toutes vos exigences ? J'ai attendu, Patience, je l'ai évitée, j'ai pris soin de ne pas prêter le flanc aux commérages. Mais quand cela finira-t-il ? À moins que tel ne soit votre plan : nous empêcher de nous voir jusqu'à ce que nous nous oubliions l'un l'autre ? Ça ne marchera pas : je ne suis pas un enfant et Molly n'est pas une babiole que vous me dissimulez pour me distraire avec d'autres jouets. C'est Molly ; elle est ma vie et je ne la laisserai pas partir.

— Je regrette, mais il le faut, dit Patience d'un ton amer.

— Pourquoi ? En a-t-elle choisi un autre ? »

D'un geste, Patience écarta ma question comme on chasse une mouche. « Non. Elle n'est pas volage. Elle est intelligente, zélée, elle a l'esprit vif et beaucoup de courage. Je vois bien que tu l'aimes ; mais elle a aussi de la fierté et elle a fini par comprendre ce que tu refuses de voir : que vous êtes l'un et l'autre issus de rangs si éloignés qu'ils ne peuvent se rencontrer. Même si Subtil consentait à votre mariage, ce dont je doute fort, comment vivriez-vous ? Tu ne peux quitter le château pour t'installer à Bourg-de-Castelcerf et tenir une chandellerie ; tu le sais parfaitement. Et quel serait son statut, à elle, si vous restiez ici ? Malgré toutes ses qualités, les gens qui ne la connaîtraient pas bien ne verraient que votre différence de rang. On la considérerait comme l'objet d'un vil appétit que tu aurais satisfait. "Ah, le Bâtard reluquait la bonniche de sa belle-mère ; il a dû la serrer d'un peu près dans un coin une fois de trop, et maintenant il doit payer les pots cassés." Tu connais le genre de réflexions dont je parle. »

Je les connaissais. « Je me fiche du qu'en-dira-t-on.

— Toi, tu le supporterais peut-être ; mais Molly ? Et vos enfants ? »

Je ne répondis pas. Patience baissa les yeux sur ses mains posées sur son giron. « Tu es jeune, FitzChevalerie. » Elle s'exprimait d'une voix très douce, apaisante. « Je sais que tu ne me croiras pas pour l'instant, mais tu en rencontreras peut-être une autre ; une qui soit plus proche de ton rang. Et Molly aussi, de son côté. Elle mérite peut-être cette occasion de connaître le bonheur. Tu devrais te retirer, te donner une année, et si, à ce moment-là, ton cœur n'a pas varié, eh bien !...

— Mon cœur ne changera pas.

— Ni le sien, je le crains, dit Patience sans ménagements. Elle t'aimait, Fitz. Sans savoir qui tu étais réellement, elle t'a donné son cœur. C'est ce qu'elle m'a dit. Je ne veux pas trahir ses confidences mais si tu fais ce qu'elle te demande et que tu la laisses tranquille, elle ne pourra jamais te le dire elle-même. Aussi vais-je parler, en espérant que tu ne m'en voudras pas du mal que je dois te faire. Elle sait que votre amour n'a pas d'avenir ; elle ne souhaite pas être considérée comme une servante mariée à un noble ; elle ne souhaite pas que ses enfants soient les fils et les filles d'une servante du château. C'est pourquoi elle économise le peu que je puis la payer ; elle achète sa cire et ses parfums, et continue à pratiquer son métier du mieux possible. Elle projette de gagner suffisamment d'argent pour monter sa propre boutique de chandelles. Ce n'est pas pour tout de suite. Mais tel est son but. » Patience se tut un instant. « Elle ne voit pas de place pour toi dans cette vie. »

Je réfléchis longuement. Ni Brodette ni Patience ne disaient rien. Brodette se déplaçait sans bruit, occupée à préparer du thé dont elle me plaça une tasse dans la main. Je levai les yeux vers elle et tentai de lui sourire, puis je posai soigneusement la tasse à côté de moi. « Saviez-vous depuis le début qu'on en arriverait là ? demandai-je.

— Je le craignais, répondit Patience avec simplicité. Je savais aussi que je n'y pouvais rien. Et toi non plus. »

Je restai sans bouger, sans même penser. Sous la vieille porcherie, dans un trou qu'il avait dégagé, Œil-de-Nuit dormait, le museau posé sur un os. Je le touchai doucement sans le réveiller. Sa respiration calme était une ancre à laquelle je me raccrochai.

« Fitz ? Que vas-tu faire ? »

Des larmes me piquaient les yeux. Je battis des paupières et cela passa. « Ce qu'on me dit de faire, répondis-je, amer. Comme toujours. »

Patience garda le silence pendant que je me levais lentement. La blessure à mon cou battait sourdement. Je n'avais soudain plus qu'une envie : dormir. Je priai Patience de m'excuser et elle hocha la tête. À la porte, je m'arrêtai. « J'ai oublié de vous dire le but de ma visite, à part vous voir : Kettricken va restaurer le jardin de la reine. Celui qui se trouve au sommet de la tour. Elle aimerait savoir comment il était arrangé à l'origine, du temps de la reine Constance. J'ai songé que vous pourriez peut-être lui faire part de vos souvenirs. »

Patience hésita. « Je me le rappelle, en effet. Et très bien. » Elle se tut un instant, puis, d'un air rayonnant : « Je vais t'en faire un plan que je t'expliquerai ; ainsi, tu pourras le détailler à la reine. »

Je croisai son regard. « Vous devriez le faire vous-même, je crois. À mon avis, ça lui ferait très plaisir.

— Fitz, je n'ai jamais été à l'aise avec les gens. » Sa voix s'altéra. « Elle me trouverait bizarre, j'en suis sûre. Ennuyeuse. Je ne pourrai pas... » Elle se mit à bégayer et s'interrompit.

« La reine Kettricken est très seule, dis-je calmement. Elle est entourée de dames de compagnie mais je ne pense pas qu'elle ait de véritable amie. Vous avez été reine-servante ; ne vous souvenez-vous pas de ce que c'était ?

— C'est sûrement différent pour elle de ce que c'était pour moi.

— Sans doute. » Je me tournai vers la porte. « Pour commencer, vous aviez un époux aimant et attentionné. » Derrière moi, Patience émit un petit bruit étranglé. « Et le prince Royal n'était certainement pas aussi... adroit qu'il l'est maintenant. Et vous aviez le soutien de Brodette. Oui, dame Patience, je suis sûr que c'est très différent pour elle. C'est beaucoup plus dur.

— FitzChevalerie ! »

Je m'arrêtai devant la porte. « Oui, ma dame ?

— Regarde-moi quand je te parle ! »

Je me retournai lentement et elle tapa du pied. « Tu n'as pas le droit de faire ça ! Tu essayes de me faire honte ! Crois-tu que je ne fais pas mon devoir ? Que je ne connais pas mon devoir ?

— Ma dame ?

— J'irai la voir demain. Et elle me trouvera bizarre, étourdie et maladroite. Elle va s'ennuyer à mourir en ma compagnie et rêver de l'instant où je m'en irai. Alors, tu viendras t'excuser de m'avoir forcé la main !

— Vous avez sûrement raison, ma dame.

— Remise tes manières de courtisan et va-t'en ! Insupportable godelureau ! » Elle tapa encore une fois du pied, puis s'enfuit vers sa chambre. Brodette me tint la porte ouverte ; elle avait la bouche inexpressive et l'air réservé.

« Eh bien ? fis-je en passant devant elle, car je savais qu'elle avait encore quelque chose à me dire.

— Je songeais que vous ressemblez beaucoup à votre père, observa-t-elle d'un ton revêche. Mais en moins tenace. Il ne baissait pas les bras aussi facilement que vous. » Et elle me ferma la porte au nez.

Je contemplai un moment l'huis clos, puis me dirigeai vers ma chambre. Il fallait que je change le pansement de ma blessure au cou. Je montai une volée de marches et le bras me lançait à chaque pas ; et je m'arrêtai sur mon palier. Je restai quelques instants à regarder les bougies brûler dans leurs supports, puis je grimpai la volée suivante.

Je frappai à la porte plusieurs minutes durant. À mon arrivée, la lueur jaune d'une chandelle filtrait sous le battant, mais quand j'avais commencé à frapper, elle s'était brusquement éteinte. Je pris mon poignard et tentai sans discrétion de débloquer le verrou. Elle l'avait changé ; apparemment, il y avait aussi une barre, trop lourde pour que je la soulève de la pointe de ma lame. J'abandonnai et m'en allai.

Descendre est toujours plus facile que monter ; cela peut même devenir trop facile lorsqu'on a un bras blessé. Je contemplai la dentelle blanche des vagues qui se brisaient sur les rochers, loin en dessous de moi. Œil-de-Nuit ne s'était pas trompé : la lune avait réussi à pointer le nez. La corde glissa un peu entre mes doigts gantés et mon bras blessé dut supporter mon poids ; je grognai. Il n'y en a plus pour longtemps, me répétai-je, et je me laissai encore descendre de deux pas.

La saillie de la fenêtre de Molly était moins large que je ne l'espérais et je gardai la corde enroulée autour de mon bras en y prenant pied. La lame de mon poignard s'inséra sans difficulté dans l'interstice des volets mal joints. Le loqueteau du haut avait déjà cédé et je travaillais sur celui du bas quand j'entendis la voix de Molly s'élever de l'intérieur.

« Si tu entres, je hurle. Et les gardes viendront.

— Dans ce cas, tu ferais bien de leur préparer du thé », répondis-je, les dents serrées, avant de me remettre à manipuler le loqueteau.

L'instant suivant, Molly avait ouvert grand les volets. Sa silhouette se découpait dans la fenêtre, éclairée de dos par la lumière dansante des flammes dans la cheminée. Elle était en chemise de nuit, mais ne s'était pas encore tressé les cheveux. Ils lui tombaient sur les épaules, luisants d'avoir été brossés. Elle avait jeté un châle sur ses épaules.

« Va-t'en ! me dit-elle brutalement. Va-t'en d'ici !

— Impossible, répondis-je entre deux halètements. Je n'ai pas la force de remonter et la corde n'arrive pas au pied du mur.

— Je ne veux pas que tu entres ! fit-elle, entêtée.

— Très bien. » Je m'assis sur l'appui-fenêtre, une jambe dans la chambre, l'autre dans le vide. Le vent soufflait en rafales qui agitaient la chemise de nuit de Molly et attisaient les flammes. Je me taisais. Au bout d'un moment, elle se mit à frissonner de froid.

« Que veux-tu ? siffla-t-elle, furieuse.

— Toi. Je souhaitais t'avertir que, demain, je compte demander au roi la permission de t'épouser. » Les mots avaient jailli sans que je l'eusse prémédité. Avec un soudain vertige, je pris conscience que je pouvais faire tout ce que je voulais. Absolument tout.

Molly me dévisagea, stupéfaite, puis, la voix basse : « Je ne désire pas t'épouser.

— Ça, je n'avais pas l'intention de le lui dire. » Et, sans le vouloir, je lui fis un sourire radieux.

« Tu es insupportable !

— C'est vrai. Et je suis gelé. Je t'en prie, laisse-moi entrer au moins pour me mettre à l'abri du froid. »

Elle ne m'en donna pas vraiment l'autorisation, mais elle s'écarta de la fenêtre. Je sautai de mon rebord sans prêter attention au contrecoup sur mon bras, puis fermai et verrouillai les volets ; ensuite, je m'approchai de la cheminée et rajoutai des bûches sur le feu pour chasser le froid de la pièce. Enfin, je me redressai et me réchauffai les mains aux flammes. Molly ne pipait mot. Elle se tenait droite comme une épée, les bras croisés. Je lui jetai un coup d'œil par-dessus mon épaule et souris.

Elle conserva son expression fermée. « Tu dois t'en aller. »

Je sentis mon sourire s'effacer. « Molly, tout ce que je te demande, c'est de me parler. La dernière fois, j'ai eu l'impression que nous nous comprenions, et maintenant tu ne m'adresses plus la parole, tu te détournes de moi... Je ne sais pas ce qui a changé ; je ne comprends pas ce qui se passe entre nous.

— Rien. » Elle parut tout à coup très fragile. « Rien ne se passe entre nous. Rien ne peut se passer entre nous. FitzChevalerie (que ce nom sonnait étrangement dans sa bouche !), j'ai eu le temps de réfléchir. Si tu étais venu comme aujourd'hui il y a une semaine ou un mois, impétueux, rayonnant, je sais que je te serais tombée dans les bras. » Un triste fantôme de sourire erra sur ses lèvres, comme au souvenir d'un enfant, mort depuis, qui gambadait dans la lumière d'un jour d'été, il y avait bien longtemps. « Mais tu n'es pas venu. Tu es resté correct, terre à terre, convenable. Et cela va te paraître bête, mais ça m'a fait mal. Je me répétais que si tu m'aimais aussi fort que tu le prétendais, rien, ni les murs, ni les bonnes manières, ni les on-dit, ni le protocole, rien ne pourrait t'empêcher de me voir. L'autre nuit, lorsque tu es entré chez moi, lorsque nous... Mais ça n'a rien changé. Tu n'es pas revenu. »

Effaré, j'essayai de me défendre :

« C'était pour ton bien, pour ta réputation...

— Chut! Je t'ai dit que c'était bête. Mais les sentiments n'ont rien à voir avec la raison ; ils sont, c'est tout. Ton amour pour moi n'était pas raisonnable, ni le mien pour toi. J'ai fini par m'en rendre compte, et aussi de ce que la raison doit passer avant les sentiments. » Elle soupira. « J'étais dans une colère noire la première fois que ton oncle m'a parlé ; j'étais indignée. Du coup, je me suis raidie et j'ai décidé de rester malgré tout ce qu'il pouvait y avoir entre toi et moi. Mais je ne suis pas en pierre ; et même alors, la pierre finit par s'user sous le ruissellement glacé du bon sens.

— Mon oncle? Le prince Royal ? » La perfidie me laissait pantois.

Elle hocha lentement la tête. « Il voulait que je ne parle à personne de sa visite. Si tu étais au courant, il n'en sortirait rien de bon, selon lui, et il devait agir dans l'intérêt de sa famille. Il a dit que je devais le comprendre, et, en effet, je l'ai compris mais ça m'a rendue furieuse. Ce n'est qu'avec le temps qu'il a réussi à me démontrer que c'était aussi dans mon intérêt. » Elle s'interrompit et s'essuya la joue d'une main. Elle pleurait sans bruit et les larmes coulaient sur son visage.

Je m'approchai d'elle et, d'un geste hésitant, je la pris dans mes bras. À ma grande surprise, elle se laissa faire. Je la serrai délicatement contre moi, comme un papillon qu'il faut prendre garde de ne pas écraser. Elle pencha la tête en avant, son front se posa sur mon épaule et elle dit, le visage dans ma chemise : « Encore quelques mois et j'aurai assez économisé pour me remettre à mon compte ; pas pour ouvrir une boutique mais pour louer une chambre quelque part et trouver du travail pour subvenir à mes besoins. Et commencer à mettre de l'argent de côté pour un commerce. C'est le but que je me suis fixé. Dame Patience est gentille et Brodette est devenue une véritable amie, mais je n'aime pas être servante. Et je ne continuerai pas plus qu'il n'est indispensable. » Elle se tut et resta sans bouger dans mes bras. Elle tremblait un peu, comme si elle était exténuée. On avait l'impression qu'elle avait épuisé sa réserve de paroles.

« Que t'a dit mon oncle ? demandai-je sans avoir l'air d'y toucher.

— Oh ! » Elle renifla et déplaça son visage contre ma poitrine. Je crois qu'elle essuyait ses larmes sur ma chemise. « Rien d'autre que ce à quoi j'aurais dû m'attendre. Quand il m'a abordée la première fois, il était froid et hautain. Il me prenait pour… pour une putain, je suppose. Avec un air sévère, il m'a avertie que le roi ne tolérerait pas d'autres scandales ; puis il a exigé de savoir si j'étais enceinte. Naturellement, ça m'a mise en colère. Je lui ai répondu que c'était impossible, que nous n'avions jamais… » Molly s'interrompit et je sentis à quel point elle avait été humiliée qu'on pût seulement lui poser la question. « Alors il m'a dit que, dans ce cas, c'était parfait. Il m'a demandé ce que je pensais devoir obtenir en réparation de tes tromperies. »

Ce dernier terme était comme un petit poignard qui m'aurait fouaillé le ventre. Je sentais la rage monter en moi, mais je me forçai au silence afin que Molly pût terminer de vider l'abcès.

« Je lui ai dit que je ne voulais rien, que je m'étais fait des illusions autant que tu m'en avais donné. Du coup, il m'a proposé de l'argent pour que je m'en aille et que je ne parle plus jamais de toi ni de ce qui s'était passé entre nous. »

Son élocution devenait hésitante ; à chaque phrase, sa voix était plus aiguë et plus tendue. Elle reprit un semblant de calme, que, je le savais, elle ne possédait nullement. « Il m'a offert de quoi ouvrir une chandellerie. Je me suis mise en colère et je lui ai dit que je n'arrêterais pas d'aimer quelqu'un pour de l'argent, que si l'argent pouvait me faire aimer ou ne pas aimer, alors c'est que j'étais vraiment une putain. » Un sanglot la convulsa, puis elle se tint immobile. Je caressais doucement ses épaules crispées, ses cheveux plus doux et plus luisants qu'une crinière de cheval. Elle se taisait.

« Royal sème la zizanie, m'entendis-je dire. Il cherche à me faire du mal en te forçant à partir, à m'humilier en te blessant. » Je secouai la tête, sidéré par ma propre stupidité. « J'aurais dû le prévoir. Et moi qui croyais seulement qu'il risquait de répandre des rumeurs contre toi ! Ou de s'arranger pour qu'il t'arrive un accident ! Mais Burrich a raison : cet homme n'a aucune morale, il n'obéit à aucune règle.

— Il s'est d'abord montré froid mais jamais grossier. Il venait en tant que messager du roi, disait-il, et en personne pour éviter le scandale, afin que nul n'en sache plus que nécessaire. Il cherchait à éviter les ragots, pas à les susciter. Plus tard, après que nous avons parlé deux ou trois fois ensemble, il m'a dit qu'il regrettait de me voir dans ce mauvais cas et qu'il convaincrait le roi que ce n'était pas de mon fait. Il m'a même acheté des chandelles et a fait savoir autour de lui ce que j'avais à vendre. Je crois qu'il essaye d'arranger les choses, FitzChevalerie. En tout cas, de son point de vue. »

L'entendre défendre ainsi Royal m'était bien plus douloureux que toutes les avanies et tous les reproches dont elle pouvait m'agonir. Mes doigts se prirent dans ses cheveux et je m'en démêlai délicatement. Royal ! Pendant des semaines, j'étais resté seul, à l'écart de Molly, sans lui adresser le moindre mot de peur de causer un scandale, et, en réalité, je l'avais laissée sans défense devant Royal ; oh, il ne l'avait pas courtisée, non, mais il l'avait embobinée par son charme consommé et ses belles paroles, puis il avait taillé à coups de hache dans l'image qu'elle avait de moi alors que je n'étais pas là pour le contredire ; il s'était posé en allié tandis que, incapable de me défendre, j'étais réduit au rôle du jeune blanc-bec étourdi, du méchant indélicat. Je me mordis la langue pour m'empêcher de le débiner davantage : j'aurais eu l'air d'un gamin en colère qui se venge parce qu'on contrarie sa volonté.

« As-tu parlé des visites de Royal à Patience ou à Brodette ? Qu'ont-elles dit de lui ? »

Elle secoua la tête et le parfum de ses cheveux me monta aux narines. « Il m'a fortement conseillé de ne rien dire à personne. "Les femmes bavardent", a-t-il ajouté, et je sais que c'est vrai. Je n'aurais pas dû t'en parler. D'après lui, Patience et Brodette auraient davantage de respect pour moi si je donnais l'impression d'avoir pris ma décision seule ; et aussi… il a dit que tu ne me laisserais pas partir… si tu pensais que la décision venait de lui ; qu'il fallait te persuader que je me détournais de toi de mon propre chef.

— Il me connaît bien, admis-je.

— Je n'aurais pas dû t'en parler », murmura-t-elle. Elle s'écarta un peu de moi et leva le regard vers moi. « Je ne sais pas ce qui m'a prise. »

Ses yeux et ses cheveux avaient des teintes de forêt. « Peut-être ne voulais-tu pas que je te laisse partir ? fis-je.

— Il le faut, dit-elle. Tu sais comme moi que nous n'avons aucun avenir ensemble. »

Il y eut un instant de paix absolue. Le feu crépitait doucement. Molly et moi étions immobiles. Mais, j'ignore comment, je me retrouvai ailleurs, dans un lieu où j'avais douloureusement conscience du moindre parfum, du moindre contact de Molly ; ses yeux, la fragrance sylvestre de sa peau et de ses cheveux ne faisaient qu'un avec la tiédeur et la souplesse de son corps sous sa chemise de nuit en laine moelleuse. Je percevais sa présence comme une couleur nouvelle soudain révélée à mes yeux. Toutes les angoisses, toutes les pensées même étaient suspendues dans ce brusque état de conscience. Je sais que je m'étais mis à trembler, car elle posa ses mains sur mes épaules et les serra pour me calmer. Ses paumes diffusaient une chaleur qui s'écoula en moi. Je baissai les yeux vers son visage et m'émerveillai de ce que j'y vis.

Elle m'embrassa.

À cet acte simple, cette offrande de ses lèvres, j'eus l'impression que des vannes s'ouvraient tout grand en moi. Ce qui suivit fut la continuation naturelle de son baiser, sans considération de raison ou de morale de ma part ni de la sienne, sans hésitation. La permission que nous nous donnâmes l'un à l'autre était absolue. Nous nous aventurâmes ensemble dans ce territoire vierge et je n'imagine pas union plus intime que celle que nous apporta notre étonnement commun. Nous nous fondîmes tout entiers dans cette nuit, libres d'attentes et de souvenirs. Je n'avais pas davantage de droit sur elle qu'elle sur moi, mais je donnai et je pris, et je jure que je ne le regretterai jamais. Je garde dans ma mémoire la tendre maladresse de cette nuit comme le bien le plus précieux de mon âme. Sous mes doigts tremblants, le ruban qui fermait le col de sa chemise de nuit forma un nœud inextricable. Molly paraissait calme et sûre d'elle-même lorsqu'elle me toucha, mais un petit cri de saisissement trahit sa surprise quand je réagis à son contact. C'était sans importance. Notre ignorance céda peu à peu la place à un savoir plus ancien qu'elle et moi. Je m'efforçai de me montrer à la fois doux et fort, mais je restai stupéfait devant la douceur et la force de Molly.

J'ai entendu parler de danse, j'ai entendu parler de combat. Certains hommes l'évoquent avec un rire de connivence, d'autres en ricanant. J'ai entendu les solides marchandes en glousser comme gloussent les poules devant des miettes de pain ; j'ai été accosté par des maquereaux qui vantaient leurs articles avec le même aplomb qu'un mareyeur du poisson frais. Pour ma part, je crois que certaines choses sont au-delà des mots. Il faut faire l'expérience de la couleur bleue pour la connaître, de même que le parfum du jasmin ou le son de la flûte. La courbe d'une épaule tiède et nue, le moelleux purement féminin d'un sein, le petit hoquet surpris que l'on émet lorsque toutes les barrières tombent soudain, le parfum de sa gorge, le goût de sa peau ne sont que des fragments et, si doux soient-ils, ils n'englobent pas le tout. Mille détails semblables ne l'illustreraient encore pas.

Les bûches de l'âtre n'étaient plus que braises rouge sombre. Les chandelles avaient fondu depuis longtemps. J'avais le sentiment d'être dans un lieu où nous étions entrés étrangers et où nous nous étions découverts chez nous. J'aurais, je crois, donné le reste du monde pour demeurer dans ce nid alangui de couvertures et d'édredons en désordre, à respirer sa chaude immobilité.

Frère, c'est parfait.

Je sautai en l'air comme un poisson ferré, en tirant du même coup Molly de sa rêverie. « Qu'y a-t-il ?

— Une crampe au mollet », dis-je ; elle me crut et elle éclata de rire. Ce n'était rien, mais soudain j'eus honte de ce mensonge, de tous les mensonges que j'avais dits et de toutes les vérités dont j'avais fait des mensonges en ne les disant pas. J'ouvris la bouche pour tout lui avouer : que j'étais l'assassin royal, l'instrument de meurtre du roi ; que la connaissance d'elle qu'elle m'avait donnée cette nuit avait été partagée par mon frère le loup ; qu'elle s'était offerte de plein gré à un homme qui en tuait d'autres et dont la vie était inextricablement mêlée à celle d'un loup.

C'était impossible. Si je lui avouais cela, je lui ferais mal et je l'humilierais ; pour toujours, elle se sentirait salie par le contact que nous avions partagé. Je me dis que je pouvais supporter qu'elle me méprise, mais pas qu'elle se méprise elle-même. Je me persuadai que je fermais la bouche parce que c'était l'attitude la plus noble, que garder ces secrets pour moi valait mieux que laisser la vérité l'anéantir. Me mentais-je à moi-même ?

Et n'en sommes-nous pas tous là ?

Étendu sur le lit, dans la tiède étreinte de ses bras, son corps chaud contre mon flanc, je me promis de changer. Je cesserais d'être tout ce que j'étais et je n'aurais alors plus rien à lui avouer. Demain, je dirais à Umbre et à Subtil que je ne voulais plus tuer pour eux. Demain, je ferais comprendre à Œil-de-Nuit pourquoi je devais rompre mon lien avec lui. Demain.

Mais aujourd'hui, ce jour qui commençait déjà à poindre, je devais partir, le loup à mes côtés, pour chasser et assassiner les forgisés, parce que je voulais me présenter à Subtil auréolé d'un triomphe récent, afin de le mettre d'humeur à m'accorder la faveur que je lui demanderais. Ce soir même, une fois terminée ma basse besogne, je le prierais de nous autoriser, Molly et moi, à nous marier. Je me jurai que son assentiment marquerait pour moi le début d'une existence nouvelle, celle d'un homme qui n'aurait plus rien à cacher à la femme qu'il aimait. Je lui baisai le front, puis repoussai délicatement ses bras.

« Je dois te quitter, murmurai-je alors qu'elle se réveillait. Mais j'espère que ce ne sera pas pour trop longtemps. Aujourd'hui, je vais aller voir Subtil pour obtenir la permission de t'épouser. »

Elle ouvrit les yeux et eut l'air presque étonné en me voyant sortir nu de son lit. J'ajoutai du bois sur le feu, puis, en évitant son regard, je ramassai mes habits et les enfilai. Elle n'avait pas tant de pudeur, car, en finissant de boucler ma ceinture, je m'aperçus qu'elle m'observait en souriant. Je rougis.

« J'ai l'impression que nous sommes déjà mariés, chuchota-t-elle. Je n'imagine pas comment des vœux solennels pourraient nous unir davantage.

— Moi non plus. » Je m'assis au bord du lit et lui pris les mains. « Mais ce sera une grande satisfaction pour moi de rendre notre union publique. Et cela, ma dame, nécessite un mariage et la déclaration formelle de tout ce que mon cœur vous a déjà juré. Mais, pour le moment, je dois m'en aller.

— Pas tout de suite ; reste encore un peu. Il doit bien y avoir encore un peu de temps avant que le château ne s'éveille. »

Je me penchai pour l'embrasser. « Je dois m'en aller dès maintenant pour récupérer certaine corde accrochée aux remparts et qui pend devant la fenêtre de ma dame. Sa découverte pourrait susciter des commentaires.

— Laisse-moi au moins le temps de changer tes pansements au bras et au cou. Mais comment as-tu fait pour t'arranger ainsi ? Je voulais te le demander hier soir, mais… »

Je souris. « Je sais. Il y avait des sujets plus intéressants à traiter. Non, mon amour. Mais je te promets de m'en occuper ce matin, dans ma chambre. » L'appeler « mon amour » me donnait davantage l'impression d'être un homme qu'aucun autre mot. Je l'embrassai à nouveau, en me jurant de partir aussitôt, mais sa main sur mon cou me retint. Je soupirai. « Il faut vraiment que je m'en aille.

— Je sais. Mais tu ne m'as pas dit comment tu t'étais fait mal. »

Je sentis bien qu'elle ne me pensait pas gravement blessé et que ce n'était qu'un prétexte pour me garder auprès d'elle. Néanmoins, c'est avec honte que je mentis, en m'efforçant de rendre mon mensonge le plus bénin possible. « J'ai été mordu par une chienne, dans les écuries. Je ne devais pas la connaître aussi bien que je le croyais, parce que, quand je me suis baissé pour prendre un de ses chiots, elle s'est jetée sur moi.

— Mon pauvre ! Enfin... Es-tu sûr d'avoir bien nettoyé les plaies ? Les morsures d'animaux, ça s'infecte facilement.

— Je les nettoierai encore une fois quand je referai les pansements. » Je ramenai l'édredon sur elle, non sans regret à l'idée de quitter cette tiédeur. « Essaye de dormir un peu avant que le jour se lève.

— FitzChevalerie ! »

Je m'arrêtai devant la porte et me retournai. « Oui ?

— Reviens chez moi ce soir. Quelle que soit la réponse du roi. »

J'ouvris la bouche pour protester.

« Jure-le-moi ! Sinon, je ne survivrai pas à cette journée. Jure-moi que tu reviendras. Car, quoi que dise le roi, sache-le : je suis ton épouse, maintenant. Et pour toujours ! Toujours ! »

Devant ce présent, je sentis mon cœur cesser de battre et je ne pus que hocher la tête sans rien dire. Mais mon expression dut parler pour moi car le sourire qu'elle me fit était rayonnant et doré comme un soleil d'été. Je soulevai la barre et glissai le loquet de la porte ; j'ouvris doucement le battant et jetai un coup d'œil dans le couloir ténébreux. « Veille à bien refermer derrière moi », soufflai-je, puis je m'éclipsai dans le peu de nuit qui restait.

13

CHASSE

On peut enseigner l'Art, comme toute autre discipline, de bien des manières. Galen, maître d'Art sous le roi Subtil, employait l'ascèse et les privations pour abattre les murailles intérieures des étudiants. Une fois l'élève réduit à l'état de créature tremblante qui ne cherche plus qu'à survivre, Galen pouvait à son aise envahir son esprit et lui imposer l'acceptation de ses méthodes d'apprentissage. Les jeunes gens qui survécurent à cette formation et constituèrent son clan étaient certes capables d'artiser de façon fiable, mais aucun ne possédait de talent particulièrement puissant ; Galen, dit-on, s'enorgueillissait d'avoir réussi à enseigner l'Art à des étudiants sans grand don naturel. C'est peut-être exact, à moins que, d'élèves doués d'un grand potentiel, il les ait réduits à l'état d'instruments passables.

Le contraste est impressionnant entre les techniques de Galen et celles de Sollicité, la maîtresse d'Art qui le précéda. C'est elle qui fournit l'instruction initiale des jeunes princes Vérité et Chevalerie ; ce que rapporte Vérité de sa formation tend à indiquer que Sollicité obtenait beaucoup de ses étudiants en les prenant par la douceur et en les amenant sans brusquerie à baisser leurs barrières. Entre ses mains, Chevalerie et Vérité devinrent des pratiquants de l'Art puissants et compétents ; malheureusement, elle mourut avant d'avoir achevé leur enseignement d'artiseurs adultes et avant que Galen ait progressé jusqu'au statut d'instructeur d'Art. On ne peut que conjecturer tout le savoir qu'elle a emporté dans la tombe et l'étendue des connaissances sur la magie royale qui furent peut-être alors perdues à jamais.

*

* *

Je ne restai guère dans ma chambre ce matin-là. Le feu était éteint, mais le froid dont j'étais saisi n'était pas celui d'une chambre non chauffée. Cette pièce n'était plus que la coquille vide d'une existence dont j'allais bientôt me dépouiller ; elle me paraissait plus nue que jamais. Débarrassé de ma chemise, je fis ma toilette à l'eau froide en frissonnant et changeai enfin les pansements de mon bras et de mon cou. Je ne méritais pas des plaies aussi propres ; mais, quoi qu'il en fût, elles étaient en bonne voie de guérison.

Je m'habillai chaudement, d'une chemise montagnarde rembourrée, d'un épais pourpoint de cuir et de surchausses, en cuir épais également, que je serrai sur mes jambes à l'aide de longues lanières. Je pris mon épée d'exercice et m'armai en plus d'une courte dague ; dans mon nécessaire de travail, je prélevai un petit pot de coiffe-de-la-mort en poudre. Malgré tout cela, je me sentais sans défense, et ridicule aussi, en quittant ma chambre.

J'allai tout droit à la tour de Vérité. Il m'attendait pour travailler avec moi sur l'Art mais il me fallait le persuader que je devais chasser des forgisés aujourd'hui. Je grimpai les escaliers quatre à quatre en souhaitant que la journée fût déjà passée. Toute ma vie se concentrait sur le moment où je frapperais à la porte du roi et lui demanderais la permission d'épouser Molly. Rien que de penser à elle, je fus envahi d'un mélange si bizarre d'émotions inconnues que je ralentis le pas pour essayer de faire le tri parmi elles ; puis j'y renonçai. « Molly », dis-je tout bas, pour moi-même ; comme un mot magique, son nom raffermit ma résolution et me poussa de l'avant. Je m'arrêtai devant la porte et frappai sans discrétion.

Je sentis plus que je n'entendis la permission d'entrer que me donna Vérité. Je poussai la porte et la refermai derrière moi.

Matériellement, tout était tranquille dans la pièce. Une brise fraîche y pénétrait par la fenêtre ouverte devant laquelle Vérité trônait dans son vieux fauteuil. Ses mains étaient posées sur l'appui-fenêtre et ses yeux fixés sur l'horizon. Il avait les joues roses et les doigts du vent lui ébouriffaient les cheveux. À part le faible courant d'air venu de l'extérieur, la pièce était calme et silencieuse ; pourtant, j'eus l'impression de m'être aventuré dans une tornade. La conscience de Vérité m'engloutit, m'aspira dans son esprit et m'emporta, en même temps que ses pensées et son Art, loin sur la mer. Il me fit faire une tournée vertigineuse de tous les navires à portée de son esprit. Nous effleurâmes les calculs d'un capitaine marchand, « … si le prix est suffisant, on prendra une cargaison d'huile pour le voyage de retour… », puis sautâmes jusqu'à une répareuse de filets qui travaillait rapidement de l'épissoir en marmonnant tandis que le capitaine l'injuriait parce qu'elle n'allait pas assez vite. Nous tombâmes sur un pilote qui s'inquiétait pour sa femme enceinte, chez eux, à terre, puis sur trois familles sorties ramasser des palourdes dans la lumière grise de l'aube, avant que la marée ne recouvre les bancs. Nous leur rendîmes visite, à eux et à une dizaine d'autres, avant que Vérité nous ramène en nous-mêmes. Je me sentais étourdi comme un petit garçon que son père vient de hisser en l'air pour lui faire voir le fouillis d'une foire et qui se retrouve soudain sur ses pieds, à hauteur des genoux du monde.

Je m'approchai de la fenêtre, aux côtés de Vérité. Son regard était toujours au loin, braqué sur l'horizon, mais je compris soudain ses cartes et pourquoi il les dressait. Cette trame de vie qu'il avait effleurée pour moi me donnait l'impression qu'il avait ouvert la main pour me montrer une poignée de pierres précieuses : des gens. Son peuple. Ce n'était pas sur une côte rocheuse ou de riches pâturages qu'il veillait : c'était sur ces gens, sur ces aperçus brillants d'autres existences qu'il ne vivait pas mais qu'il chérissait néanmoins. Tel était le royaume de Vérité. Les frontières géographiques indiquées sur le parchemin l'englobaient. L'espace d'un instant, je partageai son incrédulité à l'idée qu'on puisse vouloir du mal à ces gens, et aussi sa farouche détermination à ce qu'aucune vie ne s'éteigne plus à cause des Pirates rouges.

Le monde se stabilisa autour de moi et tout redevint tranquille dans la tour. Sans me regarder, Vérité dit : « Ainsi, tu comptes chasser aujourd'hui ».

Je hochai la tête sans m'inquiéter qu'il ne voie pas mon mouvement. C'était sans importance. « Oui. Les forgisés sont encore plus près que nous ne le croyions.

— Penses-tu devoir te battre ?

— Vous m'avez dit de me préparer : j'essaierai d'abord le poison, mais ils ne s'empresseront peut-être pas de l'avaler ou bien ils voudront quand même m'attaquer. C'est pourquoi j'ai pris mon épée.

— Je m'en doutais. Mais prends plutôt celle-ci. » Il saisit une épée engainée dans son fourreau posée à côté de son fauteuil et me la donna. Pendant quelques secondes je ne pus qu'admirer l'objet : le cuir était orné de gravures fantastiques, la poignée avait la simplicité d'un travail exécuté par un maître. Sur un signe de Vérité, je tirai la lame. Le métal luisant, martelé, plié et replié, avait acquis une extraordinaire solidité, visible aux ondoiements liquides de la lumière sur toute sa longueur. Je la brandis et la sentis se nicher au creux de ma main, sans poids, prête à servir. C'était une arme bien trop belle pour mes talents de bretteur. « Normalement, je devrais te l'offrir en grande pompe, bien entendu. Mais je préfère te la confier aujourd'hui, sans quoi tu risques de ne pas revenir pour l'accepter. À la fête de l'Hiver, je te la redemanderai peut-être pour te la donner selon les règles. »

Je la remis au fourreau, puis la ressortis vivement ; je n'avais jamais possédé aucun objet d'une telle finesse d'exécution. « J'ai l'impression qu'il faudrait que je prête serment de toujours la mettre à votre service ou quelque chose comme ça », fis-je gauchement.

Vérité eut un léger sourire. « Royal exigerait ce genre de serment, sans nul doute. Pour ma part, je ne crois pas nécessaire qu'un homme me jure son épée s'il m'a déjà juré sa vie. »

La culpabilité m'assaillit et je pris mon courage à deux mains. « Vérité, mon prince, je m'en vais aujourd'hui vous servir en tant qu'assassin. »

Vérité parut démonté. « Au moins, c'est direct, fit-il, circonspect.

— Il est temps de parler franchement, je crois. C'est donc ainsi que je vais vous servir aujourd'hui ; mais je suis las de ce rôle. Je vous ai juré ma vie, comme vous l'avez dit, et si vous me l'ordonnez, je continuerai d'assumer ce rôle. Mais je voudrais vous demander de me trouver un autre moyen de vous servir. »

Vérité resta un long moment sans parler. Il posa son menton sur son poing et soupira. « Si ce n'était qu'à moi que tu avais fait serment d'allégeance, je pourrais te répondre vite et simplement. Mais je ne suis que roi-servant. Il faut présenter ta requête à ton roi. De même que la permission de te marier. »

Le silence devint un gouffre large et profond qui nous séparait et que j'étais incapable de combler. Enfin, Vérité reprit : « Je t'ai appris à protéger tes rêves, FitzChevalerie. Si tu négliges d'enclore ton esprit, tu ne peux reprocher aux autres de savoir ce que tu divulgues. »

Je ravalai ma colère. « Qu'avez-vous perçu ? demandai-je d'un ton glacial.

— Aussi peu que possible, je te l'assure. J'ai l'habitude de garder mes propres pensées mais moins de bloquer celles des autres. Surtout celles d'un artiseur aussi puissant et aussi imprévisible que toi. Ce n'est pas volontairement que j'ai assisté à ton… rendez-vous. »

Il se tut et je préférai ne rien dire. Ce qui me bouleversait n'était pas tant l'étalage de mon intimité, mais Molly… Comment expliquer cela à Molly ? Je l'ignorais. Et l'idée d'un nouveau mensonge entre nous m'était insupportable. Comme toujours, Vérité était resté fidèle à son nom : c'est moi qui avais été négligent. Il me dit, d'une voix très basse : « Je t'envie, mon garçon, je te l'avoue. Si cela ne tenait qu'à moi, tu te marierais dès aujourd'hui. Si Subtil te refuse sa permission, retiens ceci, et fais-en part à dame Jupes-Rouges : quand je serai roi, tu seras libre de te marier quand et où bon te semblera. Je ne t'infligerai pas ce qui m'a été imposé. »

C'est à cet instant, je crois, que je compris tout ce dont Vérité avait été dépouillé. C'est une chose de compatir au sort d'un homme qui n'a pas choisi son épouse ; c'en est une autre de sortir du lit de sa bien-aimée et de prendre brutalement conscience qu'un homme auquel on est attaché ne connaîtra jamais le sentiment de complétude que j'avais éprouvé avec Molly. Avec quelle amertume il avait dû entrevoir ce qu'elle et moi partagions et qui lui serait toujours interdit !

« Merci, Vérité », lui dis-je.

Il croisa brièvement mon regard et me fit un pâle sourire.

« Sans doute, oui. » Il hésita. « Ce n'est pas une promesse, alors ne la prends pas comme telle. Je puis peut-être faire aussi quelque chose pour ton autre requête. Tu n'aurais pas le temps de remplir tes fonctions de… de diplomate, si tu avais d'autres devoirs à accomplir. Des devoirs plus importants.

— Tels que ? demandai-je prudemment.

— Mes navires grandissent jour après jour, ils prennent forme sous les mains de leurs maîtres. Et là encore, ce que je désire le plus m'est refusé : je ne pourrai pas naviguer à leur bord. C'est d'ailleurs une question de bon sens : ici, je puis les surveiller tous et leur donner à tous mes instructions ; ici, ma vie n'est pas exposée à la violence des Pirates rouges ; d'ici, je puis coordonner les attaques de plusieurs navires en même temps et envoyer de l'aide là où elle est nécessaire. » Il s'éclaircit la gorge. « Mais je ne sentirai jamais le vent, je ne l'entendrai pas claquer dans les voiles, et je ne pourrai jamais me battre contre les Pirates comme j'en meurs d'envie, l'épée à la main, en tuant vite et proprement, pour prendre leur sang en échange du sang qu'ils nous ont pris. » Une rage glacée imprégnait ses traits. « Bref ! Pour que ces bateaux fonctionnent au mieux, chacun doit avoir à son bord une personne capable au moins de recevoir mes informations. Dans l'idéal, elle devrait aussi pouvoir me transmettre des renseignements détaillés sur ce qui se passe à bord. Tu as vu aujourd'hui combien je suis limité : je puis lire les pensées de certains, c'est vrai, mais pas leur imposer ce qu'ils doivent penser. Parfois, j'arrive à trouver quelqu'un de plus sensible à mon Art et à l'influencer.

Mais ce n'est pas comme obtenir une réponse rapide à une question directe. » Il marqua un temps de silence. Puis :

« As-tu déjà songé à naviguer, FitzChevalerie ? »

Dire que je fus pris au dépourvu serait un euphémisme. « Je... vous venez de rappeler que ma capacité à artiser est imprévisible, messire ; et hier, que, dans un combat, je suis davantage bagarreur que bretteur, malgré l'enseignement de Hod...

— Et aujourd'hui je te rappelle que nous sommes déjà à la moitié de l'hiver. Il ne reste guère de mois avant le printemps. Je te l'ai dit, c'est une possibilité, rien de plus ; je ne pourrai te fournir que très peu d'aide sur ce que tu devras savoir faire à ce moment-là. Peux-tu, d'ici le printemps, apprendre à maîtriser ton Art et ton épée ?

— Pour reprendre vos propres termes, mon prince, je ne puis le promettre, mais ce sera mon intention.

— Parfait. » Vérité me dévisagea un long moment. « Veux-tu commencer dès aujourd'hui ?

— Aujourd'hui ? Je dois chasser. Je préfère ne pas négliger mon devoir, même pour la tâche que vous m'assignez.

— Les deux ne sont pas incompatibles. Emmène-moi avec toi. »

Un instant, je le regardai d'un œil inexpressif, puis hochai la tête. Je croyais qu'il allait se lever, mettre des vêtements chauds et chercher une épée ; mais non, il tendit la main vers moi et me saisit le poignet.

Sa présence se déversa en moi et mon instinct me hurla de ne pas le laisser faire. Ce n'était pas comme les autres fois où il se promenait dans mes pensées comme on trie des papiers sur un bureau ; cette fois, c'était une véritable invasion de mon esprit, comme je n'en avais plus connu depuis l'assaut de Galen. Je voulus me dégager, mais sa main était comme un étau sur mon poignet.

Tout s'immobilisa. *Tu dois me faire confiance. As-tu confiance en moi ?* Pétrifié, je frissonnais et suais comme un cheval qui a trouvé un serpent dans son box.

Je ne sais pas.

Réfléchis, m'ordonna-t-il, et il se retira légèrement.

Je le sentais toujours présent, en attente, mais je savais qu'il se tenait à l'écart de mes pensées. Mon esprit travaillait frénétiquement ; il me fallait jongler avec trop d'éléments. Je devais me plier au désir de Vérité si je voulais me libérer de mon existence d'assassin ; c'était l'occasion de reléguer tous mes secrets au passé au lieu d'en exclure éternellement Molly et la confiance qu'elle avait en moi. Mais comment faire pour cacher à Vérité l'existence d'Œil-de-Nuit et tout ce que nous partagions ? Je tendis mon esprit vers le loup. *Notre lien est secret. Il doit le rester. Aussi, aujourd'hui, je dois chasser seul. Tu comprends ?*

Non. C'est stupide et dangereux. Je serai là mais fie-toi à moi pour être invisible.

« Qu'as-tu fait, là, à l'instant ? » C'était Vérité, qui avait parlé tout haut. Sa main était posée sur mon poignet. Je le regardai dans les yeux et je n'y perçus aucune hostilité. Il avait posé la question comme j'aurais pu le faire à un petit enfant surpris à graver quelque chose sur une boiserie. Je restai figé en moi-même. Je mourais d'envie de me décharger de mon fardeau afin qu'il y ait une personne dans le monde qui sache tout de moi, qui sache tout ce que j'étais.

Il y en a déjà une, protesta Œil-de-Nuit.

C'était vrai. Et je ne devais pas le mettre en danger. « Vous aussi, vous devez me faire confiance », m'entendis-je répondre à mon roi-servant. Et, comme il me contemplait d'un air méditatif, j'ajoutai : « Me faites-vous confiance, mon prince ?

— Oui. »

Par ce seul mot, il me donnait sa confiance et, avec elle, sa foi que, quoi que j'aie pu faire, cela ne lui nuirait pas. Cela paraît tout simple, mais, de la part d'un roi-servant, permettre à son propre assassin de lui dissimuler des secrets était un acte inouï. Des années plus tôt, son père avait acheté ma loyauté grâce à la promesse du gîte, du couvert et de l'éducation et à l'aide d'une épingle d'argent enfoncée dans les plis de ma chemise. L'acte de foi de Vérité prenait soudain une importance bien supérieure à tout cela. L'affection qu'il m'avait toujours inspirée ne connut tout à coup plus de bornes. Comment pouvais-je ne pas lui faire confiance ?

Il sourit d'un air embarrassé. « Tu sais artiser, quand tu veux. » Et sans un mot de plus, il pénétra de nouveau dans mon esprit. Tant que sa main restait sur mon bras, l'union de nos pensées se faisait sans effort. Je sentis sa curiosité mêlée d'un soupçon de tristesse à voir son propre visage par mes yeux. *Le miroir est plus charitable. J'ai vieilli.*

Il aurait été vain de nier la vérité de ses paroles alors qu'il était niché au cœur de mon esprit. Aussi acquiesçai-je : *C'était un sacrifice nécessaire.*

Sa main quitta mon poignet. L'espace d'un vertigineux instant, je me vis en train de le regarder par ses propres yeux, puis cela passa. Il se retourna doucement et se remit à contempler l'horizon, puis il me barra cette vision. Sans contact physique, l'étreinte de nos esprits changeait de qualité. Je sortis lentement et descendis les escaliers comme si je portais un verre de vin plein à ras bord. *Exactement. Et dans les deux cas c'est plus facile si tu ne gardes pas les yeux fixés dessus et si tu n'y penses pas tout le temps. Porte, c'est tout.*

Je me rendis aux cuisines où je pris un solide petit déjeuner en tâchant de me conduire normalement. Vérité avait raison : il était plus aisé de maintenir le contact si je ne me concentrais pas dessus. Le personnel des cuisines vaquait à ses occupations et je me servis moi-même une assiettée de biscuits que je fourrai dans mon sac. « Tu vas chasser ? » me demanda Mijote en se détournant de son travail. Je hochai la tête.

« Eh bien ! fais attention. Quel gibier est-ce que tu cherches ? »

J'improvisai. « Un sanglier ; j'y vais pour en repérer un, pas pour tuer. Je me suis dit que ce serait un bon divertissement pour la fête de l'Hiver.

— Pour qui ? Pour le prince Vérité ? Tu ne le feras pas sortir du château, mon petit. Il ne bouge pas assez de ses appartements, en ce moment, oui, et notre pauvre vieux roi Subtil n'a pas avalé un vrai repas depuis des semaines. Je me demande bien pourquoi je me fatigue à lui préparer ses plats préférés : les plateaux reviennent aussi remplis que je les envoie. Par contre, le prince Royal, lui, il ira peut-être chasser, du moment que ça ne lui défrise pas ses bouclettes ! » Une vague de rire parcourut la cuisine. L'impertinence de Mijote m'avait mis le rouge aux joues. *Du calme. Ils ne savent pas que je t'accompagne, mon garçon. Et je ne retiendrai pas contre eux ce qu'ils te diront. Ne me trahis pas.* Je perçus l'amusement de Vérité, et aussi son inquiétude. J'affichai donc un grand sourire, remerciai Mijote pour le pâté en croûte qu'elle avait fourré de force dans mon sac et quittai les cuisines.

Suie piaffait dans son box, plus qu'impatiente d'aller se promener. Burrich passa cependant que je la sellais ; ses yeux noirs observèrent mes cuirs, le fourreau ouvragé et la garde gravée de mon épée. Il s'éclaircit la gorge mais ne fit pas la moindre remarque. Je n'avais jamais réussi à déterminer ce que Burrich savait de mon travail ; à une époque, dans les Montagnes, je lui avais révélé ma formation d'assassin, mais c'était avant qu'il prenne un coup sur le crâne en tentant de me protéger. Quand il s'en était remis, il prétendait avoir perdu tout souvenir du jour qui avait précédé le choc ; pourtant j'avais des doutes : peut-être était-ce une façon prudente de garder un secret celé ; ainsi, même ceux qui le partageaient étaient dans l'incapacité d'en parler. « Fais attention, fit-il enfin d'un ton bourru. Je ne veux pas qu'il arrive de mal à cette jument.

— On fera attention », promis-je, puis je sortis Suie de son box.

Malgré tout ce que j'avais fait ce matin-là, il était encore tôt et la lumière hivernale était juste suffisante pour un petit galop sans risque. Je laissai Suie aller à sa guise et exprimer sa bonne humeur afin qu'elle s'échauffe, sans toutefois qu'elle transpire. Le ciel était couvert mais le soleil se glissait par des déchirures dans les nuages pour toucher les arbres et les congères du bout de ses doigts lumineux. Je retins Suie pour la mettre au pas. Nous allions suivre un chemin détourné pour gagner le lit de la rivière ; je ne tenais pas à quitter les voies fréquentées plus tôt que nécessaire.

Vérité restait toujours présent. Nous ne communiquions pas, mais il n'ignorait rien de mon dialogue intérieur. Il savourait l'air frais du matin, la façon vive de répondre de Suie et la jeunesse de mon propre corps. Mais plus je m'éloignais du château, plus j'avais conscience de maintenir le contact avec lui ; d'un lien qu'il m'avait d'abord imposé, notre union s'était peu à peu transformée en un effort mutuel qui évoquait davantage deux mains qui se serrent pour ne pas se lâcher. Je ne savais pas si je parviendrais à tenir longtemps. *N'y pense pas. Fais-le, c'est tout. Même respirer devient difficile lorsqu'on se concentre sur chaque respiration.* Je battis des paupières, soudain conscient qu'il était à présent dans son cabinet et qu'il vaquait à ses tâches habituelles du matin. Comme un bourdonnement d'abeilles au loin, je perçus la présence de Charim qui lui demandait un renseignement.

Je ne détectais aucun signe d'Œil-de-Nuit. Je m'efforçais de ne pas penser à lui, de ne pas le chercher, ce qui était aussi épuisant mentalement que de maintenir la conscience de Vérité en moi. Je m'étais si vite habitué à tendre mon esprit vers mon loup et à le trouver qui attendait mon contact que je me sentais maintenant tout seul, et déstabilisé comme si mon poignard préféré manquait à ma ceinture. La seule image qui parvenait à l'effacer de mon esprit était celle de Molly, et, sur celle-là non plus, je ne tenais pas à m'attarder : Vérité ne m'avait pas sermonné sur ma conduite de la veille, mais je savais qu'il la considérait comme moins qu'honorable, et j'avais le désagréable sentiment que, si je me laissais aller à y réfléchir moi-même, je serais d'accord avec lui. Lâchement, je bridai mes pensées sur ce sujet-là aussi.

Je me rendis compte que le plus gros de mes efforts allait à m'empêcher de penser. Je secouai la tête et m'ouvris au monde qui m'entourait. La route que je suivais n'était guère fréquentée : elle serpentait au milieu des collines auxquelles s'adossait Castelcerf et elle servait bien davantage aux moutons et aux chèvres qu'aux hommes. Plusieurs dizaines d'années auparavant, un incendie déclenché par la foudre avait ravagé cette zone, et il y était repoussé surtout des bouleaux et des peupliers, à présent nus et chargés de neige. Cette région montueuse était mal adaptée à l'agriculture et l'on y faisait principalement paître les bestiaux l'été, mais de temps en temps je captais une odeur de feu de bois et je passais un chemin qui menait à la chaumière d'un bûcheron ou à la cahute d'un chasseur. Les parages fourmillaient de petites maisons isolées, occupées par des gens de la plus humble extraction.

La route devint plus étroite et la nature des arbres changea comme je pénétrais dans une partie plus ancienne de la forêt. Là, les conifères sombres croissaient encore dru et se pressaient au bord de la piste; leurs troncs étaient immenses et, sous leurs branches étalées, la neige s'amoncelait en tas inégaux. La plus grande partie de ce qui était tombé cette année reposait encore sur les ramures aux aiguilles épaisses. Le sous-bois n'était guère broussailleux et je n'eus aucun mal à faire quitter la piste à Suie. Nous avançâmes sous la voûte des arbres chargés de neige, dans un jour grisâtre. La clarté du ciel semblait étouffée par la pénombre des grands arbres.

Tu cherches un endroit particulier. Tu as des renseignements précis sur la localisation des forgisés ?

On les a vus sur la berge d'une certaine rivière en train de dévorer une carcasse de daim. C'était hier; j'ai pensé que nous pourrions les suivre à partir de là.

Qui les a vus ?

J'hésitai. *Un ami. Il fuit la compagnie des hommes, mais j'ai gagné sa confiance et, parfois, quand il voit des choses bizarres, il m'en fait part.*

Hum. Je sentis les réserves de Vérité devant ma réticence. *Bien, je ne t'en demanderai pas plus. Certains secrets sont indispensables, j'imagine. Ça me rappelle une petite fille simplette que j'ai connue; elle s'asseyait toujours aux pieds de ma mère, qui lui fournissait le couvert et de quoi s'habiller, et qui lui donnait des babioles et des friandises. Personne ne faisait guère attention à elle. Mais, un jour, je suis arrivé sans qu'elles me voient, et j'ai entendu la petite parler à ma mère d'un homme, dans une taverne, qui vendait de jolis colliers et de beaux bracelets. Plus tard dans la semaine, et dans la même taverne, la garde royale a arrêté Sévis, le voleur de grand chemin. Ce sont souvent ceux qu'on entend le moins qui en savent le plus.*

En effet.

Nous poursuivîmes notre route dans un silence amical. De temps en temps, je devais me rappeler que Vérité n'était pas avec moi en chair et en os. *Mais je commence à le regretter. Il y a trop longtemps, mon garçon, que je ne suis pas allé dans ces collines simplement pour le plaisir d'être à cheval. Mon existence s'est alourdie à l'excès d'obligations. Je ne me souviens même pas de la dernière fois où j'ai fait quelque chose simplement parce que j'en avais envie.*

Je hochai la tête à ses réflexions lorsqu'un cri fracassa la tranquillité de la forêt. C'était le hurlement inarticulé d'une jeune créature, et sa brutale interruption me fit tendre mon esprit vers sa source avant que je puisse me retenir. Mon Vif trouva Œil-de-Nuit en proie à une terreur panique, à la peur de la mort et à une soudaine horreur. Je fermai mon esprit, mais poussai Suie dans la direction du cri et la talonnai. Penché sur son encolure, je l'encourageais tandis qu'elle s'enfonçait dans le dédale de congères, de branches mortes et d'espaces dégagés qui formaient le sous-bois. Je grimpai ainsi une colline, sans jamais atteindre la vitesse qu'exigeait l'urgence de la situation. Arrivé enfin au sommet, je découvris une scène que je ne pourrai jamais oublier.

Ils étaient trois, crasseux, en haillons et la barbe hirsute. Ils se battaient en grondant des bouts de phrases incompréhensibles. Mon Vif ne captait chez eux aucune impression de vie mais je reconnus les forgisés qu'Œil-de-Nuit m'avait montrés la nuit précédente. Elle, elle était petite ; elle devait avoir trois ans, et la tunique en laine qu'elle portait était jaune vif, ouvrage amoureusement exécuté par sa mère, peut-être. Chacun essayait de s'emparer de l'enfant, comme s'il s'agissait d'un lapin pris au collet, et tirait sur ses petits membres en saccades furieuses, sans souci du peu de vie qui résidait encore en elle. Je poussai un rugissement de rage et dégainai mon épée à l'instant où l'un des forgisés libérait l'enfant de son corps en lui brisant la nuque. À mon cri, l'un des hommes leva la tête et se tourna vers moi, la barbe écarlate de sang. Il n'avait pas attendu la mort de sa victime pour commencer à se nourrir.

J'éperonnai Suie et fondis sur eux telle la Vengeance incarnée. Œil-de-Nuit jaillit des bois à ma gauche, bondit sur l'un des hommes et, la gueule grande ouverte, lui planta les crocs dans la nuque. Un autre me fit face comme j'arrivais et leva futilement la main pour se protéger de mon épée. Le coup fut tel que ma belle lame toute neuve lui trancha le cou à demi avant de s'enfoncer dans sa colonne vertébrale. Je tirai son poignard et sautai à bas de Suie pour me colleter avec l'homme qui tentait de plonger son couteau dans le flanc d'Œil-de-Nuit. Le troisième forgisé saisit le corps de la petite fille et s'enfuit dans les bois.

L'homme se battait comme un ours enragé à coups de couteau et de dents, alors que je venais de l'éventrer ; ses entrailles se déversaient par-dessus sa ceinture et il continuait à nous attaquer, le loup et moi, d'un pas titubant. Je n'avais pas le temps de m'arrêter à l'horreur que je ressentais. Sachant qu'il allait mourir, je l'abandonnai et nous nous lançâmes à la poursuite du fuyard. Œil-de-Nuit était une tache de fourrure grise qui filait en ondulant sur le versant de la colline et je maudis la lenteur de mes jambes tandis que je courais derrière lui. La neige piétinée, les taches de sang et les relents de l'homme formaient une piste nette. Je n'avais plus toute ma tête : pendant que je grimpais la colline, il me vint à l'esprit que j'arriverais peut-être à temps pour effacer la mort de la petite fille et la ramener à la vie ; pour faire qu'elle ne soit pas morte. C'est cette idée illogique qui me permettait de tenir mon train d'enfer.

Il avait doublé ses voies. Caché derrière une énorme souche, il jaillit soudain, projeta le petit cadavre sur Œil-de-Nuit et sauta sur moi. Il était grand et musclé comme un forgeron. À la différence des autres victimes des Pirates que j'avais rencontrées, cet homme-ci, grâce à sa taille et à sa force, avait réussi à se nourrir et à se vêtir convenablement, et il était possédé par la fureur sans limites d'un animal traqué. Il me saisit à bras-le-corps, me souleva de terre, puis se laissa tomber sur moi en m'écrasant la gorge au creux de son bras noueux. Étendu sur moi, son poitrail de taureau contre mon dos, il m'avait coincé un bras sous ma propre poitrine. Je ramenai l'autre en arrière et enfonçai par deux fois mon poignard dans une cuisse épaisse. Il poussa un hurlement de rage, accentua la pression sur ma gorge et m'écrasa le visage dans la terre gelée. Des taches noires envahirent ma vision et Œil-de-Nuit vint ajouter son poids à celui de l'homme sur mon dos ; je crus que ma colonne vertébrale allait se rompre. Le loup entaillait les épaules de l'homme à coups de crocs, mais le forgisé se contenta de rentrer le menton et de faire le dos rond : il savait qu'il était en train de m'étrangler. Une fois que je serais mort, il aurait tout le temps de s'occuper du loup.

À force de me débattre, ma plaie au cou se rouvrit et je sentis mon sang ruisseler. Ce surcroît de douleur m'aiguillonna, je secouai violemment la tête et, grâce au sang qui lubrifiait le bras du géant, je parvins à la faire pivoter. J'aspirai éperdument un filet d'air avant que l'homme ne modifie sa prise. Il se mit à me tirer la tête en arrière ; s'il ne pouvait m'étrangler, il se contenterait de me briser le cou. Il en avait la force.

Œil-de-Nuit changea de tactique : il ne pouvait ouvrir assez largement la gueule pour saisir la tête de l'homme, mais ses crocs agrippèrent la peau du crâne et en décollèrent un grand lambeau ; il saisit alors le bout de peau et tira. Le sang se mit à pleuvoir sur moi tandis que le forgisé poussait un rugissement et me plantait un genou dans le bas du dos. D'un bras, il se mit à battre l'air pour repousser Œil-de-Nuit; j'en profitai pour me retourner sur le dos, lui remonter violemment un genou dans l'aine et lui planter mon poignard dans le flanc. La souffrance devait être abominable, pourtant il ne me lâcha pas. Au contraire, il me heurta la tête du front dans un éclair de ténèbres, puis me saisit entre ses bras et commença de m'écraser contre sa poitrine.

Du combat, c'est tout ce dont je garde un souvenir cohérent; j'ignore ce qui me prit ensuite; peut-être s'agit-il de la rage de mort dont parlent certaines légendes. Toujours est-il que j'attaquai l'homme à coups de dents, d'ongles et de poignard et que je lui arrachai de la chair partout où j'en trouvais. Néanmoins, je sais que cela n'aurait pas suffi si Œil-de-Nuit ne l'avait pas assailli avec la même fureur irrésistible. Plus tard, je m'extirpai en rampant de sous le cadavre de l'homme. J'avais un désagréable goût de cuivre dans la bouche et je crachai des poils crasseux et du sang. Je m'essuyai les mains sur mes chausses puis les frottai dans la neige, mais rien ne pourrait jamais en faire partir la souillure.

Tu vas bien ? Haletant, Œil-de-Nuit était couché dans la neige à un ou deux pas de moi. Sa gueule était aussi ensanglantée que ma bouche. Il avala une grande goulée de neige, puis se remit à haleter. Je me levai et fis un ou deux pas titubants dans sa direction; j'aperçus alors le corps de la petite fille et je tombai à genoux auprès d'elle. À cet instant, je crois, je pris conscience qu'il était trop tard, et qu'il était déjà trop tard quand j'avais aperçu les trois hommes.

Elle était toute petite, avec des cheveux châtains et lisses et des yeux sombres. Son corps était encore tiède et souple et c'était horrible. Je la pris contre moi et repoussai les cheveux de son visage, un petit visage, une petite bouche avec des dents de bébé, des joues rebondies. La mort n'avait pas encore obscurci son regard et les yeux braqués sur les miens semblaient contempler une énigme au-delà de toute compréhension. Ses petites mains douces et potelées étaient zébrées du sang qui avait coulé des morsures à ses bras. Je m'assis dans la neige, l'enfant mort sur les genoux. Elle était si petite et naguère si pleine de vie ! Si immobile à présent ! Je courbai la tête sur ses cheveux et pleurai doucement ; puis de grands sanglots me convulsèrent soudain. Œil-de-Nuit me renifla la joue et gémit. Il me gratta rudement l'épaule de la patte et je m'aperçus brusquement que je m'étais fermé à lui. Je l'apaisai d'une caresse, mais ne pus me résoudre à lui ouvrir mon esprit, à lui ni à personne. Il gémit à nouveau et enfin j'entendis le bruit des sabots. D'un air d'excuse, il me lécha la joue et s'évanouit dans les bois.

Je me redressai en chancelant, l'enfant dans les bras. Les cavaliers apparurent au sommet de la colline, Vérité en tête, Burrich derrière lui, puis Lame et une demi-douzaine d'hommes. Avec épouvante, je vis qu'une femme mal habillée chevauchait en croupe de Lame. Elle poussa un cri en me voyant, sauta à bas du cheval et courut vers moi les bras tendus. La terrible lumière d'espoir et de joie qui illuminait son visage était insupportable. Un instant, ses yeux croisèrent les miens et je vis la lumière mourir en elle. Elle m'arracha la petite fille, saisit son visage déjà froid d'une main et se mit à hurler. Sa douleur s'abattit sur moi comme une vague, rompit mes digues et me submergea. Et son cri continuait…

Des heures plus tard, dans le cabinet de Vérité, je l'entendais encore. Tout mon être résonnait à ce hurlement en longs frémissements involontaires qui me parcouraient tout entier. Torse nu, j'étais assis sur un tabouret devant la cheminée ; le guérisseur ajoutait du bois au feu tandis qu'un Burrich muet comme une tombe ôtait les aiguilles de pin et la terre incrustées dans ma plaie à la nuque. « Ça et ça, tu ne te l'es pas fait cette fois-ci », observa-t-il à un moment en désignant mes autres blessures au bras. Je ne répondis pas : les mots m'avaient abandonné. Dans une cuvette d'eau chaude, des fleurs d'iris séchées se défroissaient au milieu de fragments de myrte des marais. Il y plongea un bout de tissu et en tamponna les ecchymoses de mon cou. « Le forgeron avait de grandes mains, fit-il.

— Vous le connaissiez ? demanda le guérisseur en se retournant.

— Pas vraiment ; je l'avais aperçu une fois ou deux, à la fête du Printemps, quand les marchands itinérants viennent proposer leurs produits au bourg. Il vendait des boucles et des mors de fantaisie en argent pour les harnais. »

Le silence retomba et Burrich poursuivit son travail. Le sang qui teintait l'eau de la cuvette n'était pas le mien, pour la plus grande partie : à part de nombreuses ecchymoses et contusions, je m'en tirais surtout avec des éraflures, des entailles et une énorme bosse au front. J'en éprouvais d'ailleurs comme de la honte : la petite fille était morte, j'aurais dû au moins être blessé. J'ignore pourquoi, mais j'y aurais vu une certaine justice. Je regardai Burrich panser soigneusement mon avant-bras, puis le guérisseur m'apporta une chope de thé. Burrich s'en empara, la renifla d'un air pensif, puis me la passa. « J'y aurais mis moins de valériane », remarqua-t-il simplement. Le guérisseur recula et alla s'asseoir près de l'âtre.

Charim entra avec un plateau chargé de plats. Il débarrassa une petite table et se mit à disposer les mets. Peu après, Vérité arriva à grandes enjambées ; il ôta son manteau et le jeta sur le dossier d'un fauteuil. « J'ai mis la main sur le mari au marché, dit-il. Il est avec sa femme, maintenant. Elle avait laissé la petite à jouer sur le seuil de leur maison pendant qu'elle allait chercher de l'eau à la rivière. À son retour, la petite avait disparu. » Il me lança un coup d'œil, mais je ne pus soutenir son regard. « Nous l'avons trouvée dans les bois, en train d'appeler sa fille. Je savais... » Il se tourna soudain vers le guérisseur. « Merci, Dem. Si vous en avez terminé avec FitzChevalerie, vous pouvez nous laisser.

— Mais je n'ai même pas examiné ses...

— Il va bien. » Burrich avait enroulé un bandage autour de ma poitrine en le faisant passer sous mon bras valide pour essayer de maintenir le pansement en place sur mon cou : la morsure se situait juste sur le muscle placé entre l'épaule et la gorge. Je m'efforçai de trouver quelque chose d'amusant dans le regard irrité que le guérisseur lança au maître d'écurie avant de s'en aller. Burrich ne le vit même pas.

Vérité tira un fauteuil jusque devant moi. Je voulus porter la chope à mes lèvres, mais Burrich me la prit des mains d'un geste désinvolte. « Quand tu auras fini de parler. Avec ce qu'il y a de valériane là-dedans, tu tomberais raide endormi. » Il s'éloigna avec la chope, en versa la moitié dans le feu et dilua le reste avec de l'eau chaude. Cela fait, il se croisa les bras et s'appuya au manteau de la cheminée, les yeux sur nous.

Je revins à Vérité et attendis qu'il prenne la parole.

Il soupira. « J'ai vu l'enfant en même temps que toi, et les forgisés qui se battaient pour sa possession. Et tout à coup tu as disparu ; notre union s'est dissoute et j'ai été incapable de te recontacter, même en y mettant toute ma puissance. Je savais que tu avais des ennuis et je suis parti te rejoindre le plus vite possible. Je regrette de n'avoir pas été plus rapide. »

Je mourais d'envie de tout lui avouer, mais ce serait peut-être trop en révéler : être détenteur des secrets d'un prince ne me donnait pas le droit de les divulguer. Je jetai un coup d'œil à Burrich : il était occupé à étudier le mur. « Merci, mon prince, dis-je d'un ton formaliste. Vous n'auriez pu faire plus vite, et, même dans le cas contraire, ç'aurait encore été peine perdue : elle est morte presque à l'instant où je l'ai aperçue. »

Vérité baissa les yeux sur ses mains. « Je le savais. Mieux que toi. C'est pour toi que je m'inquiétais. » Il me regarda en essayant de sourire. « Le trait le plus distinctif de ton style au combat, c'est ta façon effarante d'y survivre. »

Du coin de l'œil, je vis Burrich réagir, ouvrir la bouche pour parler, puis la refermer. Une peur glacée s'éveilla en moi : il avait vu les cadavres des forgisés, il avait observé les traces, et il savait que je ne m'étais pas battu seul contre eux. Rien n'aurait pu davantage assombrir cette journée déjà lugubre. J'eus la sensation que mon cœur se transformait en glaçon. Et le fait qu'il n'ait encore rien dit, qu'il réservât ses accusations pour le moment où nous serions seuls n'arrangeait rien.

« FitzChevalerie ? » fit Vérité.

Je sursautai. « Je vous demande pardon, mon prince. »

Il éclata d'un rire qui évoquait plutôt un aboiement. « Assez de "mon prince". Dans les circonstances présentes, je t'en dispense volontiers, et Burrich aussi. Lui et moi nous connaissons bien : il ne donnait pas du "mon prince" à mon frère en de tels moments. N'oublie pas qu'il était l'homme lige de mon frère. Chevalerie puisait dans son énergie et souvent sans y aller de main morte. Burrich, j'en suis persuadé, sait que je me suis servi de toi de la même façon, et aussi que j'ai voyagé par tes yeux aujourd'hui, du moins jusqu'en haut de la colline. »

Je me tournai vers Burrich qui hocha lentement la tête. Ni lui ni moi ne savions exactement les raisons de sa présence à cette réunion.

« Je t'ai perdu lorsque tu as été pris de ta rage de combat. Si je veux pouvoir t'employer à mon gré, ça ne doit pas se reproduire. » Vérité se tapota un moment les cuisses du bout des doigts, l'air songeur. « Je ne vois qu'une manière pour toi d'apprendre : c'est de t'exercer. Burrich, Chevalerie m'a-raconté un jour qu'acculé, tu te défendais mieux à la hache qu'à l'épée. »

Burrich parut surpris : manifestement, il ne s'attendait pas que Vérité sache cela sur lui. Il hocha de nouveau la tête, lentement. « Il se moquait de moi à ce sujet. Il disait que c'était un outil digne d'un bagarreur de taverne, pas une arme de gentilhomme. »

Vérité se permit un petit sourire. « C'est tout à fait approprié au style de Fitz, alors. Tu lui apprendras la hache. Je ne crois pas que ça fasse partie de l'entraînement de Hod, d'une manière générale, bien qu'elle puisse sans doute l'enseigner si on le lui demande. Mais j'aimerais autant que tu t'en occupes, parce que je veux que Fitz s'y exerce tout en gardant le contact avec moi. Si nous arrivons à fondre les deux formations en une, il arrivera peut-être à dominer les deux disciplines en même temps. Et, si c'est toi son professeur, il ne sera pas trop distrait par la nécessité de dissimuler ma présence. Peux-tu t'en charger ? »

Burrich ne parvint pas tout à fait à cacher son effarement. « Oui, mon prince.

— Alors, mets-t'y dès demain. Le plus tôt possible ; je sais que tu as d'autres devoirs et que tu ne disposes déjà pas d'assez d'heures pour toi-même. N'hésite pas à déléguer certaines tâches à Pognes ; il me paraît très compétent.

— C'est vrai », acquiesça Burrich d'un air circonspect. Encore un petit renseignement sur lui que possédait Vérité.

« Parfait, dans ce cas. » Vérité se radossa dans son fauteuil. Il nous regarda tour à tour comme s'il donnait ses instructions à une salle pleine d'officiers. « Quelqu'un voit-il une difficulté ? »

Je reconnus dans cette question une façon polie de mettre un terme à la réunion.

« Messire ? » fit Burrich. Sa voix grave était très assourdie et hésitante. « Si je peux... J'ai... Je ne veux pas discuter le jugement de mon prince, mais... »

Je retins mon souffle : nous y étions. Le Vif.

« Dis ce que tu as sur le cœur, Burrich. Je croyais m'être clairement exprimé : ici, les "mon prince" ne sont pas de mise. Qu'est-ce qui t'inquiète ? »

Très droit, Burrich soutint le regard du roi-servant. « Est-ce... convenable ? Bâtard ou non, c'est le fils de Chevalerie. Ce que j'ai vu dans les collines, aujourd'hui... » Une fois lancé, Burrich ne pouvait plus s'arrêter, et il faisait des efforts pour ne pas laisser la colère percer dans sa voix. « Vous l'avez envoyé... Il est allé tout seul dans un véritable abattoir. Pratiquement, tout autre garçon de son âge serait mort, à l'heure qu'il est. Je... je ne cherche pas à me mêler de ce qui ne me regarde pas. Je sais qu'il existe maintes façons de servir mon roi, et que certaines sont moins gracieuses que d'autres. Mais d'abord dans les Montagnes... et puis ce que j'ai vu aujourd'hui... Ne pouviez-vous pas trouver quelqu'un d'autre que l'enfant de votre frère pour ces besognes ? »

Je tournai mon regard vers Vérité et, pour la première fois de ma vie, je vis une franche colère sur son visage ; ni sourire méprisant, ni froncement de sourcils, seulement deux étincelles brûlantes au fond de ses yeux noirs. Ses lèvres n'étaient plus qu'une fine ligne plate. Mais quand il parla, ce fut d'un ton égal. « Regarde mieux, Burrich. Ce n'est pas un enfant que tu as devant toi. Et réfléchis mieux. Je ne l'ai pas envoyé seul. Je l'ai accompagné dans ce que nous pensions devoir être une chasse d'approche et non un affrontement direct. Ça n'a pas tourné comme prévu, mais il s'en est sorti, comme il s'est déjà sorti de situations similaires, et comme il s'en sortira encore probablement. » Vérité se mit brusquement debout et mes sens perçurent un alourdissement de l'atmosphère, un bouillonnement d'émotions. Même Burrich parut y être sensible, car il me jeta un coup d'œil, puis se contraignit à l'immobilité tel un soldat au garde-à-vous, cependant que Vérité arpentait la pièce.

« Non. Si j'avais eu mon mot à dire, ce n'est pas ce que j'aurais choisi pour lui. Ce n'est pas ce que je choisirais pour moi-même. Ah, s'il était né à une époque moins troublée ! S'il était né dans un lit conjugal et si mon frère était toujours sur le trône ! Mais ce n'est pas la situation qui m'est échue, ni à lui. Ni à toi ! Par conséquent, il sert, tout comme moi. Sacrebleu, Kettricken a raison depuis le début ! Le roi est l'Oblat du peuple ! Et son neveu aussi. Ç'a été un vrai carnage dans les collines ; je sais de quoi tu parles. J'ai vu Lame s'éloigner pour vomir après avoir vu un des cadavres, je l'ai vu garder ensuite ses distances avec Fitz. J'ignore comment ce garçon… ce jeune homme s'en est tiré vivant. En faisant ce qui était nécessaire, je suppose. Alors, moi, que puis-je faire, Burrich ? Que puis-je faire ? J'ai besoin de lui. J'ai besoin de lui pour cette immonde guerre secrète, car il est le seul qui soit équipé et formé pour la mener, tout comme je monte dans ma tour et, sur les ordres de mon père, je me consume l'esprit à tuer de façon sournoise et répugnante. Quoi que Fitz doive faire, quels que soient les talents auxquels il doive recourir… (mon cœur s'arrêta de battre, l'air se transforma en glace dans mes poumons) il doit s'en servir. Parce que nous en sommes là, à présent : à survivre. Parce que…

— C'est mon peuple. » Je m'aperçus que c'était moi qui avais parlé lorsqu'ils se tournèrent d'un bloc pour me dévisager. Le silence s'abattit soudain dans la pièce. Je pris mon inspiration. « Il y a très longtemps, un vieil homme m'a dit qu'un jour je comprendrais quelque chose. Il a dit que les gens des Six-Duchés étaient mon peuple, que c'était dans mon sang de les protéger, de ressentir leurs blessures comme les miennes. » Je clignai les yeux pour effacer Umbre et le village de Forge. « Il avait raison, repris-je non sans mal au bout d'un moment. C'est mon enfant qu'on a tué aujourd'hui, Burrich. Et mon forgeron, et deux autres hommes. Pas les forgisés : les Pirates rouges. Et il me faut leur sang en échange, je dois les chasser de mes côtes. C'est aussi simple que manger ou respirer. Je dois le faire. »

Leurs regards se croisèrent par-dessus ma tête. « Bon sang ne saurait mentir », fit Vérité à mi-voix. Mais dans sa voix, il y avait une ardeur et une fierté qui apaisèrent les tremblements dont j'étais secoué depuis le matin. Un grand calme m'envahit. J'avais fait ce qu'il fallait, aujourd'hui. Je le sus comme un fait indéniable. Mon devoir était odieux et avilissant, mais c'était le mien, et je l'avais accompli. Pour mon peuple. Je me tournai vers Burrich : il me regardait avec l'air méditatif qu'il arborait en général lorsque le plus chétif d'une portée manifestait des capacités inhabituellement prometteuses.

« Je lui apprendrai les quelques techniques que je connais à la hache, dit-il à Vérité. Et deux ou trois autres choses. Voulez-vous que nous commencions demain, avant l'aube ?

— Très bien, répondit Vérité avant que j'aie le temps de protester. Et maintenant, à table. »

Je m'aperçus que je mourais de faim. Je me levai pour aller m'attabler, mais Burrich se dressa soudain près de moi. « Lave-toi les mains et la figure, Fitz », me dit-il avec douceur.

L'eau parfumée de la cuvette était noire du sang du forgeron quand j'eus fini.

14

LA FÊTE DE L'HIVER

La fête de l'Hiver est la célébration de la période la plus sombre de l'année autant que du retour de la lumière. Les trois premiers jours, on rend hommage à l'obscurité. Les récits et les spectacles de marionnettes présentés parlent de repos et d'heureux dénouements ; on mange du poisson en saumure, de la viande fumée, des tubercules ramassés dans l'année et des fruits de l'été précédent. Puis, à mi-fête, se tient une chasse ; on répand du sang frais pour marquer le tournant de l'année et l'on apporte de la viande fraîche à table, que l'on consomme avec du grain récolté six mois plus tôt. Les trois jours suivants ont les yeux fixés sur l'été à venir ; on garnit les métiers à tisser de fils de couleurs gaies, les tisserands accaparent une extrémité de la Grand-Salle et chacun s'efforce de créer le tissu le plus léger et les motifs les plus lumineux. À ce moment-là, les contes parlent de naissance et de l'origine des choses.

*

* *

Cet après-midi-là, je voulus voir le roi. Malgré tout ce qui s'était passé, je n'avais pas oublié la promesse que je m'étais faite ; mais Murfès m'interdit le passage en affirmant que le roi Subtil ne se sentait pas bien et ne recevait personne. J'eus envie de tambouriner à coups de poing à la porte et de hurler pour que le fou oblige Murfès à me laisser entrer, mais je me retins : je n'étais plus aussi certain qu'autrefois de l'amitié du fou. Nous n'avions eu aucun contact depuis la chanson moqueuse qu'il m'avait infligée. Cependant, penser à lui me remit ses paroles en mémoire et, revenu dans ma chambre, je feuilletai à nouveau les manuscrits de Vérité.

Au bout d'un moment, je sentis l'assoupissement me gagner : même diluée, la dose de valériane dans mon thé restait forte et la léthargie m'envahissait. Je repoussai les rouleaux, qui ne m'avaient rien appris de neuf, et réfléchis à d'autres possibilités. Peut-être l'annonce publique, lors de la fête de l'Hiver, que l'on recherchait des artiseurs, quel que soit leur âge ? Cela mettrait-il en danger ceux qui répondraient ? Je repensai aux cibles évidentes d'un tel appel : ceux qui avaient été formés en même temps que moi. Aucun n'éprouvait d'affection pour moi, ce qui ne les empêchait sans doute pas d'être fidèles à Vérité, loyauté peut-être gâtée par l'attitude de Galen, mais cela ne pouvait-il être corrigé ? D'entrée, j'écartai Auguste : sa dernière expérience d'artiseur à Jhaampe avait anéanti toutes ses capacités, et il s'était discrètement retiré dans une bourgade au bord de la Vin, vieilli avant l'âge, disait-on. Mais il n'était pas seul : nous étions huit à avoir survécu à la formation, et sept à être revenus de l'examen final. Moi, j'avais échoué et l'Art d'Auguste avait été pulvérisé. Cela laissait cinq artiseurs.

Un bien maigre clan. Tous me haïssaient-ils autant que Sereine ? Elle me rendait responsable de la mort de

Galen et n'en faisait pas mystère ; les autres étaient-ils aussi bien informés de ce qui s'était passé ? J'essayai de me souvenir d'eux. Justin, très imbu de lui-même et trop fier de son talent d'artiseur ; Carrod, un garçon autrefois aimable et un peu mou ; les rares fois où je l'avais revu depuis qu'il était devenu membre du clan, je lui avais trouvé un regard quasiment vide, comme si rien ne subsistait de ce qu'il avait été. La musculature puissante de Ronce s'était transformée en graisse depuis qu'il avait quitté son métier de charpentier pour artiser ; quant à Guillot, il n'avait jamais été remarquable, et l'Art n'y avait rien changé. Néanmoins, tous avaient la capacité démontrée d'artiser ; Vérité ne pouvait-il reprendre leur formation ? Peut-être, mais quand ? Où trouverait-il le temps de mener à bien pareille entreprise ?

Quelqu'un vient.

Je m'éveillai. J'étais à plat ventre dans mon lit au milieu des manuscrits éparpillés. Je m'étais assoupi sans m'en rendre compte et il était rare que je dorme aussi profondément. Si Œil-de-Nuit n'avait pas monté la garde sur moi par le biais de mes propres sens, j'aurais été complètement pris au dépourvu. Je vis la porte de ma chambre s'ouvrir doucement ; le feu était bas et il n'y avait guère d'autre lumière dans la pièce. N'ayant pas prévu de dormir, je n'avais pas verrouillé la porte. Je restai immobile en me demandant qui entrait chez moi aussi discrètement dans l'espoir de me surprendre. À moins qu'on pensât trouver ma chambre vide, qu'on en eût après les manuscrits, par exemple ? Je glissai la main jusqu'à mon poignard et bandai mes muscles, prêt à bondir. Une silhouette passa la porte et la referma sans bruit. Je tirai mon poignard hors de son fourreau.

C'est ta femelle. Quelque part, Œil-de-Nuit bâilla, puis s'étira en agitant paresseusement la queue. Involontairement, je repris mon souffle. *Molly*. J'en eus confirmation en sentant son doux parfum, et soudain j'éprouvai un regain stupéfiant de vitalité. Je demeurai sans bouger, les yeux clos, et la laissai approcher de mon lit. J'entendis une exclamation étouffée de désapprobation suivie du bruissement des manuscrits qu'elle rassemblait, puis déposait sur la table. D'un geste hésitant, elle me toucha la joue. « Le Nouveau ? »

Je ne pus résister à la tentation de feindre le sommeil. Elle s'assit à côté de moi et le lit s'enfonça doucement sous le poids de son corps tiède. Elle se pencha et posa ses lèvres sur les miennes. Je l'enlaçai aussitôt et la serrai contre moi, émerveillé : la veille encore, on me touchait rarement, une claque amicale sur les épaules, la bousculade de la foule ou, trop souvent ces derniers temps, la constriction de deux mains sur mon cou. À cela s'arrêtaient mes contacts intimes. Et soudain, la nuit précédente, et aujourd'hui ceci ! Elle termina de m'embrasser, puis s'étendit à mes côtés en se nichant doucement contre moi. J'inspirai longuement son parfum sans bouger, tout au plaisir de savourer le contact et la chaleur de son corps. La sensation m'évoquait une bulle de savon dans la brise ; je n'osais même pas respirer de peur de la faire éclater.

Bien, fit Œil-de-Nuit. *Moins de solitude. Ça ressemble davantage à la meute.*

Je me raidis et m'écartai légèrement de Molly.

« Le Nouveau ? Qu'est-ce qu'il y a ? »

À moi. C'est à moi, ce n'est pas à partager avec toi. Tu comprends ?

Égoïste. Ce n'est pas comme la viande, ça ne se partage pas plus ou moins.

« Un instant, Molly. J'ai une crampe dans un muscle. »

Lequel ? Sourire paillard.

Non, ce n'est pas comme la viande. La viande, je la partagerai toujours avec toi, l'abri aussi, et je viendrai toujours me battre à tes côtés si tu as besoin de moi. Toujours je te laisserai participer à la chasse et toujours je t'aiderai à chasser. Mais ça, avec ma... femelle, ça doit rester à moi. À moi seul.

Œil-de-Nuit grogna, puis se gratta une puce. *Tu es tout le temps en train de désigner des limites qui n'existent pas. La viande, la chasse, la défense du territoire, et les femelles... tout ça, ça fait partie de la meute. Quand elle aura des petits, est-ce que je ne chasserai pas pour les nourrir ? Est-ce que je ne les protégerai pas ?*

Œil-de-Nuit... je ne peux pas t'expliquer maintenant. J'aurais dû t'en parler plus tôt. Pour le moment, veux-tu bien te retirer ? Je te promets d'en discuter avec toi. Plus tard.

J'attendis : rien. Plus aucune impression de lui. Un de moins dans la partie.

« Le Nouveau, ça va ?

— Ça va. J'ai seulement... besoin d'un petit moment. » Je crois n'avoir jamais rien fait d'aussi dur : Molly était à côté de moi, soudain hésitante, sur le point de s'écarter de moi, mais il me fallait retrouver mes frontières, placer mon esprit au centre de moi-même et des limites à mes pensées. J'inspirai et expirai régulièrement. Un harnais qu'on ajuste : telle était l'image que l'exercice m'évoquait et sur laquelle je m'appuyais toujours. Pas trop lâche pour ne pas glisser, pas trop serré pour ne pas contraindre. Je me confinais à mon propre corps afin de ne pas réveiller Vérité en sursaut.

« J'ai entendu des rumeurs... fit Molly avant de s'interrompre. Excuse-moi ; je n'aurais pas dû venir. J'ai cru que tu aurais peut-être envie de... Mais peut-être as-tu besoin de rester seul.

— Non, Molly, je t'en prie, Molly, reviens, reviens ! » Et je me jetai en travers du lit pour attraper de justesse l'ourlet de sa jupe à l'instant où elle se levait.

Elle se retourna vers moi, toujours en proie à l'incertitude.

« Tu es tout ce dont j'ai besoin. Toujours. »

Une ombre de sourire erra sur ses lèvres et elle se rassit au bord du lit. « Tu avais l'air si distant…

— C'est vrai. J'ai parfois besoin de m'éclaircir l'esprit. » Je me tus, ne sachant ce que je pouvais lui révéler encore sans mentir. J'étais résolu à en finir avec les faux-semblants. Je lui pris la main.

« Ah ! » dit-elle au bout d'un moment. Comme je ne lui fournissais pas l'explication qu'elle espérait, il y eut un silence embarrassé ; enfin, elle demanda d'un ton circonspect : « Tu vas bien ?

— Très bien. Je n'ai pas pu voir le roi aujourd'hui. J'ai essayé, mais il ne se sentait pas bien et…

— Tu as des bleus sur le visage. Et des éraflures. J'ai entendu des rumeurs… »

J'inspirai sans bruit. « Des rumeurs ? » Vérité avait enjoint aux soldats de se taire. Burrich n'avait sûrement rien dit, ni Lame ; mais les hommes ne peuvent s'empêcher de discuter de ce qu'ils ont vu ensemble et il ne faut pas être bien malin pour surprendre leurs conversations.

« Ne joue pas au chat et à la souris avec moi. Si tu ne veux rien me révéler, dis-le !

— Le roi-servant nous a demandé de ne pas en parler. Ce n'est pas la même chose. »

Molly réfléchit un instant. « Sans doute. Et moi je devrais moins prêter l'oreille aux commérages, je sais. Mais les rumeurs étaient si bizarres… et puis on a rapporté des cadavres au château pour les brûler. Et il y avait une drôle de femme, dans les cuisines, qui pleurait toutes les larmes de son corps en disant que des forgisés lui avaient tué sa petite fille ; alors, quelqu'un a prétendu que tu t'étais battu contre eux pour essayer de leur reprendre la petite, et quelqu'un d'autre a soutenu que, non, tu étais arrivé à l'instant où un ours les attaquait, ou quelque chose comme ça. Ce n'était pas très clair. D'après un troisième, tu les avais tous tués, et puis une personne qui avait aidé à brûler les corps a dit qu'au moins deux d'entre eux avaient été déchiquetés par un animal. » Elle se tut et me regarda. Je n'avais pas envie de repenser à tout cela. Je ne voulais pas mentir à Molly ni lui avouer la vérité. Je ne pouvais l'avouer complètement à personne. Aussi la regardai-je au fond des yeux en regrettant que tout ne soit pas plus simple pour nous deux.

« FitzChevalerie ? »

Jamais je ne me ferais à l'entendre prononcer ce nom. Je soupirai. « Le roi nous a demandé de ne pas en parler. Mais... en effet, un enfant s'est fait tuer par des forgisés. Et j'étais là, mais je suis arrivé trop tard. Je n'ai jamais rien vu d'aussi affreux ni d'aussi triste.

— Pardon. Je ne voulais pas être indiscrète. Mais c'est si dur d'être dans l'incertitude.

— Je sais. » Je lui caressai les cheveux et elle posa la tête au creux de ma main. « Un jour, je t'ai dit que je t'avais vue en rêve à Vasebaie. Pendant tout le trajet, depuis le royaume des Montagnes jusqu'à Castelcerf, je me suis demandé si tu étais toujours vivante. Parfois, j'imaginais que la maison en flammes s'était effondrée sur la cave ; d'autres fois, que la femme à l'épée t'avait tuée... »

Le regard de Molly ne cillait pas. « Quand la maison s'est écroulée, une énorme vague d'étincelles et de fumée a été projetée vers nous. Moi, je lui tournais le dos, mais la femme a été aveuglée. Je... je l'ai tuée avec la hache. » Elle se mit soudain à trembler et murmura : « Je n'ai jamais raconté ça à personne. À personne. Comment étais-tu au courant ?

— J'en ai rêvé. » Je la tirai doucement par la main et elle s'étendit sur le lit, près de moi. Je l'enlaçai et je sentis ses tremblements s'apaiser. « Je fais des rêves qui montrent la réalité, parfois. Pas souvent », lui dis-je à mi-voix.

Elle se recula légèrement et me dévisagea. « Tu ne me mentirais pas là-dessus, le Nouveau ? »

Sa question me fit mal mais je l'avais mérité. « Non, ce n'est pas un mensonge. Je te le jure. Et je te promets de ne jamais mentir... »

Ses doigts se posèrent sur mes lèvres. « J'espère passer le reste de ma vie avec toi, dit-elle. Ne fais pas de promesses que tu ne pourras pas toujours tenir. » Son autre main s'approcha du laçage de ma chemise. Ce fut mon tour de me mettre à trembler.

Je baisai ses doigts, puis sa bouche. Un moment, Molly se leva pour aller verrouiller et barrer ma porte. Je me rappelle avoir fait une fervente prière pour que cette nuit ne soit pas celle où Umbre rentrerait de voyage. Elle fut exaucée, et c'est moi qui voyageai loin cette nuit-là, dans un pays qui me devenait peu à peu familier mais me paraissait toujours aussi miraculeux.

Elle me quitta au cœur de la nuit, après m'avoir réveillé en exigeant que je ferme bien ma porte après son départ. Je voulus me rhabiller pour l'escorter jusqu'à sa chambre, mais elle refusa d'un air indigné : elle était parfaitement capable de monter seule un escalier, et moins on nous verrait ensemble, mieux cela vaudrait. À contrecœur, je me rendis à sa logique. La valériane n'aurait su induire sommeil plus profond que celui dans lequel je sombrai ensuite.

Je me réveillai dans un vacarme de tonnerre et de cris. Sans savoir comment, je me retrouvai debout, complètement ahuri. Au bout de quelques secondes, le tonnerre se transforma en coups frappés à ma porte et les cris en mon nom répété par Burrich. « Un instant ! » m'écriai-je. J'avais mal partout ; j'enfilai les premiers vêtements qui me tombèrent sous la main et me dirigeai d'un pas chancelant vers la porte. J'eus quelque difficulté à la déverrouiller. « Qu'est-ce qu'il y a ? » demandai-je, ronchon.

Burrich me regarda sans répondre. Il était vêtu pour la journée, rasé de frais, les cheveux et la barbe peignés, et il avait deux haches dans les mains.

« Ah !

— À la tour de Vérité. Dépêche-toi, nous sommes déjà en retard. Mais fais d'abord ta toilette. C'est quoi, cette odeur ?

— Des bougies parfumées, improvisai-je. On m'a dit qu'elles procuraient des rêves reposants. »

Il grogna. « Ce n'est pas le genre de rêves qu'un parfum pareil me procurerait. Ça pue le musc dans toute ta chambre, mon garçon. Bon, retrouve-moi à la tour. »

Et il s'éloigna d'un pas vif dans le couloir. Je rentrai chez moi, à demi assommé : quand Burrich disait « tôt », c'était tôt, j'aurais dû m'en souvenir. Je fis une toilette complète à l'eau froide, non pour le plaisir mais parce que je n'avais pas le temps d'en faire chauffer. Je dénichai des vêtements propres et je les enfilais quand les coups à ma porte reprirent. « J'arrive tout de suite ! » criai-je. Les coups ne cessèrent pas : Burrich était en colère. Eh bien ! moi aussi ! Il devait se douter que j'étais endolori, ce matin, tout de même ! J'ouvris brutalement la porte pour lui faire part de mon sentiment et le fou se faufila dans ma chambre telle une volute de fumée. Il portait une nouvelle livrée noire et blanche ; les manches de sa chemise étaient brodées de motifs végétaux qui lui remontaient le long des bras comme du lierre. Au-dessus de son col noir, son visage était pâle comme la lune. La fête de l'Hiver, songeai-je, l'esprit encore embrumé ; nous étions le premier jour de la fête. Je n'avais connu que cinq autres hivers aussi longs que celui de cette année ; mais ce soir nous commencerions à célébrer la fin de la première moitié.

« Que veux-tu ? » demandai-je sèchement, peu enclin à écouter ses niaiseries.

Il inspira longuement d'un air appréciateur. « Un peu de ce que tu as eu cette nuit, ce serait agréable », fit-il avant de reculer d'un pas dansant devant mon expression : j'étais dans une fureur noire. D'un bond léger, il atterrit au centre de mon lit défait, puis il descendit de l'autre côté. Je plongeai sur les couvertures pour l'attraper. « Mais pas avec toi ! s'exclama-t-il coquettement en agitant ses mains d'un geste féminin pour m'éloigner avant de battre en retraite.

— Je n'ai pas le temps de t'écouter, lui dis-je avec dégoût. Vérité m'attend et je ne dois pas me mettre en retard. » Je me relevai et rajustai ma tenue. « Sors de chez moi.

— Oh, quel ton ! Je me rappelle une époque où le Fitz savait mieux prendre la plaisanterie. » Il fit une pirouette au milieu de la pièce et se figea soudain. « Tu es vraiment en colère contre moi ? » me demanda-t-il avec une franchise brutale.

J'en restai bouche bée, puis je réfléchis à sa question. « Plus maintenant », répondis-je sur mes gardes : n'essayait-il pas de m'attirer à découvert ? « Mais tu m'as fait passer pour un bouffon, l'autre jour, devant tout le monde. »

Il secoua la tête. « N'usurpe pas les titres des autres : le seul bouffon, ici, c'est moi. Et c'est tout ce que je suis, toujours. Surtout le jour dont tu parles, avec cette chanson, devant tous ces gens.

— Tu m'as fait douter de notre amitié, fis-je sans ambages.

— Ah, tant mieux! Car ne doute pas que d'autres doivent toujours douter de notre amitié si nous voulons rester de redoutables amis.

— Je vois. Donc, tu cherchais à semer des rumeurs d'inimitié entre nous. Je comprends; néanmoins, je dois quand même m'en aller.

— Adieu, dans ce cas. Amuse-toi bien à jouer à la hache avec Burrich. Fais attention à ce que son enseignement ne t'assomme pas trop. » Il plaça deux bûches sur le feu qui baissait et s'installa ostensiblement devant la cheminée.

« Fou…, dis-je, embarrassé, tu es mon ami, je sais; mais je n'aime pas te laisser dans ma chambre pendant mon absence.

— Je n'aime pas non plus qu'on entre dans la mienne en mon absence », répliqua-t-il d'un air malicieux.

Je rougis. « C'était il y a longtemps. Et je me suis excusé de ma curiosité. Je te jure que je n'ai jamais recommencé.

— Moi non plus, je ne recommencerai pas, après aujourd'hui. Et à ton retour je te présenterai mes excuses. Ça te convient? »

J'allais être en retard et Burrich n'allait pas l'apprécier. Tant pis. Je m'assis au bord du lit défait que Molly et moi avions partagé. Tout à coup, je le ressentis comme un lieu privé, intime, et je m'efforçai de prendre l'air dégagé en tirant les courtepointes sur le matelas de plumes. « Pourquoi tiens-tu à rester chez moi? Tu es en danger?

— Je vis dans le danger, Fitzounet. Toi aussi. Tout le monde. J'aimerais passer une partie de la journée chez toi pour essayer de trouver le moyen d'éviter ce danger. Ou du moins de le réduire. » D'un haussement d'épaules, il désigna le tas de parchemins.

« Vérité me les a confiés, dis-je, mal à l'aise.

— Parce qu'il a confiance en ton jugement, à l'évidence. Aussi peut-être jugeras-tu sans risque de me les confier ? »

C'est une chose de prêter ses propres affaires à un ami ; c'en est une autre de lui remettre celles dont on a reçu la garde. Je ne doutais nullement de ma confiance dans le fou ; néanmoins… « Il serait peut-être plus avisé d'en parler d'abord à Vérité, dis-je.

— Moins j'aurai de rapports avec Vérité, mieux cela vaudra pour nous deux, répliqua brutalement le fou.

— Tu n'aimes pas Vérité ? » J'étais abasourdi.

« Je suis le fou du roi. Vérité est roi-servant : qu'il serve ; quand il sera roi, je lui appartiendrai. S'il ne nous a pas tous menés à la mort avant.

— Je ne veux pas entendre parler contre le prince Vérité, fis-je à mi-voix.

— Non ? Alors tu dois te promener avec les oreilles soigneusement bouchées, ces temps-ci. »

J'allai à la porte et posai la main sur le verrou. « Nous devons partir, fou. Je suis déjà en retard. » Je maîtrisais ma voix : sa raillerie sur Vérité m'avait touché autant que si elle me visait.

« Ne fais pas le bouffon, Fitz ; c'est mon rôle à moi. Réfléchis : un homme ne peut servir qu'un maître. Quoi que tu puisses dire, Vérité est ton roi. Je ne te le reproche pas ; me reproches-tu que Subtil soit le mien ?

— Non. Et je ne me moque pas non plus de lui devant toi.

— Tu ne vas jamais le voir non plus, et pourtant je t'en ai instamment prié plus d'une fois.

— J'y suis allé hier encore et on m'a éconduit : on m'a dit qu'il n'était pas bien.

— Si ça t'arrivait devant la porte de Vérité, te laisserais-tu faire si facilement ? »

Je restai déconcerté. « Non, sans doute pas.

— Pourquoi l'abandonnes-tu si aisément ? » Le fou parlait doucement, comme un homme peiné. « Pourquoi Vérité ne s'occupe-t-il pas de son père, au lieu de détourner tous les hommes de Subtil et de les attirer auprès de lui ?

— Personne ne m'a détourné ; c'est Subtil qui n'a pas jugé utile de me recevoir. Quant à Vérité, ma foi, je ne peux pas parler à sa place. Mais tout le monde sait que, de ses fils, c'est Royal que Subtil préfère.

— Tout le monde le sait ? Alors tout le monde sait-il aussi quel est le but ultime de Royal ?

— Certains, oui », répondis-je laconiquement. La conversation prenait une tournure dangereuse.

« Songes-y : l'un comme l'autre, nous servons le roi que nous aimons le plus. Cependant, il en est un autre pour qui nous n'avons nulle affection. Je ne pense pas que nos loyautés respectives soient en conflit, Fitz, du moment que nous sommes d'accord sur celui que nous aimons le moins. Allons, tu peux bien me l'avouer : tu as à peine eu le temps de jeter un coup d'œil à ces parchemins, et ce temps que tu n'as pas su trouver est perdu pour tout le monde. Ce travail ne peut pas attendre ton bon vouloir. »

J'hésitais encore. Le fou s'approcha soudain de moi ; son regard était toujours difficile à soutenir et encore plus à déchiffrer. Mais, au pli de ses lèvres, je vis qu'il était aux abois. « Faisons un échange. Je te propose un marché dont tu ne trouveras l'égal nulle part : un secret que je détiens contre la permission de me laisser chercher dans les manuscrits un secret qui ne s'y cache peut-être même pas.

— Quel secret ? demandai-je malgré moi.

— Le mien. » Il détourna les yeux et contempla le mur. « Le mystère du fou. D'où il est venu et pourquoi. » Il me jeta un regard oblique et se tut.

Une curiosité vieille de plus d'une dizaine d'années se réveilla en moi. « Gratuitement ?

— Non. Il s'agit d'un échange, je te l'ai dit. »

Je réfléchis ; puis : « À plus tard. Verrouille la porte en sortant. » Et je m'éclipsai.

Je croisai des serviteurs dans les couloirs : j'étais épouvantablement en retard. Je me forçai d'abord à trotter, malgré mes courbatures, puis à courir. Je montai l'escalier de la tour quatre à quatre, frappai une fois à la porte et entrai.

Burrich se retourna vers moi et m'accueillit par une mine renfrognée. Le mobilier spartiate de la pièce avait été poussé contre un mur, sauf le fauteuil de Vérité, resté devant la fenêtre. Le roi-servant y était assis. Sa tête pivota vers moi plus lentement ; son regard distant, comme drogué, le manque de fermeté de sa bouche étaient douloureux à voir pour qui savait ce que ces signes indiquaient : la faim de l'Art le consumait. Une crainte me taraudait : ce qu'il souhaitait m'enseigner n'allait-il pas accentuer cette faim ? Cependant, comment pouvions-nous refuser, l'un ou l'autre ? J'avais appris une leçon, la veille ; elle n'avait pas été agréable, mais elle était gravée en moi à jamais. Je savais désormais que je ferais tout pour chasser les Pirates rouges de mes côtes. Je n'étais pas le roi, je ne serais jamais le roi, mais les habitants des Six-Duchés étaient mon peuple, tout comme ils étaient celui d'Umbre. Je comprenais maintenant pourquoi Vérité se dépensait sans compter.

« Je vous demande pardon de mon retard : j'ai été retenu. Mais je suis prêt à commencer.

— Comment te sens-tu ? » C'était Burrich qui avait posé la question, avec une curiosité non feinte. Il me regardait d'un air toujours sévère, mais aussi avec une certaine perplexité.

« Ankylosé, un peu. La montée des escaliers m'a réchauffé. Et courbatu, à cause d'hier. Mais, sinon, tout va bien. »

Une expression amusée passa brièvement sur son visage. « Pas de tremblements, FitzChevalerie ? Pas d'obscurcissement de la vision, pas d'étourdissements ? »

Je réfléchis un instant. « Non.

— Crénom ! » Burrich émit un grognement de dérision. « Visiblement, pour te guérir, il fallait te taper dessus. Je m'en souviendrai la prochaine fois que tu auras besoin d'un guérisseur ! »

Pendant l'heure suivante, il parut s'acharner à mettre en pratique sa nouvelle théorie thérapeutique. Le fer des haches était émoussé et il l'avait emmailloté de chiffons pour la première leçon, mais cela n'empêchait pas les bleus. Pour être honnête, j'en attrapai la plupart par pure maladresse personnelle ; Burrich ne cherchait pas à faire porter ses coups, mais à m'enseigner à utiliser toute l'arme et pas seulement la lame. Garder le contact avec Vérité ne demandait aucun effort, car il était dans la même pièce que nous. Il conserva le silence en moi, ce jour-là ; il ne me donna aucun conseil, aucun avertissement, ne fit aucune observation, et se contenta de regarder par mes yeux. Burrich m'expliqua que la hache n'était pas une arme sophistiquée mais que, bien employée, elle s'avérait très satisfaisante. À la fin de la séance, il me fit remarquer qu'il avait pris des gants avec moi eu égard à mes blessures, puis Vérité nous donna congé et nous descendîmes ensemble les escaliers, moins vite que je ne les avais montés.

« Sois à l'heure, demain », me prévint-il quand nous nous quittâmes à la porte des cuisines, lui pour retrouver ses écuries, moi pour prendre mon petit déjeuner. Je mangeai comme cela ne m'était pas arrivé depuis des jours, avec un appétit d'ogre, et je m'interrogeai sur l'origine de cette soudaine vitalité. Contrairement à Burrich, je n'y voyais pas le résultat des coups que j'avais reçus. Molly, me dis-je, avait rétabli d'une caresse ce qu'une année de repos et d'infusions n'aurait pas guéri. La journée sembla brusquement s'étirer à l'infini devant moi, pleine de minutes interminables qui se transformeraient en heures insupportables avant que la tombée de la nuit et l'obscurité propice nous permettent de nous rejoindre enfin.

Résolument, je chassai Molly de mes pensées et décidai d'occuper ma journée. Une dizaine de tâches se présentèrent aussitôt à moi : rendre visite à Patience que j'avais négligée ; aider comme promis Kettricken à restaurer son jardin ; donner une explication indispensable à frère Œil-de-Nuit ; aller voir le roi Subtil. J'essayai de les classer par ordre d'importance, mais Molly revenait toujours en tête de liste.

Je la repoussai fermement tout en bas. Subtil d'abord. Je rapportai mon assiette et mes couverts aux cuisines. Il y régnait une activité assourdissante qui me laissa un moment perplexe ; puis je me rappelai que nous étions le premier jour de la fête de l'Hiver. Mijote, la vieille cuisinière, leva les yeux de la pâte à pain qu'elle pétrissait et me fit signe d'approcher. J'allai me placer à côté d'elle, comme je l'avais si souvent fait enfant, et j'admirai la dextérité avec laquelle elle formait les rouleaux de pâte avant de les mettre à lever. Elle avait de la farine jusqu'aux fossettes de ses coudes et aussi sur une joue. Le remue-ménage et le vacarme des cuisines créaient autour de nous une étrange bulle d'intimité. Comme Mijote parlait doucement, je dus tendre l'oreille.

« Je voulais seulement te dire, marmonna-t-elle en repliant sur elle-même une nouvelle plaque de pâte, que je sais quand un potin ne tient pas debout. Et que je ne me gêne pas pour le crier haut et fort lorsqu'on essaye d'en raconter un dans mes cuisines. Que les pies borgnes jacassent tant qu'elles veulent dans la cour des lavandières ou qu'elles blaguassent tout leur soûl en filant; mais je n'accepte pas qu'on dise du mal de toi dans mes cuisines. » Elle me jeta un bref regard de ses vifs yeux noirs. Mon cœur était glacé d'angoisse. Des potins? Sur Molly et moi?

« Souventes fois, tu as mangé ici et tu m'as tenu compagnie pour remuer dans la marmite pendant qu'on bavardait ensemble quand tu étais petit; je te connais peut-être mieux que beaucoup. Et ceux qui disent que tu te bats comme une bête parce que tu es plus qu'à moitié animal racontent des menteries et des méchancetés. Les cadavres des forgisés étaient salement déchiquetés, mais j'ai vu des hommes pris de rage faire bien pis. Quand la fille de Sal Limande s'est fait violer, elle a découpé cette charogne avec son couteau à poisson, tchac, tchac, tchac, en plein milieu du marché, comme si elle préparait des amorces pour ses lignes. Ce que tu as fait n'était pas plus horrible. »

Un instant, je fus pris d'une terreur vertigineuse. Plus qu'à moitié animal... Il n'y avait pas si longtemps, pas très loin d'ici, on brûlait ceux qui possédaient le Vif. « Merci », dis-je en m'efforçant de maîtriser ma voix. Par respect pour la vérité, j'ajoutai : « Ce n'est pas moi qui ai tout fait. Ils se battaient entre eux pour... pour leur proie quand je suis arrivé.

— La petite à Ginna. Tu peux parler franchement avec moi, Fitz. J'ai des enfants, moi aussi, qui sont grands maintenant, mais si on me les attaquait, ma foi, je serais heureuse qu'il y ait quelqu'un comme toi pour les défendre, et peu importe comment. Ou pour les venger, si tu ne pouvais pas faire mieux.

— Je n'ai pas pu faire mieux, Mijote, malheureusement. » Le frisson d'horreur qui me parcourut n'était pas feint : je revoyais le sang ruisseler sur un petit poing potelé. Je clignai les yeux mais l'image persista. « Il faut que je m'en aille : je dois me présenter au roi aujourd'hui.

— Ah ? Ça, c'est une bonne nouvelle. Alors emporte ça, tu veux ? » De sa démarche pesante, elle se dirigea vers un buffet dont elle tira un plateau ; le linge qui le couvrait dissimulait de petits friands fourrés de fromage fondu et de groseille. Elle y ajouta une théière fumante et une tasse propre, puis arrangea joliment les friands. « Et veille à ce qu'il les mange, Fitz. Ce sont ses préférés et, s'il en goûte un, je sais qu'il finira le plateau. Ça lui ferait du bien. »

À moi aussi.

Je sursautai comme si on m'avait piqué avec une aiguille. J'essayai de dissimuler ma réaction sous une quinte de toux en feignant d'avoir avalé de travers, mais cela n'empêcha pas Mijote de me regarder d'un drôle d'air. Je toussai à nouveau, puis hochai la tête. « Il va les adorer, j'en suis sûr », dis-je d'une voix étranglée avant de m'en aller en direction de la porte, le plateau entre les mains. Plusieurs paires d'yeux me suivirent ; je fis semblant d'ignorer pourquoi en me plaquant un sourire avenant sur les lèvres.

Je ne m'étais pas rendu compte que vous étiez encore avec moi, dis-je à Vérité. Une parcelle de mon esprit passait en revue toutes mes pensées depuis que j'avais quitté sa tour et rendais grâces à Eda de ne pas m'être mis d'abord à la recherche d'Œil-de-Nuit ; dans le même temps, je m'efforçais de chasser ces pensées peut-être perceptibles au prince.

Je sais. Je ne voulais pas t'espionner, seulement te montrer que, quand tu ne te concentres pas si fort, tu y arrives très bien.

Je m'efforçai de toucher consciemment de son Art. *C'est parce que vous vous accrochez*, dis-je en montant l'escalier.

Tu es irrité contre moi. Je te demande pardon. Dorénavant, je m'assurerai que tu me sais présent quand je suis avec toi. Veux-tu que je te laisse pour la journée ?

Ma propre grogne m'avait laissé embarrassé. *Non, pas encore. Restez avec moi encore un peu pendant que je vais voir le roi. Voyons jusqu'où nous pouvons tenir.*

Je perçus son acquiescement. M'arrêtant devant la porte de Subtil, je pris le plateau d'une main pour, de l'autre, me lisser les cheveux et rajuster mon pourpoint. Mes cheveux me posaient un problème ces derniers temps : Jonqui me les avait coupés court durant un de mes accès de fièvre dans les Montagnes et maintenant qu'ils repoussaient, je ne savais pas si je devais les attacher en queue comme Burrich et les gardes ou les conserver sur les épaules comme si j'étais encore page. En tout cas, j'étais beaucoup trop vieux pour porter la demi-natte des enfants.

Tire-les en arrière, mon garçon. À mon avis, tu as mérité le droit de les porter à la guerrière, comme n'importe quel garde. Tout ce que je te demande, c'est de ne pas commencer à jouer les maniérés et à te faire des bouclettes huilées comme Royal.

J'effaçai toute trace de sourire de mon visage avant de frapper à la porte.

Rien ne se passa. Je frappai à nouveau, plus fort.

Annonce-toi et ouvre, suggéra Vérité.

« C'est FitzChevalerie, sire. Je vous apporte quelque chose de la part de Mijote. » Je voulus pousser le battant : il était fermé de l'intérieur.

C'est curieux. Ça n'a jamais été l'habitude de mon père de verrouiller sa porte ; d'y placer un garde, oui, mais pas d'y mettre le loquet et de ne pas répondre quand on frappe. Tu peux forcer le loquet ?

Sans doute. Mais laissez-moi d'abord essayer de frapper encore une fois. Et c'est tout juste si je ne martelai pas la porte à coups de poing.

« Un instant ! Un instant », fit une voix étouffée de l'autre côté. Mais il fallut bien davantage à son propriétaire pour défaire plusieurs verrous et entrebâiller la porte. Murfès coula un regard méfiant vers moi, tel un rat à l'affût sous un mur fissuré. « Que voulez-vous ? me demanda-t-il d'un ton rogue.

— Une audience avec le roi.

— Il dort. Du moins, il dormait avant votre vacarme. Allez-vous-en.

— Une seconde. » De la botte, je bloquai la porte qui se refermait. De ma main libre, je retournai le col de mon pourpoint pour exhiber l'épingle surmontée de sa pierre rouge qui me quittait rarement. L'huis me coinçait le pied ; je le repoussai de l'épaule autant que je le pus sans renverser le plateau. « Cet objet m'a été donné par le roi Subtil il y a plusieurs années, avec la promesse que, chaque fois que je le montrerais, je pourrais entrer chez lui.

— Même s'il dort ? fit-il d'un ton insidieux.

— Il n'y a pas mis de restrictions. Osez-vous en mettre ? » Je le foudroyai du regard par l'entrebâillement. Il réfléchit un instant, puis s'écarta.

« Dans ce cas, je vous en prie, entrez donc. Entrez voir votre roi endormi, qui tente de trouver un repos indispensable dans son triste état. Mais si vous le dérangez, je vous avertis, en tant que son guérisseur, que je lui demanderai de vous reprendre cette épingle et que je veillerai à ce que vous ne l'ennuyiez plus.

— Demandez-le-lui tant qu'il vous plaira. Et si mon roi le désire, je ne discuterai pas. »

Il s'écarta de mon chemin avec une courbette exagérée. Je mourais d'envie d'effacer son sourire sarcastique à coups de poing, mais je feignis de ne rien voir.

« Merveilleux ! reprit-il comme je passais devant lui. Des friands pour lui détraquer la digestion et le fatiguer davantage. Vous êtes plein de prévenance, dites-moi ! »

Je maîtrisai ma colère. Subtil n'était pas dans son salon. Dans sa chambre, alors ?

« Vous comptez vraiment le harceler jusque dans son lit ? Après tout, pourquoi pas ? Vous n'avez fait preuve d'aucune manière, il n'y a aucune raison d'espérer un soudain accès de délicatesse de votre part ! » Le ton de Murfès dégoulinait de condescendance.

Je continuai de maîtriser ma colère.

N'accepte pas qu'il te parle sur ce ton. Fais-lui face et oblige-le à baisser les yeux ! Ce n'était pas un conseil, mais un ordre de mon prince. Je posai le plateau sur une petite table, pris une inspiration et me tournai vers Murfès. « Serait-ce que je ne vous plais pas ? » demandai-je sans ambages.

Il fit un pas en arrière, mais s'efforça de conserver son sourire moqueur. « Si vous ne me plaisez pas ? Pourquoi devrais-je me soucier, moi, un guérisseur, qu'on vienne déranger un malade alors qu'il parvient enfin à se reposer ?

— Cette pièce pue la Fumée. Pourquoi ? »

La Fumée ?

Une plante dont on se sert dans les Montagnes ; rarement en médecine, sauf pour des douleurs que rien d'autre ne calme ; en général, on la fait brûler et on en inhale la fumée pour le plaisir, comme nous mangeons de la graine de caris à la fête du Printemps. Votre frère a un penchant pour cette plante.

Sa mère avait le même, s'il s'agissait bien du même produit : elle appelait ça de l'allègrefeuille.

C'est de la même famille, mais celle des Montagnes est une plante plus grande avec des feuilles plus épaisses. Et qui donne une fumée plus dense.

Mon échange avec Vérité n'avait pas duré le temps d'un battement de cil – on peut artiser des informations à la vitesse de la pensée et Murfès en était encore à pincer les lèvres avant de répondre à ma question. « Vous prétendez-vous guérisseur ?

— Non, mais je possède une connaissance empirique des simples qui me donne à penser que la Fumée n'est pas recommandée dans la chambre d'un malade. »

Murfès prit un moment pour formuler sa réponse. « Ma foi, les plaisirs d'un roi ne regardent pas son guérisseur.

— Peut-être me regardent-ils, alors », repartis-je, et je me détournai de lui. Je repris le plateau et poussai la porte qui donnait sur la pénombre de la chambre royale.

L'odeur de Fumée y était suffocante. Le feu qui brûlait trop fort dans la cheminée rendait la pièce étouffante ; l'air était immobile et vicié comme si on n'avait pas ouvert les fenêtres depuis des semaines, et j'avais une impression de poids dans les poumons. La respiration ronflante, le roi disparaissait sous un amoncellement d'édredons. Je cherchai du regard où déposer mon plateau de friands : sa table de chevet était encombrée d'un brûloir à Fumée, froid et couvert d'une épaisse couche de cendre, à côté duquel trônaient une coupe de vin rouge tiède et un bol rempli d'un gruau grisâtre d'aspect malsain. Je plaçai les trois objets par terre et nettoyai la table avec ma manche avant d'y déposer le plateau. Quand je m'approchai du lit, je perçus une odeur rance, fétide, qui ne fit que se renforcer lorsque je me penchai sur le roi.

Ça ne peut pas être Subtil.

Vérité partageait mon désarroi. *Il ne me convoque guère, ces derniers temps, et je suis trop occupé pour lui rendre visite s'il ne me l'ordonne pas. La dernière fois que je l'ai vu, c'était un soir, dans son salon. Il se plaignait de migraines, mais ceci...*

La pensée mourut inachevée entre nous. Je levai les yeux et vis Murfès qui nous observait par la porte entrebâillée. Il avait une expression dont je ne sais si elle était de satisfaction ou de suffisance, mais qui déclencha ma fureur. En deux enjambées, je fus à la porte et je la claquai ; j'eus le plaisir de l'entendre glapir en retirant ses doigts que je venais de coincer. Je rabattis une vieille barre de bois qui n'avait pas dû servir depuis ma naissance.

Je m'approchai des hautes fenêtres, tirai violemment les tapisseries qui les dissimulaient et ouvris tout grand les volets. La claire lumière du soleil et un courant d'air pur et froid se déversèrent dans la pièce.

Fitz, tu es imprudent.

Sans répondre, je fis le tour de la chambre et vidai les uns après les autres les brûloirs pleins d'herbe et de cendre par la fenêtre, puis les nettoyai de la main pour débarrasser entièrement la pièce de leur pestilence ; je récupérai aussi une demi-douzaine de coupes, collantes de vin tourné, et quantité de bols et d'assiettes, certaines encore pleines de nourriture, d'autres à demi vidées de leur contenu. J'entassai le tout près de la porte à laquelle Murfès tambourinait en s'époumonant. « Chut ! lui dis-je d'un ton mielleux. Vous allez réveiller le roi. »

Faites venir un page avec des brocs d'eau chaude, et dites à maîtresse Pressée qu'il faut des draps propres pour le lit du roi, demandai-je à Vérité.

De tels ordres ne peuvent venir de moi. Silence. *Ne perds pas ton temps en vaine colère. Réfléchis et tu comprendras pourquoi il doit en être ainsi.*

Je comprenais, mais je savais aussi que je ne pouvais pas davantage laisser Subtil dans cette chambre enfumée et nauséabonde que je ne pouvais l'abandonner au fond d'un cachot. Je trouvai un broc à moitié plein d'une eau croupie mais à peu près pure et je le mis à chauffer près du feu. Je débarrassai la table de nuit des cendres qui la mouchetaient et y disposai les friands et le thé, puis je fouillai effrontément dans le coffre du roi d'où je tirai une chemise de nuit propre et des herbes de toilette : vestiges, sans doute, du temps de Cheffeur. Je n'aurais jamais cru regretter tant un valet.

Murfès cessa de taper à la porte et j'en fus soulagé. Je m'emparai du broc dont j'avais parfumé l'eau avec les herbes, me munis d'un linge de toilette et posai le tout au chevet du roi. « Roi Subtil », dis-je doucement. Il s'agita légèrement. Il avait le bord des paupières rouge et les cils collés. Quand il ouvrit ses yeux injectés de sang, la lumière les lui fit cligner.

« Mon garçon ? » Il promena un regard vague sur la pièce. « Où est Murfès ?

— Il s'est absenté un moment. Je vous ai apporté de l'eau tiède et des friands tout frais des cuisines. Et du thé bien chaud.

— Je... je ne sais pas. La fenêtre est ouverte. Pourquoi la fenêtre est-elle ouverte ? Murfès m'a bien mis en garde contre les refroidissements.

— Je l'ai ouverte pour aérer la chambre. Mais je peux la refermer si vous le désirez.

— Je sens l'odeur de la mer. Il fait beau, n'est-ce pas? Écoute les mouettes qui crient pour annoncer la tempête... Non. Non, ferme la fenêtre, mon garçon. Je n'ose pas m'exposer, malade comme je suis. »

Lentement, j'allai clore les volets de bois. « Y a-t-il longtemps que Votre Majesté est malade? On n'en parle guère dans le château.

— Bien longtemps, oui. Ah! j'ai l'impression que c'est depuis toujours. Je ne suis pas vraiment malade, mais je ne suis jamais bien. Je me sens patraque, puis je vais mieux mais, dès que j'essaye de m'activer, cela me reprend et pire qu'avant. Je suis fatigué d'être mal portant, mon garçon; je suis fatigué d'être fatigué.

— Tenez, sire, ceci va vous ravigoter. » J'humectai le linge et le lui passai délicatement sur le visage. Cela le réveilla suffisamment pour qu'il me fasse signe de m'écarter, se lave seul les mains, puis le visage, plus vigoureusement que je ne l'avais fait. Je fus épouvanté de la teinte jaune que prit l'eau après qu'il y eut rincé le linge.

« Je vous ai trouvé une chemise de nuit propre. Voulez-vous que je vous aide à l'enfiler? Ou préférez-vous que j'envoie un page chercher un baquet et de l'eau chaude? J'apporterais des draps frais pour votre lit pendant que vous vous baigneriez.

— Je... ah! je n'en ai pas la force, mon garçon. Où est ce coquin de Murfès? Il sait que, seul, je n'arrive à rien. Quelle mouche l'a donc piqué de me laisser ainsi?

— Un bon bain chaud pourrait vous aider à vous reposer », fis-je d'un ton enjôleur. De près, le vieillard sentait mauvais. Subtil avait toujours été d'une propreté méticuleuse; plus que tout, je crois que c'est sa saleté qui me pénétrait de douleur.

« Mais, en se baignant, on risque le rhume. C'est ce que me répète Murfès : une peau humide, un courant d'air froid et hop ! plus de roi. Du moins, c'est ce qu'il dit. » Subtil était-il vraiment devenu ce vieil homme timoré ? J'avais du mal à en croire mes oreilles.

« Alors peut-être une tasse de thé bien chaud. Et un friand. Mijote m'a confié que c'étaient vos préférés. » Je versai le thé fumant dans une tasse et je vis le roi humer l'air avec intérêt. Il but deux tasses de thé, puis se redressa contre ses oreillers pour examiner les friands soigneusement arrangés sur le plateau. Il me pria de l'accompagner et j'en mangeai un en même temps que lui en léchant l'onctueuse garniture qui me coulait sur les doigts : je comprenais pourquoi c'étaient ses préférés. Il avait entamé son deuxième lorsque trois coups ébranlèrent la porte.

« Ôte la barre, Bâtard, ou les hommes qui m'accompagnent défoncent la porte ! Et, s'il est arrivé malheur à mon père, tu mourras sur-le-champ ! » Royal semblait fort en colère contre moi.

« Qu'y a-t-il, mon garçon ? La porte est barrée ? Mais que se passe-t-il donc ? Royal, que se passe-t-il ? » J'eus le cœur fendu d'entendre le roi parler de cette voix plaintive et cassée.

Je traversai la pièce et enlevai la barre. La porte s'ouvrit brutalement avant que je touche la poignée et deux des gardes les plus musclés de Royal me saisirent. Ils portaient sa livrée en satin comme des bulldogs un nœud rose au cou. Je ne résistai pas, ce qui ne les empêcha pas de me plaquer violemment contre le mur, et toutes mes douleurs de la veille se réveillèrent soudain. Ils me maintinrent tandis que Murfès se précipitait dans la chambre en se désolant du froid qui y régnait, et qu'est-ce que c'était que ça ? Des friands ! Mais c'était un véritable poison pour un patient dans l'état du roi !

Pendant ce temps, Royal restait campé au milieu de la pièce, les poings sur les hanches, l'image même de l'homme maître de la situation, et il me regardait, les yeux étrécis.

Tu as été téméraire, mon garçon. Je crains fort que nous n'ayons poussé le bouchon un peu loin.

« Eh bien! Bâtard? Qu'as-tu à dire pour ta défense? Quelles étaient tes intentions? » demanda Royal quand la litanie de Murfès prit fin. Le prétendu guérisseur ajouta une bûche dans le feu, alors que l'atmosphère était déjà surchauffée, et il retira le friand à demi consommé de la main de Subtil.

« Je suis venu me présenter au roi et, comme j'ai constaté qu'on s'occupait mal de lui, j'ai cherché à y remédier. » Je transpirais, davantage à cause de la douleur que de l'inquiétude, et le sourire que cela inspirait à Royal me mettait hors de moi.

« On s'occupe mal de lui? Que veux-tu dire? »

Je m'armai de courage. « Rien que la vérité. Sa chambre était en désordre et sentait le renfermé; des assiettes sales traînaient partout; sa literie n'avait pas été changée...

— As-tu l'audace de soutenir de telles affirmations? siffla Royal.

— Oui. Je dis la vérité à mon roi comme je l'ai toujours fait. Qu'il regarde autour de lui et qu'il voie si ce n'est pas vrai. »

Notre confrontation avait réveillé en Subtil une ombre de son ancienne personnalité. Il se redressa dans son lit et jeta un coup d'œil à la pièce. « Le fou aussi m'a présenté les mêmes plaintes, avec sa causticité habituelle... »

Murfès eut le front de l'interrompre. « Monseigneur, l'état de votre santé est vacillant. Parfois, un repos absolu est plus important qu'un changement de literie qui vous oblige à vous lever. Et une assiette ou deux empilées dans un coin valent mieux que le bruit et l'agitation d'un page qui fait le ménage. »

Le roi parut brusquement indécis et mon cœur se serra. C'était cela que le fou voulait que je voie, pour cela qu'il me pressait de rendre visite au roi. Pourquoi ne s'était-il pas exprimé plus clairement ? Il est vrai qu'il ne s'exprimait jamais clairement. La honte m'envahit : c'était mon roi que j'avais devant moi, le roi à qui j'avais juré allégeance ! J'aimais Vérité et ma loyauté pour lui était inébranlable ; mais j'avais abandonné mon roi au moment où je lui étais indispensable, et ce alors qu'Umbre était en voyage pour une durée indéterminée. Seul restait le fou pour le protéger. Mais depuis quand le roi Subtil avait-il besoin qu'on le défende ? Il avait toujours su se garder lui-même ! Je me reprochai de n'avoir pas davantage insisté, quand j'avais parlé à Umbre à mon retour des Montagnes, sur les modifications que j'avais observées chez le roi. J'aurais dû mieux surveiller mon souverain.

« Comment est-il entré ? demanda soudain Royal en me lançant un regard féroce.

— Mon prince, il a prétendu posséder un gage que lui aurait remis le roi lui-même. Le roi lui aurait promis de toujours le recevoir sur la simple présentation de cette épingle…

— Foutaises ! Et vous avez cru ces âneries…

— Prince Royal, c'est vrai et vous le savez bien. Vous étiez là le jour où le roi Subtil me l'a donnée. » Je m'exprimais clairement, sans hausser le ton. En moi, Vérité se taisait ; il observait et il en apprenait beaucoup. À mes dépens, songeai-je amèrement avant d'essayer d'effacer cette pensée.

D'un geste lent, sans brusquerie, je me dégageai de la poigne d'un des bulldogs, retournai le col de mon pourpoint et en tirai l'épingle. Je la tendis pour bien la montrer.

« Je n'ai aucun souvenir de cette scène, fit Royal d'un ton cassant, mais Subtil se redressa.

— Approche, mon garçon », m'ordonna-t-il. D'un mouvement d'épaules, j'obligeai les gardes à me lâcher, après quoi je rajustai mes vêtements, puis j'apportai l'épingle au roi. Il tendit la main et me prit l'objet. Mon cœur défaillit.

Royal eut un air agacé : « Père, dit-il, tout ceci est… »

Subtil le coupa : « Royal, tu étais là. Tu t'en souviens, du moins tu le devrais. » Les yeux du roi étaient brillants et vifs comme autrefois, mais tout aussi visibles étaient les rides de souffrance qui les cernaient et qui tiraient les coins de sa bouche : il luttait pour conserver sa lucidité. Il leva l'épingle et posa sur Royal l'ombre de son regard calculateur de naguère. « J'ai donné cette épingle au petit. Et ma parole en même temps, en échange de la sienne.

— Dans ce cas, je suggère que vous les repreniez tous les deux, l'épingle et votre parole. Vous ne vous remettrez jamais si ces intrusions continuent. » À nouveau ce ton autoritaire. J'attendis la suite sans mot dire.

Le roi se passa une main tremblante sur les yeux et le visage. « Je les ai donnés, fit-il et, si les mots étaient fermes, l'énergie fuyait la voix. Une fois qu'il a donné sa parole, un homme ne peut la reprendre. Ai-je raison, FitzChevalerie ? Penses-tu comme moi qu'une fois sa parole donnée, un homme ne peut la reprendre ? » Je reconnus la vieille question qu'il me posait invariablement lors de nos entrevues.

« Comme toujours, mon roi, je pense comme vous. Une fois qu'un homme a donné sa parole, il ne peut la reprendre. Il doit se plier à ce qu'il a promis.

— Alors c'est bien. C'est réglé. Tout est réglé. » Il me tendit l'épingle. Je la pris avec un soulagement si grand que j'en eus presque le vertige. Il se rallongea sur ses oreillers et le vertige me saisit à nouveau : je connaissais ces oreillers, ce lit… Je m'y étais trouvé étendu et j'avais assisté, en compagnie du fou, au sac de Vasebaie. Je m'étais brûlé les doigts dans la cheminée…

Le roi poussa un profond soupir. On y sentait de l'épuisement : il allait s'endormir d'une seconde à l'autre.

« Interdisez-lui de venir vous déranger sauf convocation de votre part », dit Royal d'un ton de commandement.

Le roi Subtil rouvrit les yeux avec peine. « Fitz… Viens ici, mon garçon. »

Tel un chien, j'obéis et m'agenouillai à son chevet. Il leva une main émaciée et ma tapota maladroitement la tête. « Toi et moi, mon garçon… nous avons passé un accord, n'est-ce pas ? » C'était une vraie question. Je hochai la tête. « Tu es un bon petit. C'est bien. J'ai tenu ma parole. Maintenant, veille à tenir la tienne. Mais… (il jeta un coup d'œil à Royal et cela me fit mal) il vaudrait mieux que tu viennes me voir l'après-midi. Je suis plus solide l'après-midi. »

Il s'éloignait à nouveau.

« Voulez-vous que je revienne cet après-midi, sire ? » demandai-je promptement.

Il agita la main en un vague geste de refus. « Demain… ou après-demain. » Ses yeux se fermèrent et il poussa un si long soupir qu'on l'eût cru le dernier.

« Comme il vous plaira, monseigneur », dis-je, et je m'inclinai profondément, avec solennité. En me redressant, je repiquai soigneusement l'épingle à mon col, en prenant mon temps pour que tous vissent ce que je faisais. Puis : « Si vous voulez bien m'excuser, mon prince ? fis-je d'un ton formaliste.

— Fiche le camp ! » gronda Royal.

Moins cérémonieusement, je m'inclinai devant lui et sortis, suivi par les regards de ses gardes. J'étais déjà dans le couloir quand je m'aperçus que je n'avais pas parlé de mon mariage avec Molly ; et il paraissait peu probable, désormais, que j'en aie l'occasion avant quelque temps : l'après-midi, il y aurait toujours Royal, Murfès ou un espion de cette clique au chevet de Subtil. Je ne souhaitais aborder le sujet qu'en présence du roi seul.

Fitz ?

J'aimerais rester seul un moment, mon prince. Si vous n'y voyez pas d'inconvénient… ?

Il disparut de mon esprit comme une bulle de savon qui éclate. Lentement, je descendis les escaliers.

15

SECRETS

Cette année-là, qui fut décisive, le prince Vérité choisit de présenter sa flotte de guerre le jour médian de la fête de l'Hiver. La coutume aurait voulu qu'il attende un temps plus clément et lance ses bateaux le premier jour de la fête du Printemps, considéré comme une date de meilleur auspice pour le baptême d'un navire. Mais Vérité avait harcelé ses constructeurs et leurs ouvriers pour que les quatre vaisseaux fussent prêts à la mi-hiver : en choisissant ce jour précis, il s'assurait un large public tant pour le lancement que pour le discours qui l'accompagnait. Par tradition, une grande chasse est organisée à cette date et la venaison qu'on en rapporte est regardée comme annonciatrice du gibier qui sera pris dans l'année ; lorsqu'il eut fait sortir les vaisseaux des hangars sur leurs rouleaux, le prince déclara devant la foule assemblée que c'étaient là ses chasseurs et que la seule proie qui assouvirait leur appétit était les Pirates rouges. Hélas ! ses paroles suscitèrent une réaction plus que modérée, qui n'était visiblement pas du tout celle qu'il espérait. Je pense, pour ma part, que les gens auraient préféré chasser les Pirates de leurs pensées, se cacher derrière l'hiver et se persuader que le printemps n'arriverait jamais. Mais Vérité ne leur en laissa pas le loisir : les navires furent lancés et l'entraînement des équipages commença.

*

* *

Je passai le début de l'après-midi à chasser en compagnie d'Œil-de-Nuit, qui ronchonnait sous prétexte que c'était un moment ridicule pour courir le gibier alors que j'avais perdu mon temps, au petit matin, à m'ébattre avec ma compagne. Je lui répondis que c'était comme ça et pas autrement, et que cela continuerait encore plusieurs jours, voire davantage. Il n'était pas content et moi non plus : j'étais plus que troublé de me rendre compte qu'il percevait clairement tous mes faits et gestes même si je n'avais pas conscience d'être en contact avec lui. Vérité avait-il perçu sa présence ?

Le loup se moqua de moi. *J'ai déjà du mal à me faire entendre de toi, parfois ! Veux-tu que je hurle à travers toi pour l'appeler ?*

Notre chasse fut une piètre réussite : deux lapins, guère gras l'un et l'autre. Je lui promis de lui rapporter des restes des cuisines le lendemain. J'eus encore moins de succès à lui faire comprendre mon exigence d'intimité à certains moments : il ne concevait pas pourquoi je séparais mes amours des autres activités de la meute, telles que chasser ou hurler ensemble. Pour lui, l'accouplement, c'était des petits à venir, et la responsabilité des petits incombait à la meute. Les mots sont impuissants à rendre les difficultés de notre discussion : nous échangions des images, des pensées, ce qui ne permet guère de discrétion. Sa franchise m'horrifiait ; il m'assurait qu'il partageait le plaisir que me procuraient la présence de ma compagne et mes accouplements avec elle. Je le suppliai de n'en rien faire. Incompréhension. Je l'abandonnai finalement à ses lapins et il parut vexé que je refuse ma part de viande. Faute de mieux, j'avais obtenu de ne plus sentir qu'il partageait ma perception de Molly ; on était loin du compte, mais c'est tout ce que j'étais parvenu à lui faire comprendre : qu'à certains moments je veuille couper le lien qui nous unissait était pour lui un concept inimaginable. C'était absurde ; ce n'était pas l'esprit de la meute. Je le quittai en me demandant s'il m'arriverait un jour de jouir d'un moment à moi, et à moi seul.

Je regagnai le château et me dirigeai vers la solitude de ma chambre. Je languissais de retrouver cette pièce où, ne fût-ce qu'un instant, je pourrais m'enfermer et rester seul, physiquement, en tout cas. Comme pour souligner mon envie de quiétude, les couloirs et les escaliers grouillaient de gens affairés, les serviteurs balayaient les roseaux défraîchis et en répandaient de nouveaux, remplaçaient les bougies des candélabres et festonnaient les murs de guirlandes de sapin. La fête de l'Hiver… Je ne me sentais guère d'humeur à y participer.

J'atteignis enfin ma chambre, m'y faufilai et refermai résolument la porte derrière moi.

« Déjà de retour ? » Le fou était accroupi près de la cheminée au milieu d'un demi-cercle de parchemins. Apparemment, il était en train de les classer.

Je le considérai sans pouvoir cacher ma consternation. Et soudain la colère me prit. « Pourquoi ne m'as-tu pas averti de l'état du roi ? »

Un instant, il examina un manuscrit, puis le posa sur le tas à sa droite. « Mais je t'ai averti. Une question en échange de la tienne : pourquoi n'étais-tu pas au courant de son état ? »

Je restai interloqué. « Je reconnais avoir négligé d'aller le voir. Mais…

— Rien de ce que j'aurais pu dire n'aurait eu l'impact de ce que tu as vu de tes yeux. Et encore, tu n'imagines pas ce que ce serait si je n'étais pas venu chaque jour vider les pots de chambre, balayer, épousseter, emporter les plats, lui peigner les cheveux et la barbe… »

À nouveau, je conservai un silence choqué. Je traversai la pièce pour m'asseoir lourdement sur mon coffre à vêtements. « Ce n'est plus le roi dont j'ai le souvenir, dis-je brutalement. Cela m'effraie de le voir tombé si bas et si vite.

— Cela t'effraie ? Moi, cela m'épouvante. Toi, au moins, tu auras un autre roi quand celui-ci aura été soufflé. » Il jeta encore un manuscrit sur la pile.

« Comme tout le monde, observai-je.

— Certains plus que d'autres », répondit-il sèchement.

D'un geste involontaire, je poussai sur l'épingle pour mieux l'enfoncer dans mon pourpoint. J'avais failli la perdre aujourd'hui et, du coup, j'avais songé à ce qu'elle symbolisait jusque-là : la protection du roi pour un petit-fils bâtard dont un souverain plus implacable se serait discrètement débarrassé. Mais, maintenant qu'il avait besoin d'être protégé à son tour, que symboliserait-elle à mes yeux ?

« Alors, que faisons-nous ?

— Toi et moi ? Rien ou presque. Je ne suis qu'un fou et toi un bâtard. »

J'acquiesçai à contrecœur. « Dommage qu'Umbre ne soit pas là. J'aimerais savoir quand il revient. » Je regardai le fou en me demandant ce qu'il savait.

« L'ombre ? L'ombre revient avec le soleil, à ce qu'il paraît. » Réponse évasive, comme toujours. « Trop tard pour le roi, je suppose, ajouta-t-il plus bas.

— Nous sommes donc impuissants ?

— Toi et moi ? Jamais. Nous avons trop de pouvoir pour agir ici, c'est tout. Par ici, ce sont les désarmés qui sont le plus puissants. Tu as peut-être raison : nous devrions peut-être les consulter. Et maintenant... » Il se redressa et s'ébroua avec des mouvements de pantin désarticulé qui firent tinter tous les grelots qu'il portait. Je ne pus m'empêcher de sourire. « Mon roi s'achemine vers la meilleure partie de la journée, pour lui. Je serai à ses côtés pour l'aider dans la mesure de mes modestes moyens. »

Il sortit d'un pas précautionneux de son enceinte de manuscrits et de tablettes. « Adieu, Fitz.

— Adieu. »

Il s'arrêta devant la porte, l'air intrigué. « Tu ne vois pas d'objections à ce que je m'en aille ?

— Il me semble que je voyais déjà des objections à ce que tu restes.

— Ne fais pas assaut de bons mots avec un bouffon. Mais as-tu oublié ? Je t'avais proposé un marché : un secret contre un secret. »

Je n'avais pas oublié, mais je ne savais plus si j'avais vraiment envie de connaître son secret. « D'où est venu le fou et pourquoi ? fis-je à mi-voix.

— Ah ! » Il resta un instant muet, puis demanda gravement : « Tu es certain de vouloir les réponses à ces questions ?

— D'où est venu le fou et pourquoi ? » répétai-je lentement.

L'espace d'une seconde il ne dit rien et je le vis alors comme je ne l'avais pas vu depuis des années, non comme le fou à la langue acérée et aux phrases tranchantes comme des bernacles, mais comme une personne, petite et mince, toute fragile avec sa peau décolorée, son ossature d'oiseau, jusqu'à ses cheveux qui paraissaient moins matériels que ceux des autres mortels. Sa livrée noire et blanche bordée de grelots d'argent et son sceptre ridicule à tête de rat, voilà la seule armure et l'unique épée qu'il possédait dans cette cour où régnaient l'intrigue et la perfidie. Et son mystère. L'invisible manteau de son mystère. Je regrettai fugitivement le marché qu'il m'avait proposé et ma curiosité dévorante.

Il soupira, promena son regard dans la pièce, puis alla se planter devant la tapisserie du roi Sagesse en train d'accueillir les Anciens. Il la considéra, puis sourit d'un air lugubre, comme s'il y percevait un humour qui m'échappait. Il prit soudain la pose d'un poète prêt à déclamer, puis se figea et planta encore une fois ses yeux dans les miens. « Tu es certain de vouloir savoir, Fitzounet ? »

Je répétai comme une antienne : « D'où est venu le fou et pourquoi ?

— D'où ? Ah, d'où ? » Il se tint un instant nez à nez avec Raton, l'air de formuler une réponse à sa propre interrogation. Puis il me regarda. « Descends vers le sud, Fitz, jusqu'en des régions par-delà le bord de toutes les cartes qu'ait jamais étudiées Vérité, et par-delà le bord des cartes que l'on dessine dans ces pays aussi. Descends vers le sud, puis lance-toi vers l'est sur une mer dont tu ne connais pas le nom. Tu finiras par arriver devant une longue péninsule sinueuse et, à la pointe, tu trouveras le village où est né un fou. Tu y découvriras peut-être encore une mère qui se rappelle qu'elle a eu un bébé blanc comme une larve et qu'elle chantait en me serrant contre son sein chaud. » Il vit mon expression à la fois incrédule et captivée et il eut un petit rire. « Tu n'arrives même pas à te représenter le tableau, n'est-ce pas ? Attends, je vais encore te compliquer la tâche. Elle avait de longs cheveux noirs et bouclés et les yeux verts. Tu t'imagines ? C'est de couleurs aussi somptueuses qu'est faite ma translucidité ! Et les pères de l'enfant sans couleur ? Deux cousins, car telle était la coutume de ce pays, l'un corpulent, noiraud, plein de rire, les lèvres vermeilles et l'œil brun, un fermier qui sentait la bonne terre et le grand air, l'autre aussi étroit que le premier était large, d'or là où le premier était de bronze, poète et chanteur aux yeux bleus. Et comme ils m'aimaient et se réjouissaient de ma venue ! Tous les trois, et le village avec eux. Que j'étais aimé... » Sa voix s'adoucit et il se tut un instant. J'avais la certitude d'entendre ce que nul n'avait entendu avant moi. Je me rappelai le jour où je m'étais glissé dans sa chambre et l'exquise petite poupée au berceau que j'y avais trouvée. Chérie comme le fou avait été chéri. J'attendis qu'il poursuive.

« Quand j'ai été... assez grand, je leur ai dit au revoir. Je suis parti chercher ma place dans l'histoire et décider où la contrarier. L'endroit que j'ai choisi, c'est ce château ; le moment, c'est l'heure de ma naissance qui l'a déterminé. Je suis arrivé et je me suis donné à Subtil. J'ai réuni dans ma main tous les brins que les Fileuses y ont placés et j'ai entrepris de les tordre et de les teindre comme je le pouvais, dans l'espoir d'affecter ce qui se tisse après moi. »

Je secouai la tête. « Je n'ai rien compris à ce que tu viens de dire.

— Ah ! » Il agita son bonnet et ses grelots tintèrent. « Je t'ai offert de te révéler mon secret, je n'ai pas promis de te le rendre intelligible.

— Un message n'est pas délivré tant qu'il n'est pas compris », objectai-je. C'était une citation d'Umbre.

Le fou demeurait récalcitrant. « Tu as parfaitement compris ce que j'ai dit, biaisa-t-il ; mais tu ne l'acceptes pas. Jamais je ne t'ai parlé aussi clairement. C'est peut-être ce qui t'égare. »

Il ne plaisantait pas. Je secouai la tête à nouveau. « Ça ne veut rien dire ! Tu es allé quelque part pour trouver ta place dans l'histoire ? Comment est-ce possible ? L'histoire, c'est ce qui a été fait dans le passé ! »

Le bonnet s'agita encore une fois, plus lentement. « L'histoire, c'est ce que nous faisons pendant notre existence. Nous la créons au fur et à mesure. » Il eut un sourire énigmatique. « L'avenir est une autre sorte d'histoire. »

J'acquiesçai. « Personne ne peut connaître l'avenir. »

Son sourire s'accrut. « Ah oui ? fit-il dans un souffle. Quelque part, peut-être, Fitz, est-il écrit tout ce qui constitue l'avenir. Pas écrit par une seule personne, attention, mais si tous les signes, les visions, les prémonitions et les augures de toute une race étaient couchés sur le papier, reliés les uns aux autres avec leurs correspondances, ce peuple ne pourrait-il pas élaborer un métier à tisser sur lequel s'étendrait la tapisserie de l'avenir ?

— Ridicule ! Comment saurait-on si tout ce qu'elle contient est vrai ?

— Si un tel métier venait à être créé et une telle tapisserie de prédictions à être tissée, non sur quelques années, mais sur des millénaires, on pourrait observer au bout de quelque temps qu'elle offre des prévisions étonnamment exactes. Dis-toi bien que ceux qui tiennent ces archives sont d'une autre espèce, à l'exceptionnelle longévité ; une espèce pâle et belle qui mêle parfois son sang à celui des hommes. Et alors... » Il tournoya sur place, soudain folâtre et insupportablement content de lui-même. « Et alors, certains naissent, si clairement marqués que l'histoire ne peut que les appeler, qu'ils doivent partir en quête de leur place dans cette histoire future. Et il se peut même qu'on les encourage à examiner cette place, ce point de jonction de cent fils, et qu'ils disent : Ces fils, là, je vais les tordre et, ce faisant, je vais modifier la tapisserie, gauchir la trame, changer la couleur de l'avenir. Je vais transformer la destinée du monde. »

Il se moquait de moi, j'en étais maintenant certain. « Une fois tous les mille ans, peut-être, dis-je, il est possible qu'apparaisse un homme capable de provoquer de tels bouleversements dans le monde ; un roi puissant, ou encore un philosophe qui modèle la pensée de milliers de gens. Mais toi et moi, fou ? Nous sommes des pions, des pas grand-chose. »

Il secoua la tête d'un air apitoyé. « Plus que tout, c'est ça que je n'ai jamais compris chez vous : vous jouez aux dés et vous comprenez que le sort du jeu puisse dépendre d'un seul jet ; vous vous distrayez aux cartes et dites que la fortune amassée en une soirée peut partir en fumée sur un pli. Mais un homme, ça, vous le reniflez d'un air dégoûté et vous laissez tomber : quoi, ce néant d'humain ? Ce pêcheur, ce charpentier, ce voleur, cette cuisinière, allons, mais qu'est-ce que ces gens-là pourraient bien accomplir dans le vaste monde ? Et, telles des chandelles dans un courant d'air, vous vivez de petites existences crachotantes, vacillantes.

— La gloire n'est pas pour tout le monde, observai-je.

— En es-tu sûr, Fitz ? En es-tu sûr ? À quoi bon une petite vie qui ne change rien à la grande vie du monde ? Je ne conçois rien de plus triste. Pourquoi une mère ne se dirait-elle pas : Si j'élève bien cet enfant, si je l'aime, si je l'entoure d'affection, il mènera une existence où il dispensera le bonheur autour de lui, et ainsi j'aurai changé le monde ? Pourquoi le fermier qui plante une graine ne déclarerait-il pas à son voisin : Cette graine que je plante nourrira quelqu'un, et c'est ainsi que je change le monde aujourd'hui ?

— C'est de la philosophie, fou. Je n'ai jamais eu le temps d'étudier ces choses-là.

— Non, Fitz : c'est la vie. Et nul ne peut se permettre de ne pas y penser. La moindre créature doit en avoir conscience, songer au moindre battement de son cœur. Sinon, à quoi sert de se lever chaque matin ?

— Fou, ce que tu racontes me dépasse », dis-je, mal à l'aise. Je ne l'avais jamais vu si passionné, jamais entendu s'exprimer si clairement. J'avais l'impression d'avoir fouillé dans des cendres grises et d'être soudain tombé sur la braise ardente qui rougeoyait en leur cœur ; elle brillait trop fort.

« Non, Fitz ; je me suis peu à peu convaincu que c'est par toi que tout passe. » Il me tapota la poitrine de son sceptre à tête de rat. « La clé de voûte, la porte, le carrefour, le catalyseur, tu as été tout cela et tu continues à l'être. Chaque fois que je tombe sur une croisée de chemins et que la piste est incertaine, je hume le sol, je billebaude, j'aboie, je renifle et je trouve une odeur : la tienne. Tu crées des possibilités. Tant que tu existes, on peut manœuvrer l'avenir. C'est pour toi que je suis venu, Fitz ; tu es le fil que je tords. Un des fils, en tout cas. »

Un pressentiment me glaça soudain ; j'ignorais ce qu'il avait encore à me dire, mais je ne voulais pas l'entendre. Quelque part, très loin, un vague hurlement s'éleva. Un loup qui donnait de la voix en plein jour. Un frisson d'angoisse me fit dresser tous les poils. « Tu m'as bien eu, fis-je avec un petit rire inquiet. J'aurais dû me douter que tu n'avais aucun secret à me révéler.

— Toi. Ou pas toi. Cheville, ancre, nœud sur la ligne… J'ai vu la fin du monde, Fitz, je l'ai vue tissée aussi clairement que ma propre naissance. Oh, pas durant ton existence, ni durant la mienne. Mais pouvons-nous éprouver du bonheur à nous dire que nous vivons au crépuscule plutôt qu'en pleine nuit ? Pouvons-nous nous réjouir de seulement souffrir tandis que nos rejetons connaîtront les tourments des damnés ? Cela peut-il être une raison de ne rien faire ?

— Fou, je n'ai pas envie d'écouter.

— Tu as eu l'occasion de repousser mon offre. Mais par trois fois tu l'as acceptée, et maintenant tu vas m'écouter. » Il brandit son sceptre comme s'il lançait des troupes à l'assaut et il reprit, du ton d'un seigneur qui s'adresse au Grand Conseil des Six-Duchés : « La chute du royaume des Six-Duchés fut la pierre qui déclencha l'avalanche. Dès lors, les sans-âme se répandirent comme une tache de sang sur la plus belle chemise du monde. Les ténèbres dévorent et ne sont rassasiées que lorsqu'elles n'ont plus qu'elles-mêmes dont se nourrir. Et tout cela parce que la lignée des Loinvoyant a failli. Voilà l'avenir tel qu'il est tissé. Mais attends ! Loinvoyant ? » Il pencha la tête de côté et me dévisagea comme un corbeau. « Pourquoi t'appelle-t-on ainsi, Fitz ? Qu'est-ce que tes ancêtres ont jamais prévu pour se parer de ce nom ? Veux-tu que je te le dise ? Le nom de ta maison, c'est l'avenir qui remonte le temps jusqu'à toi et qui te baptise du nom que ta lignée méritera un jour : les Loinvoyant. C'est l'indice qui m'a mis la puce à l'oreille : l'avenir qui revenait jusqu'à toi, à ta maison, là où ta lignée croisait mon existence, et qui te donnait ce nom. Je suis venu et qu'ai-je découvert ? Un Loinvoyant qui n'avait pas de nom ! Aucun nom dans aucune histoire, passée ou à venir. Mais je t'ai vu en prendre un, FitzChevalerie Loinvoyant. Et je veillerai à ce que tu en sois digne. » Il s'approcha de moi, me saisit par les épaules. « Toi et moi, Fitz, nous sommes ici pour changer l'avenir du monde. Pour maintenir en place le petit caillou dont la disparition pourrait provoquer la chute du rocher.

— Non. » Un froid terrible m'envahissait. Je me mis à trembler, mes dents à claquer, les lucioles à étinceler à la lisière de mon champ de vision. Une crise ! J'allais avoir une crise, et devant le fou ! « Va-t'en ! m'écriai-je, incapable de supporter cette idée. Sors d'ici ! Vite ! Vite ! »

C'était la première fois que je voyais le fou stupéfait. Sa mâchoire s'affaissa et sa bouche béante révéla ses petites dents blanches et sa langue pâle. Il me tint encore un instant par les épaules, puis il laissa retomber ses mains. Sans m'inquiéter de ce qu'il pouvait penser de sa brutale expulsion, j'oûvris la porte en lui faisant signe de sortir et il s'éclipsa. Je refermai, mis le verrou, puis me dirigeai vers mon lit, submergé par des vagues d'obscurité. Je m'effondrai le nez dans les couvertures. « Molly ! m'exclamai-je. Molly ! Sauve-moi ! » Mais je savais qu'elle ne m'entendait pas et je sombrai seul dans les ténèbres.

*

* *

Éclat de cent chandelles, festons de sapin, guirlandes de houx, branches nues et noires décorées de sucres d'orge scintillants pour le plaisir de l'œil et du palais ; claquement des épées de bois des marionnettes et cris ravis des enfants quand la tête du prince Bigarré sauta de ses épaules et s'envola par-dessus le public. Bouche grande ouverte de Velours sur une chanson paillarde tandis que ses doigts dansaient de leur propre volonté sur les cordes de sa harpe. Une bouffée d'air glacé quand les grandes portes s'ouvrirent et qu'un nouveau groupe hilare vint se joindre à la foule de la Grand-Salle. Lentement, je commençais à comprendre qu'il ne s'agissait plus d'un rêve, que c'était bel et bien la fête de l'Hiver, où je me promenais parmi les fêtards, la mine affable, souriant à chacun sans voir personne. Je battis paresseusement des paupières ; je ne pouvais rien faire vite ; j'étais dans une bulle d'ouate, je dérivais comme un bateau sans barreur par un jour calme. Je baignais dans une merveilleuse somnolence. Quelqu'un me toucha le bras. Je me tournai : Burrich, les sourcils froncés, qui me posait une question, de sa voix toujours aussi grave, presque une vague de couleur qui venait clapoter contre moi. « Tout va bien, lui dis-je calmement. Ne t'inquiète pas, tout va bien. » Je m'éloignai insensiblement de lui, emporté par les remous de la foule.

Le roi Subtil était sur son trône mais je savais désormais qu'il était en papier. Le fou était assis à ses pieds, sur les marches, et il tenait son sceptre à tête de rat comme un petit enfant sa crécelle. Sa langue était une épée et, à mesure que les ennemis du roi s'approchaient, le fou les frappait, les écharpait et les détournait de l'homme de papier sur le trône.

Et, sur une autre estrade, Kettricken et Vérité, aussi jolis l'un et l'autre que la poupée du fou. Je regardai et vis qu'ils étaient tous deux faits de désirs, tels des récipients pleins de néant. Je me sentis triste car jamais je ne serais capable de les remplir, tant leur terrible vide était immense. Royal vint leur parler et c'était un grand oiseau noir, pas une corneille, non, il n'avait pas la gaieté d'une corneille, et pas un corbeau non plus, il ne possédait pas l'astuce enjouée d'un corbeau, non : un misérable gobeur d'yeux qui tournoyait dans le ciel en rêvant d'eux comme de deux charognes dont se faire un festin. Il puait la pourriture et je me mis la main sur le nez et la bouche avant de m'écarter.

Je pris place sur les pierres d'une cheminée à côté d'une jeune fille qui gloussait de rire, tout heureuse dans ses jupes bleues. Elle jacassait comme un écureuil et je lui souris ; bientôt, elle s'appuya contre moi et se mit à chanter une petite chanson amusante qui parlait de trois laitières. D'autres, assis ou debout, se trouvaient autour de l'âtre et ils se joignirent à la chanson. À la fin, nous éclatâmes tous de rire, mais je ne compris pas bien pourquoi. Et sa main était chaude, posée si naturellement sur ma cuisse.

Frère, es-tu fou ? As-tu avalé des arêtes, as-tu la fièvre ?

« Hein ? »

Ton esprit est plein de nuages. Tes pensées sont pâles et malades. Tu te déplaces comme une proie.

« Je me sens bien.

— Vraiment, messire ? Alors moi aussi. » Elle me sourit. Un petit visage rond, des yeux sombres, des cheveux bouclés qui s'échappaient de sa coiffe. Elle plairait à Vérité. Elle me tapota la jambe amicalement. Un peu plus haut qu'elle n'avait posé la main.

« FitzChevalerie ! »

Je levai lentement les yeux. Patience se dressait devant moi, Brodette près d'elle. Sa présence me fit plaisir : elle sortait si rarement de chez elle pour se mêler aux autres ! Surtout en hiver. L'hiver était une mauvaise période pour elle. « Je serai heureux quand l'été sera revenu et que nous pourrons nous promener ensemble dans les jardins », lui dis-je.

Elle me considéra un moment en silence. « J'ai un objet lourd à monter dans mes appartements. Voudrais-tu me le porter ?

— Certainement. » Je me levai avec prudence. « Je dois m'en aller, fis-je à la petite servante. Ma mère a besoin de moi. J'ai bien aimé votre chanson.

— Au revoir, messire ! » gazouilla-t-elle et Brodette lui lança un regard assassin. Patience avait les joues rose vif. Je la suivis parmi la presse et nous arrivâmes au pied des escaliers.

« Je ne sais plus comment on monte là-dessus, avouai-je. Et où est l'objet que vous voulez transporter ?

— C'était un prétexte pour te faire sortir avant que tu ne te déshonores complètement ! siffla-t-elle. Que t'arrive-t-il ? Comment peux-tu te conduire de cette façon ? Es-tu ivre ? »

Je réfléchis. « Œil-de-Nuit dit que je me suis empoisonné avec des arêtes. Mais je me sens bien. »

Patience et Brodette m'observèrent d'un air très circonspect, puis elles me prirent chacune par un bras et m'entraînèrent dans l'escalier. Patience fit du thé pendant que je bavardais avec Brodette. Je lui dis que j'étais amoureux fou de Molly et que j'allais l'épouser dès que le roi m'en donnerait la permission. Elle me tapota la main, mit sa paume sur mon front et me demanda ce que j'avais mangé aujourd'hui et où. Je ne m'en souvenais pas. Patience me fit boire du thé. Peu après, je vomis. Brodette me fit prendre de l'eau froide, Patience encore du thé. Je vomis à nouveau. Je déclarai que je ne voulais plus de thé. Patience et Brodette discutèrent. Brodette disait qu'à son avis je serais sur pied une fois que j'aurais dormi. Elle me conduisit à ma chambre.

Je m'éveillai avec une notion des plus vague quant à ce qui avait été du rêve et ce qui avait été réel, si tout n'était pas le fruit de mon imagination. Mon souvenir des événements de la soirée était aussi lointain que s'ils remontaient à des années. Mais l'ouverture de l'escalier qui déversa soudain sa chaleureuse lumière jaune et un courant d'air glacé dans ma chambre mit fin à mes interrogations ; je me relevai tant bien que mal, restai un instant titubant sous l'effet d'un brusque étourdissement, puis m'engageai lentement dans les marches, une main toujours au contact de la pierre froide du mur pour m'assurer que je ne rêvais pas. À mi-chemin, Umbre vint à ma rencontre. « Tiens, prends mon bras », fit-il, et j'obéis.

Il passa son bras libre autour de ma taille et nous gravîmes ensemble les degrés. « Vous m'avez manqué », lui dis-je. Puis, dans le même souffle : « Le roi Subtil est en danger.

— Je sais. Le roi Subtil est toujours en danger. »

Nous étions au sommet des marches. Un feu brûlait dans la cheminée et, à côté, un plateau garni attendait. Il m'y conduisit.

« Je me demande si je n'ai pas été empoisonné. » Un frisson me traversa et je tremblai de la tête aux pieds. Quand ce fut passé, je me sentis l'esprit plus vif. « J'ai l'impression de me réveiller par étapes. Je crois être parfaitement conscient et tout à coup ma tête s'éclaircit encore davantage. »

Umbre hocha la tête d'un air grave. « Je pense qu'il s'agit de la cendre. Tu n'as pas réfléchi en nettoyant la chambre de Subtil : souvent, la combustion d'une plante concentre ses principes actifs dans le résidu. Tu as mangé des friands avec des mains pleines de ce produit. Je ne pouvais pas faire grand-chose ; j'espérais que tu cuverais pendant ton sommeil. Mais qu'est-ce qui t'a pris de descendre ?

— Je n'en ai pas la moindre idée. » Puis : « Comment faites-vous pour en savoir toujours autant ? » demandai-je d'un ton plaintif comme il m'obligeait à m'asseoir dans son vieux fauteuil. Lui-même s'installa à ma place habituelle, sur les pierres de l'âtre. Malgré mon esprit brumeux, je remarquai la fluidité avec laquelle il se mouvait, comme s'il s'était défait des raideurs et des douleurs qui habitent le corps d'un vieillard, et un hâle nouveau atténuait les marques qui grêlaient son visage et ses bras. J'avais déjà observé sa ressemblance avec Subtil ; à présent, je retrouvais également Vérité dans ses traits.

« J'ai mes petites sources personnelles de renseignement. » Il me fit un sourire carnassier. « Que te rappelles-tu de la fête d'hier soir ? »

Je réfléchis en faisant la grimace. « Suffisamment pour savoir que demain sera une journée délicate. » La petite servante me revint brusquement en mémoire. Appuyée contre mon épaule, la main sur ma cuisse... Molly ! Il fallait que j'aille voir Molly pour lui fournir une explication quelconque ! Si elle frappait à ma porte ce soir et que je ne sois pas là pour lui ouvrir... Je me redressai dans le fauteuil mais, à cet instant, un frisson me parcourut et j'eus presque l'impression qu'on m'arrachait une couche de peau.

« Tiens, mange un peu. Vomir tripes et boyaux n'était pas la meilleure des choses dans ton cas, mais je suis persuadé que Patience pensait bien faire. Et, en d'autres circonstances, ç'aurait pu te sauver la vie. Non, empoté, lave-toi d'abord les mains ! N'as-tu donc rien écouté de ce que je t'ai dit ? »

Je notai alors la présence d'un bol d'eau vinaigrée près des plats. Je me lavai soigneusement les mains pour en ôter toute trace du produit, puis le visage, et je m'étonnai de me sentir soudain tout ragaillardi. « Ça a été comme un rêve qui n'en finissait pas, toute la journée... Est-ce ce qu'éprouve Subtil tous les jours ?

— Je n'en sais rien. Peut-être toutes les plantes qui brûlent chez lui ne sont-elles pas ce que je crois. C'est justement un des points dont je voulais parler avec toi. Dans quel état est Subtil ? Cela lui a-t-il pris brusquement ? Et depuis combien de temps Murfès se prétend-il guérisseur ?

— Je l'ignore. » Je courbai la tête, honteux. Je me fis violence et lui avouai à quel point j'avais été négligent en son absence. Et stupide. Quand j'eus fini, il ne me contredit pas.

« Eh bien ! ce qui est fait est fait ; maintenant, reste à sauver ce qui peut l'être. Il se passe trop de choses ici pour qu'on puisse toutes les trier en une seule fois. » Il me regarda d'un air pensif. « Une bonne partie de ce que tu m'as dit ne me surprend pas : les forgisés qui continuent à converger sur Castelcerf, la maladie du roi qui persiste... Mais sa santé décline beaucoup plus vite que je ne puis me l'expliquer et je ne comprends pas la malpropreté de ses appartements. À moins que... » Il laissa la phrase inachevée. « On croit peut-être que dame Thym était son seul rempart et qu'à présent tout le monde se désintéresse du sort du roi ; on voit peut-être en lui un vieillard isolé, un obstacle à éliminer. Ton incurie aura au moins eu pour résultat de faire sortir nos adversaires au grand jour, et il est possible que nous puissions désormais les abattre. » Il soupira. « Je pensais me servir de Murfès, en faire discrètement mes yeux et mes oreilles pour surprendre les conseils qu'on pourrait lui donner ; par lui-même, il ne connaît guère les simples : ce n'est qu'un amateur. Mais cet outil que j'ai laissé traîner, quelqu'un d'autre l'utilise peut-être à présent. Il faudra voir. Néanmoins, il existe des moyens de mettre un terme à tout ceci. »

Je me mordis la langue pour ne pas prononcer le nom de Royal. « Lesquels ? » demandai-je.

Umbre sourit. « Comment s'y est-on pris pour te rendre inopérant en tant qu'assassin, au royaume des Montagnes ? »

Je fis la grimace au souvenir de cet épisode. « Royal a révélé le but de ma mission à Kettricken.

— Exactement ! Eh bien ! nous allons projeter un rai de lumière sur ce qui se passe chez le roi. Mange pendant que je t'explique mon plan. »

Et je l'écoutai donc décrire les tâches qui m'attendaient le lendemain, ce qui ne m'empêcha pas de remarquer les plats qu'il avait choisis pour moi : l'ail y prédominait et je connaissais sa foi en ses vertus dépuratives. Je me demandai ce que j'avais bien pu avaler et jusqu'à quel point mon souvenir de la conversation avec le fou en était affecté. Je me sentis soudain honteux de la brusquerie avec laquelle je l'avais mis à la porte : encore un auquel je devrais des explications le lendemain ! Umbre s'aperçut de ma préoccupation. « Nul n'est parfait, observa-t-il obliquement, et parfois il faut s'en remettre à la compréhension des autres. »

Je hochai la tête, puis bâillai tout à coup à m'en décrocher la mâchoire. « Pardon », marmonnai-je. J'avais les paupières si lourdes que j'avais du mal à tenir la tête droite. « Vous disiez ?

— Non, non : va te coucher. Repose-toi : c'est le meilleur des médicaments.

— Mais je ne vous ai même pas demandé où vous étiez parti, ni ce que vous avez fait. On vous donnerait dix ans de moins. »

Umbre fit la moue. « C'est un compliment ? Peu importe. Il serait vain de me poser ces questions, de toute façon, aussi garde-les pour un autre moment, où tu pourras ronger ton frein parce que je refuserai encore d'y répondre. Quant à ma vitalité… Ma foi, plus on en demande à son organisme, plus il est capable d'en faire. Ça n'a pas été un voyage d'agrément mais je pense que les difficultés en valaient la peine. » Il leva la main pour me faire taire. « Je n'en dirai pas davantage. Au lit, maintenant, Fitz. Au lit. »

Je bâillai à nouveau en me levant, puis je m'étirai à m'en faire craquer les articulations. « Tu as encore grandi, fit Umbre avec un mélange de tristesse et d'admiration. À ce train-là, tu vas dépasser ton père.

— Vous m'avez manqué, marmottai-je en me dirigeant vers l'escalier.

— Toi aussi. Mais demain nous aurons toute la nuit pour nous rattraper. Pour l'instant, va dormir. »

Je descendis avec la sincère intention de suivre sa suggestion. Comme toujours, la porte en bas de l'escalier se referma quelques instants après que je l'eus franchie, grâce à un mécanisme que je n'avais jamais réussi à découvrir. Je jetai trois bûches sur le feu mourant, puis gagnai mon lit et m'assis pour enlever ma chemise. J'étais épuisé, mais pas au point de ne pas déceler une vague trace du parfum de Molly sur le tissu. Je restai un moment sans bouger, la chemise entre les mains, puis je la renfilai et me levai. J'ouvris la porte et me glissai dans le couloir.

Pour une soirée habituelle, il aurait été tard ; mais c'était la première nuit de la fête de l'Hiver et beaucoup d'habitants du château ne songeraient à leur lit qu'à l'heure où l'aube pointerait, tandis que d'autres n'y retourneraient pas du tout. Je souris en m'apercevant que je comptais faire partie de ce dernier groupe.

Il y avait foule dans les couloirs et les escaliers ; la plupart des gens étaient trop éméchés ou trop occupés pour faire attention à moi ; quant aux questions que pourraient me poser les autres le lendemain, je résolus de les esquiver en prenant prétexte de la fête de l'Hiver. Néanmoins, je m'assurai que le couloir était désert avant de frapper à la porte de Molly. Je n'obtins pas de réponse. Mais comme je levais la main pour toquer à nouveau, l'huis s'ouvrit sans bruit sur une pièce obscure.

J'éprouvai une terreur mortelle. En un éclair, je fus convaincu qu'il lui était arrivé malheur, que quelqu'un s'était introduit chez elle, lui avait fait du mal et l'avait laissée dans le noir. J'entrai d'un bond en criant son nom. La porte se referma derrière et Molly fit : « Chut ! »

Je pivotai vers elle, mais il fallut un moment à mes yeux pour s'habituer à l'absence de lumière. La seule clarté provenait du feu dans la cheminée, et je lui tournais le dos. Quand je pus enfin percer la pénombre, j'eus l'impression d'être incapable de respirer.

« Tu m'attendais ? » demandai-je finalement.

D'une voix revêche, elle répondit : « Depuis quelques heures à peine.

— Je te croyais en train de t'amuser dans la Grand-Salle. » Lentement, il me revint en mémoire que je ne l'y avais pas vue.

« Je savais que je ne manquerais à personne. Sauf à quelqu'un. Et j'ai pensé que ce quelqu'un pourrait bien venir me retrouver chez moi. »

Sans bouger, je la regardai : elle portait une couronne de houx sur la masse de ses cheveux. Rien d'autre. Et elle se tenait droite contre la porte, dans l'intention que je la voie bien. Comment expliquer la ligne ainsi franchie ? Jusque-là, c'était ensemble que nous nous étions aventurés dans ce nouveau monde, que nous l'avions parcouru, exploré. Mais, cela, c'était différent : c'était l'invitation sans fard d'une femme. Est-il rien de plus irrésistible que de se savoir désiré par une femme ? Vaincu et heureux de l'être, je me sentis étrangement racheté de toutes les bêtises que j'avais faites dans ma vie.

La fête de l'Hiver.

Le cœur secret de la nuit.

Oui.

Elle me réveilla avant l'aube et me mit à la porte. Le baiser d'adieu dont elle me gratifia avant de me chasser me laissa pétrifié dans le couloir, à essayer de me persuader que l'aube n'était pas si proche. Cependant, au bout de quelques instants, je me rappelai que la discrétion était de mise et j'effaçai mon sourire idiot de mon visage ; je défroissai ma chemise et me dirigeai vers les escaliers.

Une fois dans ma chambre, je fus saisi d'un épuisement qui me fit tourner la tête. Depuis combien de temps n'avais-je pas dormi une nuit entière ? Je m'assis sur mon lit, ôtai ma chemise à gestes lents et la laissai tomber par terre ; puis je m'écroulai sur le dos parmi les couvertures et fermai les yeux.

Des coups frappés doucement à ma porte me firent redresser brusquement. Je traversai rapidement la chambre, le sourire aux lèvres. Je souriais encore en ouvrant la porte.

« Tu es debout ? Tant mieux ! Et presque habillé. À voir ta tête hier soir, j'avais peur d'être obligé de te tirer du lit par la peau du cou ! »

C'était Burrich, toiletté et peigné de frais. Seules les rides de son front trahissaient sa participation à la bamboche de la veille. Pour avoir partagé ses quartiers pendant plusieurs années, je savais que la gueule de bois la plus violente ne pouvait l'empêcher d'affronter ses devoirs. Je soupirai : inutile de demander grâce, car il ne m'en accorderait aucune. J'allai donc à mon coffre à vêtements prendre une chemise propre que j'enfilai en l'accompagnant à la tour de Vérité.

Il existe en l'homme un seuil étrange, physique aussi bien que mental. Rares sont les occasions où j'ai dû le franchir, mais chaque fois un phénomène extraordinaire s'est produit. Ce matin-là ne fit pas exception. Au bout d'une heure, j'étais torse nu et en nage ; les fenêtres de la tour étaient ouvertes mais je n'avais pas froid. La hache au fer capitonné que Burrich m'avait donnée était à peine moins lourde à soulever que le monde lui-même et la pression de la présence de Vérité dans ma tête me donnait la sensation que mon cerveau allait jaillir par mes yeux. Je n'arrivais même plus à brandir mon arme pour me protéger. Burrich m'attaqua de nouveau et je n'opposai qu'une défense symbolique, qu'il écarta sans mal avant de me frapper rapidement, une fois, deux fois, sans violence mais sans douceur non plus. « Et voilà, tu es mort », dit-il en se reculant. Il posa la lame de sa hache sur le sol et s'appuya sur le manche en reprenant son souffle ; pour ma part, je laissai tomber mon arme. C'était inutile.

En moi, Vérité se tenait parfaitement immobile. Je lui jetai un coup d'œil, assis devant sa fenêtre, le regard posé à l'horizon. La lumière du matin accusait ses rides et le gris de ses cheveux ; ses épaules voûtées reflétaient mon propre état d'esprit. Je fermai les yeux un instant, trop exténué pour faire le moindre mouvement, et soudain nous nous engrenâmes l'un dans l'autre ; je vis alors jusqu'aux horizons de notre avenir : notre pays était assiégé par un ennemi féroce qui ne cherchait qu'à tuer et à mutiler ; c'était son unique but. Il n'avait ni champs à semer, ni enfants à défendre, ni bétail à soigner pour le distraire de ses assauts. Mais nous nous efforcions de vivre notre existence quotidienne tout en nous protégeant de ses destructions, alors que l'ordinaire des Pirates rouges, c'était justement leurs ravages ; et cette unicité d'intention était la seule arme dont ils avaient besoin pour nous anéantir. Nous n'étions pas des guerriers, nous n'en étions plus depuis des générations et nous ne pensions plus comme tels. Même les soldats parmi nous étaient des militaires entraînés à se battre contre un ennemi rationnel ; comment résister aux assauts d'une horde de déments ? De quelles armes disposions-nous ? Je regardai alentour : moi. Moi-même en tant que Vérité.

Un seul homme. Un seul homme qui s'usait à essayer de maintenir l'équilibre entre la défense de son peuple et l'envol dans l'extase intoxicante de l'Art. Un seul homme, qui s'évertuait à nous réveiller, à déclencher en nous le feu qui nous permettrait de nous défendre. Un seul homme, le regard fixé au loin tandis que nous jacassions, complotions et nous chamaillions dans le château, à ses pieds. C'était vain ; nous étions condamnés.

Une vague de désespoir déferla sur moi, menaçant de m'engloutir ; elle tourbillonnait autour de moi quand soudain, en plein milieu, je trouvai un point d'ancrage, un point où la futilité de nos efforts devenait comique. Horriblement comique. Quatre petits navires de guerre, inachevés, avec des équipages novices ; des tours de guet et des feux d'alarme pour appeler au massacre des défenseurs incapables ; Burrich avec sa hache, et moi torse nu dans le froid ; Vérité en train de regarder par la fenêtre tandis que, plus bas, Royal droguait son propre père, dans l'espoir sans doute de le dépouiller de son esprit et d'hériter de toute la pagaille. Tout cela était d'une vanité absolue. Et il était inconcevable de baisser les bras. Une formidable envie de rire monta en moi et je ne pus la contenir. Appuyé sur ma hache, je ris comme si le spectacle du monde était du plus haut burlesque, cependant que Burrich et Vérité me dévisageaient, les yeux écarquillés. Un infime sourire entendu tirait les coins de la bouche du prince ; un éclat dans ses yeux partageait ma folie.

« Fitz ? Tu vas bien ? me demanda Burrich.

— Très bien. Je vais parfaitement bien ! » répondis-je quand les vagues de rire qui me secouaient se furent apaisées.

Je me redressai, puis secouai la tête et j'eus presque l'impression de sentir mon cerveau se remettre en place. « Vérité », dis-je, et j'englobai sa conscience dans la mienne. C'était facile ; ça l'était depuis le début mais je croyais jusque-là y perdre quelque chose. Nous ne nous fondîmes pas en une seule entité, mais nous nous emboîtâmes l'un dans l'autre comme des bols empilés dans un buffet. Il s'adaptait parfaitement à moi tel un sac à dos bien équilibré. Je pris ma respiration et levai ma hache. « Recommençons », dis-je à Burrich.

Comme il avançait sur moi, je ne lui permis plus d'être Burrich : c'était un homme armé d'une hache venu assassiner Vérité, et, avant que je puisse interrompre mon geste, je l'étendis au sol. Il se releva en secouant la tête et je décelai un soupçon de colère dans ses traits. Nous nous affrontâmes à nouveau et à nouveau je lui assenai un coup bien placé. « Troisième reprise », fit-il et un sourire carnassier illumina son visage buriné. Nous nous mesurâmes encore une fois, animés par l'allégresse de la lutte, et je le surclassai sans discussion.

Deux autres fois nous nous battîmes avant que Burrich ne recule soudain en esquivant mon coup. Il appuya sa hache au sol et reprit son souffle, le dos voûté, les bras croisés sur le manche de l'arme. Puis il rectifia sa position et regarda Vérité. « Ça y est, dit-il d'une voix rauque. Il a attrapé le truc. Il n'est pas complètement débourré et il s'affûtera avec de l'exercice, mais vous avez fait le bon choix pour lui. La hache est son arme. »

Vérité hocha lentement la tête. « Et mon arme, c'est lui. »

6036

Composition PCA à Rezé
Achevé d'imprimer en Slovaquie
par Novoprint
le 2 juillet 2013.
EAN 9782290313237
1er dépôt légal dans la collection : septembre 2001

Éditions J'ai lu
87, quai Panhard-et-Levassor, 75013 Paris
Diffusion France et étranger : Flammarion